那时的军营那时的我

新浪网"革命后代"博客圈　编

上海人民出版社

《那时的军营那时的我》编委会

《那时的军营那时的我》编委会合影

左起：大漠风沙、大漠胡杨、老坦克兵、砺锋、柴英、妙晨、

八月桂花、太阳、女兵肖梦、人酒诗梦、柳絮

2012 年 4 月 21 日摄于河北平山县西柏坡(红小鬼 摄)

永恒不变的兵心

（序言）

凝聚着我们心血和激情的《那时的军营那时的我》一书，即将付梓与读者见面了。这是一批怀有浓厚军旅情结的共和国老兵为庆祝中国人民解放军建军85周年献上的一份薄礼：一颗颗永恒不变的兵心。

这本书里的文章，完全出自我们这些曾经手握钢枪保卫祖国神圣领土的老战士之手。曾经拥有几年到几十年不等军旅生涯的老战士们，年轻时代足迹遍布海防边疆，在艰苦的历练中，铸就了铮铮的军人风骨，留下了许多可歌可泣、终生难忘的军旅故事。如今我们虽然离开了军营"解甲归田"，年过半百，身居各地，有的疾病缠身，有的儿孙绕膝，有的依然在不同的岗位为改革开放事业贡献着自己的智慧和力量，却依然未能忘记自己曾经是一名战士。我们继续学习，不敢稍有懈怠。我们带着满身的风霜，怀揣一颗赤子之心走进网络，建立博客，加入了以老兵为主的博客圈。藉此平台，我们孜孜不倦地抒发着军旅情怀、人生感悟。开博老战士中也有和平时期局部战争和我军一些重大事件的亲历者、见证人、功臣、荣残军人，最长者有参加过解放战争和抗美援朝的高龄老人。

往往是在夜深人静的时候，我们用惯于操枪使炮的粗壮手指敲击着键盘，一个音一个音地拼字，一个字一个字地遣句，一句话一句话地排文。篇篇军旅回忆博文，饱含着对军营生活激情岁月的无限眷恋和酸甜苦辣的深沉感悟，以昂扬激励的格调抒发求索真理的博大情怀，以宁静淡泊的心态冷对人生起落世态炎凉，以饱蘸热情的笔墨关注民生疾苦和祖国美好未来……

我们时时为博客中战友们的真情实感所深深打动，梦想着有一天把这些用心血浇灌出来的军旅回忆文章汇集成册，公之于众，以飨众人。史笔存世，昭示未来，以励后人。于是新浪网"革命后代"博客圈有博友提出倡议，编纂博客老兵文集，公开出版。从2011年5月开始，圈子管理团队率先参与，一个由老兵博友自发组织的《那时的军营那时的我》编辑委员会开始在网络上运作了。

一年来，多少个日日夜夜，编辑们从初选、精选、编辑、修改，到把圈友们的军旅博文书稿送到国家正规出版社。大家隔屏相守，精益求精。和作者倾心交流，与博友热情互动。我们多次召开QQ群会议，将虚拟与现实牵手，将愿望付诸行动。2012 年 4 月，全体编辑委员走下网络，在河北平山县西柏坡召开工作会议，研讨并推进了编辑工作。

《那时的军营那时的我》全书分为“我的军营”、“我的征程”、“我的前辈”三个部分，共收入 76 位作者的诗文及戎装照、近照、博客域名，插入数十张珍贵的军旅生活老照片、数百条新浪博友的精彩评论，意在展现老兵亲历的战斗生活场景，素描他们的真实风貌：有对参战部队英烈荡气回肠的悲壮讴歌，也有对军人使命英勇豪迈的深刻诠释；有严格紧张连队生活的真实再现，也有对军中幽默趣事的难忘回忆；有对男兵憨厚性格的单线勾描，也有对女兵细腻情感的工笔描绘；有对战士青春砺志的默默赞许，也有对军官追求幸福的衷心祝福……文章内容涉及各个方面，不论是关于戍边援外的使命完成，还是关于一首经典军歌的诞生过程；不论是缅怀革命前辈的言传身教，还是晚辈重走长征路的艰辛体验；不论是军人艰苦戍边的奉献点滴，还是关于军旅特殊经历的回味珍藏；不论是描写军民血浓于水的深情厚谊，还是记录普通一兵百炼成钢的平凡故事，都让我们在编辑的过程中感同身受：虽然作者参军的年代不同，各人的军兵种、职务和军衔不同，经历的事件也不同，但大家无不深深地热爱着自己的部队，无不为自己曾经是一名军人而感到无比自豪。其中有三位没有从军经历的作者，也都以细腻而深沉的笔触表达了对人民军队、对革命前辈无限热爱的肺腑之言。拜读着战友们的文章，我们耳边时时响起深情的呼唤：“八一”军旗将永远飘扬在老兵的心中，将是我们毕生的光荣和永远的精神支柱。

那时的军营那时的我，不仅仅是故事和回忆，更是一笔宝贵的精神财富。这记忆，将永远烙刻在我们脑海里，美好如画。这精神，将前赴后继地传承下去，历久弥新！

于是我们真诚地把来自网络的文字——这些真实的军旅生活记述捧给读者。或许你能从一篇篇朴实无华的文字中去触摸时代的脉搏，品味军人的甘苦，感受普通人美好的心灵。如能给读者带来些许启迪和触动，我们将感到由衷的欣慰。

在此，我们特别感谢新浪网为我们提供了博客这个平等交流的平台，特别感谢上海世纪出版集团、上海人民出版社，特别感谢上海劳达尔公司总经理、曾经为军人的董金合先生，特别感谢众多关心支持《那时的军营那时的我》编辑出版工作的新浪网博友、战友们！

向读者推荐本书之时，我们也感到一丝忐忑不安。由于我们是初次尝试网络编辑军旅书籍，难免存在不足之处。还望广大读者、战友不吝赐教。我们愿抛砖引玉，期待网络军旅文化更加灿烂的春天到来！

新浪网“革命后代”博客圈圈主　八月桂花(执笔)

2012 年 5 月

目录

一、我的军营

二、我的征程

三、我的前辈

一、我的军营

我的人生选择

作者：快乐老小伙

博客地址：http：//blog. sina. com. cn/c2281269
开博时间：2008 年 5 月

我当了 21 年兵，1950 年参军，1971 年转业。有同学问我说，当兵苦、当兵累、当兵紧，你有啥体会？还有的说，都上学了，眼看有工作了，再去当兵不赔了吗？我当解放军的体会是“四大”：大使命、大家庭、大学校、大熔炉。一个经过“四大”锻造的人都会感到当兵生活是你一生中最值得珍惜、最宝贵的经历，是取之不尽的宝贵财富，是热血男儿有价值的人生选择。

记得 1950 年，刚过九月九，谷子进囤，苞米进仓。那天，我这个赶集摆摊卖香烟的“小老板”、村新民主主义青年团团支部书记，接到一个口信，区团委书记让我到区上去。

清水镇是区委和区政府所在地，它管辖 30 多个村庄，离我村 8 里多路。男女老少，晚上谁都不敢走这条路。这里古坟堆得像座小山，一片松林环抱，阴森森的，里面有猫头鹰、乌鸦、野兔、野鸡、松鼠、狼，一到夜间，会发出各种令人恐惧的声音。1947 年，我村搬来了解放军的兵工厂，专做迫击炮弹，实弹试验选在古坟旁，第一次试验时有 4 个军工殉职后埋在古坟旁。

我穿过古坟来到区委，那位团委书记经常去我村，他搞过土地改革和征兵动员工作，所以和我早就熟悉了。一见面，他就开门见山：“中学失学在家，怎么样？还是只想卖烟挣钱过日子吗？就没有啥新想法、新追求？”

几句话说到我的伤心处，母亲因逃避日本鬼子扫荡得产后风去世，父亲被日本鬼子毒打致死，我成了孤儿。是政府送我到武训学校读书，我努力学习，考上了临清中学，念了 3 个月，因为无生活来源而失学。我满怀着理想抱负，能没有想法吗，难啊，一想到此眼泪就流出来了。

“我卖烟，挣念书的钱，圆我上大学的梦。”

“念书？现在有个机会，你去不去念？”

“去！到哪个中学？我真的好想读书！”

团委书记端来一杯水，提及我当儿童团长、斗地主、动员参军参战、考上临清中学的事，亲切地对我说：“你是有抱负有才能的青年。区委决定送你到县委党校学习，学习结束后，留在区里工作，你愿意吗？”

这是离开农村变成国家干部啊。我是个无依无靠的人，对这样的美事，我想都不敢想。心里高兴，但还是不摸底，遂说了句：“我行吗？”

“这是区委定的，认为你行。但到底行不行，还要靠你自己努力。”

第二天，我背着行李，跟村党支部书记步行 50 里，穿过古坟，穿过 8 里多长的黄河古道，到县委党校报到。我被安排到县委东院，屋里搭着的草铺散发出小米的清香，第一夜睡得好香甜。在这里，我开始了新的学习生活。我像一只饥饿的羊来到肥美的草原，有滋有味地吃着、咀嚼着，从理性思维上认识了中国共产党。个人是渺小的，就像一滴水，只有投入到为理想而战的集体海洋中，才有活力和力量。

1950 年 11 月 13 日早晨，接到紧急通知，停止上课，立即到县委礼堂开会。有的人猜测：“一定有大事，十有八九是打仗征兵的事。”“不一定吧？”“能有什么事打乱教学计划？”听这些话也有道理。

走上街头，看到了贴出的大标语，“抗美援朝，保家卫国！”“拥护中央政府声明，把美帝赶出朝鲜！”“打败美帝野心狼！”这一切使我立刻想到 1946 年征兵的情形，还没容我多想，跟我并肩走的人问我：“怎么样？好男儿志在四方！”

在《义勇军进行曲》的歌声中开始了会议。县长报告了美帝国主义悍然轰炸鸭绿江大桥，炸死我国渔民等滔天罪行，中央决定组成志愿军，同朝鲜人民军共同作战……这话一句句敲在我心坎里，就想立刻奔向前线。我想到了日本鬼子对我家的罪行，想到了为打日本鬼子我国人民进行的艰苦卓绝的斗争。国有危难，匹夫有责。会议一结束，我就提出“我要当兵去，当志愿军！”

那时，区委已经要抽调我了……在我面前摆着两条路：是从军打仗，还是从政当干部？告别书记往住处走，一条标语吸引了我，“好铁专打钉，好男要当志愿军！”这话语像战鼓激励着我，热血沸腾，人生一世，草木一秋，不就是要有所作为吗？我坚定地作了人生一次重要选择，走！当兵去。

我立刻到县征兵站报名。征兵的人告诉我，这一批征的是文化兵，先到军校培训后出国，党校领导听说我报名当兵，特意欢送我，陪我吃饭，把我送出县城。

回到家后，我先找到和我很要好的两位同学，动员他们一块去报考军校。他俩也愿意，商定暂不告诉别人，谁知此事传遍了全村。我的行动立刻受到姐姐的限制。我被关在屋里，心里真是火烧火燎。那天过得真慢，苦苦等着天黑，趁姐姐给我送饭夺门而出，急速奔跑。姐姐在后边呼喊：“不能当兵啊，你是咱程家的根哪！”

我跑出村外与同学会合，一直向聊城奔去，亲人的呼喊被远远抛在后面。从我们村到聊城有120多里路，事先我们早已问清楚路了，我们只有一个心愿，参加革命，保卫祖国。我们一边走一边说着心里话。这时我肚子饿了，两只脚磨起了血泡，疼得钻心。秋荣说："这算什么，红军长征不比咱们苦。""对！咱当志愿军，就要像当年的红军，那才算够样。"我们互相鼓励着，奋力向前奔。天刚蒙蒙亮，聊城的古楼显出了英姿。"到了！"

赶到军分区征兵处，征兵的人还未起床。我们怕误了考试，就把报名处的同志叫起来，给我们编了考场，发了准考条，又安排我们在征兵处休息，离考试还有两个多小时，尽管又累又困又乏，可是谁也不敢合眼。在征兵处吃了早饭，我们就进入了考场。一颗悬着的心才落下来。

三天后发榜了，我排在第3名，我的两个同学，同生排32名，秋荣没有被录取。这时，社会上传起志愿军吃败仗的谣言，说美国飞机多么厉害，一颗炸弹能削平一座山头。谣言像瘟疫一样迅速在应征队伍中传播，有的青年夜里就溜走了。同生把我叫出去，吞吞吐吐地试探地说："你打算怎么办？我心里害怕，我想……"一听，我就明白了，追问了一句："你想怎么样？""我，我，我不想去了。"尽管后面两个字的声音很低，像含在嘴里，但我听得很清楚。我压抑着激动对他说："大男人做事不能三心二意，解放军都怕牺牲还有我们今天的解放吗。我是当兵当定了。"他心事重重，我说什么也不吭声。

第二天早晨，同生不见了，我知道他可能跑回家去了。秋荣比我年长六岁，都21岁了，他没被录取，可是他坚定地对我说"你是团支书，跟征兵的说一说，让我当兵吧，我不怕死。"我多么希望有位兄长跟我一起走革命路啊。我当即跑到征兵处，报告了同生逃跑和秋荣要当兵的要求。征兵的杨同志看秋荣这么坚决，试探地说："当兵苦哇！""苦难是意志的磨刀石。"秋荣回答。"打仗会有牺牲，你怕不怕？"秋荣反问了一句："你怕不怕？"问得杨同志哈哈大笑起来。秋荣的要求被批准了，我俩都挺高兴。

1950年12月2日，我穿上新军棉衣、军鞋，心里正甜滋滋的时候，就听到外边喊秋荣和我的名字，出去一看，是秋荣他大哥和我的一个亲戚。二话不说，就把我们军装脱去，穿上原来的衣服。把我们俩拉出聊城北关。在四处无人的大堤跟前才停下来说："今天我们来就是要把你们带回去。你们看人家同生多聪明多懂事，考上也不去当兵，傻子才去当兵，都别傻了，跟我回去！捆也要把你俩捆回去。"

我跟他们讲道理，他们根本不听。我心想，硬走是走不了，还得想条脱身计。就说："你们松开，我跟你们走。"

我发现前面有片树林，立刻计上心来。说："我去方便方便。""不行！"我立即把棉衣脱了："你拿着棉衣，还怕我跑了？"这次他们相信了。慢慢向小树林走去，秋荣还被他们抓着，怎么办？我回头对秋荣说："咱跟大哥回家，陪我到坟地解大便。我害怕。你也把棉衣脱了。"秋荣明白了我的意思，也脱下了棉衣。慢腾腾地走向树林，在坟后我们要蹲下的时候，看到两位老兄放心地坐下了。我对秋荣说:“咱们赶快跑,不然就没机会了。”他点头同意。我们朝聊城跑去,并回头告诉两位哥哥:“把棉衣捎回去吧,我们有军棉衣穿!”他们起来追赶我们,哪有我们跑得快。跑到征兵处穿上军衣躲进了军分区。

1950 年 12 月 6 日凌晨,天还没有亮,我们登上了大卡车。大卡车一共六辆,拉的都是新兵,还有 30 多个女兵。一声令下,汽车发动,马达轰鸣,第一辆车的人带头唱起了“冒着敌人的炮火前进”的国歌,其他五辆车上的人也都唱起来。这是我有生以来第一次坐汽车。汽车经过堂邑、冠县、南馆陶、大名府一直到邯郸,又改乘火车,到了平原军区所在地新乡市,转车到获嘉县,从这里开始了我的军旅生活。

我选择了从军路,无怨无悔,是军队培养了我,我感谢军队。

博友评论节选

大漠胡杨

在祖国召唤的时候,义不容辞地选择,真正的革命军人!向老前辈学习致敬!

康民

向革命老前辈致以崇高的敬意,愿革命传统代代相传。

采菊东篱下

宝贵的经历、难忘的记忆。谢博主拿出来与大家共享。

快乐老小伙,78 岁,9 岁扛红缨枪当抗日儿童团长,1950 年参军,1956 年考入军校,毕业后分到郅顺义所在部队,1960 年任侦察参谋,后做新闻宣传工作,1965 年调沈阳军区炮兵任新闻干事。一生有过四个选择:一选择了当解放军;二选择了心地善良的丑媳妇;三选择了当老师的职业。四选择了关心下一代的公益事业。我付出,我享受,我快乐,我幸福。

一颗红星头上戴，革命的红旗挂两边

作者：芙蓉竹情缘

博客地址：http：//blog. sina. com. cn/suchegye
开博时间：2008 年 8 月

2012 年 8 月，将迎来中国人民解放军建军 85 周年纪念日，我和着军队前进的步伐，走过了 49 年的军旅生活，度过了我一生重要的时期。

革命现代京剧《智取威虎山》中有一句唱词，深深印在我的脑海里：“一颗红星头上戴，革命的红旗挂两边……”

我的青春就是从“一颗红星和两面红旗”这三块红开始的，在风雨和彩虹中度过。所处的历史时期，不仅使我有过“劳其筋骨”的体验，也有“苦其心智”的磨砺，在“苦”和“乐”、困惑与期望、挫折中追求理想，这种交织打下了坚实的信念基础，也构成了我绚丽多彩的人生。

秉承父愿　穿上“国防绿”

1963 年夏天，我从北京师大女附中高中毕业，当我接到北大西语系的录取通知书时，别提多高兴了！这可是个名牌大学呀，总算没有辜负爸妈对我的期望。

然而，还没有报到，学校教导处突然通知我回校，同时回去的还有十几个同学。教导主任告诉我们：部队建设需要，要派一批应届毕业生转到解放军院校，还讲，这是对我们的信任和关怀。

接到通知，我说不清楚是遗憾还是高兴。回到家，立即向父亲倾诉了我的矛盾的心理。

父亲听后，语重心长地说：“你是共青团支部组织委员，应听从组织安排！军队这个熔炉，不一定比地方大学差！爸爸当了一辈子兵，部队不是把我从一个泥腿子培养成将军了吗？部队建设需要年轻人！你子承父业有什么不好？”

父亲简单的几句话，决定了我和中国人民解放军一生的缘分。1963 年 8 月 8 日，我正式成为一名中国人民解放军女兵。

军营生活　开始人生新里程

参军第一年，是入伍教育和正常训练，日复一日，在军营“细微的小事”里，我们成了合格的“兵”。

入伍第一课走正步，曾“雄赳赳”走出啼笑皆非的“同花顺”。夜间拉练，曾有过军裤穿反，衣扣扣歪的尴尬和洋相。经过严格训练，我们养成了兵的作风，起床、吃饭、上课，军号一响，就整队集合，迈着整齐的步伐，走向目的地。

集会拉歌，一阵高过一阵，雄壮嘹亮；周末上街，自动两人成列，三人成行，绝不拉拉扯扯、吃吃喝喝；就是每年放暑假，回家探亲的同学一上火车，立刻组成小分队，有的为旅客倒水泡茶，有的帮列车员打扫卫生，成了可爱的人民子弟兵。

1965 年 6 月，我们换上 65 式军装，红领章、红帽徽使我们想起了红军前辈，也开始了我人生最关键和难忘的阶段。

我们学习专业知识的同时，还掀起了学习毛主席著作的高潮。还有，响应毛主席号召，向雷锋同志学习；运用郭兴福教学法，苦练军事技术，跟上全军大比武高潮……这一切对提高我们的军政素质、影响我们的世界观起了决定性作用。

那时，父亲送我的《毛选》四卷和母亲送我的《向雷锋学习》的日记本，一直陪伴并鼓励着我，我把它们一直珍藏到现在。它们倾注了父母的厚望：要我好好学习毛泽东思想，以雷锋为榜样，和工农出身的同学打成一片，严格要求自己，锻炼成真正的革命战士。

部队生活的点点滴滴，像阳光雨露滋润着我不断成长。印象最深的是入党。1965 年 1 月的一天，李指导员对我说：支部准备培养我入党，我听后，头摇得像拨浪鼓：“不行，不行，我不够格啊！”他问：“你不想入党?”我回答说：“党员，要像刘胡兰那样光荣。刀架在脖子上，不怕死才行！我没有经过考验，不行！”指导员听后，笑了笑，严肃地对我说：“你认为入党只是一种荣誉吗？错了！入党是一种信仰，你有为共产主义事业奋斗终生的理想和决心，你就入；不想奋斗，就不入！再好好想想！”

指导员的话震撼了我，让我明白了入党的真正目的，不久，我果断地交上了入党申请书：下定决心为党的事业贡献自己一生。

那时，党组织的每次会议，都使我永生难忘。

一次支部民主会，我发言说：“马主任，你不该在上班时间带你女儿到我们教室！”马主任是解放战争时期的老干部，他态度诚恳地说：“苏承业同志，接受你的批评，今后一定注意！但党内都是平等的，要互称同志，今后党的会议不要再称呼我的职务好吗?”我惊愕了，一个小学员和领导也是“同志”?

还有一个冬天，一间学员住的平房保温墙泄出煤气，几个学员轻度中毒，年底的民主会上，学员对系里分管后勤的曹副主任提意见时，“火力”那个猛，让我大大吃惊。这种经常的党内民主生活，让我渐渐明白了，我们党能战胜那么多艰难困苦，就是因为党是“为人民服务”的，党内没有特权，是平等和民主的，党的各级组织随时都受到党员监督！只有这样人民才会拥护，才有战斗力。

那个年代，我们青年人大都读过奥斯特洛夫斯基的《钢铁是怎样炼成的》，它也是我的最爱，不仅读原著，拍成的电影也看过多次。那段名言一直在脑海里常常闪现：人最宝贵的是生命，生命属于每个人只有一次。人的一生应当这样度过。回首往事，不因虚度年华而悔恨，也不因碌碌无为而羞愧，临终时能说：我的整个生命和全部精力都献给了世界上最壮丽的事业——为人类的解放而斗争。

那时，在阳光雨露沐浴下，温暖而快乐，我从一个学生逐渐成长为一个有理想的解放军战士。

“四清”与“文革”　接受风雨考验

军营生活不只是风和日丽，和平年代也会“劳其筋骨，苦其心志”，甚至还会有凤凰涅槃，浴火重生的生活。

1965 年 9 月，全军院校学生开始参加社会主义教育运动(“四清”)，到了“阶级斗争”第一线。我们几个同学去的是河北赤城县的后楼工作队。那是长大后我第一次走进农村，真正开始了解和体验社会劳动人民真实的生活。

后楼，离县城 40 里，是坐落在大山深处的小山村，村民穷得让人难以置信。

我的房东崔大爷，老伴去世多年，留下一个 13 岁儿子和一个 8 岁女儿。全家只有一条裤子，老人外出干活穿，儿子只用破麻袋遮挡下身，女儿因身体赤裸，基本常年不出门，冬天用柴草烧热炕，躲在破棉絮里御寒。

因土地贫瘠、生产方式落后，不到年底，大多数老乡就面临断顿的危险。我们到各家派饭，常常只喝粥，有的就是米汤，在很脏的大缸里捞个萝卜疙瘩切成条就是菜，一年到头见不到油星。

真没想到，解放那么多年，还有群众贫穷到如此地步！我不仅心痛，也深深感到，解放了的人民，还没有过上好日子，让人民真正幸福，革命的路还任重道远啊！感情的变化，使我们和老乡成了一家人。在老乡家，我也染了一身一头的虱子，开始有点怕，后来习惯了，和他们一样，学会了晚上脱下衣服，把虱子挤得嘎巴嘎巴响。有的老乡全家只有一条乌漆麻黑的破手巾，擦完了炕席上的孩子尿，接着又擦吃饭的碗。出于阶级感情，也是真饿，我们都稀里哗啦地把棒子面粥扒到嘴里……寒冬腊月，看到孩子们冻得瑟瑟发抖，我们把身上的绒衣裤都送给了他们……。白天，常常吃不饱，还要和社员一起打井、挖沟、垫地，战天斗地换取好收成。记得有次到县里开会，有馒头吃，由于平时太饿，我一个姑娘，也能一口气吃下 7 两的大馒头，真是不可思议。

“四清”，让我这个高高在上的“娇小姐”，一下子从养尊处优的高堂，掉到了百姓泥土中，父母总对我讲“不要忘了人民是你的父母”，那时才有了切肤体会，“四清”的所见所闻，时时提醒我，鱼须臾不可离开养育它的水！

1970 年 4 月作者(前右一)与战友欢送治愈 22 年失明的大嫂回家。

1966 年 6 月,我们结束"四清",回到学院。我完全没有料到,一场始料不及的,比"四清"更大的风暴和考验又将来临。不久,我们就被卷入到这红色的漩涡中。

在那非常的年月里,我绝大部分时间用来看书。看的都是马列和毛主席的著作,古人说开卷有益,一点不假,我好像黑暗里看到了光明,心情也好多了,而且觉得这种没人打扰的读书机会实在难得。读书时,我也深思了不少的问题,这次"苦其心智",灵魂被狠狠触及了。头脑清晰和聪明了不少。"文革"后期,我被分到 453 医院作护理员。工作很辛苦,每天打扫卫生、给病人打水、洗漱、开饭……我只想张思德为人民服务,白求恩对工作精益求精,老愚公挖山不止,带着我们那个护理小组的小姑娘们出色完成了护理任务,赢得周围同志和伤病员同志的极大好评。

1970 年 10 月,我度过了人生最煎熬、也是最关键的一天。我被单独复员了。那一夜我失眠了,思想激烈地斗争着,辗转难眠中,战友们热情的脸庞,他们平时温暖的话语使我冷静下来。我想起毛主席"我们应当相信群众,我们应当相信党……"的教导,想到"山重水复疑无路,柳暗花明又一村"的古诗,想到"留得青山在,不怕没柴烧"的古训……这一段生活,真如浴火重生。我的性格也有了根本的改变,从一个内向、温顺的女孩,变得刚强和外向了。

重见彩虹　再穿军装

1972 年 5 月,空军给我落实了政策,部队也迫切需要外语干部,我终于又戴上了我的红帽徽和红领章，开始了我的二次军旅生涯。

经过那段浴火重生的历练，让我更珍惜头上红星和肩上两面红旗，也更深切地感悟到它们的使命和价值。当时，空军留我在北京，分在机关翻译大队，我毅然要求下基层，自愿到条件艰苦的沂蒙山区。

我去的是个新建单位，营房坐落在千米的高山上，条件十分艰苦，每天要沿着蜿蜒山路，爬到几百米高的山顶洞库中值班。但这第二次军旅生活，给我的却是从未有过的快乐。

那时，没有电视，除了几个月看一次电影外，再没有任何娱乐方式了。可我们在贫瘠乏味的生活中寻找着满足和快乐。每天下班，在下山路上，我们呼吸着大山里那清新的空气，在松树下搜寻一个个雨伞似的小蘑菇，在遍布山坡的黄花丛中，采摘那待放的花苞，如果运气好，还可以挖到蒜头大小的野百合。一年下来，营房的窗台上，都是晒干的松蘑、黄花菜和百合干，探亲时，人人的旅行包里都是鼓鼓囊囊的山珍野味。

山上洗澡是个问题，但泉眼不少，我们就在营房高处挖出一个四方池，铺上石块，泉水注满后，太阳一晒，暖暖的，我们就用皮管引到席子搭起的“浴室”里，洗个泉水澡，那水有天然矿物元素，洗澡、洗衣服都非常清洁舒适，直到现在都令人向往。

条件的简陋，丝毫没有让我们战备责任心受影响，有时夜里有战备紧急情况，许多参谋二话不讲，带上枪，直奔山头工作室。有一年大雪封山，狼群将山头哨所团团围住，开枪后才把狼群赶走。我们习惯了和野兔、狼群为伴，也听惯了夜里猫头鹰凄凉恐怖的呜咽……直到我的儿子 11 个月时，我才恋恋不舍地离开那难忘的莱芜大山。

1986 年我到了南京，三红军装又伴我度过两年。逐渐成熟的我，工作也到了得心应手的阶段。我日常工作的严谨无差错和“敌情通”大比武的突出表现，使我多次获奖。我编译出几十篇敌情报告和外军动向译文，为军区空军写过上百万字的专著，成了空军的技术骨干，这一切都要感谢部队给我的教育和锻炼。

“一颗红星头上戴，革命的红旗挂两边”，那可贵三红青春岁月，虽有生活的沟沟坎坎，它却是我一生取之不尽、用之不竭的财富，将永远永远留在我心间！

博友评论节选

三块红

红色之根奠定不平凡的人生之路。现在的高干家庭很难得再现了！

军旅情结

困惑与期望，挫折和理想，这种种交织生活和你的沟沟坎坎，成了你一生取之不尽、用之不竭的财富，说得太好了。向老兵致敬。

甜妞

大姐姐好！你的三红岁月太好了。从参军，到二次入伍，那么感人，那么曲折，让我跟着你的回忆或高兴，或悲痛，或惊喜……但更多的是佩服！军人的毅力、军人的精神、军人的品德值得我们学习。红领章、红帽徽，陪伴着大姐姐走进军营，走进辉煌！

芙蓉竹情缘，空军大校，1963 年高中毕业后选送中国人民解放军技术工程学院（现解放军洛阳外语学院），1969 年毕业后在空军 453 医院工作，1972 年落实政策再次回到部队工作，长期从事信息分析研究。1997 年退休。

我就是要当兵

作者：贺兰鹰

博客地址：http：//blog. sina. com. cn/liqingfu1954
开博时间：2007 年 5 月

每逢“八一”建军节来临，我都特别想念当兵的日子。中国人民解放军这支在中国共产党领导下的伟大军队，以其顽强的生命力，一步步从艰难中走来。以他无畏的战斗精神，击败了敢于较量的对手。以他独特的魅力，赢得了世人的敬重……我为自己曾经是这个队伍中的一员而感到无比自豪。当年在部队那段艰苦而高兴、劳累而幸福的日子，也将永远铭刻在我的心中。

我老家在山东枣庄薛城区。20 世纪 70 年代的第一年，还是“文革”时期，学校逐步恢复了文化课，但教学秩序并不正规，教科书都不统一。我稀里糊涂结束了十年级的学业，就算中学毕业了。记得毕业那年，我们面临的选择还不少：可以继续上学，可以应招当工人，可以上山下乡，再就是可以当兵。我毫不犹豫地选择了当兵。因为我从小在军营里长大，从懂事起，就天天看整齐的军人队列，听一遍又一遍的军号声，这些成了最初的人生“必修课”。我从骨子里就喜欢部队，喜欢解放军的威武、刚强，喜欢他们的一切。我也要当兵。

那年冬季征兵工作一开始，我们大院几个小伙伴就打算一块当兵去。到我们驻地接兵的部队有两个单位：一个是国防科委所属部队，是要到新疆一个导弹基地执勤；另一个是兰州军区的，接新兵到大西北边防站岗。虽然都是艰苦的地方，但想当兵的渴望，使我们不顾一切地报名要去。我们一块儿找到武装部征兵点，按照要求填写了登记表。一位工作人员让我们回家听信，说：“审查合格后会通知你们，再进行体检。”

我们几个人去报名时都没告诉家里大人，所以都怀着忐忑不安的心情回到家，慢慢试探着向家里大人说了要当兵的意愿，还好，都得到了家长的赞扬。那时因大家都知道的原因，学校还没有恢复正常秩序，社会治安情况不太好。家长们认为，孩子当兵，让部队管教管教也好。要是不当兵，当工人或者下乡，我们几个淘气包哪个也不是省油的灯，还可能会惹出点意外啥的，很让大人操心。

就在我们等待武装部通知的时候，还是出了意外。一天，我们与铁路中学的学生打篮球，篮下抢球时我被人撞倒，造成右手手腕骨折。这下可傻眼了，疼倒不怕，可还有一个来月就要体检了，这咋办哪？厚厚的石膏把断骨处固定得严严实实，一向欢蹦乱跳的我老实了。俗话说"伤筋动骨一百天"，这伤得真不是时候，我真后悔没有保护好自己。我整天就合计着到时咋办？可干着急也没办法呀！不少人劝我，今年当不上兵，明年再去。我可是一门心思想当兵，一定要去。石膏打了不到一个月，我找到医生让他给我取石膏，大夫说不行，会影响骨头恢复。我害怕影响当兵体检，实在着急了，过几天又找大夫非让取下石膏，我决心已定：就是要当兵！

在我的软缠硬磨和精神感动下，大夫实在没办法了，给我取掉打了近一个月的石膏。取掉石膏一看，右手腕已经变细了。我有点害怕，担心体检时被发现，大夫说不要紧，锻炼锻炼，恢复一段时间就会好的。只要能当上兵，咋办都行。锻炼吧，我忍着痛加紧活动，增强手腕的灵活性和力量。妈妈也净给我做好吃的补养身体。几天下来，右手腕好像还真比刚打开石膏时粗了点呢。

这时郊区一些地方的征兵体检已经开始了，我整天打听城里啥时开始体检，总希望再晚一点，还不时到城里的定点体检医院探听别人体检的情况。

终于，体检通知来了。我们几个小伙伴统一了口径：绝对不能暴露我的手腕受过伤的秘密。由于拆掉石膏时间不长，两个手腕明显不一样粗，在体检中还是被医生发现了问题。我谎称半年前手腕摔了一下，早好了。地方负责体检的大夫叫来部队接兵的医生，对我的手腕再次检查，让我反复地进行力量测试，我当然咬牙也得过关哪。终于，医生说"还行，手腕功能恢复得挺好。"一听这话，我心里一块石头才放下来。岂不知我是忍着痛，装作很有劲的样子，是当兵的信心支撑着我！

接下来还要进行个别的身体复查，接兵的干部还要家访，进行一些政审等等。如果这些都没有什么问题，那就是等着发《入伍通知书》了。我还是心里没底，过了几天，我把妈妈拽上，找到接兵部队的负责人，再次表达了我要当兵的志愿和决心。那位负责人表示，会认真考虑我的要求，并鼓励我将来要当个好兵。

又等了10来天，终于盼到了我的《入伍通知书》！它让我的人生从此掀开了新鲜而绚丽的一章。接下来，我兴冲冲地到武装部领服装。我领到的是一套三号冬装，罩衣、棉衣、大头鞋、皮棉帽子，还有棉被，背包绳啥的。回家急忙穿上，虽然有点肥，但自我感觉良好，照照镜子，美得够呛！虽然以前军装也穿了不少，可那不是我自己的。我又领到了一个月的津贴费6元钱，挺高兴，有钱花了，更重要的，从此我是咱们部队里的一员了，是国家的人了！

集结前的几天，我和小伙伴们东游游，西逛逛。不过我们穿着新军装，还都挺老实，没有再惹祸。家里这几天对我们也格外优待，不再那么严厉地管教了，妈妈倒是多了不少温馨的唠叨。我从小在部队大院长大，对当兵人的一些事都耳濡目染，没啥陌生的东西。但这回自己真正要远走高飞了，还真有点那个。但我是一点后悔也没有，走到哪都不怕。

1970 年 12 月 31 日上午，全体应征入伍的新兵就到区武装部集合了，我们那批山东枣庄薛城区的新兵共 400 多人。接兵干部为我们临时分了班，并指定了负责人。一上午时间，我们在检查被装和携带物资中匆匆度过。在一个大食堂吃完了午饭，又到电影院参加了一个欢送仪式。家乡领导、新兵代表、部队领导分别讲了话，最后区"毛泽东思想宣传队"为我们表演了精彩的节目。

走出电影院天都快黑了，每人领到了两个面包，一瓶汽水，这就是晚饭了。现在想想真是挺艰苦的，可当时能吃到面包也挺高兴。简单的晚餐后，队伍出发开始前往火车站。这时不少家长和送亲的老乡跟在队伍后面，一些新兵掉眼泪了。看到他们流泪，我也有了惆怅的感觉，眼泪不知不觉也掉下来了。默默地走着，就想赶快上火车。送亲的老乡们被隔在了火车站进站口外，停在我们面前的是一列黑色的闷罐子车，每节车厢中间一扇大拉门。上去一看，车厢里铺着草席子，没有取暖设备。上了火车，大家按照要求收拾着自己的行李，挨排坐好。我们将从山东开往大西北，那里就是我们的前线。

"呜！……"火车在一声长鸣中启动了，渐渐加速，带着浓烟冲进了夜幕中，载着 400 多名优秀男儿奔赴祖国的大西北。一夜醒来，新兵们在寒风中迎来了 1971 年的元旦。……我从小到大还是第一次没有在家里过新年，忽然觉得自己长大了。

列车夹着寒气沿陇海线西进，过西安、到兰州、又拐上包兰线，一路越走越荒凉，在没有站台的银川车站，我们下车在兵站吃了顿饭，就又上车向着目的地——贺兰山挺进。这时一些新兵的表情开始发生变化，由最初的兴奋逐渐变成满脸的乌云，还伴着泪水。眼见火车带着我们钻进了大山，还往前开钻进了深山，光秃秃的山，看不见一棵树。终于，在一个没有站牌的车站，火车停了下来，满目的荒山，看不到房子、看不到人家，好家伙，我们就在这服役？大家下了车，分不清东南西北，翻过山头才看到一片黄突突的居民区。分配连队后才知道，我们部队才改编过来，还没有自己的营房，各连队大都住在地窝子里，一些住在老乡家。营房要靠我们自己建了。我们这些初次离开父母的孩子，从自己造自己的营房起步，开始了艰苦奋斗的磨炼。

毛主席号召我们"备战、备荒、为人民"，在那个年代，这样的条件也算不上什么，"一不怕苦，二不怕死"的精神鼓舞着我们，要当兵、当好兵的信念始终牢记在我心头。至此往后的日子里，我们自己烧砖、炸石头，盖房子，在贺兰山腹地建起了我们自己的营房，打坑道、搞施工，在贺兰山北段筑起了一道钢铁屏障，防御着随时可能侵入我们领土的敌人。慢慢的，当初想家哭鼻子的新兵，一个个都变得坚强了。

如今我已经离开部队20多年了。为纪念在贺兰山站岗奋斗的17个年头，前几年我开通了自己的新浪博客，用了“贺兰鹰”这个网名，意思是难忘当兵时的情景，人民解放军的大熔炉，让我仿佛永远是一只勇敢的山鹰。生命中有过当过兵的历史，一辈子都不后悔！

博友评论节选

警界袁峰

一辈子有了当兵的历史是人生一大财富。

雅红

“铁打的营盘流水的兵”，也许当兵不是一辈子的事，但却是军人一生永恒的回忆。如果没有走进军营，朋友你永远读不懂一个军人的胸怀多么博大；如果没有经历军旅生涯，朋友你永远不懂看似平凡的军人肩上挑着怎样不平凡的责任。

天空e呼唤

豪气冲天！加油啊！就连我这个初中生都受了感染。

贺兰鹰，1970年12月入伍，兰州军区陆军第20师步兵第59团特务连战士、侦察班长、排长、侦察参谋、特务连长、作训股长、副营长、副参谋长。1986年9月转业到营口市西市区检察院工作，先后任检察员、科长、党组成员、政治处主任、纪检组长、检察委员会委员、四级高级检察官。

漫画军营流行语

作者：大头兵

博客地址：http：//blog. sina. com. cn/datoubing
开博时间：2006 年 2 月

每个部队都有自己的军营流行语，每个已经退伍或正在当兵的人都喜欢军营流行语。谁刚当兵时没被那些“老班长”、“老兵油子”们称呼过“新兵蛋子”呢？哪个当过兵的人不喜欢“会餐”呢？哪个兵不怕半夜“紧急集合”影响了自己娶媳妇的美梦呢？哪个士兵没叠过“豆腐块”呢？

这是一组几年前我画的军营流行语漫画，现在翻出来看看，依然格外亲切，我想正是这耳熟能详的军营名词使我依然割舍不下对军营生活的眷恋。

新兵蛋子

对所有刚入伍新战士的昵称，褒义大于贬义。

班长

不光是指一班之“长”，在“士兵”中间，“班长”这个词代表了一种广泛的称呼，当遇到比自己兵龄长的“老兵”时，一般都称之为“班长”。

顺拐

迈好军营第一步,当兵首先要学会走路,走出军人的步幅和步速。看班长讲要领做示范动作,新兵不以为然,不就是走路嘛,有什么难的?!不幸的是自己一做起来,左胳膊左腿一齐出去了,有点像线拉的木偶,自己还不知道。顿时原本严肃的训练场爆笑声一片。这名新兵还不知道为什么笑,这时班长边揉肚子便笑着对他说,你顺拐了。因顺拐的喜剧色彩极浓,便成为战士们训练间隙及联欢晚会上特有的表演节目。笑声一起,老兵们都会回味起自己刚入伍时的新兵岁月……

紧急集合

就是深夜你睡得正香时,一阵哨声催你起来出洋相!

副班长

连队集合时，由于每个班的副班长都是站在本班最后一名，于是“副班长”也就成了最后一名的代言词。在部队文化军事考核时，每一名战士都怕自己考最后一名，被别人没完没了地叫“副班长”。

会餐

会餐在军营中较为腼腆的说法是“加菜”，或干脆直白地叫“改善伙食”。从春节，到五一，到八一，到十一，到元旦，兵们都放开肚皮猛吃，俗话说得好：“吃饱喝好不想家！”

五公里越野

对于五公里越野，不能跑的士兵怕，能跑的也不爱。不过当你情绪不好心事连连，吃不香睡不着时，来个五公里，就会在饭桌上风卷残云，晚上还没熄灯，你已躺床上鼾声如雷。在同别的单位进行五公里越野比赛时，战友们跑得快的帮跑得慢的扛枪、背背包。跑得慢的被战友们用背包绳连拉带拽地往前冲。这样的五公里是最精彩、最体现战友情和单位凝聚力的时刻了。真是不跑不知道，一跑真奇妙！

拉歌

通常是大型集会时，由连与连之间，营与营之间，团与团之间……展开的歌唱大比拼，要诀是先激对方唱起来，然后本方再用更雄壮激昂的歌声将对方狠狠地压下去！

开小灶

在军营里，常给两种人开小灶：一种是生了病的战士，领导关怀，让炊事班给加两个好菜、煮碗鸡蛋面营养一下，好早日康复；另外一种就是让个别脑筋不开窍、训练动作总是掌握不住、有可能拉本班后腿的战士，由班长抽出休息时间给这名士兵“开小灶”加练。后一种小灶可不如生病“开小灶”好吃，别人都看着，丢人啊！年轻人都不服输，所以，即使班长不给自己开小灶，落后的战士也会抽时间给自己“加菜”，刻苦训练，努力向前赶超。

一毛二

对军衔是“一杠二星”的中尉军官的戏称。以此类推：少尉军官一杠一星叫一毛一、上尉一杠三星叫一毛三，少校两杠一星叫两毛一、中校叫两毛二、上校叫两毛三、大校叫两毛四。您要问将军怎么叫？俺们大兵尊敬首长，可不敢乱叫！您如果按上面的叫法非要叫将军们一块一、一块二的，俺们也管不了！可有一条，千万别让他们知道了，否则后果自负！嘿嘿……

滚蛋饺子长留面

新兵入伍第一顿饭吃面条，老兵退伍最后一顿饭吃水饺，这几乎成了部队不成文的规定。“光荣入伍”一碗面，“退伍光荣”水饺一碗，“铁打的营盘流水的兵”，年复一年的新兵入伍老兵复员，新兵吃了“长留面”，开始了扎根军营、保家卫国，绿色军营奉献自己青春的军旅生涯；老兵们把自己最后一顿在军营吃的饭叫“滚蛋饺”，除了略含苦味的自嘲，更充满了对自己曾经战斗生活过的军营的一种依依不舍之情……

扫帚

新兵连的扫帚，都是长了腿的活物，而且懂得隐蔽之术。这是新兵的功劳。每天有排好的小值日打扫卫生区及食堂，但兵们仍旧抢着干。当然，首先要抢占“武器”。除了藏，再有就是不离身。这样一来，兵们双腿夹着扫帚或一手拿筷子一手握扫帚吃饭，成了营区的一大景观。手里常有扫帚又用得勤快的兵们一般发扬风格不跟新兵挣扫帚，不过临退伍时，许多老兵会霸占扫帚。新兵要争，老兵会说：新兵蛋子，你们能扫的日子长着呢，一边凉快去！

老兵把营区扫干净了，却扫不尽自己对军营的依依之情。

博友评论节选

枫落无痕

看好这组。兵味浓郁！也使人怀想过往时光。

新浪网友

太有意思了。看了此篇文章让我想起了当兵的年代，美好的回忆。不过想和博主建议一下，应该还有一项：病号饭。

柳絮

看着你的漫画，仿佛又到了军营，诙谐、幽默、温暖。

喀秋莎

好有意思的漫画，让我想起了那时的我们，欣赏了！

大头兵，山东济宁人。在军营荣立三等功4次、二等功1次，被二炮授予“二炮两用人才先进个人”被总政治部授予“全军影视工作先进个人”。1993年开始漫画创作至今，先后在《中国青年报》、《法制日报》、《解放军报》、《中国漫画》等百余家报刊发表漫画万余幅，其作品参展“第九届全国美术作品展”、“庆祝建国五十周年全军美展”、“第十届全军美展”。2000年开始致力于搞笑漫画创作，多部作品在国内数十余家报刊杂志连载。

想起当年入伍时

作者：老兵 76

博客地址：http：//blog. sina. com. cn/xvmiao2000
开博时间：2008 年 4 月

一年一度的征兵工作又开始了。

说到征兵，不由得就想起了我当年参军入伍时的一番经历。好男儿去当兵！入伍当兵一直是我的一个梦想。这个梦想就像我心中的一盏灯火，从来也没有熄灭过。

从 16 岁开始，我先后参加过三次征兵体检，前两次不知什么原因，莫名其妙地被刷下来。从市医院到县医院，从内科到外科，光着身子被折腾了好几次，体检、政审，都是合格的。但就是合格，前两次也还是没有接到《入伍通知书》，可能是“名额少、报名多”的缘故吧。别人应征报名一次就被批准了，而我却连续报了三次。三次参加体检，真的不容易呀！

三次体检的酸甜苦辣，那种感受只有我自已知道。因为当兵心切，一到体检站我就激动、紧张，以至出现血压不太正常的现象。听说喝点醋能使血压正常，体检时我曾偷偷喝过醋，就怕一激动就血压高。经过我执著地一而再、再而三的努力，我终于在第三次体检后，经审查合格，接到了县人民武装部签发的《入伍通知书》。

1976 年 2 月 28 日，正当第一批我们一起下乡的同学被招工回城之际，我却义无反顾、恋恋不舍地告别我插队的郜丰村，踏上了从军的征程。

离开村里的头一天晚上，我的父母、舅舅来到我插队的村里为我送行。他们带来的提包塞满了肉罐头、烟酒等佐餐下酒的食品，打算为祝贺我入伍而招待乡亲们。当晚，借助村里小学校的教室当餐厅，课桌当饭桌摆开了一长溜酒菜。村支书还特意点亮了大队的两盏汽灯，整个教室顿时灯火通明，气氛热烈。父老乡亲们欢聚一堂，都为我入伍高兴得推杯问盏。上至 80 岁的老爷爷颤颤巍巍地拄着拐杖，下到常来我们知青点玩的孩子们，欢快地聚到一起。大爷大叔们从怀里掏出带来的下酒菜肉糕(主要成分为山药粉和肉末),手里拎着地瓜烧酒。一时间教室里欢声笑语不断,彼此高声大嗓地打着招呼、寒暄着,仿佛过节般地一派红火热闹!因为那一年这个村子里只有我一个人当了兵。由此也看出我与乡亲们相处得人缘非常好。

入伍通知书

武文同志:

你坚决响应毛主席"提高警惕,保卫祖国"的伟大号召,积极报名参加中国人民解放军,这是很光荣的。现经审查批准你入伍。望于 2 月 28 日到公社 集中。

中国人民解放军河北省晋县人民武装部

一九七六年 月

我的《入伍通知书》

是啊,自打"定兵"之后我在村里的日子就不得"安生"了。每天一大早我还没起床,老乡们就在敲门叫我到他家去吃饭,有时还相互争了起来。这个说,今天中午到我家去吃饺子,那个说中午在我家吃油炸糕。还有的说,要不晚上再到俺家吃吧,把我那几天的饭都排得满满的。每天在乡亲们热情的邀请下,走东家吃西家,很是享受款待了几天。

特别难以忘怀的是,我所在的小队队长刘大羊家,他的老母亲专门为我做了油炸糕,还拿出了当时少见的白糖(购买白糖需要凭票)对我说:"孩子吃吧,他们让你吃饺子,咱换换口味,大娘给你做油炸年糕蘸糖吃,这还是你到北京专门给我买的白糖啊!"

那感人的情景至今时常在我眼前浮现,令我终生难忘!

常到我们知青点来玩的大队赤脚医生刘生生还专门给我送来了酒枣,是他老母亲亲手炮制的。还有一起干活装砖窑的傻罗老兄,特意把我叫到他家里,摆上酒菜,让嫂子煮了饺子,哥儿俩痛快淋漓地喝了一次送行酒!我心里明白,这些都是他们只能在过年时才能吃上的饭菜啊!乡亲们的殷殷之情给了我无穷的力量。

屋外寒冬岁月、冰天雪地,教室内热情似火、温暖如春。离开村里的乡亲们,入伍出发前的那天晚上的情景,我这辈子不会忘记……

要告别部丰庄了,告别晋县了,告别下乡同学、告别乡亲们了,告别父母亲人了,心中甚是恋恋不舍。那天一大早,大队的"专车"小拖拉机是由村支书谷玉宝亲自开着,拉着我的父母、舅舅和几位送行的同学带着我奔向县城火车站。

站台上红旗招展、锣鼓喧天,人潮汹涌、歌声嘹亮。全体新兵们排着整齐的列队与亲人告别,我们登上了"闷罐"列车。列车开动瞬间,我的眼睛一热,差点流出泪来。挥手向着父母、舅舅、同学和乡亲们告别,心里琢磨着,此一别不知啥时才能再见面啊!

晚上军列到达石家庄军供站,吃到的第一顿"兵饭"真不错,大米饭配白菜炖肉。列车沿着京广线向北行进,驶出石家庄火车站时,我趴在闷罐车厢的窗口,看到了暮色中我家窗户的灯光。此刻,父母可能还没有回到家里,只有两个妹妹在家。那灯光是如此的亲切,如此的使人留恋,我一直深情地眺望着,直到看不见了,才恋恋不舍地把目光收回。多年以后,我喜欢上了苏联歌曲《灯光》,不仅

参加助民劳动时为公社社员念毛主席语录（左一为本人）
投稿人：女兵肖梦（女）
拍摄时间：1969年4月
拍摄地点：河南确山

在连队蔬菜地劳动（左二为本人）
投稿人：老顽童z4983（男）
拍摄时间：1966年10月
拍摄地点：江苏泰州

秦皇岛海军第408医院饲养组（右一为本人）
投稿人：北海408（女）
拍摄时间：1970年4月
拍摄地点：河北秦皇岛

在青海玉树骑兵部队期间。当年在青海玉树高原骑兵部队时冀鹏在连排干部指挥下进行军事训练（卧姿装子弹者为本人）
投稿人：冀鹏（男）
拍摄时间：1975年
拍摄地点：青海玉树

担任襄阳第四小学校外辅导员，给孩子们讲雷锋的故事。（中间为本人）
投稿人：菊影秋魅（女）
拍摄时间：1973年1月
拍摄地点：湖北襄阳

与战友在天安门前合影（右一为本人）
投稿人：璞石（女）
拍摄时间：1966年8月
拍摄地点：北京

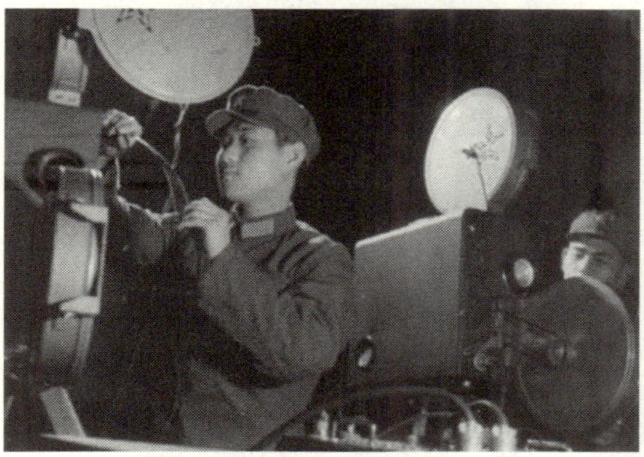

在部队放映电影（前为本人）
投稿人：绿色一瞥（男）
拍摄时间：1976年5月
拍摄地点：湖南益阳

武汉海军工程学院射击场，参加海军射击选拔赛
投稿人：北海408（女）
拍摄时间：1975年5月
拍摄地点：武汉

喜欢它的歌词，还喜欢它的旋律，更喜欢它的含蓄与意境。

次日凌晨2点，我们在天津的杨村车站下车，而后军用卡车把我们拉到了部队驻地。新兵连的生活开始了……

博友评论节选

夜深沉

珍贵的回忆，难以忘怀啊！

梅子的空间

只有当过兵的人，才会感觉自己的一生，是充实的一生。

笑今子

看了您的这篇文字，好感动，您的这番经历，我好熟悉哦！

兵哥

是的，战友说得对，每一个人的当兵经历，入伍的心情是一样的，都是那么愉悦，那么幸福，有那么一种激情冲动。

老兵76，1956年出生，1976年入伍，坦克兵。上学赶上学雷锋；下过乡、渡过江，可惜没有打过仗；开过坦克，打过炮，当过通信排长；带过兵，热爱兵，指导员干了4年；读军校、留军校；带学员，当过上校政治委员。2000年转业，现为省机关普普通通公务员。

当兵就要当好兵

作者：侦察排长

博客地址：http：//blog. sina. com. cn/yuyzh19550714
开博时间：2007 年 12 月

有过军旅生涯经历的人对军队都有着特殊的感情。无论在部队时间的长与短，无论是战争年代还是和平时期，只要穿过那身军装的人，对部队、对军营、对战友，这辈子都魂牵梦绕，难以割舍。那在激情燃烧的岁月里铸就的信念，如今仍在我们心头升腾，并将继续陪伴我们的有生之年。

我 15 岁参军，在部队 18 载，奉献了一生最宝贵的青春年华，火热的军营，部队大熔炉，将我锤炼、锻造，百炼成钢。

当战士就当钢铁战士

1970 年 12 月 25 日，在人武部的被服仓库里左挑右选，总是找不到我合体的军装，即便是最小号的军装穿在我身上，依然显得十分的臃肿肥大，只好把裤腿和袖口高高卷起。昨天还在爬树、翻墙头到处闯祸、招惹是非的我，今天穿上戎装，成为人民军队的一员，自己都觉得因身份转换太快而始料不及。战友们来自五湖四海亲如兄弟，各级领导和战友热心照顾着我，但也不能免除或替代一个少年成长中的烦恼。初入军营的种种不适应曾经带给我苦不堪言的困惑。

问题首先出现在脚上。我的双脚属于那种不出汗的干脚，一到冬季脚后跟就裂口子。加上部队条件艰苦，没有热水烫洗、滋润，两脚后跟裂了缝，口子很深，行走时钻心地疼痛。一天，我看见老班长在缝补衣服，突发灵感，找出针线包，坐在床上脱下鞋袜，将一只脚放在另一条腿上，小心翼翼的左一针、右一针，将裂口两边的老皮拉紧缝合，顾不得裂口处丝丝血水渗出。一会儿，两脚后跟的裂口子缝好了。哇，效果不错！这是我的“杰作”啊！抬起脚后跟自我欣赏。穿上鞋袜走上一圈，感觉真的很好。一阵高兴之余，不禁得意忘形。“哈哈！真舒服！咱这手艺天生就是当外科医生的料！”我高兴地向大家炫耀着。

没有想到，老班长把我的“发明”报告了新兵连领导，连长在全连晚点名会上，对我这种吃苦精神提出表扬。老班长看我是个可塑之才，向新兵营长极力推荐我去了他担任班长的营部标图班，营长也是标图班长、指挥排长出身，对我很是器重，在他们的栽培教育之下，我循着他们的脚步成长进步，一路走来。

冬去春来。入夏以后，我不幸又感染了严重的脚气，开始也没引起重视，照样在水里趟来趟去。结果先是奇痒无比，后来发展到奇痛无比，脚趾烂得都脱皮了，通红一片，血水渗透到脚指甲里，又引起甲沟炎，都不能下地走路了，卫生员急忙给我敷上纱布。我每天瘸着腿，照常参加训练，不愿休息。老班长对我呵护有加，每晚帮我换药消毒包扎，一个月后终于好转。

按理说自己从小跟随在空军部队的父亲转场大江南北，不会发生水土不服。当新兵战友们出现“烂裆”时，我还嘲笑过他们。等他们转好时，我却感到明显的不适，而且情况相当严重，下身血肉模糊，疼痛难忍，只能叉开双腿摇摆着走路。有人提出一个大胆的建议，敷药缠裹可用女同志的“月经带”。可我们怎么有那东西？眼见“烂裆”发展神速，时不我待，我只好买来手绢，用鞋带扎紧四角，吊在腰间，减少了皮肤黏贴、摩擦的疼痛，感觉舒服多了。只是小便时有点困难，宽衣解带的程序有些凌乱复杂。

早晨起床号一响，我着装奔跑着去集合，从没有落后过。革命战士“一不怕苦，二不怕死”，还怕伤痛、怕吃苦吗？

就这样，我成长了。10个月的新兵集训就像是“十月怀胎”，结出了“丰硕果实”：获得报务员两项基本功收发报的“双料冠军”，还被评为“优秀共青团员”和“五好战士”。

当排长就当标兵排长

1977年秋冬时节，我们去了延吉的安图县，参加国防施工，在大山深处打山洞。我先期抵达，参加施工队长(排级)集训。一个施工队，安全掘进是第一要素，施工队长又是安全第一责任人。只要安全不出问题，哪怕进度慢点也无妨，一旦出现人员伤亡，即便取得较快的掘进速度，也是前功尽弃。

每天的集训课程安排得很紧。想着集训完毕后的艰巨任务，每节课我都睁大眼睛盯着讲台，全神贯注听课，力求吃透内容，烂熟于心，唯恐遗漏重要内容。面对打山洞这个全新课题，我深知这是一项危险性极高的工作，必须掌握严格的管理方法。集训期间我不敢有丝毫懈怠和侥幸。通过教员深入浅出的讲解和实际操作，对施工的主要环节、关键节点总算是做到了心中有数。

白天的授课内容是雷管、导火索、TNT炸药的使用。三者的关系式是导火索引爆雷管，再通过雷管引爆炸药。雷管本身就是一颗小小的爆炸物体，它的作用力完全可以炸掉一只手。手握七号电池大小的金属雷管，初次接触，心惊胆颤。尤其是雷管和导火索的连接时，手握专用钢钳，如若拿捏不准，少一点连接，导致空隙不能点燃雷管引爆炸药，多一点连接，就可能直接将雷管捏爆炸在手中，至少造成伤残，此项工作任务事关重大。当然，施工队里这样的危险活肯定又是非我莫属、亲自担当了。

多日里我们一直开山掘洞，每个施工队每作业 8 小时后休息 16 小时，上夜班后休息 24 小时，昼夜倒班连续施工。每天都能听到隆隆的爆破声，当然也能听到刺耳的救护车鸣笛声，每当这时，我们就猜测哪个施工队又发生了伤亡事故，为了安全，我们经常寝食不安、谨小慎微。

大家进洞之前，首先要学习安全条例，进行人员分工，提出具体要求，千叮咛万嘱咐：顺利施工，安全第一。我身为施工队长，要对我们的战士生命和安全负责。每次带队进入施工现场，我首先带领钻探组先行进洞选点打眼，然后再带领爆破组填装炸药，计算腰炮、肩炮、顶炮、掏心炮、底炮、抬炮的导火索长度以便先后爆炸，再由我按引爆的先后顺序依次点燃 40 多个导火索，确认全部导火索点燃后，让爆破组迅速撤离，我殿后，将照明的电线和灯泡收回，然后沉着冷静地趴在洞口数爆破个数，以防出现哑炮。爆破声响过，我戴好防毒面具，首先将空压机的排空管送入洞底，以便及时将洞中的浓烟排出。然后二次进洞，将电线灯泡摆放到位，再带着安全员及时排除险石，清除未爆炸药。待确认安全后，命令清渣组迅速清理石渣，命令钻探组选点打眼，命令爆破组做装填准备，按部就班，有条不紊，循环二次作业。

从进入施工现场，我的大脑在保持高度清醒、紧绷安全这根弦的同时，还要马不停蹄地坚持全程作业。我惟恐一时疏忽或纰漏而造成人员伤亡事故。后来证明，我们是全师唯一没有任何伤亡事故的施工队。而且我们施工队可以在一个班次内轻松实施两次爆破掘进，也是全师施工进度最快的施工队。1978 年 5 月底，大战“红五月”结束，在全师施工部队总结表彰大会上，我带领的施工队被授予“标兵施工队”光荣称号的同时，我也荣立了“三等功”。当师首长给我佩戴立功勋章，漂亮女兵为我送上鲜花时，想起施工中受的大苦大累，心里掠过一丝酸楚和感慨，但更多是喜悦和安慰。回想我们在上山的路上，肩扛钢钎，头戴安全帽，身背炸药雷管导火索和保温饭桶，身穿破烂不堪的工作棉衣裤，找根绳子扎在腰间，那样子就像一群要饭的叫花子。可咱是谁？是国防工程的掘进先锋！

当学员就当优秀学员

1978 年 9 月，百余所军队院校全面复课，面向全军招生。机会难得，师里几百名排长争相报名。由于受名额限制，师里划定了三个标准：一是有文化，二是年轻，三是立过功。我三项条件同时具备，无可争议地入选其中。从那时起，我离开了熔炉、摇篮似的连队，依依不舍告别了患难与共的战友，开始了全新的军校生活。为适应军队现代化建设，军校必须充当急先锋，并发挥全军的示范表率作用。军校培养的学员，必须承担起军队现代化建设的重任，成为军队建设的领军人物。军校让我的军旅生活更加丰富多彩,也受到更多的教育和锻炼。

我就读的军校是“解放军郑州高炮学校”,后升格为“解放军郑州高炮学院”,现在是“解放军郑州防空兵指挥学院”,先是中专、然后升为大专和本科,是陆军高炮基层指挥员成长的摇篮。走出深山才知晓“山外青山楼外楼”,进了院校方知能人如云、英雄辈出。凡能进入军校,肯定在原部队军事技术、政治素质、文化水平都是出类拔萃者,优中选优,军中尖子汇集,结集各路英豪。

我学的是高炮指挥专业。我是指挥排长出身,这个专业对于初次涉及者也许云山雾罩得很神秘,对我来说就显得比较轻松,但最大的问题就是我当时文化程度不高,面对繁杂的火炮射击计算,仅仅凭着初中所学的三角函数是不够的。“书山有路勤为径,学海无涯苦作舟”,于是我埋下身子补课,上课认真听讲,每晚挑灯夜战,总是最晚离开自习室。

高炮学校是初级指挥军校,基层带兵管理也是主修内容,尤其是野外作业,每个学员都要轮番上阵充当一日的连、营主官,大家摩拳擦掌,粉墨登场,各显其能,各尽其职,佩戴袖标,发号施令,将一日军营生活安排得有声有色,再根据其表现,大家评议,我担当的角色通常都被大家打最高分,后来引起了学校的重视,几个教研室都推荐我留校任教。

军校不但要学军事、学政治、学管理,还有一项重要职能就是学习如何活跃部队的文化体育生活。高炮学校是全国、全军的“群众体育健身先进单位”,因此,对每个在校学员的体育锻炼都有更高要求,比如单、双杠和跳马,必须达到国家四级体操运动员标准。我在连队时就是体育爱好者,曾担当过连队的武装泅渡教练,还参加过师教导队的体育骨干培训,因此,进入军校后,每当上体育课时,教员在讲解过程中,由我做分解示范和综合动作,为了担当好“小教员”,保证动作规范并且达标,每日晚上熄灯后还要加班苦练。

来自全军的各路精英,既是军事骨干,又是文体能手,表演和创作节目更是轻车熟路。学员中队每月都要组织文艺联欢,我是副区队长,每次都要广泛征求意见精心组织,吸取和消化各兄弟部队活跃文体生活的经验,将全区队每个学员的文艺潜能深入挖掘发挥极致,南腔北调,杂耍魔术,武功乐器,快板笑话,中西合璧,巧妙组合,我们区队每次节目最多,表演最精彩,掌声最热烈。记得有一次我们学员队的诗歌联唱《蓝天礼花》被选中推荐参加学院的文艺汇演。学院领导还特意邀请一路之隔的共建单位,总参测绘学院派出文艺小分队鼎力加盟与我们同台献艺,人家可是清一色的女兵,个个美若天仙,表演的节目具有专业水准,使当晚的文艺演出盛况空前,让我们好生羡慕。

就这样,军校把我培养成了一个全面发展的军政人才。我以全优成绩毕业,获得“优秀学员”的光荣称号。经过组织考察,又确定我留校任教,从此我又一次转换身份,走上了军校的教学岗位,为军队现代化建设继续奉献青春。

18年的部队生活,18年的峥嵘岁月,戎马倥偬,无愧此生,我是一个好兵!

博友评论节选

随心笔迹

在对军旅生涯的回顾中，虽然会有太多的相似，但如果都能注意变换一下述说的角度，就能呈现出一幅幅色彩缤纷、内容丰富、趣味无穷、脍炙人口的军营生活画面。那些带着鲜明时代烙印的精彩故事，不仅能使我们这些过来人沉浸在美好与神圣交织在一起的回忆之中，唤起心灵中的丝丝宽慰与自豪，以对晚年的健康身心有所助益；也能借此牵出不少的思考和感悟，以对当今的人们有所提示。

胡堡冬

说不尽的军营往事，叹不完的从军回忆。似水年华不在，青春已然回首，看战友的文字，很有感慨！问候！

子禾

好兵好排好学员，军营锤炼好男儿，激情燃烧军旅情，兵心依旧迈征程。

柴英

老排长，太精彩了，无论你走到哪里，无论您多大年纪，无论你多高的职位，我知道，你最爱的称呼，一定是——我是一名军人，这是我们当过兵的人共同骄傲的名字，你永远是个好军人。

长空铸剑

我们从不希冀漫漫的历史长河能够留下我们的足迹，我们也不希望厚厚的历史书能载入我们的名字。我们只是军人，一群默默无闻的兵，我们所希望的是国家的昌盛，人民的平安。我们并不要求什么。祖国的肯定，人民的肯定，才是我们的最高荣誉。

侦察排长，1970 年 12 月入伍，历任班长、排长、学员、教员、教学组长、教研室正营职主任助理，曾在国防施工“大战红五月”竞赛中，获“标兵施工队”称号，个人荣立三等功。转业后在中国石化集团公司安庆分公司至今。

难忘我的新兵连

作者：绿色一瞥

博客地址：http：//blog. sina. com. cn/wshusen
开博时间：2007 年 5 月

1972 年 12 月，我穿上了儿时梦寐以求的绿军装，坐了几天闷罐火车后，终于到了位于湖南益阳的新兵营。三个月的新兵集训，可谓是从一个普通老百姓向合格军人转变的奠基石，也是最为新鲜、最为紧张的军营生活体验。回想起来，锻炼过硬的军政素质，培养团结紧张的战斗作风，激励积极向上的革命斗志，是我在新兵连的最重要收获。

锻炼过硬的军政素质

一个合格的军人必须具备过硬的军政素质。新兵训练的第一课，是部队革命传统和军人纪律教育。当时部队给每个新兵都发了《同新战友谈革命传统》一书。由新兵连的连、排长和指导员讲课，让大家搞明白“为谁当兵、为谁扛枪”的道理。我查阅当时书籍教程记载，当时曾学习过“我军全心全意为人民服务的根本宗旨、我军简要发展历史、认真读马列和毛主席的书、坚持党对军队的领导、三大纪律八项注意、我们都是来自五湖四海、发扬三大民主、艰苦奋斗的政治本色、做又红又专的革命战士、向英雄模范学习”等课程。教官们活灵活现的讲解，新兵们听得津津有味，入迷入痴，领悟到一名合格战士、真正的军人所必备的政治素养和神圣使命感。

军姿、队列、敬礼、射击、投弹、刺杀等军人基本素质训练，我们天天练。开始一个月，几乎天天都有穿插不间断训练，别看这些动作简单粗浅，可要做到标准、规范、整齐、有力，可没那么容易。练军姿，收腹挺胸抬头一站就是几个小时，拉直绳子测量，横看竖看衣领一条线。练队列，立正、向右看齐、稍息、报数、向左转、向右转、起步走、正步走……如此循环反复，直到动作达标为止；既有单兵练，也有班与班对练，更有全连合练；尤其是训练正步走，踢出一条腿悬空几分钟甚至十几分钟，倘若站不稳就得一次次摔跤。练敬礼，“抬起右手顶帽底，并拢五指侧脑际”，一天练习几十次，上百次。经过不断训练，新兵们敬起军礼来还像是那么回事儿，够神气够兵味的了。

练射击、练投弹、练刺杀、练格斗、练全副武装奔袭，在我们这些新兵看来，则是更高一层次的训练了，“不掉一身皮、不磨一手茧、不练一身痛，休想拥有好功夫”。记得当时全连挑出五名大个头刺杀尖子新兵与连长练对刺，只见连长避实就虚、左突右击，一枪撂倒一个又一个，连长的木枪捅在对手的防护衣上扑通直响，看得大家好不惊叹，队列中不时爆出雷鸣般的呼喊和掌声。

紧急集合训练是新兵们的家常便饭。开始新兵们总是丢三落四的，动作很不协调。在老兵的传帮带、手把手的指导下，很快变得熟练而敏捷起来。我也从开始的手忙脚乱变得动作麻利，总是新兵连紧急集合的前几名。

放哨站岗是新兵的必备之常功。白天还好，深夜站岗，起初我们很不习惯，在连队营房前的树林中，凌晨时就想打瞌睡；寒冬腊月，风雪交加，穿着军大衣依然冻得浑身打哆嗦，只有不断地来回蹦跳着才能解脱寒气。记得我第一次凌晨3时换岗，当换岗的老排长叫醒我时，喊了很久才起来，还瞪大眼睛看着他，十八九岁的小伙子睡得真香，要弄醒起床的确很不自在。当时他将我剋了一顿，至今还记得那时的情景。经过多次磨炼，习惯成自然，以后，再轮到深夜站岗执勤则就顺当多了。

新兵训练最过瘾的就是实弹打靶射击，每次射击都是一次竞赛。平时练得最多的就是步枪射击，卧姿、跪姿、立姿，“三点成一线，百练也不厌”，练毅力，练耐心，练精确；枪上托沙袋练习射击，没练多久手就乏力，但都坚持到体力极限；最难的是步枪第三练习，即100米外一小灯泡10秒钟内一亮一闪，要打掉它难度较大。记得我步枪无依托卧姿射击的最好成绩是10发89环，手枪5发39环。因没练过40火箭筒，仅打过一发，成绩为大鸭蛋。新兵连挑选射击尖子参加新兵营比赛，自己不够格遗憾无缘参加；真羡慕那些能参加团里、师里射击比赛的射击标兵，要能当个神枪手该有多好！

新兵武装奔袭野营拉练，那就是磨炼意志、锤炼本领的真战场。记得有一次武装长跑训练，我那天感冒发烧到39度多，排长送来了病号饭，让我不要参加训练了，我想“那怎么能行？”坚持挺过了这一关。一个营的队伍，浩浩荡荡，梯次前进，战士们头戴伪装自扎草圈，开始几天有说有笑，叽里呱啦得有滋有味，经过几次长途奔袭，弄得筋疲力尽，脚上磨起了大水泡，体质较弱的战士连枪也是别人扛，到后来谁也不愿意多吭声啦。最累人的是最后一天的攻击演练，冲锋号一吹，我们如猛虎扑食，真枪实弹穿插桥梁，抢占山头，跑到终点后，因过度疲劳而倒下几个战士，真乃挑战生命极限。好歹我没有当孬种，硬着头皮冲上了主攻阵地！

培养团结紧张的战斗作风

部队是个大学校，又是个和谐的革命大家庭。在新兵连里，“学雷锋，做好事”的新战士确有不少，随处可见。就连早上出早操前一人给一个班、一个排的战士提前“打好洗脸水，挤出牙膏”的事也抢早干，你先扫地搞卫生，我必比你还要快，“莫道君行早，更有早行人”；“你六点起床，我五点起床，你五点起床，我干脆把扫帚藏起来，看你们有谁搞得过我？”我就多次干过这样的“傻”事情，可心里乐着呢，因为团结紧张的战斗作风就是从这点滴培养起来的。新兵们在雷锋精神的鼓舞下，“把困难和吃亏留给自己，把方便和享受让给别人”，那时的战士是多么真诚朴实，多么执著和单纯。

在艰苦的生活环境中，连队始终充满着热血士兵的青春活力和革命乐观主义情怀。

至今让我难忘的是新兵连生活。每天中晚餐前，全连都要列队唱歌，既丰富了连队的文化生活，又振奋了战士们的精神，凝聚了斗志。记得唱过《打靶归来》、《团结就是力量》、《我是一个兵》等许多革命歌曲，唱得最多的就是那首《大刀向鬼子们的头上砍去》。大家挺直腰板，敞开嗓门，放声高歌，直到最后齐声吼一声“杀！”，然后便纷纷敲着碗筷奔向大饭盆、大菜盆，自己动手盛饭菜，能吃多少盛多少，那时连队没有食堂，战士们三五成群，在露天或站或蹲着吃饭。团里每个连队自己养猪，种菜，老兵们及时给新兵连送来，我们的伙食还不错，吃得也很饱。

锻炼新兵们思想思维和口头表达能力的一个重要场所，那就是每个星期周末召开的班务会。班务会多为小结一周全班的军训、作风、生活等，但主要是开展批评和自我批评，检查存在的不足和问题。起初，小伙子们在班务会上发言都有些害羞，互相推让，谁也不想第一个发言，在班长的示范启示下，才慢慢习惯。大家你一言，我一语，争先恐后袒露思想，互相帮助，取长补短，班务会上洋溢着“团结、紧张、严肃、活泼”的气氛。当时，战士们一心扑在政治学习和军事训练上，都很鄙视那种无视部队艰苦奋斗光荣传统、自由散漫的作风。连里有一个新战士不遵守部队规定，戴手表，他还与另一新兵连的几个老乡几乎每隔几天就到附近的馆子里聚一餐，有时晚点名也迟到或缺席。他被新兵营通报批评，并在班务会上作为“反面典型”，让大家开展讨论。后来那位新兵改正了缺点。现在看，也许当时做得有些过分，但班务会对战士们净化心灵是有积极意义的。

激励积极向上的革命斗志

当时新兵连的生活很单调，从某种程度上讲，甚至很枯燥。每天就是集合、早操、军训、练兵、生产、点名、睡觉，以此循环往复。令人感到高兴的是每个团部都有一个电影放映组，每个星期我们都可以在营部操场上看一场电影。尽管那个年代看的都是清一色的国产战争老片子和8个革命样板戏电影，但大家百看不厌，越看越有味。电影放映前各连的“拉歌”，一曲接一曲，一浪高过一浪，那才叫兴奋和刺激。几天没看电影，大家就要问：“什么时候放电影，是什么好片子？”那时看过的电影，至今一幕幕在脑海中掠过，英雄们的形象深深印在心里，成为我们年轻战士激励积极向上的革命斗志不懈的动力。

我们部队驻地有师部及三个团部，师里炮团在另地驻扎。团部离师部很远，方圆几十里都看不到老百姓，连队离团部仅几里路程，每到星期天，可以向连队请假后约上几个老乡战友去团部逛一逛，团部有个军人服务社，设有照相馆，工作人员都是团部的随军家属。当兵头一年津贴费只有6元，大家买一些生活必需品，照几张照片，邮寄几封家书，战友老乡们买些小零食，聊天逗乐子。在“生活清苦，训练辛苦，条件艰苦”的军营氛围中，也还挺有休闲浪漫之兵趣。

团部、师部定期组织宣讲员、全能标兵到新兵连巡回讲演。连队出有黑板报，经常刊有战士们的学习心得和先进事迹。那时，每个战士除“五个一”以外一无所有，“五个一”是一支枪，一个背包，一个挂包，一个军用水壶，一个后送提包。新兵们以床代桌，或学《毛选》，或读书写信，以此激励斗志，凝聚军魂。我在新兵连就开始读《毛选》和毛主席语录，写学习心得及日记。

新兵训练一晃眼就结束了。“我是一个兵，来自老百姓，革命战争考验了我，立场更坚定！”唱着这首歌，新兵们依依不舍，互赠离言，登上团部接兵下连队的军车，不少新兵舍不得松开连队教官和新兵战友的手，热泪如泉涌，思绪留心头……

回眸昔日三个月的新兵连生活，其间“有苦有乐，有失有得”。“苦”的是条件恶劣，训练艰辛；“乐”的是战友情深，官兵义浓；“失”的是老乡少聚，睡眠不足；“得”的是熔炉考验，锤炼意志。可以说新兵生涯短暂有限，但却让我们获益匪浅，终身难忘。新兵连生活使我们逐步树立了正确的荣辱观、生死观、苦乐观和人生观，磨砺了军人的爱国情怀、战胜艰难险阻的坚毅品格和敢于亮剑的顽强斗志，领悟到了宝贵的人生真谛，学到了不少本领和技能，为后来下连当兵、做一名合格的军人奠定了坚实的基石。

博友评论节选

军中那片海

每个当过兵的人都有一段新兵连的经历，那是不寻常的，也是最锻炼人的。

花好月圆

曾经的新兵蛋子，能够坚强挺过极限训练的关头，枪打得不错！你是不折不扣的好兵！

新泽东洲

忆昔当年从军行，青春韶华热血倾，金戈铁马守边塞，沙场演兵竞打赢，敢比子龙战技精，亦赛云长胆超群，无悔人生予熔炉，丹心傲骨志常青。

绿色一瞥，1972 年 12 月入伍。1977 年复员后，先后在湖南怀化地区科委、科协、市委政策研究室、市政府农办工作。历任市委政策研究室副主任、市政府农办副主任，2009 年 12 月为调研员。曾在国家级和省级刊物上发表过调查报告、论文近 40 余篇。

班长与嘉奖

作者：冷眼向洋

博客地址：http：//blog. sina. com. cn/540725a540921b
开博时间：2010 年 7 月

军旅生涯 10 余载，我有过两位班长记忆尤深：一位是新兵连的班长，一位是下连队后的班长。说起来，这两位班长都和我当时梦寐以求的“连嘉奖”有过“纠结”。

新兵连班长是河南人，早我两年入伍。他个子不高，黝黑的脸，偏瘦。记忆中他不大会笑，总是绷着脸，话语不多，语速比常人慢半拍。他对我们的要求非常刻板，训练中教官下达的训练任务，他总会超指标要求我们完成。我对他的婆婆妈妈很有些不以为然。他为了对新兵有所了解，每天晚饭后都会约新兵出去谈心。他也找我谈过，无非问一些诸如“多大了？家里都有什么人啦？想家吗？习惯吗？”等之类的小儿科问题，我想他把我当小孩子呢。于是我就呵呵地笑，并没有认真回答。他有些尴尬的样子，看着我不再问。

当新兵时，正值第四届全国人大召开。那天我正站岗，听到广播喇叭里播送大会新闻，心潮激荡，热血沸腾。下岗后，很快草就了一首诗歌《我在哨位庆人大》。第二天，我这首诗歌上了连队的墙报。这天晚上，基地机关放电影，新版《渡江侦察记》，电影放映前，放映员广播说，为了庆祝四届人大的召开，现在广播新兵连战士×××的诗歌《我在哨位庆人大》，以此表达基地兵站全体指战员的喜悦心情。接着配合幻灯片，放映员朗诵了我的诗歌全文。那一刻，机关干部投向新兵连的赞赏眼光和空中回荡着的诗歌朗诵声，让我十分陶醉。第二天晚饭后，班长组织全班去练“三、五弹，三、五枪”，我说连墙报组让我去给他们帮忙。班长说：“要知道，你的教练弹投掷还没达标呢！”我说：“我手臂已经有点红肿了，休息恢复一下兴许会及格的。”班长有点生气地说：“你的想法兴许没错，但你这样做可能是不妥的。”

追求最佳的成绩和军人的荣誉，是每个战士的梦。3 个月下来，我脱了一层皮,除了手榴弹投掷成绩为及格外,其余各项训练科目成绩都为优秀。这期间,我还出色地完成了墙报组的多次组稿和出刊任务,兵站政治部的几位干事都给予很高评价。我想,新兵总结的时候,我是应该能够得到一个嘉奖的,老兵们都说,新兵连的总结嘉奖,对新兵工作的分配至关重要。

总结的班务会上,战友的评比指向比较一致,我名列先进名单其中。可是,当连队总结通报获得嘉奖的人员名单里,却没有我。这让我很沮丧,我不知道为什么会这样。

晚上,新战友们做着下连队前的道别准备。班长走过来,对一脸茫然的我说:“来,我们出去走走。”一路无话,走到一个小山坡前,我们坐下。班长还是用那低沉和慢半拍的语音对我说:“知道你为什么没有得到嘉奖吗?”我摇头。他说:“同志们评了你,我也把评比的情况报告了排里。”我说“那是排里没上报?”班长说:“不是排里,是我建议不报你的。”班长从我眼里看到了疑问,接着说:“服从命令是军人的天职,军队设置的班长就是管战士的,无论你觉得班长怎么样,你必须尊重,必须服从。你明白吗?如果你能明白这个道理,你会有很大进步的。”

就这样,我和第一次获奖机会失之交臂。

带着班长的这番告诫,我分到了离重庆基地兵站百余公里的川黔交界的一个部队。每逢有战友去兵站,班长都会打听我的情况,我入党、当文书和后来作为技师后备人员到上海学习的情况,他听说后都由衷地高兴,喜笑颜开。他对战友们说:“我就相信×××这小子能行的。”

两年后,总后勤部重庆办事处建制撤销,办事处下辖的四个基地兵站包括重庆基地兵站也一并撤销,我们分别划归成都和昆明军区,至此我和班长没有了联系。

后来我被分配到勤务二连二排四班当战士,我的班长是个早我 4 年入伍的湖南兵,他个头精瘦,嘴巴有些前突,腰背微驼,不算帅哥,但这个班长开朗乐观,总像个大哥哥似地照顾着我和另一位新兵。和新兵连那个班长比,他似乎老到了许多,那时候我们排在机关搞营建施工。班长每次接到任务后,总是先分析一下,然后很有技巧地安排工作。可以这样说,在保证质量和工期的前提下,他是能巧干就不蛮干,能少干就不多干,从不做无用功。我想这可能和老班长的资历和悟性有关,而且他看着就是要退伍的人了,也不需要做那些面子上的事情了吧。

我很庆幸能碰上这么好的班长。我想到了年底,凭我的表现和班长的关系,评个嘉奖应该是不会有啥悬念了。

可是我高兴得太早了。这年,我们 11 月结束营建施工,连里让我们在机关就地总结后回连队。评比下来,我获得压倒多数的评比票,可不料最后的嘉奖还是名落孙山。

这回我没拉脸。我等着班长找我谈话。

老班长没有像新兵连班长那样找我单独出去走走，而是在吃饭的时候对我说：“班里的同志对你礼让荣誉的高尚行为感动着呢！”我笑笑，我算明白这个班长的“老奸巨猾”了。我相信他是为我好的。

回到连队时，指导员找我谈话，说根据工作需要和我的表现，连队党支部决定让我任连队的军械员兼文书。从指导员这里，我知道连队去排里了解情况时，班长和班里的同志说了我很多好话，其中就包括我的见了困难就上，见了荣誉就让等等。

我清楚地记得，新兵连班长（后字 333 部队新兵营 1 连 3 排 11 班）姓朱，河南长葛人。老兵连班长（总后 59557 部队勤务 2 连 2 排 4 班）姓曾，湖南衡阳人。

每到“八一”节，我都十分想念我的这两位班长。在我所经历的新、老两个连队的总结中，他们都没有给我获得嘉奖的机会，但是，他们给了我比嘉奖更为珍贵的人生启迪——如何做人，如何做一名合格军人！这让我受益终身。转业到地方后，我也带着他们的教诲，坦荡大气地做人。这些年，我获得了各级各类大大小小的许多荣誉。每当我手捧鲜红的奖证时，我就会想起当年两位班长在总结评比后对我的忠告，我始终觉得，这才是我最值得珍惜的。

难忘军旅生涯，难忘两位敬爱的班长！

博友评论节选

丝雨

那个年代的许多年轻军人看荣誉重于生命，你能正确对待很不容易。两位班长对你的人生影响如此之大，值得怀念，同时也可看出那个年代人际关系的纯真。“八一”节将至，怀念战友，怀念军营当兵人。

雪域军魂

怀念的是绿色军营，难忘的是战友深情，保持的是挺拔军姿，不变的是传承军魂。

向天一戈

班长是战士第一个导师，是应该永久留在记忆里。

金真

拜读你的博文，使我想起了我的班长。他是 1965 年入伍的山东兵，文艺天才，又是党委委员、团支书，还是我的“一帮一、一对红”对子。平时他对我非常照顾，可惜他走后我们便失去了联系。也不知他现在怎样了？该有 70 岁了吧？

冷眼向洋，湖北人。1975 年入伍，当过战士，干部，军旅 10 载，操枪少，弄墨多。转业先后供职于市政府办公室，市委政法委，市卫生局等部门。崇尚以善为心，以德立身，以实谋事。业余爱好笔耕，有若干作品见诸报刊，有小小说获得全国赛事奖项，其博客获新浪博客推荐上“原创榜”。

军舰“微山湖”的往事

作者：上海猴哥

博客地址：http：//blog. sina. com. cn/shtcd2008

开博时间：2008 年 11 月

不久前，我国海军派出军舰前往索马里海域执行护航任务。其中有一艘远洋补给船，舷号 887，船名“微山湖”。由此我想起“微山湖”的前身“海油 405”。

1970 年夏天，我从哈尔滨军事工程学院毕业后，被分配到东海舰队。去机关之前先到船上实习锻炼，地点是位于上海北外滩的扬子江码头后勤辅助船大队。我们 6 个毕业学员被分别指派到不同舰船上，我被派到“海油 405”，船名就叫“微山湖”。我在这里开始了自己真正的水兵生活。

水兵的生活

在哈军工学习期间，我虽然穿着海军服，却一直是只“旱鸭子”，没有上过船出过海，直到这次上船才尝到“水鸭子”的滋味。在普通人看来海洋美丽、军舰威武、海军服漂亮，其实水兵的生活是非常艰苦的。

军舰的空间有限，首先要保证作战的需要，其次要保证航行的需要，第三才是舰员的生活。我们“微山湖”是条辅助船，情况比战斗舰艇要好一些，但也相当艰苦。

先说住舱。我住的舱室大约十多平方米，住 8 个人。每人有一个类似超市里寄存柜大小的储物柜，床铺是铁条上搭木板，睡三层铺。班长睡上铺靠舷窗，有空气阳光；老兵睡中铺，可以借点光；新兵蛋子住下铺，又闷又暗。我享受新兵待遇，1 米 85 的高个子，每天往铺位上钻，真想不起当年是怎样过来的。那时候，没有空调，挂在墙上的小电扇没有多大作用。夏天的船舱里酷热难耐，我们经常偷偷到甲板上打地铺，如果是航行中，就到二层甲板的小艇下面睡觉。

再说吃饭。船上没有专门的餐厅，每人一只碗一个盘子，盘子分成三格。炊事班把饭菜做好，端到甲板上，大家排队打饭菜。有的战士就先去打汤，用勺子捞干货,喝完汤再盛饭。吃饭夏天在甲板上,冬天在住舱里,住舱中间有一张长桌,约 2 米长,1 米宽,那就是我们的饭桌,也是乒乓球台。

还有洗澡。那时船上没有澡堂,夏天战士们就是在洗脸间里冲澡,或者穿着短裤在甲板上冲凉,冬天洗澡就要下船、排队到军营外的地方澡堂去。记得我们常去的是吴淞路上的一家小澡堂,大家一齐泡澡,互相搓背。洗完了再排队,集体返回军营。

舰上经常给大家发一些东西,比如肥皂,糖果等等,城市兵一般发了就用,有时候不够,还要到小卖部去买。农村兵就不同,他们多数都省吃俭用,尽量把东西节约下来,到探亲回家时带上。那时候,农村兵能带一袋大白兔奶糖回家是很不简单的事情。

星期天,可以按比例请假外出上岸,但必须准时归队。我是干部,可以在外面吃完饭再回船,但是也不准在岸上过夜。平时,除非出公差,否则是不能随便离船的,特殊情况必须报告经批准才可以离船上码头。

水兵们长期在舰船上生活,他们的奉献和牺牲是巨大的,放弃了许多同龄人应该享受的欢乐和自由,把青春年华献给了祖国。我只在船上呆了 16 个月,已经深感“水鸭子”的不容易,没有亲身的体验就不知道当兵为什么光荣。

轮机兵的职责

现代舰船,由于机电一体化的发展,已经基本实现了“无人机舱”,而在 30 年前,机舱是离不开人的。转速表、温度计都是指针式的,操作杆也是手动的,没有自动的记录仪,每隔 15 分钟需要人工记下机器的油温、水温、转速和功率。从打开海底门,轮机兵就要按照已经背得滚瓜烂熟的条令,一步一步地进行操作,从检查冷却水系统、机油系统、燃油系统、仪表系统到启动机器暖机、提速,一丝不苟地履行自己的职责。

每当战斗警报拉响时,轮机部门是最紧张的,我们迅速着装后跑到机舱门口,已经来不及一步步走下去,都是凭借楼梯的扶手快速滑下去。首先启动副机,保障全船照明和各战位的用电,主机启动后立即报告船长:主机备便!这时候就会听到指令:前进一——前进二——全速前进!在主机逐渐增强的轰鸣声中,军舰迅速离开码头或锚地。轮机就是军舰的心脏,是最重要的部门。但轮机兵是看不到蓝天大海的,没有诗情画意,只有闷热的空气,强烈的噪音,频繁的震动和大海无情的摇摆。有时候,我真想爬到甲板上看看,到底开到哪里了,什么时候进港靠码头。有时候终于等到码头靠好了,正想脱掉工作服,回舱室休息,机电长却宣布没有岸电,副机要 24 小时发电,副机班轮流值班。眼看着人家都可以休息娱乐了,我们还要坚守在岗位上,就感到轮机兵的职责不一般,要随时保证军舰的战备需求。

轮机最大的担忧是在航行中发生故障。有一年冬天,我们去连云港送油,船出长江口，在大戢山转向正北，赶上顶风顶水。就在风浪最大的时候，主机海水泵发生故障，只好停机检修。失去动力的船就像一片树叶在汪洋大海上漂泊，左右上下地折腾，全船人都开始呕吐，只有渔民出身的蒋政委还没吐。他来到机舱帮助轮机长一起修理，因为他也当过轮机军事长，故障大约一个小时就排除了，可机舱里两只水桶也差不多被大家吐满了。那一次，我是真正感受到了当海军的辛苦。好在从连云港返回时，顺风顺水，红日高照，不值更的战士们都到甲板上晒太阳，看海景，这时候又觉得当海军挺幸福。

惊涛骇浪的考验

我们是在和平年代当兵，但是也有危险，也会面临惊涛骇浪的考验。

有一次，主机班要拧紧汽缸头的螺丝，我主动去帮忙。用一个大的活络扳手夹住螺母，扳手上套一根管子，我和两个战士面对面站在离机舱花铁板一米多高的主机踏板上，他们推，我拉，就在用劲的一刹那，管子滑离了扳手，我们三人从半空摔下来，我的腰重重地摔在机舱的花铁板上。两个战士摔在我身上没有受伤，而我的腰有一个月直不起来。军医说：还算幸运，不是头先着地。经过天天拔火罐、按摩治疗，总算能直起腰了，但还是留下了病根，从此我的腰就不能背负重力，也不能受凉。每当腰疼的时候，我就会想到“微山湖”，想到那机舱。

我这一生只剃过两次光头，一次是小学住校时，发现同班有人长虱子，老师叫女生剪短发，男生剃光头。再一次剃光头就是在“微山湖”舰了。那是1971年夏天，我船南下送油，返航途中接到台风警报，大队命令我船进象山港避风。由于船上淡水剩余不多了，船长命令严格控制淡水的使用，第一项措施就是全船官兵一律剃光头，禁止洗澡洗头；第二项措施是每人每天一杯淡水，用于洗脸刷牙。

船进港时风还没有来，我站在甲板上看着两岸景色，蓝天绿水真是美极了。这里和福建的三都港一样，水域纵深开阔，航道水深，可以容纳潜艇在港内就地下潜。船一直往象山浦的深处开去，两岸青山不断，岛屿连绵，确是舰艇靠泊隐蔽的好地方。怪不得当年孙中山会看中这里，想在此地铺设铁路，建设东方大港。最后，我船在10号水鼓系泊，开始抗台风的准备。副长老刘悄悄告诉我，当年蒋介石就是在离此不远的地方上船去舟山的。

当天晚上，海面风力越来越大，我们关闭了所有的舷窗和水密门，巨风裹着暴雨不断抽打着船身，好在只有浪没有涌，人并没有特别难受的感觉。由于我们事先已经牢牢固定了舱面的物品，一夜平安无事。

第二天早上出现了意想不到的情况。系水鼓的两根钢缆不知道什么原因，变得一紧一松，单根缆吃力有断裂的危险，副长命令枪帆班班长和舱段班班长去调整。他们两人水性特别好，但是在狂风巨浪中下水作业，仍然十分危险。穿上救生衣，腰间拴一根细的缆绳，我们在船上拉着这根关系战友安危的绳子，看着他们穿过巨浪向水鼓游去，几次上去了又被浪掀下来，有时又被浪冲向水鼓，人的肉体与钢铁碰撞着，他们咬紧牙关再往上冲，终于用四肢爬上去了。抓住了缆绳，调整了松紧，完成任务之后，他们跳下水，已经无力游回来了，当大家把他们拉回来时，我看到他们身上青一块紫一块，有几处伤口出了血。我从内心佩服他们的顽强斗志和牺牲精神，这就是我们的战士。

这次战台风是一次难忘的经历，但是和我的同学杨玉焕经历的沉船灾难相比还差得远。他所在的“东运 201”在长江口被战斗号货轮撞沉，二月天的江水多么冷啊，他们十几个人围着一个救生筏，高喊着：“下定决心，不怕牺牲，排除万难，去争取胜利！”互相帮助，互相鼓励，居然在水中坚持了 45 分钟，最后大部分人都获救了，但由于体力不支，还是有两位同志牺牲了。在最危险的时候，杨玉焕把一块木板让给了一个水性差的战友，为此小杨立了三等功。小杨是我们这批大学生的骄傲，后来他成了中国海军第一艘远洋补给船 X615 的机电长，在出国访问、南极远征的航程中，多次立功。

我在“微山湖”上锻炼的时间不长，但是收获是巨大的。在和平年代里，在辅助船上，在轮机岗位，我实现了从军校学生向革命战士的转变。从哈军工毕业的时候，似乎胸怀壮志，理想远大，想成为一个不平凡的人，成就一番不平凡的事业。经过“微山湖”舰的锻炼，我开始懂得：理想的重要不只是抽象的远景，而在于具体的目标。理想必须从一个抽象的远景分解成许多具体的目标，才能成为我们生活中一步一步实现的真实；我开始知道实现理想的道路并不平坦，会有艰难困苦，会有挫折失败，甚至会有流血牺牲，这是一条曲折漫长而又光荣自豪的道路；同时也开始明白：个人的理想只有融入革命的伟大事业，和革命队伍的发展壮大结合起来，才是真正有价值的，也才会有实现的可能。

“微山湖”的往事已经过去许多年，正是应了那句老话：“铁打的营盘流水的兵。”一代又一代的海军战士，承接和续写着新的追求与希望。环境不同了，生活改善了，但人民军队的宗旨没有改变，水兵的职责没有改变。我相信，属于新时代的共同理想依旧存在于新的“微山湖”舰上，存在于海军战士的心中，而且越飞越高，越航越远。

博友评论节选

紫玉

猴哥的文章写得很感人。把在东海舰队的往事，记得清清楚楚，佩服你哦！人生总是因为有回忆而多了份美好，难忘的经历，事隔多年依然怀念。这次三舰出征，正是海军战士报效祖国，展示军威的机会，为人民海军自豪！

临安的风

三舰亚丁湾护航的话题进入了猴哥的领域，引发了你的回忆，当年的猴哥是个帅小伙，愿你青春常在。

四条金边

哈哈，你在哈军工毕业后，上船也被分在轮机部，看来，你我都是学轮机的了，不过你 1970 年上船，比我早，我当时还在海运局当“白领”呢，1974 年我才上船。

叶子

呵呵，猴哥的博文，我相信我小孩一定会很喜欢，改天让他拜读！问候朋友。

上海猴哥，1945 年 1 月出生，哈尔滨军事工程学院海军工程系毕业。曾任海军某部技术员、助理员、副厂长、监修室主任等。1989 年转业在上海外经集团公司供职，曾任香港分公司总经理。2005 年退休。爱好音乐、摄影、旅游和写作。

我的主任“贾老头”

作者：老百姓 LPC

博客地址：http：//blog. sina. com. cn/lpclpc511
开博时间：2010 年 2 月

20 世纪 70 年代初，在风景秀丽的杭州城外，有个军事禁区。出武林门，走杭(州)余(杭)公路，过龙居坞不远，再沿着一条不起眼的土路蜿蜒前行，就可看见一片浓密的香樟树林，浓荫深处掩映着一个很大的木质栅栏门，门上醒目地挂着“谢绝参观，禁止照相”的警示牌。这就是我当兵时所在的军械仓库。

仓库的最高首长是贾主任。他是 1946 年入伍的山东老兵，是原三野七兵团军械库唯一留下的“种”。他没什么文化，人很憨厚老实，对工作尽职尽责，对部属要求特严，对战士十分关爱。因和武器弹药打了一辈子交道，贾主任有一手过硬的军械管理和维护的功夫，直到后来离休也没有挪过窝。由于长期在军械仓库这个危险而任务繁重的环境下工作，贾主任弄得一身伤病，后来还得了肝病，使得他的体质十分消瘦，人也显得苍老，虽只有 40 来岁，战士们背地里就尊称他为“贾老头”。

贾主任有许多“绝活”。据说，他的“绝活”在大比武时曾受到叶剑英元帅的好评。

当过兵的人都知道，枪弹中有普通弹、钢芯弹、穿甲弹、燃烧弹、曳光弹、穿甲曳光弹、穿甲燃烧弹、穿甲燃烧曳光弹等。弹种的区别是根据弹尖部的色环来区分的，不同的颜色标示不同的弹种。而贾主任的“绝活”则是蒙上眼睛凭手摸！而且是一摸一个准。原来，每种弹的弹尖部位的弧度是不一样的！这一点了解的人不多，能根据弧度区分的则更少，而单凭手摸判定弹种的，除了“贾老头”我还没有听说过。

贾主任还有一样“绝活”：手枪打得特准！常常打给我们这些爱起哄的小兵们看。找一棵毛竹，取其一节，用泥巴在上面画个圈，放置 25 米左右。只见“贾老头”单手举枪，“砰！…砰！…”一个弹匣 8 发子弹一口气打完，那根倒霉的竹子顿时弹痕累累，用手轻轻一掰即可折断！据他自己介绍，这一手是跟原来的省军区后勤部长于得水学的。于得水可是个传奇人物，冯德英的小说《苦菜花》中的于得海就是以他为原型塑造的（于得水后任安徽水利厅长，“文革”中受迫害惨死）。当年于部长常来我们仓库“视察”，几乎每次来都要和贾主任切磋一下“枪法”。

“贾老头”对我格外关照，曾悄悄将他的射击“秘笈”传授给我：一是呼吸要匀；二是击发要轻；三是站立要稳；四是握把要……卖个关子，不说了，此处略去。经贾主任点拨，我也打得一手好枪，但功夫还是不如“师傅”。

有人可能会说，枪法好是子弹“喂”出来的，这也不假。可是，当时仓库有个周副主任，人高马大，臂力过人，训练时也没少打子弹，憋着口气想要超过“贾老头”，最终还是未能如愿。所以，好枪法是要有点天分、有点悟性才行。

1971 年初我参军到仓库时才只有 13 岁，可以说还是个小孩子。那时的兵大多思想单纯，追求上进，我也不例外。每逢“出公差”，比如帮炊事班买粮食扛大包。我也和其他兵一样争着、抢着要去，班长不同意，我就生气，就和他闹。有次把班长惹急了，“好，你小子逞能，去吧！”等我屁颠屁颠扛起那一麻袋 200 斤大米时，顿时脖子青筋直爆、身子一扭一歪差点摔倒。我这才知道：这个公差可不是好玩的！

看着满脸通红、气喘吁吁回来的我，班长又心疼又好笑地说：“还逞不逞能啦？下回别再跟我犟了！”可到晚上，班长却哭丧着脸从主任那回来了。原来主任得知了此事，把他叫去好一顿剋。班长进门就把我摁在床上，没打我，只是咬牙切齿地说：“都他妈是你小子作的，害老子挨批！”后来才知道，贾主任训他说：“你 13 岁时能扛大包吗？如有个什么闪失，看我怎么收拾你！”可见，主任心里是多么心疼我这个“娃娃兵”。

1971 年，受“9・13”事件的影响，解放军曾延续多年的年终“五好战士”、“四好连队”评比取消了。但上半年的评比还是照常进行的。我被评为“五好战士”，理由是“不顾年小体弱，学习和各项工作都冲在前”。哈，有点意思！

由于弹药库的特殊性（保密、安全等），弹药的收发装卸、搬运都是俺们自己干。几乎每周都有几次，少则几吨、多则几十吨，全靠我们手搬肩扛。这些大体力、高强度的劳作免不了给我们身体带来损伤，拉伤、扭伤是家常便饭，腰肌劳损几乎成了我们仓库兵的职业病。我也不能“幸免”，有一次累得尿中带血而住院。

记得第一次搬运弹药，扛的是木柄手榴弹，每箱 28 公斤。那天，我们 20 多个新兵才从新兵连分到仓库，下午就赶上这“活”。同去的新兵大都是农村出身，这些活对他们不算啥，可我不行啊！搬了不到 10 箱就汗流浃背、步履蹒跚了。腰开始吃不消，特别是我的嫩肩膀被压出了一道道血印，疼得我龇牙咧嘴……没有别的办法，只有苦练呗！每天只要有空余时间我就练举重、练爬杆、练单杠等，吃了不少苦。两年后，我嘴边开始长出毛茸茸的胡子，身高也由 1.66 米窜到

1.78米了！身体逐渐壮实起来。

1973年初夏，根据战备需要，上级决定让我们仓库离开呆了20多年的花坞，人员、物资（包括全部库存弹药）悉数转入70公里外的洞库（坑道）。于是大规模的搬迁工作开始了。每天28辆车，每车4.5吨弹药物资。这边装，那边卸，仓库的人员分成两拨。同时，库区的岗哨执勤还照样有，干活的人手显得十分紧张。仓库这边只有“贾老头”带着我们三班和几个保管员负责装车，工作量之大可想而知。

搬迁那段日子的确很苦，很苦！我只记得每天晚上浑身像散了架似地疲惫难捱，半夜起来站岗常常能走着走着就睡着了……

大概是搬迁开始20多天的一个下午，贾主任把我叫到跟前，非常严肃地说：“明天你不用参加搬迁了。刚接到装备处的调拨单，立刻送27吨76岸舰炮弹去宁波。由你一人负责押运。注意，不能有任何差错！”

我被他那严肃的神情吓得很紧张，立马前往装备处取回调拨单，又跑到战勤处办好军人通行证、持枪证，并把自己的枪支弹药认真检查了一遍，就赶到杭州北站接收物资。当晚，火车拉着一节装满炮弹的闷罐车，呜——的一声向南驶去。闷罐车门仅留一条缝，缝隙里是我那一双警惕的眼睛和怀里一支子弹上了膛的冲锋枪！不过，透露一个秘密：因为天热，我在车里仅穿着一个裤头！想想几乎赤裸的我端着枪的样子，就觉得好笑。

闷罐车途中经过两次“编组”，才在第二天下午到了宁波。军分区的杨参谋已等在车站。我在向他办完弹药移交手续后，请他马上给我买返回仓库的车票。

“急什么？你先住下。分区招待所已安排了房间。把枪交我保管吧。”个子不高的杨参谋口气坚定地说。

“不行！我要立刻赶回去，库里有事！”我着急地对杨参谋说。

他有点诡异地笑笑，“明天打电话请示一下贾主任吧。”没办法，只好“缴枪”住进招待所。

第二天，我在分区值班室得到贾主任的电话“指示”：先住那，可能还有任务。好吧，我只能服从命令了。心想，有啥任务？家里弟兄们累得要死，我住着能安心吗？真要命！

宁波当时是东南沿海前哨城市，城内没啥高楼大厦。我虽说第一次到宁波，但因为天天等着接受新任务，哪也不敢去，也没心思去。

一天，两天……四天过去了，我心急呀。

第五天，杨参谋一早就把我送到火车站，在站台上，还了我的枪并递给我一张票，“回去吧，小鬼，任务解除了。”

……　……

是的，任务解除了！不过，是仓库的搬迁任务解除了。我回到仓库时，已没有弹药可搬了，只剩下一些营具等，也就3、4车的事儿了，轻松呀！

因在仓库搬迁中“表现积极”，特别是“独自完成重大战备任务”。年底，我还弄了个“嘉奖”！

事过之后，我才理解我的贾主任的良苦用心：他实际上是怕我累坏了，有意让我出去休整呀！后来，我曾多次私下问过他，他只是笑笑，不回答我。

几十年过去了，我一直惦记着我的贾主任。最近有一次到杭州看望老首长，我又向他问起此事。他依旧只是笑笑，没有回答我。

唉，这个“贾老头”哟！

博友评论节选

飞马皇后

当年的小兵碰上了好领导！那是一段值得回忆的美好时光啊！

女兵肖梦

娃娃兵在军营能坚持下来也不容易啊！难为你了。

雾松

岁数小，无私心，会苦干，认真干！俺当兵的时候也岁数很小，什么事都特别认真！

rongrong

是个好领导，百姓有幸！百姓至今还在关心看望领导，也是个有情义的人！

老百姓 LPC，山东人，1957 年出生，1970 年底入伍，在浙江某军械库站了近 6 年岗。最大官衔，班长——副的。1976 年退伍回合肥，先后在机械、电子国企工作 30 多年。干过铣工、钳工、机修工……直至企业副总。现赋闲在家，即将退休。喜欢拉二胡，作诗，上网写文章，诉说永远不解的军旅情怀。

吃大包子的故事

作者：飘影 yao

博客地址：http：//blog. sina. com. cn/taianyaohueiying
开博时间：2008 年 3 月

大家都知道，20 世纪 70 年代，部队伙食标准是比较低的，一般部队每人每天只有四毛五分钱的生活费。

1975 年，我们这批 73 年兵和部分老兵一起在 179 医院“分部护训队”学习。我们每天早饭是馒头或发糕，稀饭加咸菜。中午和晚上两顿都是“两菜一汤”加米饭。蔬菜通常是以圆白菜为主，也算是一个固定菜。另一个是有点肉的菜，不固定，就这“两菜”也不可以放开吃。开饭前，我们帮厨的要把各班菜盆“两菜”平均分配好，每个班一盆，桌上就摆这么两个盆。要说汤吗？半桶水中闪着几个油花，漂一些菜叶，汤就不用分了，自己去桶里打。饭放在木桶或大盆里，大家尽可放开肚子吃。

对于“两菜一汤”的伙食，开始大家还都感觉不错，但天长日久这样下去，未免单调了一些，慢慢的肚里油水不足了，心情也就有些烦了。伙食问题成为大家比较集中的意见，只要有机会我们就嚷嚷，领导也是吱吱吾吾地搪塞，说“一定想办法改善”。但护训队没有积蓄家底，临时单位也没什么副业，改善不了生活。后来教导员想了个办法，协调医院拨一点土地，让学员们以班为单位去后院垦地种菜，解决吃菜问题。

对种菜这活我们都没干过，不知道从何干起，但一想到能改善生活，大家的劲头还是蛮足的。

下了课，各班都主动到分配的菜地种菜、浇水，清理杂草，恨不得今天撒种，明天就能看到出芽，后天就能吃上。那段时间，队里请来当地菜农指导，我们在菜农的帮助下，都成了种菜的行家里手，也见到成效啦，什么油菜、空心菜、蒜苗，还有茄子、黄瓜、西红柿、冬瓜、南瓜等等多了去了。吃菜不花钱了，也就有了进一步改善伙食的条件。这可真是“自己动手，丰衣足食”呵！

护训队里 100 多名学员，大部分是北方人，普遍喜欢吃面食，面食自然以馒头为主。那时条件比较差，伙食单调，吃大米饭也好，吃馒头也好，时间长了总觉得味道平淡，大家都渴望改善生活。要是炊事班一两个星期给大家来一顿大肉包子改善改善，那可是人们企盼的面食极品呵。不论南方人或北方人都喜欢吃肉包子。那一个个大大的发面包子肥肥的肉馅，一咬一口油，别提多香了！我一想起来就流口水。

终于有机会吃上大肉包子了。

记得有一次，我们班帮厨，正好赶上炊事班包大包子，别看我们是北方女孩子，会包的没几个。炊事员现场示范，边包边教，我心灵手巧一学就会，起码能包成样了。

当时我们女兵包出来的那个包子啊，长的太长，圆的不圆，样子真够丑的。包子馅调好不容易，油多了少了；盐多了少了的，这可是决定包子好不好吃的关键，这个重要环节由炊事班的人亲自操作。

第一次吃大包子，全队在食堂前集合，教导员讲话："同志们！在队里和学员们的共同努力下，种菜很有成绩！今天，炊事班想了办法给大家改善伙食，让我们吃大肉包子！……"哇！队列里一下爆发出一片掌声、欢呼声！

后面教导员讲的什么我也没听清，只觉得肚子在叫，好像馋虫要出来了。

最后教导员说："大包子巳下笼，各班按人头先给两个，管够吃，但不准拿走，开饭！"

开饭了，所有的人都很快吃光了分的两个肉包子，然后眼巴巴地等着下一笼。下笼蒸好端来了，一些人又拿了两个，很快又吃光了。那年头当兵的胃口真是好，我一口气吃了好几个，吃得自己都不好意思再伸手拿了。我以为自己创下吃大包的纪录，谁知队里有位大肚女，居然一连吃了 9 个！有些平时斯斯文文、弱不禁风像林妹妹的学友，也都平均吃了 4 个。

说起吃大包子的感受，每逢护训队蒸大包子，我们都个个心情不错，吃得多不说，还有个别的人偷偷藏上一个，以备晚上饿了再吃。

关于吃大包子的故事还有很多，记得有一次我们班的女兵"大个子刘"吃得比较快，一会儿六七个大包子下肚了，我们还没吃完呢，她就走了。等到我们从餐厅出来时，她巳经和别人在操场上打起了羽毛球，我对战友"小山东"说："刚吃了这么多东西，马上活动，行吗？"小山东说："她可能是吃撑着了吧？"记得学内科时老师讲，饭后不能马上运动，否则容易出现胃下垂、阑尾炎等病症。我本想去劝劝大个子刘，不要打球了，这样对身体不好，但看她打得正起劲，也就没多说。

当我们散步回来后，大个子刘也回来了，经过刚才一运动，她好像又饿了，见她从包里拿出来一个大包子又吃上了，看着她吃得那个香啊，我也眼馋了，好在小山东也藏了一个，我们俩一分为二，三个人一边东张西望，一边狼吞虎咽地吃起来。那顿大包子，大个子刘到底吃了几个她不说，小山东对我说她可能吃了 9 个。

这段经历近 40 年了，却一直留在了我的记忆里。

后来我一说起吃大包子，就想起当兵那时候豁开肚子吃肉包的事，开始说起来好笑，听起来有趣，开怀大笑。说完之后心里却有些酸楚，再也笑不起来了。

现在部队伙食好了，与我们当兵时相比真是没得比了，想什么时候吃大包子就什么时候包，想吃什么馅，就包什么馅，什么羊肉馅、牛肉馅、猪肉馅、素的、海鲜的，花样多得很。天天像过年一样，现在的小战友太幸福了！

博友评论节选

昆仑树

我们部队的女兵们吃包子有绝招，她们一看是包子，立刻到药房去吃上几片胃舒平，然后就放开肚子大吃起来，直吃得个个都像怀了四个月的娃，而且保证不会肚子疼。这叫运用科学知识多吃多占。

渡东桥一号

新兵连里常给我们做包子吃。直到今天我还仿佛口留余香。那肉包子馅里有大蒜头和姜放进去，完全的北方风味，第一次吃那大包子。我都不好意思告诉你，我吃了8个！哈哈！我们有个大个子吃了11个。吃包子时伙房有规矩，筷子碰上哪个，就得拿走。包子的皮有厚有薄的，薄皮馅多的包子有油渗出来，颜色会深一些。我们拿包子的时候，就像一个抓鱼的，弯下腰来近距离观察：哪个包子皮薄，皮薄馅就多，就好吃！哈，我们都成了“包子精”了！

老空降侦察兵

飘影的文章勾起军旅生涯的美好回忆。我14岁前在山东度过，养成北方人生活习惯，最爱吃面食。其中包子真是最爱之一。部队的包子特别大，像大人的拳头大，一个大搪瓷碗，两个包子就能装满，每顿我能吃8到10个。

缘分的季节

我们当年在新兵连时，有一个山东的新兵就是因为连队吃包子，一口气吃了十几个，造成急性胃扩张，急诊住进师医院手术。当年在部队吃包子就是改善伙食了！

飘影 yao，1972年入伍，在陆军某分部话务班任话务员。1975年在21分部179医院护士训练队学习。1978年在38野战医院一所任护士，护士长。1979年参加南疆自卫还击战。嘉奖一次，立三等功一次。1985年转业在泰安市乡镇企业局工作，2009年退休。

手捧书卷享墨香

作者：红小鬼

博客地址：http：//blog. sina. com. cn/xjm35141

开博时间：2007 年 12 月

20 多年的军旅生涯，书本伴随着我的日日夜夜。

在部队勤奋读书、认真学习，养成了我手不释卷、笔耕不辍的习惯。读书学习，不断丰富自己文化知识。是自学、是知识助推着我的成长。强化学习、终生学习不断提高自己的工作能力是我在部队工作时制定的目标。

夜深人静坐书房，深刻领悟独思量。学海无涯勤为本，手捧书卷享墨香。

古人说，书中自有颜如玉，书中自有黄金屋。少年时期想读书，可是没有环境，我的整个学生时代正处在“文革”时期，青年时期想读书，可是没有条件，我的青年时期正处在连队基层。在“先天不足，后天失调”的境况下，我的文化水平一度就停留在初中水平。特别是伴随着时代的发展、年龄的增长以及岗位的不断变化，原有的知识已经难以适应和满足工作需求。获取知识提高自己一度成了自己的第一要务。从此，不耻下问，不懂就学，虚心向身边的战友求问，报名参加各种函授班，积极跻身各种讲座，自觉通读各类书籍，经过一番刻苦努力，学有所获。自学完成了高中的部分课程和大学语文，离职参加军队院校学习获得专科学历，在职参加函授学习获得本科文凭。可以说，所学的知识成为自己成长进步的有力支撑。读书使我尝到了甜头，也就是从这个时候起，我开始养成读书的好习惯。随着时代的变迁、环境的变化、岗位的变动，不论是在基层，还是到机关，不管是当部属，还是当领导，也不论是在部队，还是到地方，读书已经成为我生活中不可或缺的一部分。回顾读书的历程，以下几条深有体会：

读书是一种需要。读书是提高自身修养和认知世界的有效途径。不同的年龄有不同的知识需要，不同的年代也产生不同的知识，特别是现如今，世界正处在知识“爆炸”阶段，若不及时读书学习，必将成为新知识的“局外人”。1998 年我参加全军“科技大练兵”通信部队指挥员比武竞赛活动，竞赛以《通信兵指挥系统》为作业平台，进行计算机读、写、画、算、记、传为主要内容的网络"无纸化"作业。起初，我对电脑的认知，说实话玩游戏还行，别的几乎是一窍不通。经过半年刻苦钻研，终于能熟练使用计算机。现在打字使用五笔输入法得心应手，就归功于当年的勤奋努力。所以说读书学习既不是一蹴而就的事，也不是一"学"永逸的事，而是随着时光前行——活到啥时候就学到啥时候！

读书是一种生活。我们现在物质生活较为充裕，好吃的、好看的、好玩的应有尽有，有人可能会说，现在生活已经太丰富了，还需要读书吗？回答是肯定的。如果说物质是我们生活的基础，那么读书则是我们生活的支撑。如果说锻炼能使我们的身体健康，那么读书会使我们的心智健全。

读书是一种习惯。生活方式的多样化会使人们生活习惯不同，有人爱运动，有人爱摄影，有人爱旅游，其实不论哪种爱好都没错。但是别忘了，要想生活充实，哪种生活方式也离不开学习。就说摄影吧，虽然傻瓜相机够先进的了，但要拍出好作品，也要学习。如果使用单反，那就更需要专业知识了。从这个意义上说，要想玩好也离不开读书学习。

读书一是种境界。境界可以说是一个人的修养和追求。书中有明月的朗照，书中有花香的浸润，书中有刀枪的争斗，书中有山川的辉映。不同的人能从书中看到不同的东西。不同的人可以从书中品出不同的韵味。他人视钱财为宝，唯我视卷书为金。书犹药也，可以医愚；书犹花也，可以爽目；书犹镜也，可以鉴容；书犹灯也，可以明心。不读书难以有此体会。

"读书虽不能增加人生的长度，但它足可以改变人生的宽度。"读书的意义正在于此。无论是把读书作为工作需要，还是作为娱乐消遣，读书都为人生抹上了一层亮色，增添了生命的质感。以书为友，把它放在书房，茶余读一读；与书为伴，把它靠在枕边，睡前看一看；与书为伍，把它放在桌上，随时翻一翻。不论天文地理或是文史哲经，也不论是人物传记还是诗歌散文，只要去读，你的生活就会变得更加充实而精彩！

博友评论节选

沙漠孤旅

欣赏你的精神，欣赏你自学成才的精神，欣赏你从一个战士成长为一个军官，你是学有成就的。读书却是一种习惯，有许多人不读书，现在已经到了知识和本领最恐慌的时代，年轻人不爱读书已经成了普遍现象。

忆往情深

读书学习能使人的思想、心里永远年轻，读书是获取知识的途径，用知识丰富头脑，才能不会被社会所淘汰。

真水无香

开卷有益！向红小鬼学习！当今社会急功近利者众，像老弟这样能安下心来读几本书的人难能可贵！

红小鬼，河北深州人，党员，大学本科，军人家庭出生。1976 年 3 月入伍，历任战士，班长，电台长，副连长，参谋，股长，营长，副团长，团长。荣立三等功 6 次。1986 年至 1988 年参加老山作战。2004 年转业，现在石家庄市政府某部门供职。文化不高喜读写，技术一般好摄影，身体健康爱旅游，性格开朗善交友。崇尚“选平处站，向高处走，朝远处看。”

我与大山有个约会

作者：女兵肖梦

博客地址：http：//blog. sina. com. cn/menchunyue
开博时间：2009 年 4 月

我的一生和大山打了个结，这个结牵动着我、伴随着我，永远也解不开！

——题记

我的大山情结！冥冥之中就这么在内心收藏着、沉淀着，遇有机会，就会山呼海啸般地挥洒出来，人生几十年，每当我苦、我乐、我成功、我失败，都会不由自主地想起我们当年的那些曾经……

为了这个情结，我和战友们相约，再次走进狼牙山。说再次，是因为 45 年前的 1966 年，同样的 9 月，我们曾经来过这里，对那里的山，那里的水，有着太多的情感和眷恋。

狼牙山脚下的烈士陵园，静静地躺着 1 000 多位抗战时期牺牲的烈士，狼牙山五壮士的老连长是位老红军，也葬在这里。站在刘福山老连长的墓碑前，想起当年他那嘶哑的嗓音和坚毅的神情，为我们娓娓讲述着“金——沙江、大——渡河”，每听一次，都会令我们感慨和崇敬不已。

2011 年 9 月下旬，我和战友们结伴同行，从北京驱车 4 小时来到向往已久的狼牙山脚下。真是巧遇，正在修缮烈士陵园的十几位老乡一直在注视着我们，我忍不住上前打探，他们正是我们当年住过的“北娄山”村的村民。

我顿时激动起来，我问他们：“1966 年 10 月，有一支近百人的部队住在村里……”

一位老乡脱口而出：“是总字 710 部队？”

我几乎是喊起来：“那就是我们！”

那老乡又说：“我们家住过两个女解放军，有一个叫娄秀茹。”

我立刻大喊：“娄娄，快过来，这是你当年的房东！”

……

我们随着房东进村，来到他的家，这是老房东的儿子，当年的他只有12岁，大叔大婶早已过世，小房东又是花生又是红枣地塞到我们手里，这让我猛然想起45年前，也是这样的情景，那时我们部队要驻地转换，老乡们连拉带拽硬是把花生、红枣塞满了我们的挎包，村里四面路口都被民兵把守着，不装满别想离村。无奈，我们只好在走出村外好远处，再把这些山货一粒不留地收集起来派人送回村。两个多月，在盛产柿子、花生的易县五个小山村驻扎期间，我们没吃过老乡的一粒花生、一个柿子、一颗红枣。今天，我们感慨当年，要不是他的父辈一直的念叨和牵挂，12岁的孩子怎么还会记得当年部队的番号，还会记得只在他家住了十几天的女兵的名字？这是老区人民凝结了近半个世纪的对子弟兵的深情厚意。

45年的狼牙山情结，牵动了我45年，因为此生再没有过那样的经历。

1966年9月，我们总字710部队的近百名学员和干部，19日从北京启程，徒步向太行山行进。我们这些城市兵，从没经受过艰苦的历练，为期70天的野营拉练，成为我们一生中最难忘的经历！

不论男兵还是女兵，不管身高是1.9米还是1.6米，每人都背负着军被、棉大衣，绒衣、内外衣，外加雨衣、塑料布、挎包、水壶和那分量最重的米袋，还有需要战友们分担的枪支、锹镐、军用脸盆、宣传器材等等，以我们十七八岁的年龄和稚嫩的双肩，负重15公斤以上向狼牙山挺进！

黎明出发，傍晚宿营，几天下来，战友们双脚都打了血泡，随队军医说用头发丝穿水泡，积液就会顺着发丝流出，以利于次日的负重行军。于是我们女兵就一根根地拔下平时很珍惜的头发，送给寸头和光头的男兵战友穿水泡。次日一早，当双脚穿着粗线袜一落地，顿时一阵钻心的痛，但我们不能犹豫，咬着牙并表露出坚毅的眼神，又义无反顾地出发了。

因为我是革命军人委员会的宣传委员，行军途中要跑前跑后地做鼓动宣传，打着小竹板，把事先编好的鼓动词竹筒倒豆般地一遍遍激情地呼喊着，有时还顺势喊道："同志们累不累？""不累！"战友们大声地回应。其实我知道没有一个人不累的，为了给战友们鼓舞加油！一路上，我总是起头唱着歌，我们的队伍行进起来始终雄赳赳气昂昂。

走进大山脚下，部队驻扎的第一个小山村叫北管头村。进村后，村里的大叔大婶竟呼喊我们老张老李的，因为当年老乡就是这么喊八路军的。兴奋伴着惊奇，我们被老乡的浓浓亲情深深地感染，每到吃饭时，大婶就会爬上梯子，从隔壁院子里伸出头来高喊着："老*，喝百粥了！"就是玉米碴子加红薯的粥。开始一个人到老乡家吃派饭，很是拘谨，慢慢地，我们就把房东家当成了自家，买糊窗户的纸，买筷子，挑水、喂猪、打扫院子。有时为了把小米饭留给老乡和孩子，我们抢着吃上顿剩下的红薯，竟被大叔大婶拿着扫把满院子地追抢。记得那个国庆节，大婶买了三个苹果，分给他们两个20出头的儿子和我，我硬是不要跑回房里插上门，大婶和孩子追过来拼命地敲门。我靠在门上，泪水止不住地流下来，因为这一霎那我想起了天国的妈妈，眼前这一幕就觉得妈妈来到身边，老乡已经把我们当成了自己的孩子。

那些天，每当落日余晖，晚霞映红天际，劳动了一天的我们，总要跑进村边的易水河里，洗洗刷刷并纾解一天的疲劳。此时也是释放我们女兵们天性的时刻，我们不顾一切地扯开警报器般的嗓音，唱出我们会唱的所有的歌："风里锻炼，雨里考验，我们是一群展翅高飞的海燕……"但是最让我们搁不下的，还是那远远望去，掩映在群山深处的莲花峰，那是五壮士惨烈悲壮跳下悬崖、彰显我们民族英勇不屈的地方，我们天天都在期待着，登上那神往已久的峰顶！

这一天终于盼到了，带队首长寻到了带路的老乡，我们将在次日凌晨天不亮就出发，从南坡攀爬上峰顶，那可是极少有人走过的路，因为那条路既是捷径也是险境。

凌晨3点，上夜岗的我发现家家的烟囱陆续冒烟了，咋回事？我们两个女兵一家家推开老乡的房门，哦，都在烧火做饭，他们把过年包饺子用的仅有的几斤白面拿出来烙饼，为的是给我们做带上山的干粮。早饭后，大婶不容分说连拉带拽，硬是把那张饼塞进我的挎包，那时的我只知呆呆地站在那里，忍着别流泪……

走进神秘的山峦，沿着崎岖的山道，只听见急促的脚步声，每个人的心里都带着一份沉重和崇敬。狼牙山的南坡，山石林立，灌木丛生，很少有人行走的山道绿草舒展，山道下面就是陡峭的山崖，必须十分小心，不能踩到悬草上。行进到半山腰时队伍突然停止，前面就要经过最险要地段"阎王鼻子小鬼脸"。那段绝壁只有几米长，但只有一脚多宽，此处是南坡上山的唯一通道。我们一字排开，脸贴着绝壁，或手拉手，或双手伸开摸着石壁，一点一点，一步紧跟一步地平移，心里怦怦地跳着，眼睛都不敢眨一下，现场鸦雀无声，只听见急促的喘气声。队首长不停地喊着：眼睛不许向下看，慢一点，慢一点……因为那下面就是万丈深渊啊，我们心里就想着不慌，不慌，目标是攀上峰顶，这一信念激励着我们，全体安全通过！

终于，我们攀上了狼牙山顶，这就是我们仰慕已久的狼牙山，那伟岸雄姿，因五勇士的壮烈而威名天下。远眺英雄跳崖的莲花峰，我们充满了悲愤与崇敬，五壮士以血肉之躯为共和国做了奠基，他们是真正的国魂军魂，站在五壮士的纪念碑前，我们给予英雄们的是铮铮誓词和庄严的军礼！

岁月渲染了过去，亲情浓彩着未来。大山情结一生难舍，军民之情魂牵梦绕。

转瞬间，45年过去，我们又攀上了狼牙山顶，想起我的那些战友们，这45年间，每次聚会总会令我动情，我拿着事先准备好的议程主持会议，望着如今的我们都已离开职场，平添白发，可在我脑海里印象极深的依然是当年，所以话一开口我总是哽咽动情……

记得大约20多年前吧，那时我们的孩子还小，战友们就常说，我们什么时候带着孩子们，再去看看狼牙山，看看老区的乡亲们，让孩子们看看爸爸妈妈当年住过的村子走过的路，看看五壮士英勇牺牲的狼牙山。因为身在职场身不由己，这个动议始终没有成行。我还记得，我的一位女兵战友，生命即将走到尽头，在医院的病床上依然笑盈盈地拉着我的手，用微弱的声音说：咱们那时在狼牙山，多苦，可是多快活，多想再去看看啊……

大山情结就这样牵动着我，也牵动着我的战友们，带着战友的托付和希冀，今天，我们终于又来了。向着烈士们牺牲的方向，我的战友们还记得吧？当年我们曾经就这样地站在这里，祭奠和告慰着烈士们，而此刻又令我想起了多少次的战友聚会，我们举起酒杯，没有忘记最先洒向天国的酒伴着战友们的惋惜和泪水，送给那再熟悉不过的八双眼睛，那一刻战友们同此我心，30年、40年、45年，今天此行，我也代你们了却了这份心愿。

45年间，无论遇到多少苦、多少累、多少难，只要一想起我们当年负重疾行60公里的夜行军，想起那两个多月，几乎没有吃过荤菜和干粮，没有热水洗澡，没有理发，还生了虱子，被跳蚤咬得浑身都起了水泡。我们也适应了从未有过的在猪圈里如厕，在沙河里洗头，没有水源时我们曾喝过河里洗过麻秆的浑水，女兵同样勇敢地单独上夜岗，克服了女兵特殊时期难以表达的窘迫。独自一人在老乡家吃派饭兼做群众工作，一半的战友都是宣传队员，每晚徒步到邻近村庄为老乡演出，老乡说我们站着不演都好看，那对我们是多大的鼓舞？一想到这些，就有了勇气和力量。因为，我们被八路军的英勇顽强深深打动着，被老区群众的浓浓亲情紧紧包裹着，虽然那时我们还是当兵刚一年的小学员，可我们战胜了一生都难以忘怀的艰难，就因为我们牢牢记着，自己是个军人！

我的大山情结依然魂牵梦绕，我与大山的约会仍会继续，狼牙山！我还会再来拜访你！老区的乡亲们，我今生与你们难舍，牵动我这心结的，正是五壮士的英勇，他们是共和国的魂，是八一军旗的魂，这不就是我大山情结的根吗！

博友评论节选

草原狼

如果不展读这一节节感人至深的小故事，有谁能够理解，一次野营拉练会孕育出博主对大山长达半个世纪的不舍情怀？有谁能够知晓那军图上描绘的千沟万壑里埋藏着博主对大山的缕缕牵念？这大山就是狼牙山五壮士不朽的军魂；这大山就是人民军队气吞山河的英雄气概；这大山就是老区百姓的质朴纯良；这大山就是千百万人民大众的殷殷期盼。只有根植坚实的大山，才能从平凡开始迈出不平凡的脚步；只有挚爱大山，才能书写出绚烂的人生画卷。读过此篇就不难理解博主为什么会在日后漫长的岁月里屡屡资助贫困山区孩子，这义举来自早年对老区人民一粥一饭的感恩，来自艰苦岁月中一搀一扶的深情眷顾。向兵姐致以崇高的敬意！

凌河

巍巍的狼牙山，蕴含着中华民族的浩然正气，承载着抗日勇士的不屈精神，凝聚着华北军民的血肉情谊，永远镌刻在女兵的心头，成为肖梦生命的一个部分。尽管岁月能让测绘女兵生出白发，也许沧海会化为桑田，但狼牙山伴随着闪闪的红星，飞扬的战旗永远屹立在大姐的心头，作为凝固的军魂，它是一座俯视大地的万古丰碑！

军科退伍兵

大姐的这篇大山情结，是心在呼唤，是心在诉说。细细品读，每个读者的心里都会涌上一股暖流，进而泪水模糊了双眼……一别虽已 40 多年，但军民之爱永驻心间！

江南雪

梦姐的大山是一座英雄的山，那里的老百姓和军队是一家人。你们好像当年的八路军。青春无悔，很感动。

璞石 W

狼牙山的新老故事讲几天几夜也讲不完。那里的山山水水、那里的一草一木、那里的老老少少……在我们心里的分量很重很重，那里俨然已是我们的老家了，期待着我们第二次、第三次……回家。

女兵肖梦，1965 年入伍，在总参测绘系统 20 年。学习毕业后，从事军用地图编绘工作 10 余年。后调入测绘学院政治部改行政工工作。1984 年转业，在上海某集团继续从事政工工作，任纪委书记、工会主席等职。撰写的数篇报告文学及论文，经由百花文艺出版社和数家大型文集收录出版，本人被收入《华夏英杰》大型系列画册及丛书。

心中的朋友

作者：中国经典

博客地址：http：//blog. sina. com. cn/tangxq5212
开博时间：2009 年 12 月

中国著名现代诗人郭小川等名人与我曾是朋友，也许有人不相信，因为从年龄上看我与他们差了一截，他们不认识我，我也不认识他们，但这样说自有我的道理。因为，我与他们有过一段“亲密接触”。

那是 1971 年，我所在的部队换防到了天津团泊洼河北省劳改农场执行看押任务。记得刚到不久，就有人告诉我们，在这个纵深 700 米，由 30 多个执勤哨位环绕的劳改农场里，生活着三种人。一种人是劳改犯，另一种人是劳改释放犯，还有一种人叫“三等人”，他们大都是国家文化部“五七干校”的学员。这部分人虽未被关押看管，但每个人的背景十分复杂。领导要求我们对他们要高度警惕。当时对我们这些十七八岁的士兵而言，领导既然说了，记住就是了。

但不久我们就有了自己的发现。总场的一个“三等人”照片洗得特棒，普通底片让他一摆弄，就显得与众不同。我们分场搞酿酒的一个“三等人”，墙上床头贴了不少他搞的小宣传栏，看起来花花绿绿，政治气氛挺浓，不过全是英文的。我问他写的是什么，他说是家信。更有意思的是连队要为制作的幻灯配音，找了一个“三等人”帮忙。结果，这个“三等人”的配音不仅普通话讲得好，而且抑扬顿挫富有感情。幻灯放映后，得到上级的表扬，并问从哪里找了这么个人才，配音水平真不错。

然而真正引起我注意的是“八一”建军节前的一场慰问演出。我们全副武装还带着背包去总场看“三等人”的文艺演出。说句老实话，即使是在那个年月里，看一群四五十岁的老头老太太的演出（那些人里就没有年轻的）也没有多大吸引力，何况从分场到总场还有一段路。

可演出一开始，就把我们给镇住了。就是这些其貌不扬的人，一亮嗓子竟然是中气十足、字正腔圆，纯粹的专业水平。十几个老太太表演的反映丰收喜悦的小姑娘舞蹈，那神态、那动作惟妙惟肖，赢得战士们一阵又一阵的热烈掌声。然而最让我感到吃惊的是歌伴舞“黄桥烧饼歌”，“黄桥烧饼黄又黄哎，黄黄烧饼慰劳忙，烧饼要用热火烤哎，军队要靠老百姓帮。同志们呀吃个饱，多打胜仗多缴枪……”。对于音乐我是外行，但对这首歌我是绝对的感到亲切。因为在记忆中这是我父母唯一唱给我们听过的歌，我还知道新四军老战士都会唱这首歌。

后来才知道，这些“三等人”是国家文化部“五七干校”一个分校的学员。那个给连队幻灯配音的是给电影“列宁在十月”配过音的专业配音师，洗照片的则是中国摄影家协会的专家，而更多的则是像郭小川那样默默无闻却又博才多学的人。

不过打这开始，我们对“三等人”便多了一份理解，多了一份友情，也多了一份好奇。

我们不知道他们的姓和名，但我们知道他们是能人、是好人、是朋友。以至在后来的执勤中，我还有我们这些兵，经常招呼他们到我们执勤的小屋里去小憩片刻。

大约是 1980 年前后，一个偶然的机会，我读到了郭小川“团泊洼的秋天”和“高粱红了”两首诗，我的内心深处顿时产生了一股巨大的暖流。诗中那优美的描绘仿佛使我又回到了团泊洼，站在独流减河的堤岸上看到了那一望无际的红高粱。

尤其让我激动的是小川先生诗中的那种境界。身处逆境却无比忠诚。祖国、人民还有我们这些“看着”他们的娃娃兵在他的笔下，在诗人的心中仍是那样的美好。要知道，当时对“三等人”而言，马蹄声声的巡逻兵与他们本不是一回事。多么博大的胸怀、多么值得尊敬的人啊。如果说 10 多年前，“三等人”是以技显山露水的话，那么 10 多年后，小川先生的诗使我看到了这些“三等人”的心灵。我并非是要高攀小川先生，而是说小川先生是这些“三等人”的代表，是到目前为止我唯一知道姓和名的“三等人”。虽然 1971～1975 年间在团泊洼生活过的“三等人”为数不少。

战士自有战士的爱情，忠贞不渝、新美如画。小川先生为代表的这些“三等人”，你们是祖国的骄傲，也永远是我心中的朋友。

博友评论节选

潇潇雨

很喜欢郭小川的诗作《团泊洼的秋天》，却不知是在那样的环境和心境中写下，谢朋友！

小五子

原来你近距离接触过这些共和国的精英，他们深处逆境，精神不倒，令人敬佩！谢谢你记叙了这段经历。

嘟嘟

这就是才华，不因落魄而降低他们的人格和才华。敬佩！

中国经典，1952 年 12 月出生，1970 年 1 月入伍。射击技能高超，曾多次获军区冲锋枪射击比赛第一名。1978 年转业回南京工作，曾到非洲参加援外工作两年。爱好旅游、摄影、钓鱼，写博是我的最爱。喜冒险且从不爱受拘束，虽少言寡语但内心感情丰富，对朋友真心热情。

难忘蒙山沂水情

作者：难以忘怀

博客地址：http：//blog. sina. com. cn/dllzq88
开博时间：2009 年 4 月

电视连续剧《沂蒙》以抗日战争时期沂蒙山区发生的故事为主线，讴歌了革命老区人民支援子弟兵的英雄事迹。剧中的于宝珍、李忠厚、心爱、心甜、李阳等角色个性鲜明、生动真实的老区人民形象，都是我似曾熟识的，常令我心潮澎湃、触景生情，想起了自己当兵拉练到沂蒙山区时，所看到的山区风光、当地风俗、村民生活，以及与他们建立起的深厚情谊。尽管 40 多年过去了，但脑海的记忆，还像电视剧所演的画面一样鲜活，让我历历在目、永世难忘……

经过一夜行军，部队终于在一个四面靠山的村庄道口停下，命令传来，就地休整两天。我环顾四周，看到崎岖的山间小路上，一位老乡推着陈旧的木制独轮车，车轴发出有节奏的“吱嘎”声。几位身穿蓝底白花衣服的姑娘围在井台边，边摇着辘轳边嬉水打闹，不断传来阵阵银铃般的笑声。一间间茅草房上方冒出的炊烟，随着微微晨风，弥漫在山野中，我似乎闻到了柴草燃烧后的焦香。

此时，团长乘坐的吉普车从后面开了过来，在村头的空地上停下。由于道路崎岖，在许多地段上吉普车都由战士和沿途老乡们帮忙抬着过来的。此时虽然是清晨，但吉普车还是被早起的村民们围了起来。有的人将头缓缓伸进车窗，有的人小心翼翼抚摸车灯，几个顽皮的孩子还钻到了车底下。一个华发苍颜的老人捋着胡子，表情严肃地对大家讲：“别乱摸！这可是‘机动车’一摸就会跑的！”他的话似乎发挥了作用，车下的孩子马上爬了出来，围观的人们顿时向后退了几步。

我知道，由于交通不便，很多人从出生那天起就没离开过山村，能在封闭的山沟沟里见到吉普车，对许多人来讲实属第一次。如果不是这位曾进过城的老者稍有见识，居然能把吉普车说成“机动车”，真不知其他人会将吉普车说成是啥东西？

部队的到来，老乡们都十分高兴，家家都把最好的房子倒腾出来给战士们住。为战士们熬姜汤，打洗脚水，像迎接亲人一样对待子弟兵。他们讲得最多的话是"老八路"回来了。

村子里响起锣鼓声，原来是乡亲们抬着猪肉鸡蛋，推着新鲜蔬菜，扛着成捆大葱，来慰问部队官兵。

我们班被安置到一位老大妈家住宿。部队安排吃完早饭，上午睡觉休息，下午以班为单位，为房东做好事，并到村里走访军烈属。房东大妈将准备过年的荞麦磨成面粉，亲手烙煎饼让我们品尝，而她自己吃的是存放已久、风干破碎的地瓜面煎饼。看着大妈穿着破旧的衣服为我们忙乎，让我们这些"有泪不轻弹"的男儿们都落下了眼泪。

巧的是，正好赶上房东大妈的女儿那天出嫁。我发现，新娘子的嫁衣，竟都是用老织布机织出的粗布做成，新娘就穿着这些粗布染成的红棉袄、红棉裤、绣花鞋，坐上新郎牵着的小毛驴走出了娘家门。

下午一出门，我们就被很多孩子围住了。他们用手摸我们的帽徽领章，有的抢着要戴我们的军帽，有的要我们讲打仗的故事，让我们一时都分不开身来。

在走访过程中，我看到，老乡住的都是用石头和土坯垒成的茅草房，屋里很少有像样的家具。但每家的屋角都有"两大件"摆放在那里，一个是用三块石头撑起的煎饼"鏊子"，另一个是用黄泥抹成、水桶大小，可以随处挪动的小烧炉。挑水的桶是用报废的车轮胎皮子做成的，许多人穿的鞋子也是用轮胎皮子裁出鞋样，然后用麻绳缝制而成。一般人家在土炕边的泥台边上放着一盏煤油灯，为了节省灯油，天色很黑也不会轻易点亮。这里的房子没有烟囱，做饭时，炊烟只能在屋内缭绕，再顺着窗户和门缝向外散去，因此，家家屋内墙壁都被熏得黢黑。

村民们的一日三餐非常简单，大多人家都是以地瓜面煎饼为主食，很难见到白面、大米等细粮。没有牙的老人只能将干硬的煎饼撕碎、放到水里泡软后再咽下。有的家里养猪，但轻易不杀，留着卖钱接济生活。解放都 20 多年了，但沂蒙老区这里还这么贫穷，村民的生活还这么的艰难……

当时我想沂蒙老区人民为"抗日寇、打老蒋"做出了巨大贡献。新中国成立了，他们理应过上幸福的生活，但老区依然贫穷落后，八百里蒙山沂水仍然处于"四塞之崮、舟车不通、外货不入、土货不出"状态，令我这个普通战士的心中隐隐作痛。即使退伍后，我也常在梦里盼望老区快快富裕起来，让贫困的乡亲们都能穿上好衣服，吃上大米白面，住上宽敞瓦房。

改革开放后，随着国民生活的好转，我就更加关心老区的变化。只要电视上、网络里播放有关老区的信息，我都如获至宝，特别是近几年，老区建成了闻名全国的批发城，位居全国综合批发市场第二位，为名副其实的中国物流之都。还听邻居从老区探亲回来说，如今的沂蒙山区，天蓝、地绿、水清、街净、路畅、灯明、墙洁、楼美……让我心里乐开了花。

我从媒体上看到，如今的老区人民仍保持着爱国拥军的光荣传统，涌现了许多动人的拥军故事。山东某食品公司董事长朱呈镕，以抗击“非典”牺牲生命的解放军女护士为榜样，亲自带队到部队送去慰问饺子；有独挑家庭重担、支持儿子安心服役的军属戚洪桂；有一心为战士牵红线、当红娘的乡妇联主任李秀莲；有“沂蒙新红嫂”誉称的戚洪桂；有“爱国拥军好妈妈”的胡玉萍等，他们都是老区续写“爱国拥军”的新模范人物。

我，一个对“蒙山沂水”有着深厚情结的老兵，坚信在党和国家各项优惠政策的扶持下，老区人民爱国拥军、艰苦创业、无私奉献的精神也一定会代代相传、发扬光大。在不远的将来，我们一定会看到一个更加美丽富饶的沂蒙山。

博友评论节选

白山

博主在新春佳节之际推出此篇记忆文章，在我看来有着非同一般的寓意，就是如今我们过上了好日子，但不要忘记曾经为革命胜利付出过巨大贡献的老区人民。祝老区人民春节快乐、幸福美满。

恩献

好！好文章！读之，我看到了博主一片深厚感情，体会到军队和老百姓的鱼水之情，这可是我们攻无不克，战无不胜之本啊！

万金

我就是沂蒙山的儿子。拜读完博主的大作，一股暖流涌上心头。几十年过去了，还不忘蒙山情、沂水爱。我代表沂蒙老区人民向你致以革命的敬礼！

新苗

带着浓浓的情感，博文耐读，如同在听一段故事一样。军民鱼水情深，愿老区人民的生活越来越好。

难以忘怀，1968 年 10 月奔赴广阔天地，饱尝了苦涩、无奈和渺茫。1970 年 10 月高唱着“我是一个兵，来自老百姓”。走进了绿色军营，5 年军旅，豪情满怀，无怨无悔，成为一名优秀士兵。退役后，在国企工作并成为一名企业管理者。

夸夸俺自己

作者：犀牛望月

博客地址：http：//blog. sina. com. cn/u/1435000850
开博时间：2006 年 11 月

投掷是咱的强项，毛孩儿时代玩打仗的，每仗总能“毙敌”无数，得胜还朝。别说，当兵了，还真派上了用场！投弹又远又准，连长煞是喜欢。

投实弹，为了避免出事，掩体修成多半人高。对一摸实弹就发抖的兵，连长要求只要投过掩体就行。俗话说“怕啥来啥”，“江苏王”都投了一堆教练弹了，可心里还是发慌。连长下令原地跑步，傻小子跑了一身汗，连长问还慌吗？“江苏王”说不慌了，连长递上一颗实弹，又讲述了一遍投弹要领，“江苏王”握着这真家伙，腿又抖了起来。连长又急又气，说算了，你把手榴弹投过掩体就行了。“江苏王”把拉火环套在右手无名指上，一挥手，扔了出去！连长随即向前瞭望炸点，突然，傻小子慌不择路地钻进连长裤裆下，山窝里的弟兄们看得清清楚楚，大家惊呼道：“不好！手榴弹脱手，没过掩体！”手榴弹就在连长脚下“吱吱”地冒着青烟，3 秒 7 呀！弟兄们全都惊呆了。

连长就是连长，说时迟那时快，一弯腰，左手提着“江苏王”的脖领子，右手抓着他的腰带，迅速就势滚过掩体。只听“轰”的一声巨响……

硝烟散去，弟兄们一边蜂拥而上，一边高喊“连—长”！只见掩体那边，连长左手还拽着那个沮丧的“江苏王”呢！

此事乃英雄壮举，拿到今天足够媒体报道立功受奖的，可在那倒霉的年月里，作为纪律，连长愣把这事给压住了。

投弹仍在继续，精神抖擞的我已站在了连长面前。连长十分信任地说：“看见前面 60 米处的小旗了吗？给我炸掉！”“放心吧连长！”我左手握住弹体，右手打开保险盖，将拉火环套在无名指上，助跑、三步交叉、引弹转体、挥臂扣腕，手榴弹划出一道弧线飞了出去，“轰”的一声小红旗炸飞了！连长喜上眉梢大喊一声“不错，再拿来四颗手榴弹！”

当连长把四颗手榴弹递给我时，真是叫我受宠若惊，这是多大的赏赐啊！“都是给我的？”我有点怀疑地问。连长道：“你小子投吧，过过瘾。”

于是，我学着英雄王成的姿势，腰带上插着两颗，一手拿着一颗，嘴里还不停地叨咕着：“给你尝尝这个！再给你尝尝这个！再给你一个大个儿的！”轰！轰！轰！轰！爆炸声响彻山谷，真他妈的过瘾！这是俺当兵五年来最高的奖赏！

事后，弟兄们问“你小子投了几颗？”我说：“不多，五颗！”听罢，几个傻小子的舌头吐出半尺长。

当年步兵每天练捆绑炸药包。一根爆破绳，一块爆破布，几捧沙土当炸药，弟兄们一边背着口诀一边苦练：“先捆十字后拦腰……”，咱手脚利索最好成绩是 65 秒，在全连也是快手。

一天，连长通知我们班参加全捆炸药包比赛，排长对我心里有底儿，留下一句话“别漏兜儿”。

上赛场了，全营 5 个连队 50 多名战士一字排开，身后站着一名记时员。营长举起小红旗，八音哨一吹：“开始！”我左手提着爆破布，右手拿着爆破绳，轻轻向前一抖，爆破绳展开，左腿跪地，右手提起爆破布四角，顺时针一拧，爆破布飞转起来，被扣打环，我默背着要领，炸药包在我手中上下翻飞，16 个环一个不缺，左拍右打成扁四方体，最后在药包上踩了一脚，完活！起立向前跨了一步：“报告”！“好”！只听身后八连副连长在报时“75 秒”，比平时训练还慢了 10 秒。

此时，我四下望去，哈哈，弟兄们还都在忙活呢，我第一！老远，我看见连长龇着牙在乐呢！

博友评论节选

寄雨江南

笔力清劲气贯通，灵巧飞动意纵横。得心应手韵高远，任情潇洒自成景。

女兵肖梦

这兵当得有分量！投弹那么远不易！

大漠风沙

听您这么一说，就了得，定是高手。好兵！手榴弹 60 米没上去过，但也没下 50 米，俺可知道，一般人也就 40 多米，30 多米大有人在。俺们坦克兵没有投过带把的手榴弹实弹，我们投防 1 式，就跟小香瓜一样，没有那种拿着手榴弹的感觉。从坦克里往外投，扔出去拉倒，没意思透了。炸药包没有绑过，但扔过，不停地从坦克上往下扔，陪着人家搞训练，人家往上扔，我往下扔。

犀牛望月，1968 年，奔赴广阔天地，日出而作，日落而息，饱尝了苦涩、无奈和渺茫。1970 年，高唱着"我是一个兵，来自老百姓。"走进了 208 团绿色军营，5 年军旅，豪情满怀，无怨无悔，成为一名挺不错的士兵。退役后，进了一家工厂，乏味的岁月，令人窒息。80 年代，唱着"春天的故事"，求知求学，苦读春秋。再后来，春风送我走上三尺讲台，成为一名优秀园丁。

苹果

作者：随风

博客地址：http：//blog. sina. com. cn/tjlsc0816
开博时间：2009 年 10 月

苹果，是很好的水果，因为它有营养，不寒不火，中庸温和，有利于消化。腹泻食之收敛，便秘吃了通畅，所以家里常备。

老伴爱吃苹果，尤喜酸甜的国光苹果，可如今的市面上，过去那种“国光”不大好找了。于是又开始吃脆甜的“富士”苹果了，不知这“富士”苹果和日本究竟有无关系?

记得我当航空兵时，每年冬天发苹果，很多，能有两脸盆吧。冬天的贵阳，室内没有暖气，没有取暖的炉火。那年，妻子带着 10 个月的女儿来部队探亲，大队副政委给我们送来一盆红红的炭火取暖。在温暖的屋子里，我削了一盆小国光苹果，放在炒菜锅里炖煮，煮时不用放水，煮到最后加了点白糖，结果，竟熬出了香甜的苹果酱。苹果酱黏黏的，半透明，味道好极了，跟商店里卖的没两样。以后苹果多的时候，我又做过多次苹果酱，却总觉得不如第一次好吃。

有一年冬天，部队又发苹果了，我想给女儿留着，待她放暑假时和妻子来部队探亲的时候再吃。可坚持到入夏，剩下的最后一个苹果实在留不住了，只好消灭了它。如今一年四季都能吃到苹果了，孩子的收入比我们做父母的都多，花钱也不必再精打细算了，想吃什么就能买到什么了。

说到苹果，我还想起两个故事，一是英国的物理学家牛顿，当他看到苹果从树上掉到地面时，睿智地发现了万有引力定律。再一个是朝鲜电影《摘苹果的时候》，影片中再现了朝鲜人民在苹果丰收的季节里快活的劳动生活。

还有很多关于苹果的童话故事和传说，如《格林童话》中的白雪公主被骗，吃了毒苹果的故事。

记忆中第一次吃苹果的印象最深。那是在天津的红光学校，生活老师把每只苹果分切成数片，放在讲台上，老师在讲台上一边讲课一边伴随着孩子们稚嫩的歌唱声，一片片依次发给每个小朋友。这该是一群享受了当年最优越的生活孩子们啊！老师告诉我们，我们吃到的大苹果是朝鲜主席金日成送给杨成武将军的，杨成武将军又把这些苹果转送给你们了。

我还记得父亲去世后，姑姑到红光学校来看我，给我带了很多糖果，其中还有六个大苹果，那苹果真得很香也很甜。

入伍后，我作为第一批飞行预备学员，吃上了空勤灶，每天都能吃上水果。战友中，有军人干部子弟，也有农民后代。一位四川战友曾发誓说："我吃苹果永远不削皮，因为削皮太浪费。"还有一位战友，刚结婚就得了肝炎，身体很虚弱。我去看望他时，精心削了一只苹果给他吃，他很感激我，一边吃苹果一边细细地品味着，后来这位战友还是年纪轻轻就病逝了。

我还见过一对小姐弟在营区内翻垃圾箱，从里面拣苹果皮吃，他们是地勤干部的孩子，这些干部是没有苹果可发的。这件事被我们的孙教官看到了，心疼地拉着他们的手，带回自己的宿舍，给两个孩子一人一个苹果吃。

说到这，我想起前些日子读到一位空军战友家属的文章，其中写道：一次飞行事故后，她看到失事飞行员家属的孩子拣苹果皮吃，心里特别难过……

苹果的故事还让我还想起了毛主席说过的话，"锦州那个地方出苹果，辽西战役的时候，正是秋天，老百姓家里很多苹果，我们战士一个都不去拿，看了那个消息很感动。在这个问题上，战士们自觉地认为不吃是很高尚的，而吃了是很卑鄙的，因为这是人民的苹果。我们的纪律就建筑在这个自觉性上边。这是我们党的领导和教育的结果。人是要有一点精神的，无产阶级的革命精神就是由这里头出来的。解放军是一个好军队，我是很喜欢这个军队的。"

苹果，让我想起了很多，很多……

博友评论节选

童心：

歌颂革命前辈、传承铁血军魂！他们是人民的功臣！他们曾为祖国流血奋战！这里记录着历史，这里记录着英雄！

紫雪凝蝶

赏读新作，佩服战友的想象力，从一个苹果，想到了那许许多多的往事，还有苹果的童话故事，牛顿，电影《摘苹果的时候》，红光小学，航校，战友……太丰富了，向你学习。

范志萍

问候随风大哥，这篇写得精彩，成功。从苹果说起，引申了很多感人典故，从苹果的收藏，联系到生活的变化，童话故事，内容丰富，多看点，多欣赏。致敬，革命军人！

随风，1966年参军，历任飞行预备学员、领航学员、领航员、领航长、飞行大队领航副主任、主任，飞行团领航副主任，空军正团职一级领航员，南京大校场场站站长。1987年转业，历任天津市粮油贸易公司副经理、副书记、工会主席。高级政工师。2007年退休。

女兵和狗

作者：柴英

博客地址：http：//blog. sina. com. cn/chaiying77
开博时间：2007 年 7 月

北大荒，在那片肥沃的黑土地上，有好多部队农场，一代一代的“军农”们，用自己的汗水，浇灌了大豆高粱，使北大荒变成了北大仓。我，有幸成为其中的一员，为黑土地流过汗，出过力，也留下我美好的记忆和难忘的故事。

翻开相册，一张黑白照片勾起了我的思绪，照片上记录的是我终生难忘的一段生活经历，一段美好的记忆。那是 1978 年，我们话务连的 4 个女兵在嫩江农场炊事班工作了 10 个月，照片就是我们在北大荒大草甸子上照的，照片上那个胖墩墩，圆乎乎的女兵就是我。那年我 19 岁。每当我看到这张照片时，就会情不自禁地想起我们女兵和农场“警卫班”的一段情。我说的“警卫班”可是带引号的，它们不是血气方刚的小伙子，而是一群懂感情有灵性的狗。

在农场，我们女兵的任务是做饭，司务长是我们的顶头上司。这里是冰雪的世界，也是男人的天地，我们女兵的到来，给农场带来了生气。整个冬天，农场基本上没有外界人员来往，更看不到女性。我们坐了大半天的敞篷卡车，灰头土脸的，一下车，我端脸盆去锅炉间打水，刚一出门，“呼啦啦”一下围上来一群狗，大的小的至少有十几条，好像它们都想表现一下自己，冲着我摇着尾巴“汪汪”的使劲叫。妈呀，吓死我了。不过我还算清醒，根据我的经验，千万不能跑，于是我原地不动使劲喊，“来人哪，救命啊！”其实那群狗并不向我进攻，只是围着我叫个不停，我下意识地把脸盆扣在了头上，好像这样就安全了。司务长跑出来了，一声吆喝，狗群乖乖地散开了，他笑着对我说：“你别怕，这是咱农场的警卫员，它不咬穿军装的，你没看见它们冲你摇头摆尾巴？那是欢迎你呢。”妈呀，这种欢迎仪式实在是太恐怖了。

男兵们嫉妒我们，说“狗也势利眼，整天围着女兵转”，这话只说对了一半。农场坐落在半山腰上，前不着村后不着店，又没有围墙，看家护院全靠这群狗，它

话务连四位女兵在北大荒嫩江农场,左一为作者。

们是我们编外的警卫班。做饭的时候,我总是特意留些肉皮、骨头、下水什么的慰劳它们,它们当然就和我们亲了。厨房灶间有个后门,我每天把馒头蒸上屉,就悄悄端一盆美食出来,不等我吆喝,就会迅速围上来一大群狗,伸着舌头,摇着尾巴讨好我,眼睛盯着我手里的美味,我一扔,它们便蜂拥而上,开抢,一点风格都不讲。这时候,我总要留两块肉多的骨头,喂那两只出生不久的小狗,人说狗是通人性的,真的,这群狗总是找机会报答我们。

农场的文化生活很贫乏,已经好久没有看电影了。一天,司务长发慈悲,带我们去山下的石头沟看电影,这是离农场最近的一个村子,要翻一座山丘,过一条小河才能到,尽管是一部老掉牙的片子,可我们还是不惜翻山涉水,兴高采烈地去看。回来的时候,天黑得伸手不见五指,我们一行 6 人,靠着一个手电筒照亮,互相拉扯着上山、过河,一路说笑,欢快地走着。初春的小河里仍然结着冰,挺滑,有的地方冰化了,流淌着像酱油一样的水。司务长总像个大哥哥一样,一路前行,我紧跟他的脚后跟,踩着石头跳着走,一个不小心,我一脚踩滑,一屁股坐到了水里,顿时,刺骨的河水浸透了我的棉裤,棉大衣也湿了一大片,冻得我像筛糠一样,司务长脱下他的大衣给我穿上。最悲哀的是,我滑倒的时候一拽司务长,把他的手电碰到了水里,这下可糟了,一点儿光亮也没有了,我们只好前拉后扯地摸黑前行。过了河,就看到农场的灯光了,可脚下的路却是漆黑难辨,大家谁也不说不笑了,小心翼翼地往前走。就在时,突然听到“汪汪”的一阵犬吠,我们几乎同时欢呼起来:“救星来了!”黑暗中,几道闪闪的亮光向我们扑来,好几只大狗一边叫着,一边用大尾巴亲昵地拍打着我们的腿,这回大家都成了事后诸葛亮,这个说,怎么就忘了带它们了呢,那个说,我早想到了,只是没说出来。大家又兴奋起来,跟着向导一路小跑奔着灯光走去,很快回到了我们温暖的小屋。

严冬终于过去了，6 月的北大荒，漫山遍野开满了各种各样的花，我们这些小女兵哪见过这么美的景色，自然是兴奋不已了。每天我们收拾完厨房的活儿，就到山上去采花，男兵吓唬我们说，山上有狼！我们才不怕呢，因为，只要我们一出动，"警卫班"就前呼后拥地跟随我们，保护我们，别提多神气了，别说有狼了，有鬼我们都不怕，男兵们嫉妒死了。

时间过得很快，11 月了，我们完成了任务该退场了。我们这几个好动感情的女兵，除了舍不得离开同甘共苦了一年的战友外，对我们"警卫班"的朋友更是恋恋不舍。临走的那天，我特意攒了一大堆骨头和好肉，最后一次饱饱地喂了它们一顿。我们登上了敞篷卡车，留场的男兵依依不舍地向我们挥手告别，我强忍着没有掉下泪来。突然我发现，在送行的人后面，一群狗瞪着眼睛远远地看着我们，它们真得很灵，可能预感到什么，不吵也不叫，摇着尾巴安静地站在那里。可是，当卡车开动的时候，它们突然集体叫起来，那声音不是叫，是嚎，与留场老兵一声声告别的呼唤交织在一起，形成了一幕特殊的、令人感动的送行场面。

车开动了，那群狗一边叫着一边拼命地追车，那场景我一辈子都忘不了，我再也忍不住了，眼泪像断了线的珠子，一串一串地留在了北大荒的黑土地上。

再见了，北大荒。再见了，我忠实的朋友。

博友评论节选

海舟

我在农场最喜欢的也就是这群狗了，每天吃完饭，我都会偷偷地在衣袋里放几个馒头，而后带着这些家伙跑到屋后，一点点地喂它们，所以它们和我很亲近。我走到哪它们就跟到哪，等我离开农场时，它们跟着车跑了很远！现在估计都不在世了……

黄少校

1982 年部队整编，总参测绘局调来了一个雷达中队，就住在我们中队后面。雷达中队带来的那条狗，见到我们穿绿裤子的就叫，我们中队的狗见到穿蓝裤子的也叫，害得我们晚饭后出门散步格外小心。后来还是两个中队的领导牵着两只狗互相串了两次门它们才不叫了。时隔多年记忆犹新。

红小鬼

艰苦连队生活写照：站岗基本靠——狗，通信基本靠——吼，交通基本靠——走，娱乐基本靠——扭，种地基本靠——手！条件是那样的艰苦，心态是那样的平静，环境是那样的恶劣，表情是那样的轻松！

人酒诗梦

狗是人类的好朋友。读你的文章，深深感受到那是一段难忘的别离情！

包公开铡

写得非常流畅而生动，一幅幅画面展现在眼前。难忘的军旅生活，难忘的青春岁月。问候你！

柴英，空军某部退休干部，年过 50，从军 30 年。16 岁上山下乡，18 岁参军入伍，当过话务员、炊事员、班长、副指导员、干事、工程师，毕业于南京政治学院。生在军营，长在军营，半生从戎，虽已退休，军心不改。喜欢写作，出版个人专辑一部，荣立三等功 3 次。

苦乐年华

作者：砺锋

博客地址：http：//blog. sina. com. cn/u/1685745484
开博时间：2010 年 3 月

也许是上了岁数的缘故，在静下来的时候总爱发联想。特别是每当我习惯地拿起笔来的时候，总是要端详一会儿。因为我热爱写作，热爱手中的笔。多少个春夏秋冬，多少个不眠之夜，在笔耕中感受生活的苦与乐，个中滋味体会尤深。

记得小时候看了童话电影《神笔马良》，便对那支神奇的笔产生了浓厚的兴趣。你看那马良，拿起笔来随意涂抹，画只鹰，那鹰便展翅飞翔；画匹马，那马便追风千里。后来年龄稍大一点，知道这不过是神话。随着年龄的增长，对神来之笔仍是情有独钟，我渴望有一支自来水的钢笔。直到上了中学，才从姐姐手中接过她的老式钢笔。从此，这支笔陪伴我读完初中、高中。毕业后，又伴我回乡务农。

在农村这个广阔天地里，我用这支笔写出一篇篇务农感言、乡村即景，登在大队的黑板报上，送到公社的广播站，寄到市里、县里的报社、电台。每当看到、听到自己的作品被刊用和广播，心里总是甜滋滋的。

1974 年 12 月，我报名参军并被批准入伍。临行前，大队赠送我一支英雄牌钢笔。老支书拉着我的手，深情地对我说：部队是所大学校，你用这支笔好好学习，写出更多更好的文章。于是，我揣上这支笔，带着家乡亲人的嘱托走进军营，开始了我梦寐以求的军旅生涯。

记得刚到新兵连不久，有一天，指导员叫我到连部。他对我说："部队有个传统，就是开饭时在饭堂进行读稿活动。你是为数不多的高中生，应该带头写稿，表扬新兵的好人好事，表达新兵的豪情壮志。"我不敢懈怠，回去后就在通铺床沿上奋笔疾书，写出一篇抒发新兵豪情的稿子。中午开饭时，战友们在饭堂坐下后，我鼓足勇气站起来，大声朗读了我写的稿子。朗读结束后，饭堂里立即响起战友们的热烈掌声。

那时，我们新兵中高中毕业生不多，有的战友只有小学文化。由于自己是高中生，不少战友找我代笔写家信，只要是战友提出来，我每次都慷慨应允。新兵连第一个春节，连队要求新兵自编自演文艺节目，每个班一个。我的班长让我编一个节目，我编了一个“三句半”。编好后拿给班长看，班长很满意。最后，我们班演出的“三句半”受到了连队的表扬。

新兵训练结束了，各连开始挑选文书，连首长看我有这方面的特长，字写得又漂亮，都争着要我。后来我被二连挑走，直接到连部担任了文书。

文书的工作要根据连首长的指示，安排每周的军政训练计划，然后发到班排并报营部。一开始我用复写纸抄写，后来我用蜡纸刻印。连长、指导员看我镌刻的计划规范、字迹清秀，对我的工作很是满意。

不久，上级机关通知我们连写一份搞好训练的材料，连长把这个任务交给了我。当时我真不知道该怎么写，毕竟我还是个新兵。我只能硬着头皮，赶着鸭子上架了，我整整写了一个通宵。第二天就把写好的材料交到连长手里，连长看到我的眼睛熬红了，知道我一宿没睡觉，让我好好休息。上级机关看完材料，认为写得太空，联系实际不够，叫连队重新写。这下我真懵了，觉得搞文字材料咋就这么难，早知这样，还不如去战斗班呢？连长看出了我的心思，耐心对我进行开导，机关干部也来到连队，帮我们一起研究分析，给我鼓劲，使我增强了信心。我通过到训练场上体验生活，虚心向大家了解情况，很快写出了《加强思想教育，激发练兵热情》的经验材料。不久，上级机关转发了这份材料。接着，上级培训宣传报道骨干，点名让我参加。在培训班里，我刻苦钻研，勤奋写作，我写的稿件先后在《沧州日报》、《战友报》上刊登。这下，连队“小秀才”的名声就传开了。

从此，我开始不停地写，写连队日志，写好人好事，写经验材料。为活跃连队的文化生活，在指导员的鼓励下，我用蜡笔刻制，办起了《连队快报》。写作是辛苦的，也是快乐的。伴随着连队的火热生活，我辛勤付出的汗水，变成了一个个鲜活的文字。这些文字或上《连队快报》，或被上级转发，或被报刊采用，我心中充满了成就感。

两年后，我被提拔为营部书记。没过半年，我又被调到沧州军分区政治部任宣传干事。从此，“爬格子”成了我的基本功课，写工作报告、讲话材料、学术论文、新闻报道是必不可少，业余时也写一些散文、诗歌、杂文等文章。

记得那是 1983 年春天，我随领导到市化油器厂调研。化油器厂在员工中开展的“在主人位、想主人事、干主人活”的活动，给我留下了深刻印象。于是，我连夜写出了调研报告。很快，调研报告被上级转发。几天后，《河北日报》在头版头条位置以“在主人位、想主人事、干主人活”为题刊发，并配有评论员文章。1984 年，我写了沧县“千里共建”的经验稿件，先后被《解放军报》、《战友报》、《华北民兵》等报刊杂志登载，《河北日报》在头版头条加评论员文章刊发。1985 年，我写了沧州军分区牵头开展的沧州区域工农兵共建精神文明活动的经验材料，得到了中央办公厅重视并批转全国学习。1990 年，我写了题为“和平树下的忧思与奋进”的研究论文，透视了时下国防教育的“冷”与“热”。这篇论文被多家刊物刊用，成了我的代表作。之后我又写出了系列报道《今日征兵面面观》、《大学生进军营》等文章，在军内外产生了很好的影响。

辛勤笔耕使我熬过无数个不眠之夜，品味了其中的酸甜苦辣，也体验了其中的欢乐幸福。有耕耘，就有收获。我先后见诸报刊的作品有几十万字。我也由一个战士被提拔为干部，先后任军分区政治部宣传科干事、科长。1997 年被提拔为沧县人武部政委。

在政治部欢送我去沧县任职的会议上，我感慨万千，当场赋诗一首：爬格写意昨日艰，今朝受命不畏难。但有用武方寸地，愿作老牛去拉纤。

担任政委职务后，我仍然一如既往，笔耕不辍。会议讲话、发言、文电等，都是自己动手，用自己流畅的笔去写自己的原声、心语，去讲自己的认识、见地，大家也喜欢听。同时，我还注意把感性认识上升到理性认识，不断创造性地开展工作。我担任政委的九年期间，沧县人武部年年被评为先进人武部，我也被评为全省先进人武干部、优秀党务工作者。军旅生涯使我深知“兵者，国之大事，死生之地，存亡之道，不可不察也”。2005 年初，我结合工作实践写出了 30 万字的《绿色情缘》一书。

2005 年 3 月，我退休了。夜阑人静时，整理一下工作 30 多年的思绪，觉得自己还没有到“万卷诗书消永日，一窗昏晓送流年”的年龄。依然坚信“壮心尚伴丹心在，傲骨犹如铁骨坚”。虽然退休了，也不能“云散清空碧，逍遥寄此身”。于是，我给自己制订了“读万卷书，行万里路”的“文化苦旅工程”，并付诸实践。

这些年，我狠走了一些地方，北到白山黑水，南至天涯海角，东游辽东半岛，西行天山之巅。曾登泰山、走三峡、观江枫渔火，寻找陶渊明笔下的桃花源，揽日照第一缕霞光，在大草原上信马由缰，在长城上纵览山河。在做了一番文化苦旅之后，必有感而发，或即兴写诗，或写游记散文。虽然经受深更半夜绞尽脑汁的苦恼，但在键盘和方格里自由走动，喜怒哀乐尽撒其间，酸辣苦涩一吐了之。在文化苦旅中获得了精神上的快乐，苦中有乐，无疑是一种美的享受，精神的愉悦。

是的，世界很大，有许多事情可做；人生很短，有更多追求可为。但人生最基本的追求应该是快乐，快乐是人生最好的作品。就这样，在文化苦旅中竟不知不觉又写了一部文稿，我把它定名为《踏遍青山》，并由《光明日报》出版社出版。我在开篇中写道：

退居草舍心未闲，揽山掬水观大千。
春秋百代犹勘首，飞霞流彩展雄篇。
看淡事态纷纭事，清风入怀颐颜年。
明月松间秋风吟，真情长存诗卷间。

是的，人生本就是一场旅行，不必在乎目的地，在乎的是沿途的风景以及看风景的心情。生命的旅行只有融入大自然，才能体现人生价值。就是靠这种精神，我人生的第二个春天又开始起步，《踏遍青山》续集即将完稿。

博友评论节选

wqjiajunjie

好文章！靠一支笔默默耕耘，几十年痴心不改，苦苦洒播下的心血、汗水，终于换来甘甜回报，最终收获的是远大于“苦”的乐，这样的一种苦乐年华精神是可贵的，也是高尚的，更是时代应倡导和发扬光大的！祝愿笔者永远乐在心中！

柴英

好文章，亲身经历，生动感人。我没有您那么大的成绩，但我的经历和心路历程和您很相似，所以，您的经历，也让我回忆起了我的军旅生涯。祝您永远有这样的热情和朝气。

妙晨

老天不是开玩笑，它常常很公平，您是位执笔才子，就一定会为您展示才华而开辟一块天地！问候砺锋战友！

朗月

作者通过朴实流畅的文字，叙述了自己几十年来的笔耕生活以及人生历程，将真挚、自然的情感流于笔端。透视了作者热爱生活，积极向上的人生态度。

砺锋，1956 年出生，1975 年入伍，曾任营部书记、干事、科长、政委，荣立三等功 3 次。2005 年退休至今。文爱写作，武喜太极。现任河北省作家协会会员，沧州市武术协会常务理事、沧州太极拳协会常务副会长。2003 年曾为军委副主席、国务委员兼国防部长迟浩田上将莅沧视察时作太极表演。著有散文集《绿色情缘》、《踏遍青山》。

初次坦克射击的回想

作者：大漠胡杨

博客地址：http：//blog. sina. com. cn/studyaone
开博时间：2011 年 5 月

1976 年 2 月，我入伍来到北京军区坦克乘员训练基地。这一年，基地刚刚组建，我们是基地的首届学兵。我学的是一炮手专业，也就是坦克射击专业。

经过 4 个多月的新兵训练和专业基础训练，进入 7 月下旬，我们便开始教练射击。教练射击是使用坦克机枪以枪代炮射击，用以体验射击要领，熟悉射击规则，密切全车协同，为战斗射击打下基础。战斗射击是使用火炮实弹射击。

我们一大早就来到坦克射击靶场。靶场坐落在一片山脚下，宽正面有 2 公里多，纵深约 3 公里，场内设有多条坦克跑道。这一天，天气非常晴朗，视野十分开阔，指挥所的旗杆上红旗招展，弹药所、修理所、救护所均开设完毕，保障人员、车辆全部就位。射击出发线、射击开始线、射击停止线等各种标示旗格外醒目。射击出发线前，3 辆坦克整装待发，高昂的炮口指向远方。

射击场的阵势，充满紧张的战斗气氛。靶场如战场，训练就要从难、从严、从实战需要出发，何况今天是实弹打靶。我们下车后，赶紧集合、整队。

“教员同志，学兵 10 连参加教练射击，准备完毕。请指示！”连值班员向教员报告。尔后教员开始下达课目，介绍场地，明确训练内容、射击方法、成绩评定、注意事项及要求。最后，还重点强调了安全事项，如炮口超出射界不准射击、场地内发现人员和牲畜不准射击，等等。

坦克射击方式分为原地射击、短停射击和行进间射击。我们学兵训练主要是前两种射击，原地对不动目标和运动目标射击、短停对不动目标射击。一次射击设 3 个目标：固定目标、运动目标和机枪目标，对前两个目标打 5 发枪弹，机枪目标打 12 发枪弹(点射)。坦克运动距离 500 米，每次短停不得超过 8 秒，并在运动时间 90 秒，总时间不超过 2 分钟内完成全部射击动作。

“砰砰！”，两颗红色信号弹升向空中。这是教练射击开始的信号。轰的一声，第一辆坦克发动起来，接着就咆哮着冲向射击跑道，“哒、哒哒、哒哒哒……”一串串拖着尾焰的曳光弹飞向目标。射击开始了，我们紧张的心情得到一些松弛。

很快轮到我上车射击了。班长充当车长，带着我和另一名学兵跑步到车后列队。“准备战斗”，班长一声令下，我们三步蹬车进入车内。

我迅速按程序做好每一个准备动作，最后用车内通话器向车长报告“一炮手准备完毕！”。刚说完，头上就重重地挨了一巴掌，“没有发出来！”耳机里传出车长严厉的声音。

我赶紧检查一下，发现喉头送话器没有贴紧。“一炮手准备完毕！”我重复又报告一遍。

“驾驶员准备完毕！”，“二炮手准备完毕！”。

“101，我是102，我车射击准备完毕！”车长向指挥所报告。

“102前进！”指挥所命令。

“102明白！驾驶员发动！前进！”车长下达了指挥口令。

轰的一声，坦克发动机轰鸣起来，噪音大得震耳欲聋。

我迅速打低炮口，并通过潜望镜向射击场内观察。

驾驶员加大油门开始冲击前进。“进入射击线！”驾驶员报告。

我迅速转动瞄准机，眼睛紧贴着瞄准镜，在晃动的瞄准镜里搜索目标。

紧张的心咚咚直跳，手也有些抖。

突然，我发现了固定目标，“发现正面坦克！”我向车长报告。我摇动瞄准机让大指标瞄准目标，并判定距离，装定标尺600。

“驾驶员短停！”我发出短停口令。“装弹好！”二炮手大声报告。

坦克稳稳地停住，但发动机还在轰鸣着，我克服车身的晃动，迅速瞄准目标中央，击发，“砰”，一颗曳光弹拖着蓝色的火焰飞向目标。

在枪弹射出的同时，坦克轰鸣着又向前运动。我紧张得没有看清弹着点。

“命中目标！”耳机里听到车长在喊。

“首发命中减一百”，我心中默念着修正口诀。

“驾驶员短停！”

前进不到50米，坦克就进行了短停。我抓紧减标尺100，瞄准，击发。

“靠近弹！”车长又大声喊道。

运动距离不够，标尺减多了，没有命中目标。我心里判断着。

“驾驶员短停！”坦克第三次短停。我迅速按规则进行修正，发射第三发。

“命中！”这次在坦克起步的瞬间，我观察到曳光弹准确地穿过正面坦克靶中央。

接下来是原地对运动目标射击。运动目标需要有方向提前量及距离修正量，是射击中的难点。

“右前方运动坦克！”二炮手报告。“装弹好！”

“驾驶员停车！”我发出口令。对运动目标是原地射击。

我迅速装定标尺,方向修正提前 2 个密位瞄准目标前边沿,击发。

“砰”,一发曳光弹飞向运动目标。“偏右!”车长观察道。

我也观察到弹着点的大概位置,迅速进行修正。重新构成瞄准,发射第五发。

“命中!”车长和二炮手同时喊到。

最后一个目标是机枪目标,使用短点射。射击方法也是停顿间射击。

“哒、哒哒、哒哒哒……”并列机枪怒吼着,射出一串串曳光弹飞向目标。

我听着这清脆的枪声,紧张的心情终于轻松下来。我回头看了看车长。车长目视前方,一脸严肃的样子。

经过多次教练射击训练后,10 月下旬,我们开始进行坦克战斗射击,要打坦克炮了。

由于我在 10 连 1 排 1 班,我们班又把我编为第一组第一个上车。所以,我是训练基地组建以后进行战斗射击的第一人。

这一天,我们按计划准时来到了靶场,但由于进入深秋季节,山区多雾。靶场内大雾弥漫,能见度极差,原定的射击时间只能推迟。我们也正好利用这个时间,进一步进行战前的协同动作,全班围坐在一起进行互相鼓励。

这时,营长在连长的陪同下,来到我们班。我们迅速起立报告,营长还礼后,招呼大家坐下。

“谁是第一个射击?”营长问道。

“报告!”我立即挺身起立回答,“我第一个打!”

“好!劲头很足!”接着营长亲切地对我说:“你打的是我们基地组建后实施坦克战斗射击的第一炮。第一炮具有开拓性,很有意义,也是对你八个月来训练的检验。一定要打出体会,打出好成绩!”

营长的一番话极大地鼓舞了我。

大约接近 10 点钟,浓雾终于渐渐淡去。“砰砰”,两发红色信号弹腾空而起。战斗射击正式开始了。随着一声准备战斗的口令,我们全车乘员飞身跃入车内。我快速插上靠背,系好胸前开关,调整瞄准镜视度,打开火炮和机枪射击开关,检查射击电路,做好战斗准备。

“发动前进!”伴着坦克发动机的轰鸣声,坦克快速冲进了开始射击线。

我瞪大眼睛通过潜望镜快速搜索着目标。

“右前方,正面坦克!”车长大声喊道。

“短停!”我向驾驶员发出了口令。坦克迅速平稳地完成短停动作。

“装弹好!”二炮手报告。

我迅速装定标尺,瞄准目标中央,果断地按下发射按钮。“轰”的一声巨响,瞄准镜前闪出一团火球,第一发打响了。随着炮弹出膛,整个坦克剧烈震动,瞄准镜里腾起浓烟,前面什么也看不见了,只听到哐当一声,弹药筒重重地砸到地板上。几乎同时,坦克轰的一声冲出烟尘,我们赶紧观察炮弹的落点。

部队野营拉练到狼牙山，离开驻地时乡亲们依依不舍（左一为本人）
投稿人：女兵肖梦（女）
拍摄时间：1966年9月
拍摄地点：河北易县

部队在起伏地进行坦克山地驾驶训练时进行技术讲解（左三为本人）
投稿人：老坦克兵（男）
拍摄时间：1978年春天
拍摄地点：河北满城县

随部队接收老山前线防务时向兄弟部队学习（中为本人）
投稿人：萧鹰（男）
拍摄时间：1987年4月
拍摄地点：云南麻栗坡

负责水陆坦克试验(右前为本人)
投稿人：槐香如梦(男)
拍摄时间：1997年12月
拍摄地点：福建东山

拆弹作业(中间为本人)
投稿人：潘昶永(男)
拍摄时间：2007年12月
拍摄地点：江西某地

当年的骑兵回营了(前中为本人)
投稿人：草原骑兵(男)
拍摄时间：2010年
拍摄地点：内蒙古

“近弹!”车长提示道。我胸有成竹地修正标尺,待坦克短停后,瞄准目标,右手再次果断按下了射击按钮。

“轰”,又是一声巨响。“命中!”我们全车乘员都观察到了。

接着对运动目标射击,结果两发全部命中。

最后,对机枪目标射击。“哒、哒哒、哒哒哒……”并列机枪的短点射射出一串串曳光弹飞向目标。

“我车射击完毕,请指示!”车长向指挥所报告。

当时,我的心情无比激动,第一次战斗射击终于完成了,我取得了优秀成绩。

第一次坦克射击已经过去了许多年。每次回想起来,当时的情景仿佛就在眼前,而只要经过努力,必定有收获的实践经验也牢记一生,而我也在次次实践中逐渐成长。

我的“第一炮”,尤如第一次吃螃蟹,需要一定的勇气和胆量,但只要你开口吃了,其味道之鲜美,余味难忘。

博友评论节选

不卑不亢

好威风的坦克兵。记得当兵时,一次随医疗队下部队,第一次看到了坦克,迫不及待地爬了上去。因是夏天,里面很闷热。觉得坦克兵真不容易,一定很艰苦。向坦克兵致敬!

耕耘者 88

同是戴过红星的老兵,同是铁马金戈的装甲兵。

日月同辉

难忘的第一炮,漂亮的第一炮!

大漠胡杨,1976 年入伍,坦克兵。曾任团、师、集团军作训参谋、坦克团参谋长、团长、装甲兵处处长。2000 年任陆军指挥学院教员、研究室主任。荣立三等功 4 次。2007 年退休。

公坦克、母坦克、坦克崽儿

作者：老坦克兵

博客地址：http：//blog. sina. com. cn/ljb4400781

开博时间：2006 年 4 月 26 日

那年年底，113 师坦克团坦克乘员训练队结业了。

各班、各排纷纷欢欢喜喜地照了合影留念，大家互相在小本子上留地址，写赠言……晚饭会餐时各桌杯碗叮当，欢声一片。

正在高兴时，我们班的一个河北磁县农村来的战友小张忽然嚎啕大哭起来，只见他跑到驾驶排排长面前，泣不成声地说："排长，别让我开母坦克，回家俺可咋向对象交待啊？"随之，更加大声伤心地哭了起来。

原来，他听到小道消息，说明天他将被分配到修理连牵引车班开坦克牵引车，他嫌不好听。

小张是新兵连里少数来当兵前就有对象的，而且对象大眼睛、长辫子，长得那叫一个顺溜。在新兵连时，他就经常拿着对象的小照片到处跟人显摆。到了坦克训练队，他也早就写了信，还寄回了在坦克上拍的照片，炫耀自己是坦克兵。结果分配他开的是"母坦克"，怕让对象知道了受刺激、受影响，歧视他，不跟他了，所以伤心地哭了起来。

怎么？坦克部队还有"公坦克"和"母坦克"之分？

当然没有，那都是老百姓自己喊起来的。

我们坦克乘员训练队设在河北易县北部的山区里，那时万岁军刚刚移防到保定地区不久，而部队又刚刚装备 59 式中型坦克和系列的配套车辆，如牵引车、装甲车。

这里的老百姓从没见过这些铁家伙，也搞不清是干什么的，于是便有一些老乡按自己的理解给这些铁家伙起了名字。管有大炮的 59 坦克叫公坦克，管没有炮塔的牵引车叫母坦克，管装甲车叫坦克崽儿。就这样以讹传讹，老百姓都这么叫起来。

59 坦克训练时，围观的老乡们就会兴致勃勃地说："这是公坦克在练兵呢。"

一碰到牵引车，老乡们就会交头接耳地说："这又是哪个公坦克惹事了？母坦克来叫他回家呢。"遇到装甲车，老乡们就会不可思议地说，"这坦克崽儿咋和爹妈长得都不一样呢？"

一次，我们排的一个学兵操作失误，把坦克开到一个深沟里了，坦克火炮朝下，屁股撅天，淤陷得比较厉害，驾驶排长和副队长用两个坦克挂上钢丝绳都没拉出来。旁边围观的一个老乡胸有成竹，振振有词地预言道："公坦克拉公坦克哪行啊？这谁都不服谁啊！肯定拉不出来。你叫个母坦克来试试？母坦克屁股上都带着勾呢，肯定一勾就勾出来了。"

果然，一会儿，坦克牵引车来了，放出钢丝绳，用车上的绞盘一收绳，把淤陷的坦克拉出来了。围观的群众欢呼着，都用钦佩的眼光看着那个有先见之明的老乡，只见他挺着胸脯，双手叉腰，很得意地说："我没说错吧？我说那个母坦克屁股上有勾吧？一勾公坦克就出来。"

一些对他不服气的老乡都起哄说："你还不赶紧回家？小心你家老娘们来叫，她的屁股上也带着勾呢。"于是，那个有先见之明的预言家在大家的哄笑中讪讪地离去。

我们站在旁边，听着围观老乡的对话，真是哭笑不得。

晚上，训练队指导员专门把预定分配到修理连牵引班和步兵连装甲车班的几个学兵叫去谈心，做了思想工作。

第二天，分配大会上，团军务股股长宣读了分到各单位的名单。战友们有的被分到坦克连当炮长，有的被分到坦克连当驾驶员，我被分配到坦克 3 营 8 连当坦克驾驶员。驾驶排的小张、小安被分到修理连牵引车班当坦克牵引车驾驶员，临走时，我见他两个人高高兴兴的，没有再对开"母坦克"有什么成见，于是很奇怪地拉着小张到旁边问："你咋又喜欢上开'母坦克'了呢？"他满脸得意地说："指导员都跟我们透底了，坦克离不开牵引车，你们不能保证坦克不掉沟吧？你们将来有事都得来求我，说明我们很重要。全团坦克近百辆，牵引车只有两辆，我们是百里挑一，说明我们技术比你们好。"另外，他神秘地对我说："指导员悄悄对我说了，就算牵引车是个'母坦克'，你把'母坦克'都琢磨透了，那你再回家琢磨你对象，还不是轻而易举地拿下，你想咋的就咋的吗？"

苍天啊！大地啊！早知道开牵引车还有这功效，我也早就应该哭着喊着抢着去开"母坦克"啊！

博友评论节选

阿明

威武的战车，豪迈的军人，展现着时代的风采！

五彩斑斓的人生

那些铁疙瘩的坦克车、装甲车，从大兵的嘴里说出来也都有了生气，活灵活现的……

青青虫

老乡的语言就是生动。最近这些年，公坦克日新月异，母坦克保障有力，坦克崽层出不穷。

老坦克兵

戎装裹身四十年，战士步步到师团，
军中伴侣是坦克，立功受奖很频繁。
军政后技干得全，莽夫转型上讲坛，
院校里面展文武，桃李天下自安然。
碌碌一生很平凡，光荣退休苦变甜，
事事热心为战友，余热发挥不停闲。

难忘的军校生活

作者：荒原小草

博客地址：http：//blog. sina. com. cn/hyxc321
开博时间：2008 年 10 月

1961 年 7 月，我入伍来到解放军石家庄高级步兵学校，开始了我的军校生活。当时学校的代号是京字 320 部队。说是军校生活，其实我一开始是在军校当兵。但打进入军校的那天起，我就暗暗下定决心，一定使出百分之百的努力去工作，干出个模样来，不辜负父母对自己的厚望。于是，在新兵连，我刻苦训练，样样工作干在前面，成为优秀战士。下到勤务连队后，仍然一如既往，积极工作，很快成为连队的骨干。由于军事技术过硬，我被抽调到集训队参加排战术演练，并代表学校参加了北京军区组织的军事大比武。

机会总是青睐有准备的人。比武结束后，1963 年底，学校招收一批新学员，定为军事教员队。我荣幸地作为干部苗子被推荐上学，与本校的 7 名战友成为二大队六队的学员。从此，真正开始了自己的军校生活。

军校生活是紧张的，因为它是军官的摇篮。毛主席给延安抗大的题词，一直是我们学校的座右铭："坚定正确的政治方向，艰苦朴素的工作作风，灵活机动的战略战术。团结、紧张、严肃、活泼。"军营里每天都响着嘹亮的歌声："红旗飘飘军号响，人民战士歌声嘹亮，三八作风是传家宝，毛泽东思想闪金光！……"

军校生活和连队要求一样，坚持一日生活制度，课程排得满满的，每天整整 8 节课。开设的课程主要是两大类：政治和军事。政治课的内容是中共党史、马克思主义哲学原理、毛主席著作等。军事课有毛泽东军事思想、十大军事原则、三大条令和实际操作等。实际操作科目，主要是五大技术，射击、投弹、刺杀、爆破和土工作业。射击有半自动步枪一二三练习，手枪一二三练习。投弹 35 米及格，40 米良好，45 米以上优秀。刺杀先是基本动作，预备用枪，突刺，防左，防右，练刺草靶，而后戴上护具对刺。工兵作业要求胆大心细，尤其是在雷管中放置导火索，以及把接好导火索的雷管放进炸药包里那得格外小心……

当时比较难的军体训练有单杠屈身上练习。要说难,应该是难者不会,会者不难。其实,动作挺简单,就是双脚跳起,双手正握单杠,身体悬起后,双腿并拢,自然用力摆浪,感到冲力适当后,双脚用力一蹬,利用惯性,身体自然而迅速地翻上单杠,全身挺立在杠上。这个动作许多人包括我练了几个月才学会,不容易啊。

每周我们还至少安排半天劳动,就是在学校大院种菜、锄草。至于每天擦枪、班务会、晚点名,更是一样不少。一周只有星期天自己可以支配,允许请假上街,外出人员比例控制在三分之一。周日一般都是两顿饭,上午 8 点和下午 4 点开饭,早饭后就可以自由活动。学员可以利用这个时间看书,写家信,打扑克,下棋等。或者三两个人结伴上街,看场电影,买些日用品之类。

那时,战友之间的情感特别真诚、特别单纯、特别团结、特别友爱。谁要是有什么困难,大家都会尽心尽力地去帮助。谁要是情绪不好,大家就会主动地问长问短,战友们有时甚至把恋情和隐私都愿意向战友倾吐。我记得那时我曾写过一篇广播稿,寄给石家庄人民广播电台,后来被播发了。题目是“情同手足”,就是写战友们相互关心的小故事。

我印象特别深的有这样一件事。那是冬季的一个夜晚,我们正在夜间训练,天下起了小雪。我们趴在地上进行“潜伏”训练,身下是冰雪泥水,身上也落满了雪,寒冷难熬。时间一分一秒地过去,已经是深夜了,肚子开始咕咕直叫。我们是又冷又饿。而教员一直用严厉的目光扫视着大家,打着一定要坚持的手势。要求不准出声,不准乱动。正在这时,趴在我旁边的战友,用臂肘碰了我一下,我们对视了一下,然后他把一个凉冰冰的东西塞给我。由于不准讲话,动作也十分轻,黑暗中我摸了一下,原来是一个被啃过的凉馒头。我心头一热,是哪位老兄如此心细,竟然想到在口袋里装上这个宝贝。这会儿,实在是太需要它了。我摸黑迅速地啃了一口。其实,这大半个馒头我真想把它吞下去,但我很快就明白了。我用臂肘轻轻地碰了下另一旁的战友,将这块又被啃了一口的馒头传了下去。到训练结束,我不知那块馒头传到了谁……想起这件事,我们当时的训练真是有苦也有乐。军校生活虽然苦一点,累一点,但战友们互相关心,互相帮助,生活充实,充满快乐!

20 多岁的军校学员,未来的军官,穿着四个兜的军服,锃亮的皮鞋,昂首挺胸,颇有几分军人的豪迈。尤其是节假日,我们这些年轻的军官较为集中地走在大街上,格外引人注目。这时我就会想起抗大校歌:“黄河之滨,集合着一群中华民族优秀的子孙,人类解放,救国的责任全靠我们自己来担承……”我们这代人,就是要肩负起承前启后的历史责任。

1964 年 11 月,我们原定的课程全部提前学完,并进行了结业会考。12 月初全部考核完毕,毕业鉴定也通过审定。我所在的六队,86 名学员被批准给予颁发毕业证书，准备迎接军区统一授衔。

此时，我们每个人的心里都充满了阳光，经常可以听到战友们兴奋地哼着当时的流行歌曲：“我们走在大路上，意气风发斗志昂扬，毛主席领导革命队伍，披荆斩棘奔向前方……”

授衔仪式在学校大礼堂隆重举行。各队学员穿着崭新军服，精神抖擞地端坐在台下，主席台上一排首长也是衣冠笔挺。各大队开始相互拉歌，大礼堂内，歌声、掌声、口号声此起彼落，震耳欲聋。那场面是相当热烈，大家情绪格外高涨。此时此刻，我的心情也特别激动，一个矿工的儿子，一个普通青年，经过军校大熔炉的锻炼，今天就要成为一名军官了。虽然少尉是军衔中最低的一级，但毕竟这是开始。俗话说“千里之行，始于足下”，远大的目标，光辉的前程，需要脚踏实地地从头做起。

毕业授衔后，战友们整理行装各奔东西，四川的几名战友刘芳金、魏远树、王成全调到了工程兵部队，段泽民、李秀山等几位才子直接进了军区机关。其他的，有的到了部队，有的到了省军区，我们几位则又留在了学校。

大江东去，浪淘沙。几十年过去了，我们军校的同学大部分成长为营、团职干部，有的还升为师、军级干部，有的早早转业了，有的已多年失去联系。想起当年的军校生活，心中充满了无限的怀念。军校给我以知识，给我以力量，培育我成长。从那时起我的生活，我的一生就和军队，就和时代紧紧地连在一起。

博友评论节选

红烛光林

哇噻！您是否一直在坚持写详细的日记啊，佩服！太吸引我们这些军营、军校的后辈了。您的博文令我等感慨万分，敬佩！您的文章记录了朴实、率真的生活！加油啊老兄！

维宁

人民子弟兵辛苦了！

胡子良孙

军旅生活令人难忘！美好的回忆，无悔的青春！

荒原小草，1943 年出生，河北定州人。1961 年入伍，曾任参谋、助理员、科长。1982 年转业到石家庄工作。先后任检察员、街道党委书记、法院副院长。2003 年退休。爱好写作。退休后笔耕不辍，撰写约几十万字的系列博文"从军记"、自传诗"风雨人生"等。在报刊发表短文数十篇。

石老兵“叛变”趣事二则

作者：炊烟漫舞

博客地址：http：//blog. sina. com. cn/luzizu
开博时间：2008 年 12 月

一　婚事

1970 年末，结束了新兵营的生活，我戴上帽徽领章下到连队，便真正成为中国人民解放军的一名战士了。

连队有个模范饲养员石老兵，自幼父母双亡，到部队后就以部队为家，兢兢业业、老实肯干，喂猪全师出了名，就是文化不高，不爱吱声。我入伍时他已当兵三年，听说探亲时有人给介绍对象，女方是丹东丝绸厂的纺织女工，双方见面后便没了下文。后来，介绍人把女方通讯地址给了石老兵，让他自己想法写信联系。

那天晚饭后，石老兵从班里把我拉到房头，开口就央求我替他给那个女的写信，说看连队墙报栏里，属我的文章、字写得最好。我是个新兵，哪敢不答应，也不知道这里的水多深多浅，竟然点了点头。

月上树梢，熄灯号早已吹过，我躺在床上翻烧饼，搜肠刮肚地收集最美丽的词汇，直到起床号响起，天空出现了鱼肚白，我才基本上打好了腹稿。写出来后，我念给石老兵听，石老兵听完一拍大腿：“好！我就想这么说。”然后把我抱起来转了个圈，拿起信乐颠颠地走了。

约有半个月，石老兵送我一瓶水果罐头，我自然是不好意思要，石老兵说：“不是白给的，还要请你帮忙读下信。”我一看，是那个女的写来的，我说：“这可不行，这是情书，外人看不合适。”石老兵说：“我又不认几个字，你不念谁念？不念我撸你！”实在是推挡不过了，我只好打开信纸。好在那时候人都挺“封建保守”，即使情书也没有肉麻的话，甚至连“爱”字都没有。

此后，石老兵“照方抓药”，仍然让我给他的未婚妻小孟回信。一来二去，半年过去了，我已替石老兵写了十几封，而且写得天花乱坠，导致石老兵和那位小孟两人都到了谈婚论嫁的程度。那期间，由于我写信常常是鬼鬼祟祟捂着、盖着，班里战友们还都以为是我谈恋爱了，给自己恋人写情书呢。

秋天，当营房前的小路铺满了落叶，石老兵的恋爱也有了结果，他向连队递上了结婚申请。由于他是孤儿，工作积极，人缘又好，连里破例让他在部队结婚。

那真是个喜兴的日子，一大早连里就派了马车去火车站接站。在指导员的亲自指挥下，大伙帮厨的帮厨，打扫卫生的打扫卫生，忙得热火朝天，全连战士都伸着脖子想看新媳妇。

部队里那时候流行着一句俏皮话："当兵三年，老母猪赛貂蝉"，是对部队生活紧张枯燥，一般看不到异性情景的调侃。所以，几乎每次连队来家属，大伙都要仔细端详，然后评头品足一番，今天自然也不例外。

期待中，石老兵的新媳妇来了，坐在大白马驾辕的马车上来了。我们大家踮起脚，远远地就看见一位白白净净、浓眉大眼的姑娘，她跳下马车时，我们看见她跟石老兵的个头差不多，整个一个江城美女呵。当天他们在连里举行婚礼，十分简单，连里杀了口猪，大家在一起吃顿饭，也不兴闹洞房，腾一间宿舍就算大事完毕。

纸里包不住火，该着出事。第二天是星期日，新媳妇小孟要给石老兵洗军装，无意中发现衣服里边歪歪扭扭写有石老兵的名字(那时，军服里印有巴掌大小红框，框里写上军人姓名、血型等，以方便战时输血)。小孟顿时起了疑心，问石老兵，这字是谁写的？石老兵承认是自己写的。小孟又问，给我的信谁写的？石老兵还说是自己写的。小孟马上拿出日记本和笔，让他把名字再写一遍。石老兵懵了，不写不行，哆里哆嗦写下自己的名。由于紧张，还赶不上以前写得好看。小孟急了，逼问他究竟是谁给她写的恋爱信。眼看就要"东窗事发"了！

按理，石老兵如果脑袋灵活，随便说个人名说他已经调走或复员，都可以搪塞过去，反正生米已做成熟饭。可气的是，他还没"坐老虎凳，灌辣椒水"，就当了可耻的"叛徒"，不打自招说是"三班新兵小王写的"，这下非同小可，小孟拽着石老兵来找我核实，我正和班长下军棋，看新郎新娘来了，忙起身对小孟说"嫂子好"，小孟怒气冲冲回答："好什么好！你有什么权利看我的信？有什么权利给我写情书？"我大脑一震，明白有人告发了我，一时呆愣在那里没词了，一个劲瞪石老兵。石老兵窘在一边，小孟连哭带说，小嘴机关枪似的根本不让别人说话。闻讯赶来了连长、指导员，小孟向他们哭诉道："没想到你们解放军还撒谎骗婚？"连长听石老兵讲完经过，哈哈大笑地调侃说："这可不是骗婚，你们俩自由恋爱，小王只不过是给小石子抄抄信，再说你们俩郎才女……"小孟一听"郎才"两字，气更不打一处来，杏眼圆睁，马上就要反驳，还是指导员反应快，立即解围："连长说的才，不是文化那个才，而是革命之才，石老兵是个很优秀的兵，曾用津贴费给有病的小猪崽买奶粉，救火冲在前，工作刻苦认真……"一席话说得他好像比雷锋都高尚，石老兵听得汗都下来了。

风波总算平息了。大伙刚走，四川籍班长马上对我说："你个新兵蛋子，太不懂事了！人家两人搞对象，你看啥子情信？瞎掺和！不晓得那是犯法？"我耷拉着头，懊悔得中午都没吃下饭。

几天后，新娘子小孟要回丹东了，大伙都到营房门口欢送，我没敢出去，在屋里隔着窗户目送新娘。小孟东瞅西望好像找谁，迟迟没上马车，我心里清楚，肯定是在找我——这个"骗婚"的帮凶，她肯定想再训我几句。看着马车一点点地走远，我百感交集，一方面后悔帮石老兵做了件费力不讨好的傻事；另一方面还有点暗中得意，毕竟也因我而促成了一件好事儿。

第三年，石老兵拿出儿子百日照片给我看，我悻悻地说："小孩儿挺好，可惜孩儿他爹是个'叛徒'！"

二　动魄的几天

1971年，我们部队驻防在东北某县城。

县城里有一位老红军，原来是刘伯承元帅麾下某军的副军长，不知何故，到小县城做了寓公。

那时，部队有个传统，爱请老红军做革命传统报告，受我们部队邀请，他也来做了一次报告。记得那天做完报告后，底下掌声雷动。为了答谢老首长，团长、政委恳请他留了下来吃个便饭。饭桌上，老红军提出一个要求："请你们部队拉手风琴的战士，教我小女儿拉琴。"

原来，部队宣传队在县城演出时，我的手风琴独奏节目受到了热烈欢迎。老红军视为掌上明珠的女儿，当时正热乎着学琴，看完后就逼着老红军找部队领导，非要和我学琴不可，现在正好来了机会。自然，团首长也非常痛快地答应了。

按部队首长和老红军的约定，我每星期去他家辅导一次。老红军的女儿天资聪慧，进步神速，所以，我和他们相处非常好，像一家人一样。有一天我去他家，进门后就觉得气氛有些异样，老红军满脸喜气洋洋的，总是笑呵呵的(平日贼严肃，一本正经)，笑得我心里直发毛。

教完下课后，老红军说："王老师，今天我高兴，你就在家吃饭吧。"随后，他交代夫人去炒几个好菜。平日里我在这儿吃过饭，一般三四个菜，今儿个不年不节的，却上了八个盘子，老红军还破例让我陪他喝了酒。

我是受宠若惊且晕头转向，在老红军喝得差不多的时候，我便小声问他："首长，您有什么高兴的事儿，说出来让俺分享一下？"他向左右瞅了瞅，压低声音对着我耳朵神秘地说："林彪摔死了！"

啊？我吃惊得手一松，筷子掉在了地下。

夫人推了老红军一下，虎着脸嚷道："你个老东西，不让你和小王说，偏说！正式文件还没下呢！"

当时林彪是副统帅、国防部长，又是接班人，怎么就摔死了？震惊过后，我一肚子的疑惑。看我那么紧张，老红军打住了嘴，再三嘱咐，让我不要和任何人讲。此时我再也没有心情喝酒了，心情压抑地走回了连队。

晚上，我翻来覆去睡不着，老红军告诉我这事儿时，表现出来的异样兴奋的表情，始终在我眼前闪现。我不明白为什么他不让我说？心里实在是憋得慌，就爬起来，走进石老兵的饲养场。

石老兵已经躺下了，我把他从被窝里拉出来，悄悄地告诉了他这个秘密。石老兵听后，瞪眼摆手、一脸严肃地说："肯定是阶级敌人造谣！"并且嘱咐我，以后不要再跟别人讲，到他那里为止。

第三天，一个和我关系挺好的四川籍老兵，神叨叨地告诉我："林彪得病死了！"第四天，团保卫股李干事到连队追查"谣言"，了解到"谣言"出自石老兵。

石老兵是闻名全师的优秀饲养员，所以，组织上没对他采取什么措施，只是晚上李干事陪他一起睡觉（有点监视的味道）。我更懵了，唯恐石老兵把我供出来（上文说过，石老兵有过"叛变"的前科），不知老哥能否挺过这关？我可是一宿没合眼。早上，我和连里请了假，匆忙赶到老红军家。老红军听神情紧张的我说完昨天晚上的经过，说："啥事没有，你告诉团长、政委，就说是听我说的。中央下了文件，马上你们就会传达。"老红军夫人还说："怕啥？林彪投敌叛国了，飞机掉下来摔死了！陈毅元帅乐得犯病住院了。"我问："陈毅怎么了？"老红军的夫人绘声绘色地表演着："陈毅听说林彪摔死了，拿出珍藏多年的茅台酒，边喝边对夫人说：'大快军心，大快国心，大快人心，大快我心！哈！哈！哈！'大笑三声，就这么着犯病住三〇一医院了。"

虽说夫人所说陈毅元帅的事不知是真是假，但林彪叛逃的事中央已经下发了文件我心里有了底，回营房走路也轻松了，步伐也矫健了。回到营房一看，气氛十分紧张，连里正撒开人马到处找我呢，石老兵终于又"叛变"了。保卫股长和保卫干事用团里唯一的一台军用吉普车，把我"押送"到团部。我和政委讲了事情经过，并让政委打电话向那位老红军核实。政委摆手说："不必了，不必了，再不要讲了！"

两天之后，中央文件传达到战士，大家才知道了林彪事件的真相。

博友评论节选

悠然

呵呵，真有趣！军队生活描写得栩栩如生！当年我探亲去部队，就亲历过操场上战士们的注目礼！来了家属是很受欢迎的哦！

芋头山

在部队时候，我也帮过战友代写情书，不过是我写完后让他本人抄写的。战友为石老兵做了一件好事，应该感谢你，你才是真正“红娘”。

都付笑谈中

难忘的岁月，难忘的峥嵘；难忘的青春，难忘的激情！所有的难忘都记忆在这些军中趣事之中。

翁松鹤

每次读你的美文，总有一种身临其境的感觉，文字细腻生动，又把我带到那个年代！

炊烟漫舞，1970 年 9 月入伍。历任战士、宣传队员、文书、班长、代理排长职务。1976 年退伍，曾任局机关科员、团委副书记。1980 年任基层公司党支部书记、经理、总公司党委副书记、副总经理职务。

烂眼新兵一颗星

作者：渡东桥一号

博客地址：http://blog.sina.com.cn/yjjabc6530

开博时间：2007年8月

大家都在说新兵。呵呵，那我也说说。谁都是从新兵当起的，即便是将军，也有他的新兵生活。

新兵傻气、可笑，从傻气、可笑转变为正气、可敬的整个过程，就是部队别具一格训导的过程。新兵的傻气，到老了回过去想想，其实倒并不可笑，而是很有些可爱。我标题里的这句话，估计只有宁波、舟山人看得懂：烂眼新兵一颗星。这是当年我当兵时，军营附近的渔家孩子像唱歌一样挂在嘴边的一句话，它专门是对着挂列兵军衔的新兵唱的：

烂眼新兵一颗星，（没本事的新兵只有一颗星）
大炮当得西洋镜。（讥笑新兵还不如老百姓懂军营）
拗声刮拉拎勿清，（五湖四海来的兵，说话舟山人听不懂，称为“拗声刮拉”）
甩弹甩到脚后跟。（连手榴弹也不会扔）

当年因为舟山群岛上驻防的部队很多，驻地的老百姓对部队非常熟悉，他们能从军衔上分辨出新兵老兵，排长连长。这“烂眼新兵一颗星”的歌谣，就是我第一次下连队后，从一群跟着我们看电影的孩子们嘴里听到的。我问老兵，他们怎么说我们新兵是“烂眼”呀？老兵说：这是舟山土话，并不是说新兵的眼烂，而是“没本事”的意思。你只挂一颗星，他就知道你是新兵，就会取笑你，但并没有恶意，油嘴滑舌而已。

我这个1965年的兵，就是个列兵，过了5个月，军衔就取消了，换戴上了“三块红”。那列兵军衔的5个多月，就是个“烂眼新兵”——傻乎乎没本事的兵。现在想想，刚当新兵有几怕：一怕操队列，二怕紧急集合，三怕开会发言，四怕吃饭来不及。

一怕操队列。队列训练苦呀！比干活苦多啦。除了新兵连里得每天训练队列外，到了连队，因为新兵多了，也老练队列，正课时间练，出早操更得练。我记得最怕的是走正步的拔慢步。班长一喊："正步拔慢步，一，"咱就得抬起右脚，膝关节都伸直，当年的标准连脚面也得绷直。这一句口令后，班长他就没下一句了，咱就得踢着个腿，像被武林高手点穴一样的不能动了。这可真是个苦差事。老半天他才喊个"二"，咱就踏下去，同时换个腿。这又停住了。班长指指这位不对，又说说那位不对。咱踢着腿得在空中停着。唉！受罪，但没法子。可不这样训练，新兵还硬是走不好正步。"文革"期间，有一段队列行走不能喊一二三四了，得喊语录口号："下定决心，不怕牺牲"，这就还得练嘴巴。哎！当年连长还因我懂节奏，叫我把毛主席语录编一下喊出节奏来呢。

二怕紧急集合。这可真是害怕到家啦，因此班长老兵天天在业余时间里训练我们新兵。先是训练打背包，把被子弄散了，老兵按着秒表叫一声开始，我们就慌脚忙手地折被子，捆被包。开始时得七八分钟整一个，还像只大馄饨，可这哪行？于是就十遍八遍地练。那军被子也怪，你再怎么折腾也不会破，要是有些民用棉被，怕是早撕烂啦。一直要练到一分钟左右打好才能行。

背包会打了，就练睡姿下的紧急集合，这就包括穿衣、裤、鞋，打背包，背装备这一系列的动作。班长要求 3 分钟完毕。还得熄灯，暗着瞎摸，天哪，真的是手忙脚乱，心慌意乱，弄得寒冬腊月还满头大汗。没法子呀，这就得多练，否则一定不行。为此，当新兵的头 3 个月里，睡觉也是不踏实的，老是摸枕头边的两背包带子，人人活像惊弓之鸟，你越怕，它还就越来。紧急集合一次，就有笑话一大串，什么左右脚的鞋穿反了啦，棉裤只穿进去一只裤腿，像小沈阳的苏格兰裙那样啦，背包像一捆烂面团、跑 3 步就散伙啦，带枪没带子弹袋啦，帽子没戴啦……反正洋相百出。那些背包打得稀里糊涂的兵，连长一声"出列，向后转"，请大家看背包，来个队前亮相，各种奇形怪状的背包，能把人笑得半死。记得有一次，炮班有个新兵，把被子一卷，用背包带打个十字，就单肩扛着走，队前亮相时，连长说了一句："你小子闯关东逃难呀？"大家哄一声猛笑，都笑出了眼泪啦。

三怕开会发言。那时，班务会特别多，每次班务会，每个人都得发言，你还非得说不可。有些新兵，真的从来不曾开会发言过，要发言，勉为其难呵，说不来也得说，班长是不依不饶的，非说不可。新兵就硬着头皮说，磨磨唧唧说得颠三倒四，但没人笑的，大家都正襟危坐，两手放在膝盖上，表情严肃。但几次硬逼着发言后，渐渐地话就顺畅多了，也就慢慢习惯了。因此当过兵的人，一般都能咋咋呼呼说两句，那都是在部队被迫练出来的。

四是怕吃饭来不及。当过兵的人，吃饭动作大都很快。部队吃饭，好像从来不讲究细嚼慢咽的，都是大小伙子，消耗大，饭量也够可以。但也不知怎么的，就是快。其实现在想想也想不透，怎么回事？抢吃肉包子练出来的？也不是，肉包子管够嘛，其实这大体是部队生活快节奏的缘故，什么事都不能慢吞吞，因此连吃饭也像是打仗。

一颗星的烂眼新兵，一般要半年，才算是有点样子了。就我这一颗星的新兵，有一次跟班长到联防队的渔村去搞军民联防工作，小孩子又叫上“烂眼新兵一颗星”啦。我心想，别让老百姓瞧不起咱新兵，我就使出我的“撒手锏”，教他们民兵唱新歌。我空着手，哗哗地在黑板上把歌谱歌词默写上，就把他们小青年看呆了。我这一教歌，他们就不敢再小瞧我这新兵了。此后再去，顽童们再也不敢在我面前叫我“烂眼新兵一颗星”了。只是，过不多久星就拆下了，红红领章红红帽徽，从此“烂眼新兵一颗星”的歌谣也随之没了。

博友评论节选

甲五水生

我们部队机关大灶三毛九的伙食，当战士四年，吃包子吃面条从来没吃够过。

景观妙趣

入伍就得从头学起，包括点点滴滴生活习惯的培养，部队能把老百姓锻铸成好钢在于她是个大熔炉。

wuxi600323

百姓——新兵——老兵——高素质百姓

草上飞

内蒙兵团的紧急集合都在半夜三更，劳动了一天又要夜里拉练，几里地快步/小跑，回来睡觉，天刚亮又吹起床号了。

远山

战友总结得好！俺到现在还保持着“雷厉风行”的战斗作风呢！

渡东桥一号，1946年8月出生，1964年12月参军，驻军浙江舟山群岛，炮兵侦察兵，曾任侦查班长，守备区宣传报道员等工作。1969年退伍，在绍兴大中型国企当过工人、工长等，后任过科长、党委书记、厂长、总经理等职，也曾在市文化局、组织部等部门工作过。2006年退休，现在浙江越秀外国语学院教务处工作，继续发挥余热。

一场赛诗会

作者：肖庄

博客地址：http://blog.sina.com.cn/caoshujie4801
开博时间：2007年7月

1972年初秋，我从老家探亲回来，刚走出火车站，接我的战士就兴奋地对我说："一排长，今晚连队要举办赛诗会，全连上下都在暗中使劲呢！你探家后，连长宣布一班长代理你的工作，他给各班都下了死任务，每班必须准备两首诗，最少上两个人朗诵，决不能落在别的排后头。这事都忙活了好几天了！"

举办"赛诗会"，是党支部年初确定的连队政治文化活动之一，当时营教导员也参加了会议。会上有多一半支委认为战士文化水平低，怕弄不好砸了锅，有畏难情绪。教导员鼓励大家说："这是一个新生事物，要大力倡导，大家不仅要积极准备，还要总结经验，推广全营！"

我有点慌了，回家十几天，探亲访友，忙得不亦乐乎，赛诗会的事没做丝毫准备。我赶紧把自己关在屋里，左手抓着两窝头，右手拿着笔，一边啃窝头，一面修改战士们韵律不通的病句，同时心里还涌动着探亲时激情和情感。窝头吃完了，6篇"诗作"也理顺了，我自己的诗作"腹稿"也基本成型了！

赛诗会的会场设在连队炊事班的窑洞前面。

为了吃水方便，炊事班的位置选在村里最低处一户老乡家。窑洞前就是空荡荡的桑干河滩，窑洞顶比村庄的街面还要低10多米。

天黑后，全连干部战士集中在炊事班院里，排成六列，齐刷刷地坐在马扎上。队前放着一张战备折叠桌，院子里的树上挂着一盏小小的应急照明灯，两根电线接在一块拆下来的T-34坦克电瓶上。村里的老百姓家还没安装电灯，也很少见到这种热闹场面，看热闹的老乡和孩子们围了好几圈。

天空明月高照，凉风习习，专程赶来的营教导员和营部书记也坐在队伍里。

指导员梁江水主持赛诗会。梁指导员是山西运城人，家住黄河边，1963年高中毕业时正赶上黄河发洪水，耽误了高考，第二年便参军来到了部队。他第一

个站起来,用一首诗作开场白:

革命战士豪情迈,
恰似烈火遇干柴。
手握钢枪戍北疆,
阔步登上赛诗台。

诗言志,情满怀,
郭建光,严伟才,
不记名次不打分,
一个跟着一个来。

我一听,不错呀!他是从哪拼凑的句子呢?没容我多想,副指导员也站了起来:

三九严寒会凉城,
冰天雪地宿北棚。
酷暑三伏南口镇,
踢腿慢步百天整。

洪涛山头战备洞,
桑干河畔练奇兵。
河头稻花泛波浪,
榆次美酒香满营。

副指导员短短的诗句,概括了我们部队近几年到内蒙拉练、北京集训、神头练兵以及连队插稻秧、种高粱酿酒的经历,当场获得满堂彩!

接着,从三排开始到一排,每排两人,轮流上场,高声朗诵。

千里当兵到雁北,
坦克隆隆似春雷。
祖国山河多壮丽,
岂容苏修胡非为。

冰雪冻,朔风吹,
丹心如血显军威。

蚍蜉之敌敢侵犯，
定叫胡马化乌灰。

八班长高海洋，天津蓟县人，曾跟着当老师的父亲在山西汾阳读书，1966届高中毕业。连队战士中数他文化最高，可同年入伍的战士都提干了，他却因受父亲所谓“问题”的牵连，还蹲在班长的位置上。只见他拿了一沓稿纸，慢悠悠地走到桌前，轻轻地咳嗽了一声：“我今天不说山西话，用普通话朗诵”——

又来河头村，
秋景喜煞人。
沟渠棋盘画，
阡陌树连荫。

菜畦翠苗碧，
禾田金波滚。
几次问同路，
疑是走错门。

当年来开垦，
举目一片银。
十里绝绿色，
碱滩能扎根？
三出又四进，
议论乱纷纷。

窝棚支委会，
举手表决心。
立下愚公志，
要学大寨人。
牵来浑源水，
冲走老碱根。
深翻沃土露，
血泡满手心。
三月育秧紧，
冰扎留疤痕。
七月顶炎日，

汗出如水淋。
手肿握镰紧，
老茧厚几分。
吃得千尽苦，
换来满地金。

重担压铁肩，
风雨练红心。
人变天地变，
育秧又育人！

随着大家热烈的掌声和叫好声，我的思绪又回到了在大同县河头村种稻田的艰苦日子里。高海洋的这首五言律诗，仿佛把一年的农场生产做了遍总结。

下面轮到三个战士"诗人"上台了，他们的"诗"好像都是标语口号，什么"革命战士斗志昂"，"拿起笔杆做刀枪"，"美帝苏修无处藏"等等。

接下来该我排的"秀才"上场了，大个子三班长大冯也是个"老三届"，他是个天津城市兵，平时很活跃，喜欢写写画画的，战士们都戏称他"秀才"。他昂首挺胸地大步走到桌前，背着双手，大声朗诵道：

三月熙阳送春风，
桃腮吐苞柳芽青。
龙泉喧嚣十里碧，
鱼虾戏水绕芴荇。

远望梯田浪千重，
漫山羊群闹盈盈。
溪水环流润山顶，
后沟山洼传歌声。

生在华北千里平，
土岗也当大山峰。
山西多山少见水，
如此"大海"谁不惊！

神海不敢比昆明，
此景更有此景情。

尉迟庙前水如注，
三九严寒波涟涌。

春夏过去复秋冬，
桑干东流不息停。
千里滚滚到北京，
带去战士歌唱声。

都说战士骨头硬，
风吹浪打心更红。
祖国河山我最爱，
放到哪里哪安营！

大个子不简单呀，刚看了我抄给他的郭沫若写的《晋祠诗》，就在这里用上了，行啊！

接着是炊事班长朗诵他的“大作”。炊事班的几个战士文化水平都不高，能参加赛诗会就算不错了。

野营拉练来毛道，
桑干河卵垒锅灶。
扁担挑来神泉水，
高压汽锅哧哧叫。

土豆丝儿，急火爆，
二米饭，浇肉帽儿，
老炊忙的流汗水，
大家吃得哈哈笑，
哈哈笑！鼓掌！

我心里纳正闷儿这是谁给炊事班编的词呢，只听“一排长，该你了！”坐在我后边的几个战士，连拉带拽地把我推到了前面。我说：“刚探家回来，没准备，我给大家说段探家的事吧！”一听说探家，大家马上就安静了下来。我运了口气，轻声轻气地开始了：

当兵五年来探家，
旅途车上把话拉。

忽听背后有人叫，
转身不识未敢答。

转身不识未敢答，
后排坐者笑哈哈：
“真是贵人多健忘，
入伍我给你戴花。”

入伍给我戴的花？
眼望车顶挠头发。
犹豫不定问一句，
你是同学小李吧？

真是同学李玉霞，
原来是个黄毛丫，
这才几年没见面，
如今变成大人啦！

当兵五年来探家，
妈妈喜得流泪花。
小弟围我团团转，
欢声笑语喜喳喳。

满屋笑语喜喳喳，
张目难分你我他。
街坊邻居站满院，
你也问候他也夸。

你也问候他也夸，
“我看个子长高啦。”
“说的还是家乡话，
离家几年没变啥。”

离家几年没变啥？
走时还是学生娃。
现在举止多稳重，

军装一穿有才华。

当兵五年来探家，
队里还是他们仨。
走前共约愚公志，
坚决改变南大洼。

喜看今日南大洼，
芦苇丛丛碧波霞。
鱼蟹逐赶莲下戏，
沟渠流水响哗哗。

沟渠流水响哗哗，
渠东原是一片沙。
哎呀，真是没想到，
沙窝变成瓜田啦。

青年男女把秧插，
歌声压过大喇叭，
村庄一片丰收景，
人欢马叫乐万家。

人走千里不忘家，
爱家我更爱国家。
既然穿上绿军装，
五湖四海处处家！

看得出，战士们随着我的词句，把各自的思绪都回到了遥远的家乡，大家不断地发出叫好声。

又有两个战士朗诵完了，在一片掌声中教导员站起来说："今天，我们的赛诗会好，诗也好，战士们更好。从大家的朗诵中看出了大家对军营的爱，对祖国的爱。我们现在驻训神头一带，这里山美，水美，人更美。我们继续搞好军事训练，搞好驻地环境和军民关系。下面，我用一首古诗来结束今天的赛诗会！"

教导员站起来身，高声朗诵道：

龙沼周遭统绿芜，

星稀云静月平铺。
分明塞北初悬镜，
仿佛江南小样湖。
梵宇波涵沉影壁，
水晶盘捧夜光珠。
鄂公汗马功劳大，
赢取凌烟古画图。

这首美妙的古诗谁都没记下来。很久以后，我在《马邑县志》里找到了这首名曰《龙池夜月》诗，这已经是几年后的事了。

博友评论节选

古朴
过去的岁月难忘怀，真觉得那时的人都有一股激情。

池月荷风
那些纯真的年代，那些纯洁的心灵！

石门捕鼠犬
呵呵！这些诗极具时代特色！不错！

肖庄，生于河北省赵县肖庄村，博名由此而来。1968年高中毕业后入伍，坦克7师27团，历任营部书记、排长、组织干事、连队政治指导员。1978年调入石家庄陆军学院政工教研室，主讲《连队政治工作》、《军队基层文化工作》和《国际关系》等课程。1990年转业到石家庄市园林局，历任组宣处处长、广场管理处主任。喜读书，爱钻研，笔耕不辍，涉猎广泛，个人藏书6万余册；曾获2007年省会10大“书香家庭”殊荣。

女子电影组的故事

作者：八月桂花

博客地址：http：//blog. sina. com. cn/xuhaibping
开博时间：2006 年 4 月

在我记忆的深处，珍藏着 1970 年到 1972 年在部队电影组工作的经历。那段最宝贵的青春岁月，记录着简单、真实的我。

“中吉普，共军！”

1970 年 10 月，广州军区空军司令部通信站决定成立电影组。同在电话连守机排二班的 1968 年兵郭秋菊被任命为电影组长，1969 年入伍的我为组员。接到命令后，我们打起背包就出发了。

那年我 17 岁，组长秋菊大我 4 岁。当时在广州军区所属部队里，我们是唯一的女子电影组。

通信站站部位于白云山脚下的景泰坑。全站上下听说成立了电影组，大家奔走相告，可高兴啦。那时候，基层连队的文化生活比较贫乏，电影自然就成了战士们的“宠儿”，看场电影就像过节似的。我从小就是电影迷，现在让我通过自己的手，把电影送给部队指战员，送到千家万户，我觉得太幸运了。

在电影组刚成立的半年里，上级给我们配备了一部陈旧的 16 毫米单部放映机及配套设备，我们到广州空司电影队专门接受了半个月的训练，先后掌握了一整套技术，通过考核后就披挂上阵了。我们的任务是：每个月要为部队放 3、4 部影片，每一部电影要在站部和分散连队各放五六场。通信站连队分散在广州白云山各处，我们电影组的性质是流动电影组，比起长期固定在礼堂、俱乐部放映电影的部队电影队（组），我们的条件要艰苦得多。然而，正是艰苦的条件锻炼了我们。

战士们可爱看电影啦。电影给大家带来了太多的知识、故事、文化艺术、生活乐趣，电影对于他们的成长有着不可估量的作用。放电影前部队那排山倒海般拉歌的场景，生龙活虎的气氛，令我们兴奋和感动，不断激发着我们的工作热情。我们放的电影《奇袭》里面有一句经典的对白："中吉普，共军！"就是这句对白成了通信站指战员们对我们电影组的戏称。加上我们下分散连队放电影时，坐的就是一辆上面带篷、后面敞开的旧中吉普军车，于是每当电影组从站部出发，常会有淘气的战士在后面喊着："中吉普，共军！"我们就会开心地哈哈大笑一阵。

好多次，我们坐着中吉普，带着放映设备，在树木遮天蔽日的白云山那蜿蜒的盘山土石路上，颠簸着开往山顶，为对空通信台 20 多位同志放电影。有一次在他们院子里放《列宁在 1918》，放着放着，天就下起了大雨。对空台的领导很快为我们撑起一把大伞，保护着机器和我们放映员，其他的人坐在雨水中纹丝不动。一直看到完，他们一个个早都浇成了落汤鸡。多好的战士呵！为他们服务，我们感到由衷的光荣和自豪！

快乐源泉

那时部队车辆紧张，通信站站部派不出车帮我们送取影片。我和郭秋菊组长两人就轮流骑着一辆旧自行车，每周往返于景泰坑、黄花岗空司电影队、广州军区电影工作站之间，送、取电影片。往返一次一般都在两小时左右。16 毫米的电影片装进铁盒子，总重不到 5 公斤。后来用的 35 毫米影片，一部故事片电影拷贝至少有 10 盘，每盘约一公斤多，加起来就是 20 多公斤，必须用帆布袋装好，驮在自行车后架上绑结实，固定好。运送途中，我们要路过白云山脚下一个枪毙犯人的刑场，四周都是黑压压的松林，没有路灯。不论白天黑夜、刮风下雨，我们都是一个女同志骑车，照行不误。当骑到几个僻静处和那个刑场，特别是天黑的时候，我也会害怕得头发竖起来。我就给自己壮胆，咬紧牙关，拼命地加大速度、蹬车快跑！直到蹬出白云山脚，才可以松口气。我明白，自己的安全固然重要，但影片拷贝的安全更重要，那可是我们打仗的武器、部队的精神食粮呀。虽然苦点累点，我们的心里总是充满喜悦，因为又可以为战士们放映新电影啦！

1970 年底，我被评为光荣的"五好战士"。

1971 年春季的一天，我和秋菊组长奉命代表通信站党委，从广州到韶关始兴县，到那里为长期执行任务的一个边远通信连队慰问放映电影。坐车到韶关后，再到始兴县部队驻地还有很远的山路。上级规定，谁去那里，都必须带一根直径约 30 公分、长约两三米的圆木过去，是战备物资。男同志一人扛一根。照理说我们电影组两个女同志应是受优待，完全可以不扛木头，但见机器放在车上，车上物资已满，我们俩还是坚持扛一根木头上山。一根约百十斤重的圆木，秋菊抢着扛头大一边，让我扛头小一边。开始还算轻巧，越走感觉越重。到了上山的时候，下起了滂沱大雨。我们顶着雨坚持扛着往前走。泥泞的山路上，我俩不知滑倒了多少次，爬起来，扛上木头再走！汗水，雨水，泥水，顺着头和脸不断流淌着，两人的肩膀都被磨破了皮。走了整整一个上午，终于到达了目的地。

"电影组来啦！电影组来啦！"指战员们看见我们，就像看见了电影明星一样高兴。他们长年累月蹲在山沟里战备值勤，文化生活极度贫乏，能看场电影很不容易呀。晚上，我们俩的军装还是潮湿带泥的，肩膀上被磨破的皮肤火辣辣地疼，胳臂抬不起来。不管它！我们按照既定的工作程序，选好场地，挂好银幕，架起放映机，装好影片《地道战》、《地雷战》——那天，除了部队的同志，周围十里八村的老百姓都来看电影，可热闹啦。老头老太拉家带口搬着小板凳，姑娘小伙成群结队，小孩子们大呼小叫的，小小的山沟里一时间人山人海，热闹非凡。我们全神贯注地开机放映，观众中不时发出的议论声、说笑声，让我们的心里又一次次乐开了花！

"第二政委"

70年代初正值"文革"期间，没有国产新电影，绝大多数老电影还没有解禁。我们使用的十六毫米放映机，拷贝少得可怜。一段时间，就只有《地道战》、《地雷战》、《南征北战》、《奇袭》、《列宁在1918》等黑白老影片，反复在部队放映，同志们都感到乏味了。于是我们就在制作幻灯上动脑筋，变着各种花样给大家改善文化生活。学习做幻灯片，对于我来说就是"愚婆移山"。

一切是从零开始的。没有幻灯片，我就找来玻璃，买来划玻璃刀，把大块儿的玻璃划成许多小片。几次不小心被玻璃割破了手指头，用凉水洗去流出的鲜血，上点儿红药水，用胶布包上手指，继续划。买来颜料，涂到划好的玻璃片上，待干后，用木刻刀把字刻上去，再把一块干净玻璃与之合在一起，将四周用纸贴牢，放到幻灯机上试。失败多次以后，终于做成功了。到我离开电影组以前，我制作的玻璃幻灯片就有一百多张，装了满满一木箱。

最难的是做胶片幻灯。先要把文字和图案用细墨笔画到上面，再用透明颜料上色。我的写字画画水平太业余了，为了写好毛笔字，我坚持每天练习两小时以上。为了画好幻灯胶片，我买来一些反映部队生活的连环画，还注意从报刊上剪贴了许多报头图案，根据宣传的内容，找出近似的图案，直接描到胶片上——也是失败了不知多少次，不放弃，继续画。后来我自己创作了好几套部队好人好事胶片幻灯片。其中《指导员刘良祝》经广州空司电影队推荐，还被广州大军区电影工作站推广放映。

记得幻灯片《指导员刘良祝》第一次在通信站站部操场放映的时候，幻灯片往银幕上一打出，就引来全场几百指战员的哄堂大笑。原来，原本瓜子脸的刘指导员，被我画成了长条脸(声明：我可不是故意丑化工农兵形象哦)。那一刻我心里像揣着个小兔子一样跳个不停。紧接着，一阵热烈的掌声响起来，那是战友们给我的鼓励！黑暗中，我心里一阵热乎乎的。后来，我画胶片幻灯特别注意人物形象，不行就反复修改，直到自己满意为止。

放电影时，除了广播表扬稿，说快板，放幻灯以外，我还教唱歌曲和样板戏。我把歌词和曲谱都事先用毛笔写在只有3平方寸不到的胶片上，每个字写得都像小蚊子一样小，用幻灯机放到银幕上，就可以放大几百倍。我对着话筒大胆教唱现代京剧选段《要学那泰山顶上一青松》、《我们是工农子弟兵》、《穷人的孩子早当家》等，全场成百上千名指战员和家属一起认真、整齐地跟着我唱。那时候，看电影前的全场"京歌大合唱"，场面壮观，气氛热烈，决不亚于今天的现场演唱会！

就这样，我们的影前宣传有力地配合了部队的政治思想工作，活跃了部队的文化生活。白云山对空台有位姓董的战士，自从看了幻灯片《指导员刘良祝》，深受教育，由一个不安心高山值勤岗位的淘气兵，变得爱岗敬业了。

1971年3月13日，我在通信站站部光荣地入了党。我深深地爱上了电影组。平时只要没有放映任务，我就把自己关在10多平方米的电影组小工作室里，专心致志地练毛笔字钢笔字、画画、做幻灯片。常常忘了时间，忘了疲劳。

这年5月，部队终于为我们配备了35毫米的放映机，鸟枪换炮了。党委又从电话连调来了一名女战士、1971年参军的武汉兵陈劲，电影组力量壮大了。我们欣喜地告别了只能放黑白老片子的落后历史，可以为大家放映新电影、彩色电影了。战士们对电影百看不厌、津津乐道。我们电影组走到哪里也特别受欢迎，有人亲切地戏称我们是"第二政委"。面对这一切，我们的心里比吃了蜜还要甜！

1972年5月，由于机关编制问题，我和陈劲奉命调回电话连，站党委从基层连队选拔了两位男兵调入电影组。女子电影组的故事到这里就讲完了。

如果青春可以重来，我多么想再去当一回"中吉普，共军"！

博友评论节选

沙漠孤旅

激荡的青春，难忘的军旅。看了你的回忆录，我很感动，为了部队，你们不怕苦不怕累，真不简单。你们付出过，你们的军旅生涯是有故事的生涯，是有血有泪的故事。

养真斋主人

正是这些看似平凡的小事，汇聚而成我们的军旅。对往事的回忆，无论喜、怒、哀、乐，也无论苦、涩、酸、甜，都是难以割舍的财富。

凌河

前辈的军魂是在枪炮声中萌发，传承的；我们这一辈人的军魂，其实就是两个字"电影"，许多革命精神，战斗意志，斗争艺术，就是电影告诉我们的！

老坦克兵

女子放映组，军中不多数，别看女孩子，特别能吃苦。穿得有点土，样子也很鲁，要说放电影，各个不含糊，取片勤跑路，放映凭技术，幻灯画得好，表扬快板书。战士受鼓舞，不再怕艰苦，宣传有效果，人人把劲鼓。女子放映组，万里是征途，党旗下宣誓，使命永不辱。

谢长庆

女子电影组的故事，语言朴实，情节生动，娓娓道来，饱含军旅情思。那一代人的青春往事，苦乐年华，燃情岁月，读后令人感佩，让人向往。向“中吉普，共军”致敬！

八月桂花，1969 年 12 月入伍，任战士、放映员、班长、护校学员、护士、政治处干事，1979 年 3 月参加南疆自卫还击战后勤保障工作，1981 年转业后长期在民航系统从事宣传、文秘等工作。曾任民航某地区管理局宣传部副部长，高级政工师。2006 年出版个人民航新闻作品集《蓝天写真》。

《我爱这蓝色的海洋》诞生记

作者：我爱着蓝色的海洋

博客地址：http：//blog. sina. com. cn/wcl99168
开博时间：2007 年 6 月

2011 年岁末，我在深圳参加一个企业的年会时，主持人突然念了台下递上的一个纸条："请《我爱这蓝色的海洋》的词作者王川流先生现场演唱这首歌曲。"我被一阵热烈的掌声推上了舞台。我灵机一动说："你们的尉总参加过 1974 年西沙海战，请他和我一起唱！"没想到尉总一招呼，呼啦啦上来十几个人，齐声唱起来：

"我爱这蓝色的海洋，祖国的海疆壮丽宽广……"

多年来，不知道多少这样的故事发生在我身边，让我的脑海里一次次浮现出魂牵梦绕的蓝色海洋，也总是回忆起《我爱这蓝色的海洋》诞生前后的点点滴滴。

周总理激发了我们的创作灵感

1970 年初，我国政府以欢迎元首的最高礼仪邀请柬埔寨王国首相西哈努克亲王来访。为此，我们陆、海、空三军文工团受命连夜赶排了一台欢迎西哈努克亲王的晚会节目。正式演出前，周恩来总理在人民大会堂小礼堂对晚会节目进行审查。当时我在海政歌舞团担任二分队分队长。

记得那天陪同周总理审查节目的有当时的总参、总政和军委海军的几位领导。其时正值"文革"期间，人们演唱的大都是"东风吹，战鼓擂，现在世界上究竟谁怕谁？……"等革命歌曲。为了表现出对西哈努克亲王的尊重，总政文化部受外交部委托，让海政歌舞团专门排练了一首由西哈努克亲王亲自谱写的歌曲《怀念中国》。

演员赵云卿演唱《怀念中国》时，总理很兴奋，但也几次打断了赵云卿的演唱，总觉得她演唱风格太"硬"，还不够柔美。总理说："我们今天是为了欢迎柬埔寨王国首相西哈努克亲王的晚会，欢迎老朋友，说话唱歌语调都要亲切一些！”周总理一遍又一遍地亲自指导她排练，直到达到要求。

周恩来总理给整台晚会定了“亲切、柔美”的调子，他告诉我们，南亚音乐的风格是婉转、缠绵的，像亲人在交谈，在轻声细语地倾诉，不能唱得太硬。你们习惯于唱出革命歌曲的铿锵有力，这是非常必要的，但不能忽略了歌曲的柔美、抒情。

他对我们说：“海军的同志们都知道，大海有汹涌澎湃的时候，也有风平浪静的时候，那是很美的景象。因此，我们不但要有革命的激情，也要有革命的抒情呵！”

周总理的一席话，像一缕春风吹进了我们的心田，激发了每一个人在心底压抑了多年的追求抒情的渴望，我们都感到无比的亲切。

在回来的路上，我和与我一同从解放军艺术学院分配到海政歌舞团的胡宝善老师坐在一起，激动地窃窃私语了一路。总理说得太好了，尤其对于海军这个最浪漫的军种，太需要一些抒情的歌曲了。总理的话激发了我们的创作灵感，我们在探讨着，思索着……

抒情的军歌呼之而出

几天后，我正在翻看自己过去写过的一些海军题材的抒情诗歌时，胡宝善老师匆匆找到了我说：

“我写过一首《我守卫在海防线上》，是前不久咱们乘 393 登陆舰进行海上拉练时，我受海浪拍打舰舷时的节拍启发，搞了个三拍子抒情的歌。你常写诗歌，帮我把歌词润色润色！”

我拿着这首《我守卫在海防线上》，想着胡宝善老师的嘱咐，琢磨了好几天。联想到年初时我们海政歌舞团一百五六十号人，随 393 舰从广州到汕头出海“拉练”好几天，在浪漫的大海中经受考验的情景。我清楚地记得第一天晚上，我强忍着晕船，从坦克舱爬上甲板，周边一片漆黑，我用力拽住甲板上的栏杆，免得在风浪中摔倒。风浪吼叫着，拍打着甲板，四面都是漆黑的海、拱起的浪，像一头头怪兽，要把这飘摇的舰船吞噬。在这无尽无止的颠簸、摇晃、起伏、摔打的磨炼下，在柴油、尿臊、呕吐物混杂的气味中，在肠胃翻卷、天摇地转、昏天黑地的折磨中，我们坚持了三天，挺过来了，也更深地了解了我们坚强的海军指战员，他们心中那像大海一样的爱，是我们文艺创作的源泉……从汕头返回广州的海面上，呈现了大海的另一面：蓝色的海洋像镜面一样平静，白色的海鸥在舰艉飞翔。真美呵！和我同去的胡宝善老师回来后，乘兴挥笔写下了这首歌曲《我守卫在海防线上》。

我拿着胡老师这个歌曲的草稿，感觉已经有的两段歌词立意很好，但歌名一般了一点儿，还不够鲜明、醒目，也不够浪漫。想起周总理给我们的深刻启发“我

2008年作者(右)与胡宝善老师

们不但要有革命的激情,也要有革命的抒情”,我终于找准了感觉,随手把歌曲的第一句唱词改成歌名:“我爱这蓝色的海洋”,顿时觉得能激发出点浪漫了。

我把歌词的意境与诗歌的语言揉在一起,“耸立”的山峰、“俯瞰”着海面、“穿云雾,跨海浪”、“海空战士胸有朝阳”。我反复地修改、推敲着这两段歌词,第一段很美,写海军守卫在海防线;第二段写海军航空兵,基本上还是写实,也很美;但是,海军的主要装备是战舰,似乎还应当加两句战舰在水面奔驰的句子,再升华点精神上的东西出来就更好了。于是我又加了个第三段歌词:“我爱这蓝色的海洋,矫健的海燕在暴风雨里成长,我爱大海的惊涛骇浪,把我们锻炼的无比坚强。啊!……战舰奔驰,劈涛斩浪,毛主席挥手指引航向,我守卫在海防线上,保卫着祖国无上荣光。”这样就形成了最终的三段歌词。歌名则建议改为《我爱这蓝色的海洋》。

胡宝善是我的恩师,又是前辈,我很尊重他。我把改歌词的想法说了说,还特别强调,我是随意改的,不知这一稿改得有没有道理,仅供参考吧,就算我提供了另一个草稿。

胡宝善老师看了后连说:“你润色得很好,加的这段也很好,尤其是歌名,改得太好了!”于是《我爱这蓝色的海洋》的歌词就这样当场敲定了,我们还一起哼唱了几遍。

当年“五一”节,海政歌舞团要在北京中山公园游园活动中演出。之前胡宝善老师和我说:“我想在演出中把咱们那首《我爱这蓝色的海洋》拿出来。我先唱《我为祖国献石油》,把革命气势先唱出来,再唱《我爱这蓝色的海洋》。”

我们知道，演出的节目要先经过江青及“中央文革小组”的审查，真怕他们把我们那首歌“枪毙”了，我说：“胡老师啊，千万别把它唱成圆舞曲，人家最擅长挑刺儿，如果唱成圆舞曲，必死无疑。”

胡老师说：“我已经想好了，我把中间的‘啊——’拉长，感觉不出三拍子的节奏来，后边的副歌强调重音：‘海军战士，红心向党，严阵以待，紧握钢枪’，就是拿三拍当两拍唱，唱成进行曲的感觉，就不会露出圆舞曲的痕迹，审查起来问题就不大了。”

亿万军民引吭高歌

在那个思想禁锢的年代，想用歌声抒发一下革命战士的情感多难呵！那是一个无形的网，你要伪装着从挤压的空隙中钻出来，冒着风险，带着赤诚，像过一个无任何护栏的独木桥。就这样，胡宝善老师提心吊胆地参加了由江青亲自出马的审查演出。

江青是个“夜猫子”，喜欢晚上工作、白天休息。那天突然通知晚上三点钟审查节目，让我们大家整整折腾了一个晚上。第二天，胡老师高兴地告诉我，《我爱这蓝色的海洋》过关了，审查组说了三个好：“内容好、唱得好、形象好”。一位政治处的干事也告诉我，没事了，宝善的独唱节目评审组评价不错，“老佛爷”没出声，就算通过了，演出的节目单已经定下来了。我们庆幸这个结果，一时间如释重负。

“五一”游园活动在热闹、紧张、匆忙中度过了。胡宝善老师第一次公开在群众场合演唱《我爱这蓝色的海洋》，一炮走红。第二天在《人民日报》头版发表的游园活动精彩的剧照中，剧照下面的解说词是：独唱《我爱祖国蓝色的海洋》。我拿着这份报纸，既高兴又遗憾地对胡宝善老师说：

“胡老师，报纸把咱的歌名改了，咱可不改。我们爱的不只是十二海里以内的领海，我们海军爱的是无边无际的蓝色的海洋！”

没过几天，《人民日报》在副刊破例登载了《我爱这蓝色的海洋》的歌谱，《歌曲》、《解放军歌曲》、《战地新歌》第二集、《解放军文艺》、《上海歌曲》、《天津新歌》……全国二十多家报刊、杂志先后刊登了《我爱这蓝色的海洋》歌页，北京一家刊物还把它改编成小合唱版本。

也许是群众太需要抒情歌曲了，也许是压抑越久，要求越烈，呼声越强。也许是我们的抒情军歌不仅代表了广大海军战士的心声，也同时拨动了全军指战员的心弦，更是满足了人民群众的抒情愿望和审美需求，很快，全国各地，无论是军营、军舰、哨所、海岛、机场，还是车站、码头、商店、广场、电台、广播站，到处都能听到人们引吭高歌《我爱这蓝色的海洋》。

后来有一段时间，我和胡宝善老师到海军烟台基地体验生活。一天晚饭后，迎着天边一缕红霞，我们随意漫步在海边的沙滩上。忽然听到了来自岸边高高的灯塔上熟悉的歌声。值勤的战士面对大海正在放声高歌：

"我爱这蓝色的海洋/祖国的海疆壮丽宽广/我爱海岸耸立的山峰/俯瞰着海面像哨兵一样，呵！……海军战士/红心向党/严阵以待/紧握钢枪/我守卫在边防线上/保卫着祖国无上荣光！"

我们停住了脚步，仰望着高高的灯塔，虽然看不到战士的身影，但他的歌声却缠绕住了我们的心……那是我们文艺工作者和战士心的共鸣，爱的碰撞。

2009 年，为庆祝中华人民共和国成立 60 周年，中宣部、中央文明办等十部委发出《关于广泛开展"爱国歌曲大家唱"群众性歌咏活动的通知》，同时推荐了 100 首爱国歌曲，其中包括这首《我爱这蓝色的海洋》。

一晃 42 年过去了，年轻一代的海军战士仍在高唱着《我爱这蓝色的海洋》。在现代的卡拉 OK 厅里、在激情广场上，在祖国的大地上，无论是战士、军官、当过兵的企业老总，穿过军装的地方官员，还是从那个时代走过来的人们，包括他们的子女、孙辈，仍然在放声高歌《我爱这蓝色的海洋》！

博友评论

郑洁

一首歌背后竟有如此精彩的故事，这赋予了它更深刻的内涵。歌曲的意境让我有了更多歌唱的欲望和追求，经典的作品经得起时代的变迁和世纪的轮回，相信《我爱这蓝色的海洋》旋律将成为歌曲中的永恒……

北京老兵

当时我在部队宣传队拉手风琴兼创作，非常喜欢《我爱这蓝色的海洋》这首歌，因为那个时三拍子的歌很少，觉得特别好听。每次演出拉前奏的时候，我都会很投入地把风箱拉得很满，身子稍后倾，昂头目视前方，好像眼前真的是浩瀚无际的大海一样。呵呵，其实，那时候我还没见过真正的大海是什么样子呢。好难忘的回忆！

我曾是空军

满眼是泪地看完了您的这篇文章，说什么呢？谢谢您为我们写了这么好的歌，这也是我唱过的歌曲。不仅仅在海军，我想在部队的男中音都应该唱过您的这首歌，再说一声，感谢您，王老师！

一孔之见

当我每次听到这首脍炙人口的歌时，总是热血沸腾。她让我想起了年轻时在海军的那一段难忘的历史；她让我想起了共同守卫海疆的那些战友；她让我想起了心爱的军舰、军港、大海、暴风雨……《我爱这蓝色的海洋》是海军战士心灵之歌，她已经载入共和国的史册，更是一个时代的骄傲。

二炮52基地通信营业余宣传队演出（前二排左一为本人）
投稿人：太阳（女）
拍摄时间：1973年9月
拍摄地点：安徽祁门

在街头表演文艺节目，宣传毛泽东思想
投稿人：高原女兵（女）
拍摄时间：1969年
拍摄地点：西藏拉萨

二炮53基地原二连老兵们相聚在老连址，在老指导员的指挥下，高歌《我是一个兵》（第三排右起第五名为本人）。
投稿人：Njh2875（男）
拍摄时间：2011年4月
拍摄地点：云南建水

青海省军区毛泽东思想宣传队深入基层连队深入牧区演出（前第二名骑马者为本人）
投稿人：高原老兵0068（女）
拍摄地点：青海曲麻莱

西藏军区战士业余演出队演出节目（左一为本人）
投稿人：高原女兵（女）
拍摄时间：1974年
拍摄地点：西藏拉萨

革命样板戏演出（饰小常宝为本人）
投稿人：女兵肖梦（女）
拍摄时间：1973年
拍摄地点：山西垣曲

我爱着蓝色的海洋，1942年出生、1961年参军。曾就读于中央音乐学院少年班、解放军艺术学院；就职于海政歌舞团、海军杂志社、海军出版社；现任《深圳外资》杂志总编辑；发表过各类文章近100万字。20世纪70年代参与创作歌曲《我爱这蓝色的海洋》，报告文学《执著》在2010年第十届“中国世纪大采风”活动中被评为银奖。

一件让全团兴奋的事

作者：草原骑兵

博客地址：http：//blog. sina. com. cn/caoyuanqibing1975
开博时间：2008 年 9 月

我是骑兵出身，过去在骑兵部队里的故事可多啦。今天就说说那次见到女文艺兵的事儿吧。

有一年，"内蒙古军区文工团很快要来骑兵团体验生活"的消息，就像一阵风一样，马上在全团传开了，干部战士们兴奋得欢呼跳跃起来了！好像是自己的对象、媳妇要来队一样，有的同志兴奋、激动得睡不着觉了！打从知道消息开始，官兵们日日夜夜望眼欲穿，盼望着文工团快点到来。

我们骑兵团常年驻守在祖国北疆边防线上。部队营区处在一望无际的茫茫大草原，驻地环境和生活条件异常艰苦。况且，部队远离城市、村庄，好像生活在无人区里一般，致使部队文化生活极其单调乏味。再说了，骑兵团是清一色的男兵，干部战士常年没有见过异性，真如同寺庙里的和尚。在我们那里，马都是骟了蛋的公马，猪也大多是阉割了的肉猪，喂养的鸡长大了也是公鸡多母鸡少。长期的雄性群居枯燥生活，致使干部战士精神压抑，心情烦闷。我说的是真话。

部队干部战士毕竟都是年轻人，在营区里长期的同性群居生活和严格的部队纪律，在心理上、生理上和情感上必然受到抑制，也可以说是一种煎熬。在驻地一旦发现一位异性出现，大家都会向她行注目礼，并且一定会目送到她的身影消失为止。不瞒你说，我们整个部队驻地只有一个女厕所，也很少有人光顾。在营区异性如此奇缺情况下，军区文工团到来，就意味着异性的到来！况且，当听到军区文工团要来骑兵团体验生活一段时间，并且有相当一部分女兵、女演员也来，大家能不兴奋吗？这次不仅仅能从舞台上远远地看到她们，还能看到她们款款地从你身旁慢慢走过，甚至还有可能同她们近距离接触。说不定她们会在训练场上出现，也说不定还会骑我们的马呢！所以大家越想越兴奋，真的有些喜气洋洋、兴高采烈了！

这天，军区文工团体验生活的演员们真的来了，她们要在骑兵团体验两个星期的生活呢。她们的到来，使整个部队沸腾了！干部战士的兴奋达到了高潮，全团都处在欢呼快乐的海洋中啦！

文工团首先要体验的项目，当然是骑兵部队的军事训练。马术科目是骑兵的特色，一定要让她们骑骑马。当文工团演员深入训练场那天，训练场上热闹了！从团首长到股长，从瞎参谋到烂干事，该来的来了，不该来的也来了，从来没有这么齐全过。瞧，那训练场上一队队整齐的骑兵，看，那干部战士们挺拔威严的形象——胸脯挺得高高的，小脸蛋儿红扑扑的，个个精神抖擞，兴奋得就像打了鸡血一样！

一连长和佟参谋都是六几年入伍的老骑兵。佟参谋是全军分区有名的骑术高手，他有一匹心爱的纯种蒙古马，这匹马速度快，性情刚烈，全团没有几个人能够驾驭得了它。佟参谋首先在马场上骑着他的蒙古马表演了一番，把漂亮的女演员们看得个个兴高采烈、手舞足蹈。佟参谋的骑术表演获得了一阵阵热烈掌声和欢呼声！一连长看在眼里，想在心里，兴奋之余，“英雄主义”情结骤增。他跃跃欲试地要跟佟参谋打赌，说自己能骑他的蒙古马。谁不知道，他主要目的是想在众多女演员面前展示一下骑兵连长的风采呢？没有想到，当他的屁股刚一着马鞍，这匹烈马在马场上就狂奔开了，半圈儿过后就调转方向奔向了营房。此时，一连长怎么也控制不住这匹有野性的蒙古烈马了。结果在马跑进马厩大门时，他的头部不慎碰到了墙上，人也从马上掉了下来。见状，女演员们一片惊呼！骑兵连长真是兴奋过度了，成了“老兵新传”了。

骑兵战士们在训练中的勇敢行为和兴奋氛围，引起了文工团演员们的极大兴趣。她们个个摩拳擦掌要求骑马。团首长向在马场上训练的各连队下达命令，抽调各连最老实的马匹和有经验的班长当教练兼马夫，让演员体验骑马。结果问题就出在“最老实”的马身上。最老实的马一般也是老马，老马有老马的训练生活规律。当演员们骑在有老兵牵着的马上溜达得差不多时，也快到收操时间了。在大家下马休息时，一位在文工团报幕的女演员要求自己单独骑马试试，牵马的老兵哪敢说不行啊。他把这位女兵轻轻地扶上了马背，老兵撒开了手中的缰绳。女演员单独骑马的英俊姿态，自然引起了大家的关注。可这匹老马训练了一上午，肚子早就饿了，它才不管身上骑的是谁呢。它感觉到吃饭时间到了，掉头就往营房方向走去。骑在马上的报幕员一看，马走的方向不对啊，立刻害怕了。接着几声尖叫，这匹马哪里听到过这么高分贝的女高音，被惊吓得突然掉头就往回跑！骑在马上的她，下不来，坐不住，只能往上跳，这一跳可不要紧，套蹬了！此情此景，真是百年难遇、千载难逢呵！呼啦啦！只见一下子冲上去一大群早做好准备救人的骑兵战士们，共同演绎了一场英雄救美女的兴奋、欢乐场面！当那位女兵被稳稳地救下马背后，她惊魂未定，可你看战士们那个乐啊！几个人一蹦三个高！好像从天上接下来个林妹妹！

那年头可不是人人都能接触到文工团的演员们的。团里下了严格命令，不准任何人去她们的住地。为了文工团女演员们方便，团里临时把炮连的男厕所改成了女厕所，墙上还写了个大大的“女”字。

演员们也不可能深入到每个训练场和大家亲密接触的。怎么办？文工团都来了好几天了，有的老兵还没有走近前看上一眼女战士呢，这不白兴奋了半天啊。有些“老兵油子”只要看到女演员们去军人服务社买东西，他们马上请假去服务社。其实他们兜里没有一分钱，就为能近距离看看女兵，在女兵身边站上一会儿，兴奋一会儿！那几天，请假去服务社的人可多啦，可是服务社却根本没有卖出多少东西。

也有老兵胆大的，去礼堂爬窗户看女演员们练功，回来就嚷嚷大过其眼瘾。并煞有其事地说：“女演员们是穿着裙子在舞台上跳舞的”，那个战士说着说着，兴奋得鼻涕都流下来了，立时遭到几个战友的调侃：“瞧你那德行！比儿马都骚！人家穿的是练功的灯笼裤！”

两周后，文工团的同志们还是走了。但是那些和女文艺兵接触的短暂经历，真的让骑兵团指战员们足足兴奋了好一阵子。我想呵，那些漂亮的女兵们也一定忘不了在骑兵团的日子！

博友评论节选

老兵 77

写得真形象！我在连队待过，连长把我们女兵班安排在连部，我们在团里像明星，来我们连串门的男兵直线上升，连长非常头痛。

绿江

写得真实，爱看。我们刚当兵时在医院当卫生员，从部队来的小战士，经常帮我们干活，有事没事都要找话说，害得我们被护士长叫去训话。其实，现在想起来也没什么呀，符合异性相吸的定律！

相映而红

当年我婶婶还是叔叔对象时去部队探亲，准备在部队举行婚礼。连队的战士把注目礼全行到了婶婶身上。叔叔曾告诉婶婶，战士没有处朋友的权利，常年看不到异性，所以见到异性特别兴奋。叔叔的警卫员跳着走路，去给首长的女朋友倒水。呵呵呵，所以我相信。

乌兰布和

文章很生动。我在内蒙生产建设兵团生活了 10 年。骑马的感觉真好！风驰电掣，马似流星人似箭，使人觉得身轻如燕，飘飘欲仙，并不像一匹马载着你在走路，就像一只神鹰载着你在凌空！

草原骑兵，真正的骑兵。1974 年入伍后，当了 10 年骑兵，1986 年调武警部队从事军事教育工作，直至武警指挥学院退休。解放军参谋学院军事教育专业本科毕业。历任战士、班长、排长、连长、参谋，北京军区射击教练、教研室主任、大队长等职务。荣立三等功 4 次。爱好旅游摄影。

我是编外文艺兵

作者：绿色原野

博客地址：http：//blog. sina. com. cn/wyh20101001

开博时间：2010 年 10 月

我是一名军人的女儿，从小就非常羡慕军人，曾经有过非常强烈的当兵梦想，盼望着能成为一名真正的军人，由于种种原因，我还是没能正式走入军营。但在我人生的旅途中，也曾经有过两年多终生难忘的“当兵”经历，那激情飞扬的军旅美好记忆，已经深深地定格在我的脑海中……

我“当兵”啦

1968 年夏天，我们全家随着父亲的空军工程兵 2907 部队，从辽宁新立屯来到了彩云之南的砚山县。为了活跃部队的文化生活，学演“革命样板戏”，并参加文艺汇演的需要，部队于 1968 年下半年抽调了 10 多名部队文艺骨干，成立了毛泽东思想文艺宣传队。刚开始主要排练一些舞蹈、三句半、群口词、表演唱、民乐合奏等节目，那时候，每当我看到部队文艺宣传队一群风华正茂、意气风发的军人演出时，那种敬佩、羡慕之情就油然而生。由于我小的时候酷爱舞蹈，所以对舞蹈节目印象最深，并格外关注《草原上的红卫兵见到毛主席》、《亚克西》等舞蹈，那些热烈、欢快、优美的舞蹈动作，在我的脑海中留下了极其深刻的印象。还有毛主席诗词舞蹈《长征》、《西江月 · 井冈山》等节目，那壮观、刚健的舞蹈动作，劈叉、翻滚、腾跃的惊险造型，让我们家属院的孩子们佩服得五体投地，部队文艺宣传队的叔叔们自然也就成为我们家属院的孩子们崇拜的明星了。一有机会，我们这些孩子还经常仿照部队文艺宣传队排练的一些舞蹈动作，编排我们自己的一些小节目，去参加团里的文艺汇演。

记得那时是 1969 年的下半年，部队文艺宣传队为了丰富节目形式，充实前台力量，急需几名女演员，而部队中女兵寥寥无几，所以就在家属院中借调了两名女孩，去配合文艺宣传队的演出。当我看到她们和军人在一起演出时，羡慕极了,心想我要是有这样的机会该多好啊!两位姐姐都比我大四五岁,到了1969年底,她们都光荣的入伍了。

1970年3月的一天,在砚山二中读初中的我回家过周末,爸爸对我说:"团里文艺宣传队要排练革命样板戏和一些文艺节目,去开远、文山、砚山等地的部队巡回演出,还要参加空军某部组织的文艺汇演。团里文艺宣传队演出需要两名女演员配合,政治处的赵副主任让我和你商量一下,你愿意去吗?能行吗?"我一听这话,一蹦三尺高,手舞足蹈地说:"太好啦!我去!我能行!谢谢爸爸、谢谢赵叔啦!"我问:"家属院的孩子还有谁啊?"爸爸说:"还有后勤处高协理员的女儿兰英,你们俩都在砚山二中读书,有排练、演出任务时,你俩就到部队文艺宣传队,不忙时,就回学校好好上课。"我说:"是的,爸爸放心,我一定学习、演出两不误!"我俏皮地向爸爸敬了一个标准的军礼,敬礼!部队首长好!哈哈,我"当兵"啦……

排练革命样板戏

有一天,我正在教室上语文课,突然听到军用吉普车的声音,我下意识地向教室的窗外望去,啊!是部队的车,是不是来接我和兰英的?文艺宣传队有排练和演出任务吧?我心里像长了毛一样痒痒的,盼望着快点下课,铃——铃——,下课铃声响了,果然不出所料,真是来接我们的,我和兰英姐马上兴高采烈地坐上军用吉普车,向2907部队文艺宣传队的驻地驶去……

在我的记忆中,2907部队的文艺宣传队驻地就在团部附近,那是用泥坯和油毡纸等建成的简易土坯营房,在营房的右前方,还有一个用木板和毛毡搭建成的俱乐部,实际上就是一个半露天的"大舞台",那就是我们文艺宣传队排练、开会、经常给本部队汇报演出的地方。我们来到部队驻地营房后,在这里开始了我真正意义上的"军营"生活……

那天下午两点多钟,政治处的赵副主任、俱乐部的康主任给文艺宣传队的全体成员开会,布置了主要的排练任务、参加汇演,以及到各部队巡回演出的时间,同时也提出了一些具体要求。开会时我就在想:"我是一名'军人'了,一定要在各方面严格要求自己,演革命戏,做革命人,给爸爸争光,给家属院的子女争光!"宣传队的队长叫祁宝林,他负责全面工作,还兼敲扬琴。副队长孙宝根,也是一个非常有才气的人,主要负责后台和乐队排练,特长是拉二胡、板胡、京胡,他和弹月琴的春士华还作为我和兰英的文化课补习老师。就这样,我融入了这支革命队伍,开始了紧张有序的文艺兵生活。

我们当时排练的节目以学演革命样板戏为主,同时穿插一些歌舞类的小节目,根据人员构成情况,我们选排了样板戏的部分场次,比如《智取威虎山》第三场的"深山问苦",《沙家浜》第五场的"坚持"。我扮演过《沙家浜》里的阿庆嫂、《红灯记》里的李奶奶,但我的强项主要是舞蹈,所以,演出最多的是《智取威虎山》第一场里的“小白鸽”和《沙家浜》第五场里的卫生员，平时我们除了吊嗓子练唱腔外，大部分时间用来练京剧台步和舞蹈动作，多少年过去了，那些台词：“小王，来换药……”，“指导员，奎宁没有了……”还有例如郭建光、小王、卫生员、十八棵青松等艺术形象，都已经深深定格在我的美好的记忆中……

“卫生员”请战

流淌的岁月，伴随着青春的脚步，从1970年春天到1972年夏天，我像一只百灵鸟，穿梭飞翔在砚山二中、团部文艺宣传队、家属大院之间，也不知道排练了多少节目，演出了多少场次，只记得每集中排练一个阶段后，首先在部队“大舞台”预演，然后是向全团干部、战士、家属汇报演出，紧接着就是到文山、砚山、开远、邱北、蒙自、个旧等友邻部队慰问或联欢演出，当时印象最深的是参加昆指组织的各部队大型文艺汇演，那是一次紧张而又愉快的排练过程，也是展示与学习的交流过程，各个部队都非常重视这次文艺汇演，我们文艺宣传队也不例外。

记得有一次文艺宣传队开会，政治处的首长告诉我们20多天以后要参加空军某部组织的文艺汇演，并要求我们抓紧时间排练，把一些已经排练成形的样板戏片段保留下来，对每个动作、台词以及后台乐队、布景的配合都要进行认真、细致地推敲，锦上添花，展示我们部队的精神面貌和风采，同时还请来了文山京剧团的演员对我们的节目进行指导，我们也派去主要演员到文山州京剧团拜师学艺，以进一步提高演技。

除了开场式以及歌舞类的小节目外，我们保留了《智取威虎山》的“深山问苦”和《沙家浜》的“坚持”两场样板戏片段，可想而知，我们编外文艺兵的分量加重了。那段时间，我们排练、预演、总结、交流、各项前期准备工作紧张而有序地进行着，一天排练下来，我们不停地蹦啊、跳啊、唱啊，一点都不感觉累，整天处在兴奋之中，一派热闹非凡的备演氛围。

汇演的日期离我们越来越近了，在一次排练中，我感觉到浑身发冷，左手背肿了还起了红线，原因是几天前一不小心把左手掌划了一个一寸多长的口子，血流不止，我就随手抓了一把土按在伤口上，血才止住。第二天，伤口感染，发起了高烧，吃了几片扑热息痛药片，又因药物轻微过敏，嘴唇肿得高高的，起了一串大水泡，我想：“演革命戏，做革命人，轻伤不下火线，在这紧要关头，我一定要坚持排练，不能耽误太多时间。”就这样，我一边坚持排练，一边吃药退烧。几天后，高烧是退了，却咳嗽不止，到团卫生队拍了片子，结果是得了大叶性肺炎，我只好在卫生队住院了！我父亲，还有很多领导都过来看我，鼓励我好好养病，而我却急得哭了：“还有几天就要去昆明参加汇演了，一定要答应让我参加，不然我会遗憾的。”我在卫生队心急如焚地打了几天吊针，可心里一直惦着排练的事……

就在宣传队出发的前一天，首长们都来看我，询问我的病情，医生说，因为我恢复得不错，再继续打针一周，就没问题了。我一听这话，马上站起来，俏皮地敬了一个军礼，大声喊起来："卫生员坚决要求上战场，我一定能坚持下来，等演出归来，我的病也就好了。"就这样，我终于如愿以偿地和宣传队一起，整装待发了。

出发的这一天，我心情激动，精神焕发，穿上三号女军装，戴上红五星、红领章，心里甭提有多美啦，三辆解放牌大卡车载着文艺宣传队的全体队员以及演出道具、布景、乐器等，从砚山小石桥出发，沿着盘山公路向开远驶去，正值风华正茂、青春岁月的我们，一路欢歌笑语，激情飞扬。汽车行驶的沿途绿树成阴，美不胜收，蓝天白云在我们头上飘动，崇山峻岭在我们脚下驶过。经过 6 个多小时的旅途，我们来到了开远高炮旅部队慰问演出，在演出过程中，我强忍着嗓子痒、要咳嗽的毛病，坚持把这台节目演了下来。我们的这场慰问演出，得到了兄弟部队官兵的认同和赞赏，也表达了我们对兄弟部队的真诚和友谊。

经过几天的旅途奔波，沿途的慰问演出，终于到达了部队大型文艺汇演的所在地——昆明，这次文艺汇演，把演出推向了高潮，我们不仅表演了自己的节目，还观看了兄弟部队的精彩演出，并结识了好几位"小铁梅、小常宝、吴琼花"等真正的部队文艺战士，真是太羡慕她们了！

大型文艺汇演画上了一个圆满的句号，我们凯旋而归，一路上大家谈笑风生，歌声此起彼伏。

难忘的"军营"经历，难忘的 2907 部队的文艺宣传队，这一精彩的人生片段，将永远铭记在我的美好记忆中，每当回忆起这段"当兵"的经历，我就从内心呼唤，2907 部队文艺宣传队的叔叔、战友、兵哥哥们，你们现在好吗？你们都在哪呢？能通过茫茫的博海找到你们吗？我真的想念你们，怀念那段难忘的日子。

博友评论节选

晨曲

三年的编外"女兵"生活是那样难忘，那样自豪，从你的文章中不难看出，你们付出的太多太多，演出的水平如此之高，跟专业文艺团体不相上下。佩服！

新浪网友

亚红你好，我是兰英姐，小常宝的扮演者，看了你的文章，仿佛又回到那个年代，女兵，多自豪，还有我们姐妹的舞蹈照，思念部队的叔叔阿姨兄弟姐妹和我们一起演出的战友，祝愿他们幸福快乐。

温陵一老翁

你满含深情写下的博文，好似拨通了时空隧道的密码，让我又回到 40 多年前在彩云之南为宣传毛泽东思想而拼搏的舞台。那段纯真乐观而又充满激情的岁月，是我难以磨灭的美好记忆，更是我享用终生的宝贵财富。

绿色原野，祖籍在辽北笑星之乡，出生在奉天古城，童年的美好记忆留在古城盛京。云南有我学生时代的足迹，在北方的滨海城市度过了大学的黄金时光。虽然没当兵，也曾穿过两年多的军装；虽然不是兵，跟着军旅老爸天南海北走四方；虽然没有吃过糠，17 岁就下乡，苦中有乐终身难忘；虽然恋军营，却在三尺讲台耕耘 32 载，收获桃李芬芳，获得教授聘书一张。

进军曲麻莱

作者：高原老兵 0068

博客地址：http：//blog. sina. com. cn/miwma
开博时间：2008 年 7 月

20 世纪 70 年代，我在“青海省军区毛泽东思想宣传队”的几年中，跟随这支文艺轻骑队，深入草原牧区，深入基层部队，逢兵必演，为兵服务。足迹踏遍青海省 3 个市、7 个州、40 多个县，农牧区驻扎部队的各个角落，完成了行程约 3 万多公里的巡回演出任务。所经历的极其艰苦的生活、恶劣的环境，以及那些人，那些事，那些感悟，让我终生难忘。我讲述的，是这支队伍所经历过的艰苦的地方之一——曲麻莱县。

曲麻莱县是玉树州最偏僻、最艰苦的地方，地域非常辽阔，它的海拔高度在 4 000 至 5 590 米之间。当年的曲麻莱县城非常小，还不如内地农村的一个自然小村子大，生存环境和条件非常差，人也特别少，县城里的房屋都是屈指可数的，县城再向外延伸，就是可可西里无人区，沉寂与寒冷给人一种与世隔绝的感觉。

那时的曲麻莱没有公路，不通汽车，所以这里从未有文艺团体去过，我们 40 多名队员骑着马儿，在骑兵护送班的陪护下向曲麻莱进军。曲麻莱到底什么样我们谁也没见过，所知道的只有那句早有耳闻的顺口溜：“曲麻莱，曲麻莱，进得去，出不来。”它不光是对当年曲麻莱交通状况的一个真实写照，也说明了曲麻莱当时的艰苦程度，但是对于我们军人来说，有“排除万难，去争取胜利”的决心，我们一定能进得去，也一定会出得来。

行军途中，有时一天不见一个人影，有时会遇到三五个看护林场的工人，或者是两名守护渡口的士兵，所以演出都是随时随地的，通常是一块幕布把前台与后台相隔，没有板凳就席地而坐，无论观众是军还是民，每一场演出我们都会精心准备，认真对待。因为，面向部队我们承载着首长的问候，面对百姓我们代表着军队的形象，肩负着新中国成立以来政府对当地干部群众的关怀。对于我们来说，出现高寒缺氧已经能够从容应对，遭遇风雨雪雹也习以为常，刮风了，我们会选择迎风演出而让战士们背着风观看，烈日高照，我们会面向太阳演唱而让战士们背着光欣赏，我们会派员替炊事员去做饭、替哨兵去站哨，为的是让每一个战士都能看到我们的演出。

那时候，一天之内无数次的化妆、卸妆和洗脸，加上强烈的日光照射和小刀割肉似地风龇，我们脸上的皮肤由白变红，由红变黑直至爆皮，脸皮粗得化妆时连油彩都涂抹不上，用手轻轻一撕那表皮一片一片地掉，大伙开玩笑说那就像一片片透明的笛膜，让吹笛子的就别买笛膜了，需要时直接从大伙脸上去揭就是了。为了保护皮肤，男班还有人发明了"高原护肤洗脸规则"，那就是每周一、三、五不洗，二、四、六干擦，还别说，这脸上接触的水分少了，爆皮的机会也就减少多了。

就这样，我们一边演出，一边骑马行军，终于见到了把治多与曲麻莱相隔的那条传说中的大河——通天河。尽管我们以前从歇武到玉树几经通天河大桥，但是却没有这么近距离地观看宽阔湍急的河面，倾听通天河滔滔的水声，我们在半山坡上下了马，把行李和乐器都搬运到坡下的岸边准备渡河。通天河是我们前往曲麻莱的必经之路，由于这一河段没有架桥，我们只能乘坐牛皮筏子渡河。我们的服装、道具、乐器、行李摆放在牛皮筏中间，人便可以插空隙或坐或站，一切就绪，渡河开始了。

当年宣传队骑马过通天河，左一为作者

第一趟渡河的筏子启动了，撑筏子的四个艄公每人把着筏子的一个角，他们双膝跪在木板上，双手使劲挥动着木桨控制着牛皮筏子的平衡，并随时根据水流变化调整位置，他们时而二人合一拼命划桨，时而收起木桨，任由筏子顺水漂流。滔滔的通天河水面很宽，虽无大浪但水流湍急，使水面上形成了许多漩涡，牛皮筏子在湍急的河面上显得又轻又小，站在岸上看，感觉牛皮筏子还算平稳，可身在牛皮筏子上，无论你是坐还是站，犹如顺水漂浮的树叶晃晃悠悠，起伏不定。我的双手紧扣住固定筏子的绳索，我的心也随着牛皮筏子的起伏跌宕，时而悬在咽喉，时而跌入胸腔。渡河的那种情形好似飞夺泸定桥，又如强渡金沙江，虽无硝烟战火，却有随时"光荣"的可能。

渡完河天已经黑了，宿营在一个没有院墙的几间平房里，可能是兵站，有几名战士，不知是留守人员还是河北岸部队派来接应我们的人。晚饭是手抓羊肉和皮筋一样的馒头，一锅带骨肉，没什么调料，只放了些青海的大块青盐，可能最多有个五六成熟吧，在这高寒地区开水七八十度就沸腾了，用刀拉开羊肉还往外流着血水，累极了也饿极了的我们，哪顾得上什么咸淡，什么生熟，什么血水四溢，撕巴撕巴嚼巴嚼巴就吞下肚了。吃完了行军路上的第一顿“大餐”，我们不能忘记我们的任务，于是，房前平坦的一块草地就是我们的舞台，一盏汽灯就是我们的舞台灯光，“台下”观众席地而坐认真观看，“台上”演员热情洋溢认真表演。

第二天清晨，我们换乘由通天河南岸为我们准备的马继续向曲麻莱方向行进，这次为我们提供的马匹不是军马，而是临时征用当地老百姓的马。当地的马没有军马那么听话，行军时有的马匹一会儿前，一会儿后，根本不像军马那样一个跟着一个，马头接前马尾地按规矩行走。有的马还时不时地因一些小动静受惊而把人摔下来。有一次天上下起了雨，扮演沙奶奶的演员赶快抽出雨披穿戴，就在她打开雨披一抖时，她胯下的马四蹄同时向旁边猛地一蹿，一下子就把她甩在了草地上，那马疯似地冲过眼前一条河并向远处跑去，把个“沙老太婆”生生地丢在了河的对岸，最后还是一位随队牧民追回那匹马，“沙老太婆”才得以过河。

女兵小乔的马，一只前蹄踩进鼠洞里，正儿八经地来了一个“马失前蹄”式，小乔被甩出去好远，嘴啃泥式地趴在草地上，并且出现了短暂的晕厥。大家都吓坏了，急忙下马去看，等扶她坐起，叫醒她时，她眨巴眨巴美丽的大眼睛，咧嘴一笑说：“我没事！”其实她眼睛里含着泪，看得出她强忍着疼，抹了把泪起身就要上马，她左脚踩镫，双手握住马鞍，可能是腿疼，右腿却跨不上马背，最后还是男班的同志提起她的腰带把她掮上马的，那年她好像才十五六岁。

长时间的骑马行军，许多人的屁股和大腿内侧都磨破了皮，伤口与裤子都粘在了一起，骑在马上屁股痛得都不能坐正，不是偏向左边坐，就是偏向右边坐，上马下马都得护送班的同志们帮忙把我们“卸”下来，或提溜上去。下马休息时伤口痛得不敢往地上坐，都得趴在地上，走路时都得叉开了腿走。尤其是女兵们，由于身体生理上的原因，她们有时比男兵们的痛苦更多，更难以承受且难以言表，晴天还稍好些，如果再遇到雨雪天，遇到过河，那就会更糟糕。后来我们就想了一些办法来减轻疼痛，比如，把皮大衣的羊毛向外，折叠后铺垫在马鞍上，可以减少皮鞍子对创面的再次磨擦，伤重的再用药棉护在伤口上。就这样，大家没有一个人叫苦，没有一句怨言，没有因为自己的一点伤痛而减少或漏掉一次临时演出，照旧是行军、演出、安营扎寨、再行军。

由于连续演出和连日行军的劳累，加之高原反应愈来愈严重，队里很多人开始生病，为了行军安全，部队为我们准备了几辆胶轮马车，一是装载我们的行李，二是便于病号行军。这可是一种“特殊待遇”，我曾躺在马车上“享受”过一天，说实在话，马车在那鼠洞成片、处处坑坑洼洼、不是公路的路上歪歪斜斜地晃荡着，肠子都快被颠断了，碰到天降大雨时，还会被淋得像落汤鸡似地，我感觉还真不如骑马舒服和随便呢。

我已经记不清当年前往曲麻莱的路途骑马行军行走了几天，安营扎寨的地方都叫些什么，只记得一路之上时而雷雨大作，时而风雪交加，时而翻山越壑，时而越滩过河，风起沙弥漫，雨骤路泥泞，严重的高原反应使人白天没有胃口吃饭，夜间头晕气短不能平卧。难怪从没有过专业的文艺团体光顾曲麻莱，真的是太苦太苦了，那种艰苦是现在的人根本无法想象的。

我们的马队终于接近驻地了，大老远就看见了站着的两队人，原来那是曲麻莱县中队的官兵和当地政府官员，带领着20多名男女百姓，举着彩旗，敲锣打鼓，呼着口号“夹道”欢迎我们，那种突然出现在荒原上的隆重热烈场面，顿时使人为之一振，战友们个个精神抖擞，策马踢蹬，奔向欢迎人群，然后翻身下马，一手牵马，一手高举《毛主席语录》，呼着口号，步入这个隶属玉树州最偏远、最艰苦、最小的县城。

让人没料到的是“入城仪式”上出现了一个小小插曲，那天因为刚下过一场雨，草地上很湿滑，扮演阿庆嫂的队员下马时脚还未着地，她的马儿不知受了什么惊吓，把她被重重地摔在地上，因为她没有撒开缰绳，被马儿拖拉了好几步远，所幸的是那匹马没有撒开蹄子继续乱跑，“阿庆嫂”很麻利地一骨碌爬起来，她很镇定、很从容地拽拽衣服、整整帽子，理理挎在腰间的道具枪，拉起马缰绳继续跟随大队行进。看着她那样子我乐得都快岔气了，她半个身子、半拉脸都沾上了黄泥和青草渣，可她却跟个没事人儿似地，仍然是一手牵着马，一手高举着《毛主席语录》，面带笑容，精神抖擞。

我们在曲麻莱县城集中进行几场演出后，便组成了两个小分队，兵分两路进行演出，我所在的小分队骑着马到几公里或几十公里外的一些放牧场、马场、哨所，一路上要翻山，要过好几条大小河流。7、8月份正是骄阳似火的闷热天气，可在曲麻莱，昼夜的温差特别大，早晚河里还都结着冰。让我这一辈子都忘不了的，就是那天傍晚，小分队返回时河水猛涨，几经探路才选好过河的路线，马驮着我们在河中绕行着，当行至河中心时，我的马忽然“扑通”跌入河道中一个深水坑里，马的身体几乎全淹没在河水里，就露着半拉脑袋和竖的耳朵，河水早已经漫过了我的腰。湍急的河水冲撞着，我感觉胯下的马和我都向一边倾斜，好像都快躺倒在河水里似的。我不知所措，心里边很是害怕，就听护送我们的战士冲着我喊：“不要紧张，马会游泳！你双脚踩稳马镫！抓紧马缰绳！眼睛看远处不要看水面！”还别说，按照他的提示去做，感觉真是好了许多。可这个时候，冰冷刺骨的河水已经浸透了我的棉衣棉裤，紧张加寒冷，我开始打哆嗦了，我的上牙磕碰着下牙，手冷得已经抓不住马缰绳，我把马缰绳缠绕在双臂上，双手紧紧抠住马鞍桥以防自己落水。马驮着我不知漂游了多久，我觉得好久好久，忽然马两条前腿猛力一跃便上了一个坎，一下子就进入了浅水地段，我跟着跃出水面时，两条裤腿就像漏了底的水桶一样，水顺着双脚哗哗地向下流着。

到了浅水地段心里便没先前那么紧张了，可新的问题又出现了，因为傍晚气温骤降，被水浸透的棉裤棉衣开始结冰了，我的身体不停地哆嗦着抽颤着，待我们策马跑回到县中队的营房时，棉裤的外层已经冻得棒棒硬，下马时我的腿都不能打弯，还是连队战士们连扶带抱地把我从马上“卸”了下来。这时的我冻得跟筛糠似地，上牙跟下牙不停地打着架，当我“挪”进早已生好牛粪火炉那暖烘烘的房间时，不知为什么，眼泪一下子涌了出来。

没有参加演出的队员帮我脱去里外湿透且结了冰的衣服，又拿棉被包裹着我，我披着棉被，喝着炊事班为我们煮的姜汤，喝完了，身体还是不停地在抖，牙齿还是不停地在磕巴着，战士们说我这是被“冻透”了。为了干得快，新兵雅莉抱起我的湿衣裳去火炉边上烘烤，她居然把我的棉毛裤(那时候叫作线裤)缠在铁皮烟筒上，岂不知牛粪火燃烧起来的时候特别旺，烟筒一下子就会被烧得火红火红的，直到有人惊呼：什么烧煳了?！她才发现我的线裤在冒青烟，赶快拿下来一看，啊哈！只见我那线裤的两个裤腿上大窟窿串着小洞洞，早已经成了“烘烤”工艺制作的“镂空”式线裤了。

那次去曲麻莱慰问演出，是有史以来大型专业文艺团体第一次进入被人们称之为生命禁区的地方，我们挑战了生命极限，战胜了困难，圆满地完成了慰问演出任务。

我们勇敢地走进了曲麻莱，也自豪地走出了曲麻莱。

博友评论节选

闲来会友

羡慕教练的部队生涯，百炼成钢。有“那些年月、那些人、那些个事”的宝贵收藏能与我们分享，难怪至今仍宝刀未老，身手不凡。佩服你超人的记忆、细心与写作，佩服你的坚强、对生活的激情与热爱，敬重你的为人。

番号 7350

曲麻莱、通天河……多么遥远的名字，我们大概永远不会去的地方，你们跋涉过呵！

祥子

谢谢老战友让我找回了当年的记忆！

柳絮

真让人敬佩！向高原老兵致敬！您的经历让现在明星望而却步，现在的大腕哪能吃得了苦啊！

高原老兵 0068，1968 年 4 月入伍，分别在青海省军区通信总站、电报站、青海省军区政治部宣传处、青海省军区宣传队、中国人民解放军第四陆军医院等单位任战士、报务员、干事、分队长、护士等职。1988 年转业后，在某企业职工医院任护士长至退休。

军装

作者：苗淼

博客地址：http：//blog. sina. com. cn/mymiaomiao
开博时间：2006 年 10 月

小时披上父亲的军装
心就有一个绿色梦想
梦想长大像父亲那样
身着军装保卫祖国边疆

军装是心中最美的衣裳
美了追求美了向往
聆听父亲脚步铿锵
自豪就洋溢在我的脸上
多想让梦想插上翅膀
去沐浴边关的风雨雪霜

18 岁穿上渴望的军装
幸福泪水在脸上流淌
告别父母温暖的小房
青春在电话线里徜徉

穿过许多漂亮的衣裳
却最爱这身绿色军装
军功章胸前闪闪发亮
就像花儿在心头绽放
自豪从军圆了梦一场

博友评论节选

49丑牛
穿军装也是我曾经的梦想！没穿上军装是我一生的遗憾！

贵而不富
等着把它谱曲，并听到你的歌声！

乘风破浪
欣赏苗淼在诗里赞美戎装，
因为我们曾经就戎装在身，
曾经我们钢枪在手，
曾经保卫祖国海疆，
我们曾经无尚荣光。

爱美之心
在所有服装中，军装最威武，最豪迈，最雄健，最英姿勃发，最具使命感。是永不过时的装束！

苗淼，1970年12月入伍，历任通信连战士，宣传队员。1976年退伍，大学档案管理副研究员。喜欢诗歌散文，曾多次在《解放军报》、《战友报》，《中国档案报》发表过作品。

暗恋

作者：太阳

博客地址：http：//blog. sina. com. cn/slsniguang
开博时间：2010 年 6 月

一段玫瑰色的日子曾趟过我军中青春的河，虽然只是青涩暗恋，但它的纯情和美好却是我永远忘却不了的记忆。

——题记

当兵第四年我 17 岁。得到连部通知，到基地乒乓球训练馆报到，是万物复苏的 3 月。

那天下午，我背着背包拎着网兜，兴致勃勃地行走在通往司令部的路上。路两边排列整齐的小树枝头上，翠绿的小叶芽生机勃勃，点点春意唤醒着还未完全苏醒的大地。

接待我的是薛干事，一位精明和善言的男同志。他让我先到寝室休息，等全部选手到齐后再召集我们开会。薛干事还说："教练是基地从二炮请来的。"我思忖着，基地对这次二炮乒乓球联赛还真重视。

下午 4 点，我们集中到训练馆。这里我已经很熟悉，之前基地乒乓球比赛，我曾代表通信营女队，获得过基地女子团体第一、单打第二的好成绩。

就在我们七嘴八舌猜测，新来的教练会是个什么样子时，一位中等身材，身着运动服，不胖不瘦的人和薛干事一同走来。薛干事高喊："起立！向教练敬礼！"我们立正，每个人都做出了最标准的姿势。

教练惜字，啥话没说，拿起乒乓球拍要求我们每个人先和他对打一局。结果，三个男兵一律败北，三个女兵一串零，我发挥得尤其不好，只想扔拍子。

晚餐是在司令部食堂里吃的，八菜一汤。薛干事说，既是为了欢迎教练，也是为了给大家洗尘。也许教练看出我情绪不佳，约我饭后谈心。

华灯初上亮如白昼，我和教练一同走在营区的路上。灯光下我看见教练的小平头齐刷刷地，一个馊主意涌上心头，我想以后就叫他小平头吧，多贴切呀！嘻嘻，我自顾自地笑了起来。

教练问我笑啥？我憋住笑说："没什么。"

他跟我讲："你的球风凛冽、速度快，这是女性球员中比较好的特质，只是基本功差些，一旦形成两方对峙，姿势就容易变形，造成失误。以后狠练一下基本功，会拿到好成绩。"

"嗯！"听了教练的一番鼓励，我使劲点了点头。

训练刚开始一个星期，我就不小心崴了脚。晚上，小平头端着一碗酒站在门口，要给我按摩。我哪儿好意思，便找理由推脱着。他急了，走过来一把将我的脚拽过去，大声说："哪来那么多废话！"然后用打火机点着了碗里的酒，不由分说撩起带火的酒水，在我脚上搓着。脚火辣辣地疼，心却热乎乎地跳，这么大第一次被异性触摸，羞涩让我面部发烫，而感动溢满全身，不知为什么，我掉下了眼泪。

小平头以为我是被搓疼了，一边鼓励我坚持，一边给我讲起他在体工队代表二炮参加各种乒乓球比赛的奇闻轶事。他讲得出神入化，我听得痴痴呆呆。

一种感觉，类似于幸福，从来没有过的，在我心里洋溢开来。

训练馆、食堂、宿舍，三点一线的日子枯燥而疲劳，大运动量的挥动球拍，几乎就是我生活的全部，但每天能和小平头在一起，心里就充满着阳光和喜悦。我欣赏乒乓球在他手里能变换出各种线路，快慢缓急均在掌控之中。我佩服乒乓球对他来说，打的是创造，玩的是惬意。他打球的姿势、言语，他在馆里的一切一切都让我着迷。在我看来，训练馆就是芭蕾舞台，乒乓球敲击台面的声音就是交响乐，而他，就是芭蕾王子。

每天我都企盼他的陪练，晚上躺在床上也编织着无数个彩色的梦。在他握住我的手纠正提拉弧旋球姿势的时候，我感到了他的气息，那么近地看到了他的双眼，我的心就走向小平头。他，教练的影子成了我挥之不去的情愫。

我变得沉默了，内心随着小平头的一切而波动。

3 个月的训练，我的球艺提高很快。有队员说我的球路、球风、打球姿势快成了教练的翻版。只有我自己知道，我是把他打球的风格印在了脑子里。我刻意模仿，其实就是想得到一份慰藉，刻苦勤奋，也是想赢得教练一个赞许的目光。

那些日子，没有痛苦，没有寂寞，没有一些人所说的情感折磨，只是自己在默默地享受着一份感动、一份兴奋、一份好奇和一份企盼。在我的情感世界里第一次出现了颜色，而心也在时间的流动中感受着奇妙的萌动。

训练周期还没有结束，小平头教练就走了，一个背影都没有给我留下。

那是一个星期天的下午，我从连队拿着妈妈寄来的包裹回到训练馆，队友告诉我，教练回北京了，他家里来电报，母亲病危。

我怔在那里，心被什么东西充填着，越来越满，当堵得喘不过气来时，我跑回宿舍钻进被窝，任眼泪无休止地流淌下来。

流过了春天，流过了赛季，流过了我的青春岁月，小平头教练变成了我心中的一叠相片。岁月荏苒，人到中年，为了那一段自己的少女情怀，今天我翻开了这些相片，这是我人生最初的一首恋歌啊！

博友评论节选

一叶小舟

每个人都会有属于自己的一段回忆。人到中年，喜欢回忆往事，喜欢回头看看自己走过的脚印。特别是情感方面在自己的内心中，有属于自己的一块绿洲。回忆这块心灵绿洲时，或许是甜蜜的，或许是悲伤的，哪怕这段故事真的是以悲剧而结尾，那么，不管这份情感对你意味着什么，至少你曾经拥有过！感谢您的文章！让我们回想起那段并不遥远的美好的青涩时光！

长安唐槐

记忆中的深藏，军旅生涯路上，少女情感的最初萌动……哈哈！说得好！我们沉浸在回忆之中，旨在清醒今天的存在及存在的意义。忘记了是哪位伟人说过：回忆过去的生活，无异于再生活一次……

老同志

欣赏佳作，《暗恋》写得很感人，心理活动和情感表露都很真切！回忆过去重温当兵史，也是一种幸福！

海湾gg

很珍贵的军营初恋的情怀。尽管非常懵懂，但它伴随着你成熟长大，战士也有爱，但更有的是铁的纪律。算是少女情窦初开吧，往往这个时候的朦朦胧胧的感觉是最美好的，也是最难忘的。

太阳，1970年12月入伍，先后任战士、报务员，获营嘉奖一次。1980年转业至司法机关，曾担任律师事务所主任、律师科科长职务。现为执业律师。

爱我，请爱雪域西藏

作者：天路过客

博客地址：http：//blog. sina. com. cn/tlgk
开博时间：2009 年 8 月

西藏高原军人，十之八九单身。已婚者多与家乡的爱人和孩子天各一方遥遥相盼，未婚者每每因找对象难而困惑不已。不是雪域西藏风光不美，也不是军营男儿缺少浪漫，实在是因为那里的氧气稀少而挑战着生命极限。

于是，人们对于西藏的情感世界便陷入了一个矛盾胶着的状态。绝美奇异的自然使多少人心仪神往，威武阳刚的军人令多少人叹服仰慕，但只要涉及与那里的婚恋，往往让许多人望而却步。也正因为此，驻藏官兵爱情观里有了一个非常另类的条件：爱我，请爱西藏！有雄伟的布达拉宫为爱作证！

年轻的上尉贾宏亮，一位驻藏武警的中队长。来自天府之国四川绵阳，长得浓眉大眼阳光帅气，却因为在西藏服役而与多个女孩失之交臂。

一年一度的回乡探亲假批下来了，领导特意多给小贾半月时间，要求他“一定把找对象当做任务来完成”。假满归队时，一位眉清目秀的姑娘尾随而来，领导和战友们笑眯眯地赞扬说：“不错，能跟到西藏来，足见成功！”然而，当晚出现的头痛胸闷让姑娘退却了。

高原反应，棒打鸳鸯；雪线哨兵，望乡兴叹。从此，小贾对方方面面的热心红娘不断重复一句话：“不爱西藏，免谈感情。”

好事多磨。终于，29 岁的小贾今年成婚了，新娘是某大学医学院的硕士。婚礼上，主持人问她：“你是如何在生理、心理和情感上完成了从零海拔到高海拔的跨越的？”她答：“因为他爱西藏，所以我爱他。”

在中印边境某边防连，曾见到 3 位临时来队探亲的家属，其中两位带着孩子，一个是男孩 7 岁，另一个是女孩 8 岁。两个孩子自豪地昂着头对我说，他们跟着妈妈走了很多山路才来到这里，一路上一步也没让大人抱着走。

面对他们时，我的心底一阵阵泛潮。

在想，若不是他们的父亲在西藏戍守边关，不要说只有七八岁，即使是十七八岁也不会来到如此山大沟深又缺氧气的地方。而且，路途的艰苦之后，又是哨所生活的艰苦。让人感慨的是，挂在孩子脸上的，是见到父亲后掩饰不住的幸福与欢笑。

那天午间用餐，几位家属动手做的是罐头肉煮面条，还配了两碟小菜，一样是凉拌压缩干菜，一样是盐水煮黄豆。吃起来很香，却没有丁点新鲜蔬菜，没有绿色。

我拿出沿途准备驱寒用的“臧泉”白酒，为他们一一斟满，由衷地向她们致敬。

其实，戍守西藏的军人为国付出青春的时候，他们的孩子便个个拥有了非同寻常的童年。当他们傲立于国家民族主权最前沿的时候，是一群与众不同的女性牵着孩子的手，紧紧地靠在他们背后，支撑着他们顶风冒雪捍卫着国家的主权和尊严。

在妻子心中，丈夫，是遮风挡雨保平安的巍峨高山，让人仰慕不已。在孩子眼里，父亲，却是幼小生命记忆中的一种陌生。因为天涯孤旅难相见，有多少儿童，把西藏回来的爸爸叫做“解放军叔叔”，又有多少母亲流着泪拉住孩子的手说，“这是你的爸爸，解放军爸爸，快叫爸爸呀！”

在西藏，在旅途，在军营，在人迹罕至的喜马拉雅山脉和万里羌塘草原，在防御与遏制战争的边界哨卡，只要有军人的地方，总会看到那些羸弱而坚强的女性千里寻夫，进藏探亲。她们不顾高原反应，不畏道路艰难，不论春夏秋冬。未婚的带着憧憬和理想，已婚的带着牵念与希望，没孩子的带来对爱情结晶的渴盼，有儿女的送来属于常人该有的天伦福祉。个别的进藏之后甚至突发肺脑水肿，永远地倒在了千里草原，长眠于雪山之下……

阡陌天路，远古旷野，高原军人和军嫂演绎出多少爱的故事，谱写了无数爱的篇章。其情其景，感天动地，愧煞梁祝。

爱我，请爱西藏！这是西藏的精神特产，更是驻藏军人高尚的情怀和独特的爱情观。是爱的境界，爱的极致，爱国理念与纯洁爱情的结晶。也是我知天命后进藏工作拾得的最富于精神价值的珍宝！

爱我，请爱西藏！之所以对这句话格外敏感，还因为无独有偶。记得24年前在西北大漠边陲服役时，面对茫茫无际、渺无人烟、连“兔子都不见拉屎”的巴丹吉林戈壁沙漠，我和我的战友们曾有过与驻藏官兵同样的境遇——婚恋难。当然也就有了相同的择偶条件：爱我，请爱巴丹吉林！也有了我和妻子的两段爱情故事：前者是“爱我，请爱大漠边陲！”后者是“爱我，请爱雪域西藏！”

博友评绘节选

小雪花

祝福雪域高原圣洁的爱情！也祝愿更多钢铁战士收获人间最美好、最伟大的爱情！

透过树影的晨曦

他很爱他的职业，不愿离开高原，我也喜欢他军人的本色。我等他，等到他解甲归田的那一天……我爱西藏。如果我爱的人在西藏，我一定追随。

大阿姐

更多的话语讲不出，只觉得泪水在打转，感动，感慨。

静怡

大爱播撒在雪域高原，感天动地，十五的花灯和甘甜的汤圆带着好运福佑天路和他的战友们，无止尽。

天路过客，1976 年入伍，工程兵学院政治指挥系学员，历任炮兵侦察计算员，指导员、营副教导员、军校政治部副主任、教研部政治委员、拉萨铁路军事代表处主任等职。大校军衔，已退休。出身塞上农民家，戍边南北数十载，崇尚大漠胡杨和高原雪莲。发表多篇新闻、文学、及军、政论文，作品分获全军和总参一、二等奖。六次荣立三等功。2005 年入选《中国人才辞典》。

中秋月的情怀

作者：再度择业

博客地址：http：//blog. sina. com. cn/zdzyr
开博时间：2006 年 9 月

我当兵后的第一个中秋节夜晚，是在团训练队韩教员寝室度过的，这也是我一生中记忆最深的中秋夜。

韩教员是集训队的技术尖子，步兵 200 米 5 大技术，射击、投弹、刺杀、障碍、土工作业，样样精通。他人长得帅气，霸气里透着干练。性格特别像《士兵突击》中的袁朗，教课一句废话没有，按教材简单讲解要领，随后再来几个标准动作，你自己去练吧，练成这样回来考核。大家对他又敬又怕，可他对尖子兵却情有独钟，爱护有加，还时不时开个小灶，教授一些技术诀窍，而且好请小哥几个聚在一起喝上几口。有的干部给他提意见，说他搞小团体，他一点不在乎，号称崇尚实力！很荣幸，这个小团体中有我。

中秋夜，我们四五个人，在韩教员的宿舍里，吃着罐头喝着酒，几杯酒下肚，我们情不自禁沉浸在乡思之中，韩教员开始沉默，后来禁不住潸然泪下，他平时形象是铁血男儿，给人感觉是只可能撞碎，绝不可能变形。但这一刻却让我们第一次，也是唯一一次，看到他还有如此柔情的另一面。男儿有泪不轻弹，我们几个战士，都只有十八九岁，不理解韩教员泪从何来，没有这种经历，都有些不知所措，也想不出用什么话来劝慰他，只是傻傻地说，喝酒，喝酒。过了许久，韩教员凄然一笑，自我解嘲说："我没出息，想我对象啦，对不起，失态了，让你们见笑了。喝酒喝酒。"我们知道，淡淡一句话，包含着他多少难以表达的苦衷。

韩教员的未婚妻常来看望他，我们常见到，一来二去就熟悉了。她是一个歌唱演员，人长得那叫个漂亮，嗓音那叫个甜美，又贤惠善良，这样的姑娘真是没得挑。70 年代中期，人们的着装服饰大体上相同，基本没有什么修饰，但她虽服饰普通却气质高雅，加之天生丽质，更加与众不同，这是从骨子里发出来的，的确很可爱。我们都觉得，韩教员和她未婚妻在一起，真正是英雄配美女，郎才女貌，天设地配。

说起来，韩教员与未婚妻的相识，既自然又浪漫，还是在我们团部营区相识的，一时传为佳话。前一年的“八一”建军节，地方上的文工团来部队慰问演出，韩教员的未婚妻是团里的歌唱演员，随团来到我们营区演出。当时，野战部队团级以下单位是清一色的“秃和尚”，平常除了能见到来队的家属，想见到个异性都不容易，更别说见到漂亮演员了。为迎接慰问演出，团里给集训队下达了一项特殊任务，挑选能够看得上眼的干部和战士组成一支警卫队，专门负责慰问演出的警卫工作。实际上，团部营区是不需要专门警卫的，团领导只是想借警卫队营造一种热烈的气氛，组织起一帮帅哥与文工团“PK”一把，体现军营威武严明的氛围。在团集训队，要论能够看得上眼的干部，那首推韩教员了。韩教员自然成为了警卫队长，负责慰问演出的警卫工作。文工团来到军营，首先见到的就是这群精神抖擞、威武英俊的警卫战士了，整个慰问演出过程，始终有一个帅气的警卫队长伴随在左右。韩教员的未婚妻则算是文工团中的台柱子，不仅歌唱得好，人长得更是美貌出众，她自然会最受关注。当时，军人社会地位很高，极受地方女青年爱慕，帅哥美女相遇，难免有一见钟情的故事发生。谁也不知道，在慰问演出过程中，他们是否有过直接的接触，但事实是，慰问演出之后，韩教员与歌唱演员走到了一起，这就是缘分吧。

韩教员与未婚妻早已到了谈婚论嫁的程度，他从不掩饰他们之间的感情，遇到有人拿此事开玩笑，他总直截了当地说，有本事你也找这么一个老婆，言语之中洋溢着幸福。但是，没想到，韩教员与未婚妻在婚姻问题上存在着重大障碍，他未婚妻家庭成分不好，有海外关系，组织政审通不过。那个年代，一个军队干部是绝对不允许涉及海外关系的。摆在韩教员面前的出路简单而又无情，要不韩教员脱下军装，要不两人分手。

韩教员是集训队的尖子，很快要去师教导队执教，正是事业的辉煌阶段。他做人讲究实力，讲究男人气质，对部队这一尽情施展男人实力的天地，他情有独钟，看得比命还重要。而与情投意合的未婚妻分手，究其原因却是因为她有一个无法重新选择的家庭。摆在他面前的两面，都是他视为生命的东西，这对于一个军人，一个男人，是怎样一种心灵的折磨和艰难的抉择啊。

明月几时有，把酒问青天。拜望中秋月，韩教员是不是在祈求上天给予他一个两全其美的选择？对于这两难的境地，他无法果断地作出任何抉择。因此，他痛苦万分，借酒对月，他一时真情流露，但很快，他感到有失体面，迅速恢复原有的状态。第二天，他照样是训练场上一个铁骨铮铮的军人教官。

尽管我当时年纪小，不懂愁滋味，但那个中秋夜，在我的情感世界中，留下了不可磨灭的印记。它使我深深体验到了军人的另一面，那种比常人更温情、更深沉、更厚重、更广博的另一面，是被军人坚毅刚强的一面时时遮掩着的，军人的牺牲岂止在战场，军人牺牲的不只是生命，还有很多很多。军人的刚强贡献给了国家和人民，可以尽情地去挥洒、张扬！军人的柔情却压抑在自己的内心深处，只能默默地承受、担当。这是何等的深沉？这就是军人的情怀！

我不想告诉大家，韩教员和他未婚妻最终的结局，给大家一个想象的空间。因为，无论哪个结局，都会让人伤感，我不愿意给善良的人留有遗憾。结局并不重要，重要的是军人要经历这般刻骨铭心的心灵磨难历程。军人也是人，是一群特殊的人！你能理解军人吗？尤其在情感上。

“说句心里话，我也有爱，常思念那个梦中的她”。每当听到这首歌时，都让我想起那个中秋夜，牵动那个中秋月的情怀。

博友评论节选

头狼

选择了军人这个职业就意味着选择了奉献。奉献的不只是爱情，还有亲情，甚至是生命。

军科退伍兵

这个故事好像就发生在我的身边。

小草

昨天是中秋节，我看到了您这篇文章，感触良多，那个年代，不，应该说很长时间，极左思潮影响到我们生活的东西太多。军人有铁骨也有柔肠，为了事业而付出爱情的代价，对于一个人的一生来说，是残酷的。为军人的牺牲精神和所承受心灵磨难的勇气，为战友，洒下一行热泪。中秋之际。祈祷“愿天下有情人终成眷属”！

再度择业，1974 年 12 月入伍，总参某部参谋，副师职务，大校军衔，2004 年选择自主择业转业退役。军旅 30 余载，主管装备科研。面对社会发展，不甘军营局限。人生本命四轮，为民再度择业。融入市场大潮，寻觅经历体验。探索兵商文化，构建创业平台。永葆军人本色，重创辉煌事业。

三对夫妻一间房

作者：人酒诗梦

博客地址：http：//blog. sina. com. cn/renjiushimeng
开博时间：2008 年 12 月

那时候，我们部队住的营房全是清一色的苏式建筑。全连干部战士 100 多号人都住在一个大房子里。那一年，我们连的一间家属房被一个靠边的老干部占用。

一天上午，我们连有个战士的妻子来队探亲。到了下午，哇！好家伙！又来了两个。如何安置三个战士的妻子住下，连党支部会上讨论了半天，大家一筹莫展。最后连长说："这个事情属于后勤、生活方面的事，副指导员，只有辛苦你啦，你想想办法吧！"我心里说，我有什么办法啊？

一下子解决三家住房问题可不容易呢。找吧，我首先想到了借房子。我立刻安排连部文书和通信员分别到一营和三营的家属区，去看看有没有闲房。而后我去团部家属区走了一圈。大家很快回来了，无果。

部队有严格规定，战士和妻子是不能住地方旅馆的。妻子大老远来部队与夫团聚来了，我们怎么忍心让他们住地方旅馆啊！天快黑了，总不能让人家住大房子吧，大房子？我马上想起了大房子一头的小包仓库！过去小包房三个角落里曾经同时住过三个人的。先让他们三家分别住在房子的三个角落里，虽然不是好办法，也是权宜之计呀！

我急忙找到连长、指导员，把找房经过和我的想法做了简短汇报。

连长显得异常兴奋，连声说："好！好！赶快腾出小包仓库，叫他们三家先住下再说。"

按照分工，指导员把三个战士的妻子叫到他的房子里谈话。向她们介绍部队计划生育规定，并向她们解释正确对待连队领导为她们来队的住房安排。

连长把这三个战士叫到我的房子里说："副指导员你也听听吧。"我只好坐下来听他们谈话。

这三个战士一个是班长两个副班长。他们在战场上作战勇敢、不怕牺牲，有两人荣立战功。

“你们老婆来队，我代表全连干部战士表示欢迎。连队住房条件差，也请你们担待。生活上有什么困难我们会根据实际情况努力帮助你们解决的。”三个战士面带喜色表示感谢。

“不过，有个事情需要你们配合。”连长话锋一转。“你们老婆来时带结婚证了吗？”

五班副说带了，四班长和一班副没有吱声。

“回去问问清楚，具体情况你们向副指导员汇报。”

连长又说：“没有带结婚证的，我们视为未婚。今天晚上不能和你老婆一起睡觉。”连长的话似乎很严肃。

四班长和一班副两个人一下子傻在了那里。

连长两眼直直地盯着他俩继续说道：“如果确实结婚了，又忘记带结婚证明的，明天带你的老婆到医院检查一下，让医院出具已经结婚证明。这样做是向你们负责，向部队负责。”这两个战士长长地出了一口气。

“为了确保医院检查出具证明的真实性，今天晚上无论如何你们两个是不能跟你们老婆同床的。”我从连长一双狡黠的眼睛里看出，他在戏弄这两个战士。呵呵！该收场了。我赶紧插话说“好吧。你们按照连长的要求把结婚证拿来让我看看。”

连长临走拍了拍一班副的肩膀，甩下一句：“不要想不通啊！有想法跟副指导员说说。”

连长走后，这两个战士呆在我的房子里不走。

“其实，连长也是为你们好啊，怕你们犯错误啊。快去呀！我等你们。”我催着他们。

“副指导员，你看这个证明管用吗？”一班副从兜里掏出一张村委会开具的结婚证明递了过来。

“娘啊！呜！呜！我的亲娘啊！”四班长突然撕心裂肺地大哭起来。

在我百般劝慰、说服下，四班长停止了哭声，道出了一个令人悲伤、心酸的故事。

四班长家住山区农村。父亲早逝，母亲年迈多病。近年来他在部队服役，都是他同村的未婚妻照顾他母亲，无微不至。去年，他母亲患癌症已到晚期，骨瘦如柴，体重只有五六十斤了。为了让儿子在部队安心工作，他母亲总是叮咛未来儿媳不要写信告诉儿子自己患病一事。最近，母亲已感到自己的生命已到尽头，这才叫儿媳给儿子发电报。

四班长回到家后看到母亲病成这样，忍不住跪在母亲床前大哭！他的未婚妻极力劝阻，趴在他的耳边说，人活着，不能这样哭啊。

第二天村里干部和邻居们都来了。按照母亲的意思，请求干部为儿子完婚，否则她死不瞑目。正说着话，却没料到邮递员送来了“部队有紧急任务，火速归队”的加急电报。四班长看到电报心急如焚，恨不得插翅飞回部队。又看看躺在病床上病入膏肓、奄奄一息的老娘，心如刀割！他一下子跪在了地上，泪如雨下哽咽着说：“各位叔叔、大爷们，我明天要回部队去。我娘的病，我娘的事，拜托大家了！”他母亲的情况，大家心里跟明镜似的。赶紧把他拉了起来，纷纷说道：“孩子，你放心的走吧，有我们呢！”他走到他的未婚妻跟前说：“照顾母亲的事只有辛苦你啦！”

只听到村支书大声宣布：“他们两个今天算是结婚啦！”

第二天一早，四班长含泪告别病危的母亲，告别新婚妻子，乘南下列车赶回部队。后来妻子来信告知，四班长返回部队后的第三天，他母亲与世长辞了。

听了我的汇报后，连长语气沉重地说：“别说了，我知道了。即便没有结婚证、没有结婚证明，四班长他们的夫妻生活我负责，搞大肚子我也负责！与组织、与你们无关！”

我安排司务长腾出小包房，喊来这三个战士，吩咐他们赶快安置床铺。用几个方块雨衣分别把房子的三个角落隔成三个小房间。

一班副悄声问我：“连长同意我们同床啦？”

呵呵！连长都快把他给逗傻啦。我忍俊不禁笑道：“还没同意呢！你跟你媳妇同床的时候，再请示一下连长吧。”说完，我还是不忍心了，“一班副你是真傻啊，还是装傻啊？你和你老婆睡觉，连长又不看着你，需要请示吗？”

床是用两铺床板拼凑在一起的，两头放在长条板凳上。

一会儿，连长从营部开会回来了。“呵呵！不错啊！各得其所啊。单兵操练和集体操练只有一步(一布)之隔呀！不过，我提醒你们晚上睡觉要小心别上错了床啊！”

一排长接连长的话：“连长，你的房子和他们对门，你要注意呀，别走错了门啊。”屋子里一片大笑声。

连长不紧不慢地说：“这个不要你担心啦。我是军事干部啊。在训练中、在战场上我从来不会迷失方向的，所以不会走错门呀。”

呵呵！俺也凑凑热闹：“连长你那是在野外搞训练，精力和思想集中啊。只怕你晚上迷迷糊糊出去拉小便，回来时就稀里糊涂啦！”

连长手指了一下指导员对一排长说：“指导员好调向，把你的指北针借给他，撒尿回来辨别方向啊！”

指导员红着脸说：“说什么呢？你们开玩笑，怎么拿我当猴子耍啊！啊？”

这时只听到五班副的妻子小吴说道：“哼！即便走错了门，来也白来，这里名花有主啦!”小吴是四川一城市郊区人,果然胆大泼辣。听口音,早就想反击了。

这里本来就是大房子的一部分,说笑声把全连的战士都引来啦!大家你一言我一语笑声、起哄不断,好不热闹。

这时候只听到四班长的妻子腼腆地说道:“还解放军呢!没大没小的,官不官兵不兵的。”

“嫂子别怕,晚上咱们把屋门反锁上,再用桌子顶住!走错门他们也进不来。”哈哈!哎哟!笑死俺啦!听声音好像是五班副。

连长高声说道:“好啦!好啦!别闹啦!快到熄灯的时间啦。家属们乘车也累了,让她们早一点休息吧。”

今天太热闹了,我竟然没有一丝睡意。正在蚊帐内看书,只听得房子那头“哐!嗵!”一声闷响,紧接着传来“哎呀!”一声女子尖叫声!打破了营房夜晚的宁静。

听到响声我瞥了一眼手表,刚好12点。我迅速穿上衣服,赶紧向房子那头走去。

连长一把把我拉进他的房子里关好门,很少见到他这样情不自禁的笑脸。“你听到动静啦?五班副真厉害呀,竟把床板都给压塌啦!”

我忍住笑说道:“啊!你也太夸张了吧。五班副个头大,下午安置床铺的时候,我叫他们班专门挑了两副结实的单人床铺给五班副的啊。”

这时五班副和指导员推门进来,指导员顺手把门拉上。

“五班副你怎么搞的?”

“哪里,连长,我刚上……”

“是啊,你刚上就把床板给砸塌了是吧?你们三家在一个房子里睡觉,又离大房子这么近,要注意影响啊。”连长一本正经地说道。

“哪里,不是,唉!我,我刚回来。”

“去哪里啦?”

“我怕影响他们休息,去猪圈饲养员小张那里复习军事理论啊,又写了一封信。”

五班副是团选拔的军事尖子。过几天要参加师里组织的军事比赛。为了取得优异成绩,经常加班加点学习。

“怎么听到那么大的响声呢?深更半夜的你老婆叫什么呢?摔着了么?”我问道。

“连长、副指导员你们有所不知,我刚上床凳子就倒啦。床下放着暖壶,满满一壶开水。烫着了小吴,可能屁股也被钉子扎了一下。”

“怎么回事?刚上床凳子就倒了?”

“是的连长。我把床铺掀起来一看,四条板凳,有两条是三个腿的,你说能不倒吗?”

"啊？是谁这么调皮恶作剧啊?"我心里说。

"呵呵！你要是老实的话,也不至于摔下来呀。"连长继续逗他。

"你不信啊,连长,你去试试啊！真的。"五班副急着说道。转而一想、一愣,呵呵！他不禁笑了起来。

指导员说:"快去饭堂换两条板凳把床重新支起来吧。你爱人在那里掉眼泪呢,好好哄哄她啊。"

营区的房子很集中,我们连今夜发生的塌床、暖壶爆炸、女子尖叫声也惊醒了四连的部分干部战士,一时传为笑谈。有顺口溜为证:夜半听得噗嗵声,疑似又在战场中。五连全体紧集合,并无敌情一场惊。

第二天我们为这三个战士家属来队探亲开了个欢迎会。指导员首先讲道:"让我们以热烈掌声对三位战士家属来队探亲表示热烈欢迎!"大家喜气洋洋、掌声热烈。

"我们连战士家属们关心部队建设,立足小家关心国家,大力支持、激励丈夫杀敌立功！对此,我们表示深深的敬意!"

紧接着连长说道:"我们部队住房条件比较差,安排你们三家同住一间房子,实属无奈。因为我们照顾不周和工作上的失误,致使昨天晚上出现了一场塌床小事故。在此,我代表连队干部向五班副及其妻子小吴表示歉意。"说着话连长面朝小吴鞠了一躬。我和指导员不禁也随连长弯下腰去鞠躬,全连掌声雷动!

小吴赶紧站了起来说道:"哎呀！大连长你们这样客气,折煞小女子啦！没什么的,不就是屁股上烫了两个泡么。"小吴的话引起了大家一场哄堂大笑!

"你们还是正规军呢,连个睡觉的床铺都不结实。以后你们给俺两口子准备一个铁板床,俺明年再来时床就塌不了啦。"小吴的话又是一片笑声。她明显是在为恶作剧行为打掩护。

"嫂子！嫂子比母。都是俺的不是,俺给您鞠躬认错啦!"没想到五班新战士小赵站起来边说边向五班副的妻子小吴鞠了一躬。他的眼里含着泪花呢!

"你呀,真是个孩子。我和你班副结婚一年多了,我们在一起只呆了 8 天。等你长大了娶了媳妇,也让她尝尝受活寡、守空房的滋味。当军嫂可是很难呢!好啦小弟,这次免罚。你以后要戴罪立功,干出个人样来。"

"谢嫂子!"

"什么?"

"谢嫂母!"

"这还差不多。"小吴下巴一扬,一副得意表情。

会场又是一阵鼓掌和欢呼声。

"哎哟！嫂子啊,昨天晚上你的床倒塌了以后,我都看到啦!"说话的是一班新战士陈杰峰,昨天晚上 12 点正好是他的岗哨。听到响声他自然要过去查看。

没有等他说完，小吴故作严肃站起来说道："看见又怎样？看见也白看。"

挨着她坐的四班长妻子拉了小吴一把说："妹妹少说一句吧，羞死人啦。"

紧接着小吴又甩出一句："小屁孩！还没长毛呢！"

五班副的妻子小吴这些话来得突然而且出人预料，全连都怔住了！

"我说小吴啊，你刚来不到一天，你怎么知道人家没长毛呢？"

"你是二班副吧？哼！哼！其实你也没有长几根的。稀稀拉拉，寥寥无几，也是小屁孩一个！你长几根胡子难道我看不到么？"

哈哈！哈哈！大家一阵大笑和起哄声。

为了掌控、诱导会场，正确把握全连同志们的情绪导向，按照议程，指导员宣布全连唱歌。这时二排长插话说："大家首先欢迎小吴唱个歌好不好？"全连异口同声喊"好！"

"唱就唱，谁怕谁呀？"小吴左右双手一把拉起身边两个家属站了起来："古代有名的女人能抵挡百万雄师，难道我们三个还抵挡不住你们一个连？"小吴说的古代女人能抵挡百万雄师，到现在我也不知道是个什么典故。

小吴说完话，横眉冷眼一扫全连战士，不屑一顾，显得高傲而蔑视！

"俺，俺……"四班长爱人有些害羞。

"嫂子，怕什么呢？我们跟他们比！"全连又一阵掌声。

"咱们唱《十五的月亮》，或者《妹妹找哥泪花流》，以柔克刚！"

"在那么多人面前唱，俺，俺不熟……"四班长爱人显然有些紧张。

四班长站起来说话了："什么不熟啊！昨天晚上在被窝里你还给我唱呢！妹妹找哥泪花流，不见哥哥心忧愁；……啦啦啦，啦啦啦！人多怕什么呢？连队就是我们的家。连队干部就是我们的亲哥哥，连队战士都是我们的亲兄弟！"

三位家属在热烈的掌声中大着胆子唱了起来。特别是小吴，唱得满是那么回事。她充满感情，声音甜美、圆润，听起来不比专业演员逊色。她们的歌声赢得了全连干部战士们的阵阵掌声。

轮到连队战士们唱了，《我是一个兵》、《打靶归来》一首接一首的军歌，歌声洪亮、激昂、雄壮。

最后连长说："以后无论干部战士家属来队都要先向连队领导提出申请，获得批准后，方可让家属来部队探亲。不然的话明天又来一个家属住在哪里呢？总不能四家住在一起吧？只能住在大房子里了。住大房子要是出现某高炮营战士家属上错床事件，我们都要吃不了兜着走啊。"他宣布："战士临时来队家属只准许住20天，干部临时来队家属只准许住30天。到时间不走的，要劝其离队返乡。"

这时一班副的妻子突然插话说道："俺要在部队住好久呢！完成了任务俺再走。"

"你有什么任务啊？"连长立马问道。

"呵呵！你不会是在部队潜伏卧底的吧？"连长又温和地戏问。

“你说什么呢连长！等散会后俺才告诉你呢！”她说的“完成了任务俺再走”自然是怀孕的任务啦。军人和妻子团聚时间有限，“军人的妻子难怀孕”的事实给她们带来了诸多烦恼。

指导员强调，部队规定不允许听房。他的话倒提醒了一些想听房的战士。

我是后来听他们说的。

“哎哟！你不知道昨晚钉子扎了屁股么？你能不能轻一点、温柔一点啊？把我的屁股都搞痛啦！”这是五班副妻子小吴的声音。

五班副慌忙说道：“不要出声。这屋还有两家呢！”五班副可能急忙捂住了小吴的嘴巴。

小吴摒住呼吸。

五班副急忙呼道：“啊？小吴！小吴！你怎么啦？”

小吴气喘吁吁：“你不叫我出声啦！”

隔着两层雨布的那边，一班副忍不住吃吃地笑，“小吴，你好厉害呀，把我们的床板都震颤啦！”

一个小包仓，三个雨衣室。四班长睡意全消，插话道：“哈哈！是啊，我还以为是地震呢！其实是五班副厉害呀，给小吴充得电压高、电流强，小吴才能震动大呢。”

小吴迅速反击：“你们两个知道规矩么？我都装着听不见，不好意思说你们两个。刚才你们呼哧、呼哧干什么呢？”

五班副紧接自己的妻子小吴说道：“刚才他们一定是跑五公里越野比赛呢！呵呵！现在是不是跑到终点原地踏步呢？”

小吴讥刺道：“你们训练够积极呀！昨晚一夜俯卧撑比赛，今晚接着五公里越野比赛，不辞劳苦啊！”

“哦，对了。一班副家里有任务啊！他们急着赶紧完成呢！”

“我说四班长啊，不知道刚才嫂子哼哼什么呢？是不是得病啦？赶快起来看医生去吧！”

小吴很得意地一句接一句，不禁声音抬高了许多。

“其实你们两家还不是一样吗？咱们也不要老是压抑自己，憋出毛病还不知道看什么科的医生呢！想喊就喊吧！我们是合法夫妻，又不是非法同居。管他呢！”

部队营房集中，消息传播也快。

“老兄，昨天晚上你们三个战士家属联合振动把你震坏了吧？”四连长面对我们连长一副玩世不恭的表情。

“呵呵！瞎说什么呢。我离这么近都感觉不到，你离得那么远感觉到啦？”

“是你的房子离她们太近了，都把你给震麻木了，你当然感觉不到了！我们都感到余震啦！”听听，他们两个这玩笑开得不着边啦！

“谢谢你们连的战士帮助我们连站岗啊。不过，我们需要的是流动岗哨，不是固定岗哨啊。”我们连长岔开话头说道。

“四连长，请你转告昨天晚上你们连那个站岗的战士，半夜不好好站岗，偷偷来我们连喝茶，喝就喝呗，还用茶水洗衣服，有点浪费呀！告诉他，下次再来可要赏给黄酒喝啦！”我们连长洋洋得意说道。

四连长一头雾水，一转身问值班排长，怎么回事?!

原来，昨天晚上四连的岗哨看到有人听房，忍不住也过来凑热闹。不小心肩膀上的枪滑了下来发出响声。小房子的窗户本来是开着的。四班长的床铺邻近窗户。

“是谁在这儿潜伏啊？这里的情况已经解除啦。”四班长说着话把一杯残茶泼了出去。这个岗哨听到说话声知道四班长发现了自己，急忙后退，一下子蹲在了地上。在夜色和树影下，四班长恍惚看到是四连的岗哨。又连着将另一杯茶水泼了出去。“兄弟站岗辛苦啦，弄杯茶水喝喝吧！”四班长百发百中！第一杯泼在这个兵的前胸，第二杯正好泼在了脸上。

“哎哟，哥们，别再泼了，我的衣服晚饭后才洗的，刚换上这套衣服，明天叫我怎么出操啊?”说着话连跑带爬地滚球了。

那小子肯定不敢向他们连长说，如果让他连长知道了，一定要骂他“你傻×呀？不好好站岗傻乎乎地跑到人家那里干什么去了?”

“熊样！”

“笨蛋！”

“窝囊废！”

“泼你茶水活该！”

博友评论节选

金樽明月

看了你的纪实小说，感觉就像看到了那些战士一样，非常亲切。我们的战士们，大多来自农村，朴实、憨厚、多数文化水平不高，因此趣事很多。有许多战士也很有性格，许多不懂的事情，又不好意思问，经常发生许多让人啼笑皆非的事情。

平安快乐

当年俺借丈夫的光做了几年军嫂，今天看到博友的文章让我想到当年的日子！但因为丈夫是空军条件比较好，没有出现三对夫妻同住一室的现象！但每次来队，都留下难忘的印象！难忘的岁月，难忘的歌！今天赏读此文倍感亲切。

列宾了尘

你写的此文很真实。那时条件确实很差，部队纪律又严，不可能像现在这样可以“变通”，所以你写的“三对战士夫妻”住一个“小包仓”我倒是信了。那时候部队的家属招待所房间内没厕所，晚上半夜三更出来“方便”后，迷迷糊糊找错了房间，闹出了大笑话，我就看到过啊！

老邢

“别说了，我知道了。没有结婚证、没有结婚证明，四班长他们的夫妻生活我负责，搞大肚子我也负责！与组织与你们无关！”看了这句话，我也笑不出来，倒想哭。本来浪漫的婚姻在那个特殊的年代更多了几分悲壮！

人酒诗梦，1974 年入伍，广西某部边防部队服役，任战士、班长、排长、政治副指导员、指导员、司令部管理员等职，上尉军衔。1979 年 2 月参加了南疆自卫还击战，荣立三等功。1990 年转业到中国人民银行县支行工作。

超强震撼的刺杀表演

作者：晨星

博客地址：http：//blog. sina. com. cn/fafaok
开博时间：2010 年 5 月

每个当兵的人都有一段终生难忘的记忆，一段引以为自豪的历史，一段鲜为人知的故事。我在光荣的“临汾旅”当兵 4 年 4 个月，时间不长，也有一段难以忘怀、引以自豪的经历，那就是 1973 年我参加的一场超强震撼的刺杀表演。

那时，我由营部通信班下到二连当班长才四五个月时间，“临汾旅”第 7 团接到一项重要任务，就是组织一场 600 人的刺杀表演，作为 1973 年全军运动会南京赛区开幕式主打节目。

这一年，第 6 团在江阴县组织武装泅渡长江演习，第 5 团在磨盘山组织打坦克演习，加上第 7 团的刺杀表演，号称临汾旅的“三大战役”。刺杀方阵是以 7 团一营人员为主，三营抽调了部分人员协助，所有参加方阵的人员都驻到了南京灵山营房。从 6 月份开始，投入了为期 4 个月的紧张的刺杀集训。

训练是非常严格和艰苦的。练正步，路上划出道道横线，步子要踢得一样高，手臂摆动要一样平。一个慢动作，让你步子悬在那里。练刺杀，从挎枪、持枪、托枪、出枪等一个个基本动作开始，要求刺出要带劲，收枪要利索，动作要规范，枪刺一样高。为了显示收枪动作干净利索，而且又威猛有力，我们摸索出一套用枪托碰击胯部的动作。一旦收枪，猛地抽回，手腕一抖，“啪”的一声，让枪托贴着腰身，猛地撞击胯骨。每天出枪收枪练习几百次，大家的胯部都结出了厚厚的老茧。600 人的方阵，要横竖成行，整齐划一，谈何容易。每一阶段都是合合分分，分分合合，合起来讲要领要求，分班排操练，再按排、连、方阵逐级合练。

正值盛夏季节，高温难耐。每天从早到晚训练时间打得足足的，顶着烈日，冒着高温。每天都是几身湿衣服，每天都有中暑的。记得第一次集中，在灵山营房后面大操场上听首长动员。天上骄阳如火，地面上蒸腾起的热气直往脸上扑，我们一个个直挺挺地站在队列里，听着领导在讲意义，提要求。已经训练了三四个小时，身体消耗很大，在上面烤、下面蒸、热风吹的大蒸笼中，一直站着保持体形不变，真的是在憋足一股劲。脸上的汗直往下淌，头晕呼呼的，我一遍遍叮嘱自己，挺住，挺住……前排一个战士身体已在微微摇摆，又坚持了半个多小时，他晕倒了。

经过四个月高强度的集训，每个人都掉一二十斤肉，流淌的汗没法计量。一次我到洗衣间洗脸，手一捋一把头发，眉毛也往下掉。心中猛地一惊：天哪，再掉头发眉毛，怎么去找女朋友？再一想这是高强度训练的结果，训练结束可能就好了，所以连卫生队也没去，一直坚持训练。

临近正式表演，一辆辆军车把我们这些汗流浃背的大兵，拉到五台山体育场参加实地合练，合练的有军号队、红旗队、南京小红花队等。各方阵练习从入场开始，如何按路线行进、如何通过主席台等。休息时，小红花队女孩子们相互交头接耳小声议论，有的还捂着鼻子。原来是说当兵的身上有一股汗臭。是啊，每天大汗淋漓，衣服在汗水中浸泡，能没有气味？部队首长知道这件事后，专门下达通知要求，参加合练前所有干部战士要换洗衣服。表演前，三令五申，动作不能出错，喊“杀”声不可出错，并严明军纪，谁出错就处分谁。

正式表演的那一天，五台山体育场彩旗飞扬，气球高悬，人头攒动。一声令下，在雄壮的解放军进行曲中，我们 600 人的刺杀队伍，全部托枪，甩开手臂，齐唰唰迈开正步，开进会场。“哐、哐、哐”，脚步铿锵有力，枪刺闪闪发光，这时全场五万多观众掌声雷动。我们紧绷的心变得热血沸腾，用余光瞟着队形的同时，伴随雄壮的旋律，脚步更带劲，精神更振奋。进场完毕，按刺杀队形，方阵像渔网一样撒开，像围棋格一样整齐划一。随着口令，战士们按照套路，挥动步枪，左冲右突，前刺后杀，一阵阵“杀”声，吼得惊天动地，枪刺寒光闪闪。这时空气像凝固一般，场内没有一点响声，只听见我们表演的阵阵脚步声、喊杀声……表演结束，掌声如潮水一般响起，经久不息。我们的心中充满了无比的兴奋、激动和骄傲，所有的辛苦、伤痛、疲劳已烟消云散。

可以自豪地说，所有节目中，刺杀最精彩，掌声最热烈。也难怪，老百姓平时与当兵的接触很少，常见的是载歌载舞的文娱表演，一旦见到像阅兵式、分列式一样的大型军事表演，600 人的刺杀方阵，那军威、那气势、那动作、那步伐、那吼声真的超强震撼，不让人折服才怪。据了解，像这样大规模的刺杀表演，在当时全军是少有的。表演得到南京军区许世友司令员的嘉奖，许多干部战士还立了功。

刺杀表演的经历虽然已过去 38 年了，但至今让我难以忘怀。每当听到中国人民解放军进行曲那扣人心弦的音乐，看到庄严的阅兵式和天安门升旗仪式，看到正步行进的威武方阵，我就热血沸腾，无比自豪。仿佛又置身于当年那场震撼南京的刺杀表演中……

这就是英雄的“临汾旅”的风采，这就是中国军人的雄姿！这也是一个“临汾旅"老兵的骄傲!

博友评论节选

随心笔迹

记忆中有这样的印象,很壮观,很震撼。我们是通信兵,没受过这样的训练。

zhangjianjun2004

拼刺刀/看谁刺得好/当兵保祖国离不开这一招/上了战场跟敌人来个近战/紧要关头就跟他拼刺刀/杀——/嘿

火红的年代

记得练习刺杀时,向前突刺,右小臂内侧使劲拍枪托的右侧,收枪的时候,右小臂使劲夹枪托击打胯骨,这样能使枪发出响声。六三式自动步枪的弹夹和机匣盖本身就是稀里哗啦的,再加上有力的拍打,声音就会更响。600 人的方队,枪有节奏发出的声响,再加上震天的杀声,一定是非常的壮观!

绿色原野

永远的军旅情怀/永远的军营记忆/永远的军人之恋/永远的军旗飘飘/永远的军歌嘹亮/永远的军魂畅想/祝"八一"快乐!

晨星,1970 年 12 月入伍,在"临汾旅"当兵,曾任班长。1972 年 7 月入党。1975 年 3 月退伍,在盐城县五交化公司工作。1981 年 9 月后在盐城县委办公室工作,先后任秘书、副主任、主任。2001 年至 2008 年,任盐都区委统战部部长、政协副主席。现退休,爱好摄影、旅游。

遭遇流感

作者：白山大郎

博客地址：**http：//blog. sina. com. cn/mybnd**
开博时间：**2008 年 4 月**

今年的流感让我想起了 1970 年我在部队时的一次流感大流行。那次大流行属于世界性的，据说死了 100 多万人。

那年我们一个邻国，在北方边境陈兵百万，时局吃紧，上级从南方紧急调了几个野战军到北方，我服役的部队也在其中。部队当时以南方兵为主，初到北方几乎都水土不服，恰逢流感大流行，无异于雪上加霜。

我所在营里，各连均有发病，最惨的是五连，全连官兵绝大部分压了床板。五连是英雄连，1962 年出了一位用胸膛把爆破筒硬顶进敌军地堡的战斗英雄，誉称“活着的黄继光”。“好好的英雄连，只剩下炊事班了。乖乖，打仗也没这么惨!”我们营长走到哪儿都嘀咕着这句话儿。

营长是山东人，爱兵如子，对我们这些能吃苦肯卖力、脑袋还算好使的兵十分不错。因为营长姓汤，长得又矮又胖，连教导员也同兵们一起背地里称他为“汤司令”。

从云南调防到河南，没有营房，部队都分散居住在地方单位或老百姓家中。我们营的驻地是新乡县七里营公社，毛主席“人民公社好”那句话就是出自这里。

那时我在营卫生所当卫生员，疫情期间每天随军医到连里巡诊。一天巡视到五连的时候，看到五连卫生员小石不幸感染了病毒，发热达 39 度多。受责任心驱使，他不但不休息，还带着没有感染的十几个兵，为全连百十名病号熬板蓝根汤、端病号饭。也许实在是辛苦和难受，见到我们时，他哭了起来。

小石和我是同乡，我很想帮帮他，于是，我每天抽空到五连为小石排忧解难。那年头提倡“一不怕苦，二不怕死”的精神，我到五连帮忙几天，没戴过几次口罩，也没见头疼脑热身体欠安，硬是把个流感抵抗过去了。

以后的事情却有些费解。疫情过后，团里来了两位穿四个兜的，到处找人谈话，找了小石也找了我。向我提出的问题是：为什么敢于冒着传染的危险主动到五连照顾病号？我说：

“小石是我同乡啊，咱不帮同乡帮谁？再说也没什么危险，不过是感冒而已，我抵抗力强，最后不是没受传染吗？”

他们又问我，当时脑子里有没有出现过“私字一闪念”？有没有想起毛主席他老人家那条语录“斗私批修”并且取得了最后胜利？我头脑简单没多想，随口就说：“我见同乡小石病了没能休息，只想帮他一把，别的什么都没想过。”

两干部相互望望，然后拍拍我的肩膀走了。

几个月后，营里另一位卫生员袁兄突然接到军医大学的录取通知书，打背包上学去了。袁比我早入伍一年，疫情流行时他的连里有20多位病号。听说当时两干部也找过他，半启发半暗示地问了类似问题，袁的答词令他们十分满意，因此袁兄荣获参加毛泽东思想讲用团到处巡回讲用。

我仿佛悟出点什么。一天趁“汤司令”心情好，试探地问：“营长，流感那阵子小石最辛苦，表现也不错，上大学的好事怎么倒是袁老兵捞着了？”

“小石表现是不错，可流感也是敌人，在敌人面前，当兵的可以流血牺牲，就是不能哭，那是懦弱的表现。小石不应该哭。”“汤司令”又瞟了我一眼，顿了一下又说：“你呀，也不应该说那句‘咱不帮老乡帮谁’的废话。画蛇添足，蠢啊！”

听完“汤司令”的话，我的第一个反应就是下意识地盯着他腰间那支擦得贼亮的“五四式”手枪。想起来有点可笑，也让人后怕，怕自己的意志突然控制不了行为，一时冲动夺了那枪，把自己给崩了。

博友评论节选

海棠依旧

文章写得真好，清新、流畅、风趣、幽默。

心有灵犀

吃一堑长一智，后来学乖了终于上了，是吧？

孔老二二哥

哈哈，一句实话，耽误了一场大学梦。所以有时候，说话很重要啊。好汉不提当年勇——流感袭来需应对！保重，大郎兄！

白山大郎，今年60岁。1969年2月至1974年2月在陆军第54军160师服兵役。1978年毕业于广西医学院，随后在1979年南疆自卫还击战中参加广西边境伤员救护工作。长期从事医疗技术和卫生行政管理工作，副主任医师，现已退休。

军营加油站的故事

作者：井沿兵

博客地址：http：//blog. sina. com. cn/jyb6633
开博时间：2008 年 10 月

1970 年底，我入伍当了野战军里的汽车兵。那段时期，北方某国在我国边界陈兵百万、妄图挑起事端，我们部队正是在“珍宝岛事件”之后从内地调防长城之外，任务是牢牢地守住北京的北大门。长城外面的夏天还好，冬天却是滴水成冰，冷极了。但我们经过部队教育和训练的子弟兵，随时准备为祖国献出满腔热血，又何惧寒冷和艰苦？那正是我们的锻炼机会。特别是学习了毛主席的著作《为人民服务》，每个战士都勇于接受考验，我曾立志要把自己闪亮的青春奉献给祖国人民和我们的军营。

当兵几年，有过许多艰苦经历，也有许多难忘的故事，但最难忘的还是我们军营加油站。因为汽车兵离不开“油”，给加油站出过的“公差”很多，受锻炼也大，我便和加油站结下了不解之缘。

那就说说我们的加油站吧。我们团的营房坐落在一片群山脚下，连绵不断的崇山峻岭映衬着军营的庄严、神秘。营区有两个大门，东门和西门，西门以汽车、火炮通行为主，部队的家属们出入也走这个门，西门进出最多的还是团后勤处司机班，就是我们的“大解放”班。东门是正门，比西门气派多了，门垛子又高又大不说，路也比西门那边宽不少。在东门和西门之间，有个独立建筑，就是我们的军营加油站。加油站坐落在一个 1.2 米高的台子上，有一大一小两个房间，大间 100 多平方米，小间也有 50～60 平方米。大间全部放置汽油桶，小间放置润滑油。油料员加油时大都是找我们帮忙，我们团后勤处司机班的同志们就是油库的加油工和搬运工，只管干活，不管拿钥匙。我的助手王玉庭当过这里的站长，那是我复员以后的事啦。

团里各营连的车辆来加油时，驾驶员要先到车管股找保管员，然后和他一起去加油站。我刚当兵的时候，保管员是李占勋，后来换成了新兵李景山。需要加油的车少，保管员就一个人去了。如果有 2～3 辆车以上，他就喊我们班去几个人帮忙摇加油机。他从不让来加油的司机自己摇，怕他们玩儿“猫儿腻”（少记数多加油）。我们团后勤驾驶班的车来加油，保管员会“亲自操作”。虽然我们经常给他出“公差”，但他的责任心很强，对我们也很认真，那数字记得可是清楚极了。因为车管股长要求很严，经常来加油站检查，而且是查得很细。保管员也怕出差错。

每次遇上大的军事行动的前后，也是加油站最忙碌的时候，团里所有车的油箱都要加满，时刻保持临战状态。这也是军车与地方车最大的不同。有时候情况紧急，加油站从军油料库拉油回来，不卸车，直接开到各营连，流动为部队加油。我们驾驶班呢，也一直跟着忙乎。手摇加油机摇起来非常重，一个人必须用力摇，摇一会儿胳膊就酸，要是赶上加油的车多，摇的时间就长，回头胳膊要疼好几天。说起手摇加油机，就是有一个大摇把，需要人工转动，用力带动活塞把汽油从油桶抽出来，然后再送到汽车油箱里。人不用力气转动加油机，油是抽不出来的。每次我们到连队给他们加油，要开车在团里转一上大圈，回来之后我们累得骨头架子都散了，一进宿舍，躺在床上就不想动窝了。

我们团后勤处司机班经常给加油站出“公差”，还去过军后勤油库拉汽油，那也是挺有意思的经历。军后勤油库在西边的大山里面，设施比我们团的先进，储油罐埋在地底下，用的是电加油泵，加油员拿加油枪直接往油桶里加注。我和班里另一个战友加保管员李占勋三个人，开着装满空汽油桶的“大解放”，大约半个多小时就到了军油库。进了军后勤油库的大门后，我们不敢下车。因为油库里养着几条大狼狗，见生人来，呼的一下都扑上来了！虎视眈眈地围着我们咆哮着。油库的兵过来把这几条狗驱走之后，李占勋这才拿着领油料手续去办公室。那些狗也远远地看着我们，不叫了。对穿军装的人，它们还是认识的，如果谁穿着便衣，休想再走近一步。油库的战友们说，别看它们凶猛，但肯定不会咬当兵的人。

我喜欢狗。在相对熟悉油库环境后，我曾经大着胆子做过一次“惊险”的尝试。在我去交单子时，一条大狗噌噌地跑过来，我没有动，看着它。它跑到我身边使劲地闻，我还是没动，它站起来，两个前爪扒在我肩上，把我的脸整个嗅了一遍，临下去前伸着舌头还舔了一下我的脸。说心里话，真糁得慌！它要嘴一张咬我一口，我的半拉脸可就惨啦。好在是有惊无险！

搬汽油桶可是力气活。我们开车去军里油库的时候油桶都是空的，装好车拉回来的都是满桶汽油。好在加油站的水泥台子基本和“大解放”大箱板持平，我们就一个一个地把汽油桶往汽车上滚，滚到汽车的厢板里再码放好。最要劲儿的是碰到特殊情况汽车不能接近高台时，一个个装满汽油的大桶要卸在地面上，还要人工往起“抠”，在地面上推出点缝儿伸进手，需要两人搬起重重的油桶，用足了劲，“嘿！”稳稳地搬上高台或是车上，没点牛劲儿还真不行。我们那会儿都是棒小伙儿，干得多了，力气也就练出来了。有一次我和战友的劲头没配合好，装满油的油桶砸到了我的手上，手指肿起来像根大胡萝卜。去卫生队上了点儿药，裹上纱布戴上棉手套，咱照样去加油站“出公差”！

我们还经常帮助加油站清理站里的油桶。赶上运输任务不多，班里人齐的时候，除了留下一个人看家，其他的人全部参加。清理油桶的主要任务是挨个儿打开油桶盖儿，把多半桶油的补满，尔后拧紧油桶盖并码放整齐。接着是“折油底子”，就是把空了多半的油桶抬起来，把里面的剩余汽油放出来到小桶里，再往剩多半桶的油桶里灌。“油底子”里常常会有残留的水和沉淀的杂质，要抬出门外去摇晃，然后倒在油库后面的地里。那是一块专门的地儿，离哨兵不远，肯定是要严禁烟火了。冬天，油桶里的杂质和水经常会冻成冰，我们就拿喷灯把地板烤热，再把冻油桶放到上面，让冰化开，再倒出里面的杂质和水分。把装满油的油桶和空油桶分得清清楚楚，最后清理现场打扫卫生，才算完成任务。这样做，就是为了保证油品的纯净和行车安全的需要。

就是这清理油桶的活儿，没有我们团后勤处司机班的新老兵出“公差”，一个保管员绝对干不了。后来听说王玉庭当站长，团里还给他配了一个兵。我心想，两人干还能凑合，不过也够累的。

退伍以后，我在 1983 年开着地方牌照的 212 吉普车，回过一次军营。我从团部出来，远远看见油库的高台上有人在向我招手，定神一看：是王玉庭！他知道我来了，特意在这儿等我呢，向我炫耀他当了“军营加油站”小站长的自豪。

我留恋军营，留恋战友，也很留恋这个加油站。前不久我再次去承德时，看见营房西门边上增加了一个现代化的，很正规、很漂亮的加油站。

时代在发展，军营也在发展，军营加油站也都变了样。

博友评论节选

高原石头

我留恋军营，留恋战友，也很留恋这个加油站。每一位尽职尽责的人都留恋自己工作过的地方！喜欢井沿兵的文章，和石头的风格一样，朴实、真实！而真实的，自然的，就是最美的！

洺岸

那时的手摇加油机，加油的时候，我有时还抢上去帮油料员摇上几下。

老城

军营生活留下的印象太深刻了，一段加油站的故事，情真意切。

在野海马

加油站，责任重大啊！机械车辆的动力食粮。要不，各种比赛中，都喊“加油”呢。

心安之处

井沿兵朋友的文章朴实，充满了对军营的热爱。欣赏您积极向上的精神。

井沿兵，北京人，1970 年入伍，汽车兵。1977 年复员后仍旧开车，“方向盘”让咱吃了一辈子。多悬的路都跑过，多好的车都开过。退休后在家也没闲着，喜欢养鱼、唱歌、写博文。受人信任，还担任好几个圈子的管理员，每天还挺忙。有人称我“老兵”，有人叫我“兵哥”，咱听着心里头啊，还挺乐呵。

小猪倌

作者：海军战士

博客地址：http://blog.sina.com.cn/u/1897075442
开博时间：2010年12月

那是1971年初，我当兵第三年，连里派我到农场去劳动。

那时，军队正落实毛主席的“五七”指示，我们水警区在辽宁盘锦地区办了一个规模很大的农场，是个营级单位，劳动力由各部队抽调，每半年轮换一次。去参加劳动的人员大致可分为两类，一类是表现好的，当时有句口号叫“狠狠心，咬咬牙，回去就提拔”。还有一类是表现差的，一些单位就把他们派到农场“劳改劳改”。我那时没被评上“五好战士”，属于后一类吧，因此，我暗下决心，一定争口气，好好干，干出个样来。

2月的盘锦，冰天雪地，天气很冷。一望无际的平原，长着茂盛的芦苇，是亚洲数一数二的芦苇荡，刮风是常有的事。当地老百姓说，盘锦一年只刮两次风，一次南风，一次北风，每次六个月。我被分到场部的直属队饲养班养猪。经过这回锻炼，我真懂得了“谁知盘中肉，块块皆辛苦”的深刻道理。

在饲养班，我就是老兵啦。班长说，老兵一定责任心强，让我饲养刚断奶的小猪，从此，我就开始了全新的猪倌生活。

刚开始那阵子，我天天起早贪黑，手忙脚乱地猛干，半个多月后开始慢慢适应。两个月后，我就真的像个饲养员了。每天一早，天还没亮，我就爬起来准备饲料，因为我养的小猪要吃熟食，每次都煮满满一大锅。农场经费有限，买的煤不是很好烧，要靠鼓风机不停地吹，呛得我鼻涕眼泪一块儿流。那些养大猪的战友比我还要辛苦，因为要做“糖化发酵”饲料，那可是个累活，我就常去帮忙。我还代表班里，给当时军委命名的“模范饲养员”叶洪海写信，讨教“中曲发酵饲料”的制作方法，可惜没有试制成功。

在我的精心照料下，一批批小猪“升格”为大猪，离开了我的“队伍”。由于那里的自然条件实在太差，开春回暖后，地面到处开始“泛浆”，给清扫猪圈带来麻烦，泥浆和猪粪拌在一起，得用铁锨一锨一锨往外出，溅得浑身都是猪粪。要是遇到下雨，情况就更糟了，猪圈里的泥浆有没膝深，可怜的小猪们就在泥浆里打滚，小猪有的生病，有的就死了，半年时间，被我"养"死了十多头小猪，真有点"对不起人民，对不起党"啊。

在农场的那些日子里，生活十分艰苦，因为远离城镇，没有澡堂，所以我半年多时间没有洗过澡。那里虽然有许多大围塘，但都是死水，老百姓的鸭群在里面觅食，老牛也在里面凫水打滚。天气稍暖时，我们饲养班的兄弟们忍不住，也下水洗起澡来。可是我不行，下去一次后，浑身过敏起了大片大片的红疙瘩。还有那身棉工作服，穿得里外油光锃亮，就像过去剃头师傅的刮刀布。

养猪的日子虽然艰苦，但却很开心。猪放养才长得好，放猪是一件蛮开心的事情，我们两人一组，每天上下午各放一次，一个人在前面领路慢慢走，一群小猪乱哄哄地跟在身后，另一个人在最后面压阵，手里举着自己编的小鞭子，我还会打响鞭呢！其实和这些小猪相处久了，发现这些小家伙还蛮可爱的，特别是有几头非常淘气，我还给它们起了名字。我也平生第一次剃了光头，用现在的时髦话，那可真叫"酷"啊。

饲养班近十个兵，全是苏浙沪三地的，我们有共同的习俗、相近的语言，大家像兄弟一样，相处得十分融洽。白天我们紧张地工作，别看就是个饲养员，可是要干的活可真不少，干起活来都顾不上多说闲话。一到了晚上，躺在热烘烘的土炕上，我们就开始"瞎谈会"，各有各的话题，天南海北，胡诌海谈，谁要是牛皮吹破了，必遭大家"群起而攻之"，那可真是热闹啊。记得大车班有一匹小马驹，特有灵性，听到我们嘻嘻哈哈的声音，它经常会顶开门闯进来，侧着头很认真地"听"我们说话。有一天半夜，我们都睡着了，它竟然不声不响地也上了炕，睡得比我们还香呢。

对南方兵来说，农场的大米饭最是可口了，到现在我还是觉得，这是我一生中吃到的最香的大米饭。限于气候条件，盘锦地区的水稻一年只能种一季，从 2 月份下种，到 10 月末收割，生长期长达 8 个多月。所以，这里的米特别好吃。虽说荤菜不多，但蔬菜新鲜，那都是我们自己种的，没有农药化肥，非常鲜嫩好吃。我们队长是山东人，就爱吃玉米面窝窝头，隔三岔五就要伙房做一顿，我们南方兵不爱吃，每顿都有剩下的，他就留着下顿吃，几顿以后，我们熬不住了，于是想了个办法，饭后悄悄把剩下的窝窝头全部带走，让小猪仔们帮忙完成任务。谁知结果适得其反，队长一看顿顿都能吃光，说明大家都爱吃，于是做窝窝头的次数就更加多了，真让我们哭笑不得啊。

盘锦地区水网发达，天热了，我们就去河里游泳，也算洗澡。有一天，无意中发现河底有螃蟹，于是，我们就趁中午休息时去捉，每次总能捉到一袋子，足有十多斤。因为是夏天，螃蟹不肥，但足有手巴掌大，那时，当地老百姓还不知道螃蟹能吃，于是，我们白天捉蟹放好，晚上就海吃一通。把烧猪食的大锅刷干净煮蟹，吃得舌头都扎破了，第二天说话都困难。现在回想起来，那真是享受啊！

我从小就喜欢动物，尤其喜欢狗。一天放猪时，我捡到两只小狗，不知道是什么品种，但非常好看，毛色黑白相间，很像熊猫。我把它们抱了回来，放在猪圈里，跟我的小猪们一起生活。小猪吃的是精饲料，小狗也爱吃。很快，小狗长大了，从此在我放的猪群里，还会有狗叫的声音。可惜我的任务结束要回单位了，否则我一定会把它们训练成出色的"牧猪犬"。

军马也是我喜欢的，直属队有几挂大车，拉车的都是退役的军马，好威武噢。空闲时，我就帮着去遛马，因为没有马鞍，我学骑马摔下来好几次。我们有一匹老马还立过功呢，那是在一次战斗中，它及时地把一门山炮拉上了一个阵地。它的口粮比别的马多一倍呢。可惜不久，它死了。我们很伤心地和它告别，为它挖了一个很大的坑把它下葬，让这匹立过战功的"英雄"也能"入土为安"。

饲养班的工作和生活让我感觉很愉快，而且我觉得自己是个称职的小猪倌。

博友评论节选

新疆观众海风

看到一个勤勤恳恳、任劳任怨的小猪倌。1. 你们的故事会把马都吸引过来了，可见有多热闹。2. 那时的大米饭一定比现在好吃，不吃菜也香。3. 窝窝头让猪们帮忙吃，适得其反，越做越多，聪明反被聪明误，我都"哭笑不得"。4. 吃螃蟹把舌头都吃破了还觉得是享受，苦中有乐。5. 把猪和狗一起养，狗吃猪食，真是有创意。6. 满篇风趣，诙谐，真是乐死人。

花飞蝶舞

不凡的经历，美好的回忆，赞赏美丽人生。

青蛇

战友的故事真是精彩，看一回，乐一回，在快乐中受益！

红袖口

战友是海军小猪倌，我是陆军小猪倌，同样的经历让我们感同身受，我在炊事班当班长，喂猪很有一套呢，当年我们连的炊事班喂猪是出了名的……

海涛 56021

军旅生活不仅是对身体的磨炼，也是对思想的磨炼，这也一生受用。

海军战士，1969 年 2 月入伍，在海军服役 26 年，当过报务员、分队长、指导员、干事、协理员，正营职时转业，进步慢慢。期间通过自学考试，获得复旦大学大专文凭。上海某国企员工，年近花甲，明年退休。爱好摄影，旅游，唱片音响，文学小说，制作船模，收藏车模。兴趣广泛，却无建树。

告别战友那一刻

作者：翅膀 7749

博客地址：http：//blog. sina. com. cn/u/1654617411
开博时间：2010 年 2 月

铁打的营盘流水的兵，几乎每个人都熟悉这句话，尤其是当过兵的人，对这句话体会最深刻了。流水的兵，说起来简单，可真要离开部队时却并不像流水一样悄无声息地淌过，而会带走一片片情、一行行泪。

老兵复员离开部队，和战友告别的那一刻，是人生中最令人难忘、最令人动情的时刻。直到今天，每当我在电视上看到部队老兵复员的情景，心里依然是那么酸楚，那么的动情。没有当兵经历的人，是永远体会不到战友分别的那种情和意的。

当年的情形，历历在目。

1977 年 4 月初，老兵复员临行前的那几天，军营里像赶集一样热闹，人来人往的，随处可以看到相互告别的场面和身影。天南海北的战友即将分别，以后再相见就很难了，虽说“两座山到一起不容易，两个人到一起容易”，可是那个年代交通不便，信息闭塞，如果不是有公务出差，各省战友能够再重逢的机会可是微乎其微了。

我的老队长、梁军医、曹军医、胡军医等，分别找我谈话、告别，他们既是领导，又像长兄，有的可以说是父辈级的，千叮咛万嘱咐，希望我尽快摆脱唐山大地震失去亲人的心理阴影，鼓励我到地方好好干，期待着我的好消息……这些情真意切的话语，令人感动，多少年后还牢记在心。

战友分别时，相互送些纪念品，交换照片，留下家庭联系地址。那时候，送纪念品也简单，当兵的没几个钱，以送日记本的为最多，现在我还保留着战友赠送的物品。送钢笔，那已经属于高档次的纪念品了，何化验员送给我的钢笔至今我还保存着，王医助送我的两用圆珠笔，到地方后不知道被谁借后没有归还，为此我还郁闷了好长时间。送特殊东西的也有，战友小胡送了我一把腾冲匕首，我们队长送的是一罐茶叶，有位战友还换给我一件 4 个兜的干部上衣，这在当时可是非常宝贵的，可惜回地方后，在一次救火中烧了几个洞，没法穿了，也心疼了好长时间。

离开部队前，由于当时没心思多准备几张照片留做纪念，照片很快被战友要光，最后就只能从相册里抽出来相送了。现在想想有点后悔，因为有的照片是绝版，这事儿要搁现在可就简单了。

老兵复员，部队都会组织会餐表示欢送，会餐时白酒基本上让你敞开喝，那顿酒喝得最有情意，也最浓烈。战友们相互敬酒、相互话别，情在心里，话在酒中，气氛热烈，送行酒喝得终生难忘。

那时候大家手头都不宽裕，相互送别吃吃喝喝的事不多，但也有过几次。记得借战友的光，到县城朋友家里吃了两顿饭，这位朋友请了我们几个河北战友，那顿饭吃得非常好。前两年，这个朋友的孙女来北方上大学还曾看望过我们。还有一次，是到同班战友的准岳父家做客，战友的准岳父是农四师的一位首长，对我们几个河北老乡非常亲热，那顿饭吃得也非常好。在部队家属院也吃过两顿饭，其中一顿是在“东南亚”家里吃的，由于他这顿酒有求谅解之意，我们几个战友就像吃冤家一样解气、高兴。

战友们在一起摸爬滚打好几年，突然要分别，真是难舍难分的。那一刻很容易让人动情，别看都是七尺男儿，如果控制不住感情，眼泪会不由自主地流下来。我是个比较坚强的人，极少动情掉泪。可是，那种离别的情景，真的让你忍不住，为了避免激动落泪，我努力控制自己，有的时候说几句告别话就赶紧离开，不然眼泪就会流下来。记得班里有几个新兵，可能我日常对他们关心多一些，那几天老是围在我身边，舍不得我离开。看着他们恋恋不舍的表情，我心里非常难过，我不敢再像往日那样叮嘱他们，此时默默无语是最好的告慰方式了。当我打好背包，看着自己住了几年的、空荡荡的床板，想着就要告别战友踏上返乡路程，心里难过极了，好想哭出来。临行前，我默默地走进熟悉的病房值班室，走进诊室，走进工作多年的药房，向这里熟悉的一切告别。我环视着卫生队小院，营房、树木、花草，恨不得把它们都刻进脑海中，永久存留在记忆里。准备集合上车了，战友们七手八脚帮着拿行李物品，我自己空着手，却走得很沉重……

汽车离开军营时，欢送的战友告别声声，再见声声。离开的那一瞬间，我的眼眶湿润了，我凝视着熟悉的营房，最后再看一眼我的卫生队，心里激动地呼喊着，“再见了，战友！再见了，我的部队！”

汽车到了火车站，站台上全是兵，要走的和送行的，人山人海，呼喊声、欢笑声、哭泣声连成一片。我一直在内心有个信念，要不哭不掉泪地离开战友，留下一个刚强战士的形象，在离开军营之前，我做到了。然而，到了车站这个大场面、那种气氛相互感染着你，好战友搂着你哭，关系一般的握着你的手掉泪，声声送别、情真意切。此时此刻，想不哭不落泪很难，那个情景能不动情的那就是兵马俑！我一直坚持到快上火车的那一刻，看着朝夕相处、泣不成声、拉扯着舍不得松手的战友们，即将分别，这一刻，我终于再也控制不住自己了，我哭了，我痛哭了。这一哭，是我有生以来最最动情的一哭……

没有当过兵的人永远不懂，再有那个时刻，我还是会哭。

博友评论节选

绿色原野

人世间最美好的是情感，最难舍的也是情感。战友情 、同学情、师生情的分别场面，刻画了人世间最真、最纯、最永恒的友谊！

白沫子

恐怕当过兵的人都会有这样的经历，反正我是这样的。难忘啊！那是真情的、放开的哭！一切都在那里面：战友的情谊、部队的留恋！

曾挽雕弓

军人的情谊是一生一世的情谊。

小路纯子

难忘军旅情，当过兵的人，离开兵营都是依依不舍的。拜读，问候好友！

翅膀 7749，1952 年 10 月出生，初中文化。1970 年 12 月入伍，在云南边陲某高炮部队卫生队，任卫生员、药剂员。1977 年 4 月复员回到唐山，在一家企业医院，先后从事护理、行政、纪检监察、政工管理等工作。2010 年 2 月开博并加入《革命后代》圈，难忘军营，难忘军旅生活。

我心中的八一

作者：妙晨

博客地址：http：//blog. sina. com. cn/miaozhichen
开博时间：2007 年 12 月

八一，
迈着坚实的脚步铿锵走近，
像是分别已久的朋友和至爱的兄弟，
那是我无数次梦中的情景，
那是我永远难忘的美好记忆，
青春的气息早已驻留于绿色的军衣。

我心中的八一，
伴随着少女时代梦想的美丽，
鲜红的五星在头顶熠熠闪烁，
还有那领口上缀秀的两面红旗，
做一名军中骄傲的女兵，
该是我一生最高的荣誉！
我心中的八一，
忘不了父辈们走过的沧桑岁月，
忘不了穿着军装的父亲，
老人家的音容笑貌依然无比清晰。
部队大院，绿色军营，
从我出生那天起就牢牢注入于生命里，
牙牙学语时就知道军队的统帅是毛主席！

我心中的八一，

十八岁那年我真正的走进了你！
带着青春的梦想，
带着父辈的希冀，
我真的穿上了绿色的军衣！
革命的熔炉锻造我懦弱的意志，
绿色的军营锤炼我娇嫩的膀臂，
青春似火的年代啊，
留给了我一生最难忘的记忆！

我心中的八一，
印证我那短暂而清晰的步履印迹，
白大褂的领口上显露着鲜红的领章，
硕大的口罩掩饰不住双眸的美丽，
救死扶伤，革命的人道主义，
晶莹的注射器是我手中的武器……

我心中的八一，
教会我书本里找不到的深奥道理：
艰苦朴素，刚直不阿，
热爱祖国，坚持真理，
从我面对党旗宣誓的那天起，
我就确立了人生的信仰是美好的共产主义！

我心中的八一，
美妙的爱情来自于战友的情谊，
五星和红旗互映着青春的面庞，
共同的军旅生涯拉近了情感的距离，
军人，是真正的男子汉，
把自己的一生相托给至亲至爱的人，
一辈子不离也不弃。

我心中的八一，
珍藏着我无数难忘的记忆，
青春的汗水洒在了那里，
美好的时光留在了那里——
难忘的军营，

难忘的八一！

博友评论节选

熏衣草

惊叹你的文笔。正像歌中所唱：生命中有了当兵的历史，一辈子也不会感到后悔。

万岁军

别论现今如何，贫富高低。那激情燃烧的岁月，那一颗红星两面红旗和一身国防绿永远是我们共同的光荣与自豪！

万岁军真诚遥祝天下战友“八一”快乐，幸福安康！

沙漠里的骆驼

每个人心中都会有一个情结，伴随终生，您的情结，就是部队，挥之不去，越老越浓。

碧剑横空云霞飞

好大姐，我赏读着您的诗文，激动得热泪盈眶……俺看到了一个纯洁少女炽热的革命情怀，羡慕死了！

妙晨，18岁入伍进军营，坦克团中卫生兵。
80年代回地方，告别部队当女警。
不抓窃贼不破案，手握笔杆忙不停。
多年优秀公务员，三八旗手巾帼星。
散文诗歌曾获奖，各种媒体见踪影。
喜好摄影善学习，作品展于史博厅。
风霜雪雨几十年，痴心不改军旅情。
人到中年未懈怠，生活征程一新兵！

二、我的征程

亲历西沙海战

作者：laojia396

博客地址：http：//blog. sina. com. cn/u/1358868490
开博时间：2010 年 9 月

我举一杯甘泉水，
声声赞叹西沙美。
鲣鸟翱翔绿成荫，
珊瑚石开花累累
……

这是 38 年前，我，一个年轻的水兵用心吟出的诗句。西沙，那梦牵魂绕的地方！在那里，我经历了血与火的洗礼，经历了最壮丽的青春时光。如今在那里，长眠着我的 18 位海军战友兄弟。当年我在 396 舰上当报务员时，在“电报稿纸”上留下了那两天关于亲历海上炮战和收复登陆战的日记，现根据原始记录回忆整理如下。

396 舰海战称雄

1974 年 1 月 19 日清晨 5 点多，4 艘南越军舰侵犯我南海西沙永乐群岛海域，我 396 号、389 号扫雷舰和 271 号、274 号猎潜艇，与敌对峙 4 个小时。

上午 10 点 23 分，南越海军自恃在军舰吨位、舰型及火炮配备等方面优于我海上编队，首先开炮。炮声就是命令！我海上编队几乎在敌方开炮的同时，便将猛烈的炮火砸向了敌舰。顿时海面上曳光点点，炮声隆隆，硝烟滚滚。一场小舰打大舰，实力悬殊的一对一的“西沙海战”拉开了序幕。

敌舰吨位共约 6 000 吨，火炮口径达 127 mm。我编队吨位不过 2 000 吨，火炮口径最大 85 mm。我所在的 396 扫雷舰，长度不足 60 米，吨位不过 600 吨，共 6 门火炮，口径最大 37 mm，加上两挺双管 14. 5 机枪，是火力最弱的军舰。但 396 舰战斗作风顽强，首先与敌 16 号舰对攻，致其重创逃窜。接着支援我负伤的 389

舰,打瘫痪了敌10号舰,之后又增援271编队,集中火力猛打敌4号、5号舰。

舰长吴恭喜坚持"近战歼敌"原则,指挥果敢心细,采取变速、变向的方法,不断地变换舷角,占领有利阵位。充分发挥中小口径炮射速快的特点,有效地消灭敌人,削减敌舰炮火对我舰的威胁。一枚127 mm炮弹击中我舰左舷的航行灯,他意识到敌人妄图摧毁我指挥台,立即下令"两车进五",用曲折运动快速前进。舰艇加速,使敌舰接着打来的炮弹,恰好从指挥台后方飞过,打碎了中甲板的舢板船头,避免了更大的损失。由于操船灵活机动,采用正确规避的方法,使396舰始终保持着良好的战斗力。

枪炮长丁理贤指挥着后37炮、左右25炮和后弹药库吊弹手。开战不到三分钟,一发127 mm炮弹将我右25炮炮座炸坏,三名战士负伤。丁理贤及时把人员调整到左25炮位。发出命令:"先打敌舰炮位,压住敌人火力,再打敌舰指挥台。"他身先士卒,帮助新兵装填炮弹,先后五次排除火炮故障。一次处理臭弹,按规定,要30秒后才能退弹。在这紧急关头,他毫不犹豫地打开炮栓取出臭弹,扔到海里,为我舰赢得了宝贵的作战时间。

前37炮炮长田中槐,沉着果断,及时修正弹着点,喊着"抓住敌舰狠狠打,叫它有来无回!"激励战士们的斗志。新兵对操作口令同步反应较慢,他急中生智,在发令时辅以肢体动作示意,"目标左舷"推瞄准手的钢盔右侧,"目标右舷"推钢盔左侧。炮手很快就掌握了要领,越打越精,发发炮弹命中敌舰要害。前火炮冷却装置突发故障,无法降温,炮弹出膛的高温使炮管瞬间变红。他当即派人用消防水带,以海水冷却炮管,保证了火炮的不间断射击。

双管37炮射速快,瞬间就是10发炮弹,激战中最高射速达到每分钟300发,炮弹的消耗量非常大。突然,吊弹机发生了故障,眼看炮弹就要供不上了。舰政委吴培屏和副舰长齐鹏珍,立即组织人员,全力以赴搬弹、压弹,很快将8 000余发炮弹运到炮位。

位于军舰一层厨房的甲板下方就是机舱、弹药库,是敌舰攻击的主要目标。一发127 mm的炮弹偏高了一点,穿堂而过,把灶台上方炸出一个大洞。虽然炸毁了我们吃饭的家伙什儿,却保住了弹药库。我另一艘参战的389舰,就是被敌多发炮弹击中弹药库、机舱,造成人员伤亡,战舰也受到了极大损坏。

敌一发炮弹,从指挥台左侧信号灯下斜穿,打碎了一架挂在灯架下的望远镜,贯穿右后信号旗箱,给指挥台来了个"穿堂风"。被打碎的望远镜砸到信号班长周明理的腿上,又弹到大队副政委背上。所幸的是一枚穿甲弹,大队长、舰长等九人毫发无损!

海战中,396舰先后与4艘敌舰交手,越战越勇,以密集的炮火打得敌10号舰摇摇欲沉;与其他舰艇一起,打得另外三艘敌舰拖着黑烟狼狈逃窜,以"勇猛顽强、机动灵活、扬长避短"的战斗作风称雄海疆,展现了"以小打大,以弱击强,敢打敢拼,敢打必胜"的中国海军的威风。396舰全舰共有118处弹痕,(我和战友战后的统计数)仅指挥台就中弹 12 发,可谓是弹痕累累,有惊无险。充分说明指挥员的指挥正确得当,以最佳的火力攻击敌舰,同时有效地规避了敌舰对我的致命攻击。我们真想把舰长抬起来感谢他,并以此表示庆祝胜利。中午 12 点,随着已被打瘫的敌 10 号舰被我增援的 281 猎潜艇编队击沉海底,炮声渐渐平息,硝烟淡淡地飘洒在海空中。

勇猛顽强的水兵

战斗过程中,我勇猛顽强的水兵发扬了“海上拼刺刀”的精神。在抵近敌舰时,一些战友手持机枪、冲锋枪,冒着敌人密集的炮火,站在甲板上对敌舰舱面上的有生力量进行猛烈扫射。一名河南籍战士怀抱轻机枪,脖子上挂着子弹带,随着舰艇的辗转,不断变换位置猛烈扫射。当他从左舷向右舷移动刚迈出右舱门,敌方炮弹就在离他不足一米的两个扫雷浮标之间爆炸,幸好其中一个浮标挡住了弹片,他全然不顾危险,继续向敌舰扫射。

广西籍新兵廖拾金的额头、前胸多处负伤,仍不停地为后 37 炮压弹,战友为他包扎后劝其下舱休息,他推开战友,说“我要报仇!”,继续压弹。河南籍战士李全忠是 37 炮的装填手,1.8 米的个头,他采用两腿大跨度分开的姿势,保持装填炮弹的速度,直至炮战结束。电工班战士刘锐基个子较小,负责 14.5 机枪弹的运输,通道需攀爬一段三米高的垂直舷梯。他将成链的机枪子弹缠绕在身上,快速跑向舷梯,双手攀爬奔到机枪战位,有效地保证了弹药供应。

辽宁籍战士杜兴泉在炮火中清理障碍物,一发炮弹打过来没有爆炸,红色弹头反弹到他脚边如同陀螺旋转着,他无暇顾及,继续清理。战后得知炮弹居然没装引信,可见敌人之惊慌失措。声呐班长罗煜荣支援弹药搬运,恰遇两名水兵由指挥台的舷梯上快速冲下。此时,一发穿甲弹从两人之间呼啸而过,把海图室从右至左来了个“透心凉”,弹着点距两人头部只差半米。参加弹药运输的炊事班战士们,接到马上供餐的命令后,在被炸得一塌糊涂的厨房里,为饥肠辘辘的官兵送上了菠萝罐头。战友们连汤带水,狼吞虎咽,既充饥又解渴,罐头盒还解决了“方便”之忧。

激战中,我到内舱备用报务发信机室去调整频率,刚出报务室门踏上向下舷梯,脑后忽然红光一闪,随着一声巨响,一发至少 76 毫米以上的炮弹,将报务房左上方一小储藏间的舱门炸得全无踪影,弹片把上弦梯出口处周围的护板打成了“麻子”。舱内有我和战友们存放的几朵海石花,被炸得粉碎。爆炸的硝烟中散落下无数碎渣砸在脑袋上,当时我也顾不上许多了,胡乱撸了一下脑袋上落的碎渣便继续前进,快步下到内舱发信机室,完成了调整频率任务。

硝烟滚滚、炮声震天,弹如飞蝗的西沙琛航岛海域战场上,我们 396 舰全舰官兵不畏强敌、同仇敌忾、团结一致、勇猛顽强、所向披靡,打得敌舰闻风丧胆,狼狈而逃。英勇的水兵打出了国威,打出了军威。

收复珊瑚岛

1月20日凌晨5点左右，战斗警报再次响起，396舰官兵迅速进入了战斗状态，时刻警惕着敌人从海上、空中再次来犯。上午8时许，我十几艘大小舰艇组成了653编队，载着弹药的陆军战士前来增援。

396舰作为指挥舰，补充了弹药后，和271、281、653三舰编队集结，陆军登舰就位。然后与四艘8字号炮艇一起驶向珊瑚岛，两架海航战机低空呼啸着，飞向珊瑚岛方向。到达珊瑚岛海域，四艘炮艇与396舰一字排开。陆军战士俯卧在上甲板舷边，支起了机枪、冲锋枪。一场收复失地，攻占岛屿的战斗即将开打。

珊瑚岛，长不过八九百米，宽不过五百米，除几株椰树之类的较高大的树木外，基本被灌木丛覆盖。岛上隐约可见一座粗糙的像小礼堂一样的建筑物，一端有个两层以上带有射击孔的建筑，上面竖着一面黄底红杠的南越国旗。它的左侧有一平房，竖有风标，像气象站。再左边有一座非常小的像配电房的小屋。

上午10点半左右，396舰与四艘炮艇开始炮击。一串串带着曳光的炮弹，射向滩头和灌木丛，顿时白沙四溅，枝折叶飞。紧接着炮火向后延伸，整个碉堡便笼罩在尘灰硝烟中了。陆军指挥员一边称赞准确的炮击，一边向左崇义大队长说："停止射击，我们上岛后还要住呢。"又提出要一面崭新的国旗登陆用。

炮击停止，陆军乘橡皮舟向岛上发起攻击。约一个排的两栖侦察队员跳下水，全副武装游向珊瑚岛。两栖侦察队率先占领了滩头阵地，机枪、冲锋枪不停地向灌木丛扫射。橡皮舟抢滩成功，与两栖侦察队交替前进。打得敌军没有机会还击，我陆军战士将南越国旗扯下，把五星红旗插到了那座碉堡式建筑上。

鲜艳的国旗在战火硝烟中，飘扬在珊瑚岛上，宣告被侵占了近40年的我国领土，终于回到了祖国的怀抱。我亲历过无数次升国旗，但这次的国旗升起，彰显了"国旗是国家的象征"的内涵，格外的庄严而神圣，在我记忆的长河中最难以忘怀。那是我和我的战友们浴血奋战、流血牺牲拼杀出来的胜利骄傲。

陆军开始全岛大搜索，南越军队俘虏被押解到海滩，面对我军舰，双手高举，跪在沙滩上，收复珊瑚岛的战斗结束。同时，甘泉岛、金银岛也成功收复。我军共俘获48名南越官兵和1名美国联络官。

珊瑚等岛收复战的胜利，标志着396舰在"西沙海战"中的使命圆满完成。在"西沙海战"的四支海上编队21艘舰艇中，396舰是唯一经历了海上炮战、收复岛屿两天战斗的舰艇。曾是我们舰的五星红旗，带着我们的骄傲，在收复的国土上飘扬。

38年过去了，"西沙海战"永远留在了我的心中，还有为国捐躯的18名官兵，他们的名字也永远铭刻在我的心中：

冯松柏、周锡通、曾端阳、王成芳、姜广有、王再雄、林汉超、文金云、黄有春、李开支、郭顺福、郭玉东、杨松林、罗华胜、周友芳、曾明贵、何德金、石造人民不会忘记他们！共和国不会忘记他们！

博友评论节选

小老兵

英雄的396、幸运之神对你们的眷顾不是偶然的，不是功勋舰、胜似功勋舰！

梦回连营

一不怕苦，二不怕死。机智灵活，克制强敌！396该当首功！

老兵今昔

机智灵活，指挥得当，三九六舰狠打猛冲威风八面；
勇不可挡，以弱胜强，中国水兵精忠报国功垂西沙。

江淮大地之子

战士们把我军的战斗力发挥到了极致，靠的不光是武器装备，更有勇士们一不怕苦，二不怕死的战斗精神！

107舰晓柳

记得我当时也在海军部队，听说南海那边南越闹事，也知道当时的南海舰队比较弱小，我们都纷纷写了请战书，要求支援南海舰队。直到年三十晚上会餐时，政委说：大家先等一会，等会舰长来有好消息宣布。一会儿舰长来了，舰长说：我向大家宣布一个好消息，我们兄弟的南海舰队，在西沙战斗中取得击沉敌舰一艘，击伤三艘的重大胜利，我们为兄弟的南海舰队战友干杯！记得当舰长说完，我们当时是欢呼声、掌声一片，无不热血沸腾，为南海舰队的战友骄傲。今天在这里我仍要说，战友，我为你们骄傲！

Laojia396，1968年参加工作，1970年入伍，南海舰队扫雷舰10大队396舰水兵，中共党员，大专学历。曾在海军工程学院上学。1976年退伍，在国有大中型企业工作，由工人干到车间、厂矿和公司机关管理人员。

林海雪原铁道兵

作者：洛钊

博客地址：http：//blog. sina. com. cn/xihetingtao
开博时间：2006 年 5 月

八一建军节到了，每到此时，我都会想起自己曾经是名军人，在那激情燃烧的岁月，在绿色的军营里尽情挥洒着青春的汗水，谱写人生最难忘的乐章！

不知是否还有人记得，在我军的编制系列中，曾经有过一支英雄的部队，他们扛枪却不打仗，仗打到哪里，就把铁路修到那里，一条条炸不垮、打不烂的钢铁运输线在他们手下建成，为前方战场的胜利铺平道路。

人民铁道兵，就是这支已经淡出人们视野，退出解放军现行编制的英雄部队，而我，曾经是部队中的普通一兵。

1962 年，我一入伍就来到最早开发大兴安岭的铁道兵 3 师，1964 年 11 月，铁道兵 3 师等部队进驻大兴安岭，按照林区开发会战的整体设计，采取了统一指挥，分段突出，逐段推进，主体工程与站后配套工程紧密结合，迅速形成生产能力的打法，发扬一不怕苦，二不怕死的革命精神，在高寒禁区向冰河雪岭开战。1966 年 10 月首先在加格达奇至塔河铺轨通车，打通了岭南与岭北的交通，使嫩林线直达大兴安岭森林腹地。

铁道兵 3 师等部队在大兴安岭奋战了 20 个春秋，直到 1984 年，随着国家建设事业的需要脱下军装集体转业。在这 20 年里，铁道兵的足迹踏遍了大兴安岭的山山水水，他们的汗水融化了北疆这块冻土。他们将设想变成了现实，在大兴安岭林区修筑大量的铁路、桥梁、隧道、涵渠等。在这条贯穿于大兴安岭森林腹地的钢铁大道下长眠着 100 多名奉献者的英灵。可以毫不夸张地说，正是因为有了铁道兵这支攻无不克，战无不胜的英雄部队，大兴安岭才有今天的辉煌，正是因为有了这样一代无私无畏，勇于奉献的最可爱的人，大兴安岭人民才有今天丰富多彩的生活。

关于这段历史，有铁道兵开发大兴安岭纪念碑为证，碑文是这样记载的：

"八万里兴安，茫茫林海，铭记着大兴安岭开发建设先驱者们。他们用热血、用青春、用生命谱写了一首首大兴安岭开发建设的凯歌，历史不会忘记，大兴安岭人民不会忘记——铁道兵三、六、九师在大兴安岭建立的丰功伟绩。1964年，遵照党中央、国务院和中央军委的指示，中国人民解放军铁道兵三、六、九师八万官兵进军会战大兴安岭。广大指战员在举世罕见的'高寒禁区'爬冰卧雪，风餐露宿，英勇开拓，顽强拼搏。在林区各族人民支援下，到一九八三年底共修建铁路七百九十二公里，桥梁一百二十四座、隧道十四座，为开发林区，建设边疆做出了重大贡献。为铭记他们的光辉业绩，缅怀英勇献身的烈士，特立此碑。中共大兴安岭地区委员会、大兴安岭地区行政公署公元一九八八年七月一日。"

1988年7月28日，中共大兴安岭地委、大兴安岭地区行署，在加格达奇北山隆重举行"铁道兵开发大兴安岭纪念碑"落成典礼。以此铭记铁道兵开发大兴安岭，铭记为开发大兴安岭而光荣献身的铁道兵烈士。

铁道兵开发大兴安岭纪念碑坐落在加格达奇北山，即现在的北山生态园内，由全国著名军旅书法家李铎书写碑文。纪念碑由三个部分组成：主碑是两根高耸的不锈钢轨，宽1.3米，高20米，中部由一个铁道兵的徽章连接，象征着大兴安岭开发建设20年。主碑的后面是用花岗岩和大理石建造的附碑，宽10米，高3米，厚1.5米。附碑的正面是"铁道兵开发大兴安岭纪念碑1964～1984"的题词和两幅反映铁道兵施工场面的浮雕，背面是纪念碑的碑文。主碑的前方是一头昂首挺立的驯鹿雕塑，象征着边疆各族人民对铁道兵部队无私援助的深情爱戴。

我们是第一批进驻大兴安岭的部队，到了加格达奇。当时加格达奇还称为加格达气，属于自然村庄，周边缠绕着高高的大兴安岭山脉。加格达奇是鄂伦春语，意为"樟子松生长的地方"。还有那首传唱甚广的歌："高高的兴安岭，一片大森林，森林里住着勇敢的鄂伦春……"

那时的大兴安岭还是一块未被开垦的处女地，山连着山，山谷中河溪纵横，满山遍野是苍天的原始森林，林中有数不尽的山珍异宝，地下埋藏着丰富的矿物资源。在我们进驻之前，国家曾两次派员想开发大兴安岭，都被恶劣的高寒逼出了禁区。1962年铁道兵三师等部队，奉命会战"高寒禁区"，直插密林深处，向纵深挺进。

会战指挥部设在加格达奇。就是从那个时候起，"加格达气"改成了"加格达奇"。在铁道兵副司令员郭维城、政治委员罗玉川统领下，3个师拉开了会战帷幕，静悄悄的山林，第一次被响起的开山炮声、伐木的油锯声惊醒。方圆数百公里被铁道兵各支部队分割、包围，整个林海沸腾了。40多年过去了，回首往昔，种种在艰苦中奋战的经历以及我英勇牺牲的战友，依然历历在目。

在大兴安岭开道修铁路，首先要对付的是严寒。当时环境恶劣，防寒设施尤为简陋，很多士兵一时难以适应，常常半夜被冻醒，甚至根本难以入睡。后来为了取暖，大家索性爬起来，围着用废气油桶改成的铁炉子聊天、唱歌。可大兴安岭的气候是火烤胸前暖、风吹背后寒，帐篷内冷热不均，很多战士也因此患了关节炎，不过大家都很乐观。

除了寒冷，更让人煎熬的是蚊虫、瞎蠓的叮咬与饥饿。在3年自然灾害的影响下，开始部队也吃不饱，成天是高粱米、脱水干菜、竹笋、海带、咸黄豆、冻白菜，长期吃不到新鲜蔬菜，许多人的视力下降，有的战士患了肠胃病。为此，团里号召开展"四好连队"、"五好战士"、"五好食堂"活动，炊事班发豆芽、做豆腐、养猪，粗粮细做，尽量改善战士们的生活，到1965年以后，伙食才有了明显的好转。

当时部队缺乏现代化设备，全靠人扛肩挑，条件好的地段也只能用上胶轮手推车。官兵们为了尽早开发大兴安岭，热情高涨，几乎3天一小战，5天一大战，干得热火朝天。初春凌晨2点钟，天刚蒙蒙亮，炊事班老兵就到河边破冰挑水，准备烧火做饭。

在大兴安岭工作，还要学会与寂寞作斗争。当时的大兴安岭，只有一部电话机，且只通团部；收音机全连只有一台，各班仅配有马灯照明。直到1965年，连部才有了自已的小型发电机，也只供电到晚9点，与外界的所有联系都依靠通讯员送来的家书与报刊。娱乐活动也很少，生活很单调，偶尔团部才送来一场露天小电影，那是官兵们最大的精神享受。

官兵们习惯了清淡的生活和紧张的施工，老兵们一次次推迟探亲假期、推延婚期，父母病危、病故的电报压在床头，默默承受着内心痛苦，很多人心里想着夏天是施工的黄金季节，冬天再安排假期吧，可一到冬天，又是隧道施工，又是冬训，更是不分昼夜地抢进度，与亲人的团聚又无限延期了。

我们希望尽早把铁路修进大兴安岭，将大兴安岭生产的木材运送到祖国各地，记得当时有一句赞扬铁道兵的话语："逢山开路，遇河架桥，铁道兵面前无险阻；风餐露宿，沐风栉雨，铁道兵面前无困难。"这是叶剑英元帅当年给铁道兵题词里的两句话。这个赞誉对在大兴安岭"高寒禁区"架桥铺路的铁道兵战士来说真是再恰当不过了。

大兴安岭已走过40多年开发建设历程，多想再次站在加格达奇的大街上，望着通向大兴安岭的一条条坦途、一座座桥梁，任往事涌上心头，那段火热激情的岁月，也是我们铁道兵激情昂扬的日子，和我一起入伍的战友有8人与青山森林为伴，长眠在这里了……

博友评论节选

玉兰花开

永远铭记人民铁道兵在祖国建设中的丰功伟绩，永远缅怀长眠于大兴安岭的人民功勋烈士们。一曲感人心怀的颂歌，一篇满怀眷念的情书，说不完的是工程兵的伟业，书不尽的是对工程兵的情怀。

老妖婆

反复看了几遍，禁不住心潮澎湃、热血沸腾！青春是人生最美好的时光！在那激情燃烧的岁月，在那没有硝烟弥漫、炮火连天的战场，有多少年轻的生命为了祖国建设，献出了宝贵的生命。人们不会忘记他们！

石津义

回忆曾经的峥嵘岁月，缅怀长眠在北疆的战友。祖国人民不会忘记铁道兵战士的丰功伟绩。

洛钊，1962 年入伍，铁道兵 3 师 13 团 3 连服役，1968 年毕业于铁道兵学院工程系。1978 年参与创办《学科学报》、《石家庄科技报》，1985 年参与创办《企业家报》任社长兼总编辑。1993 年任《燕赵晚报》副总编辑，1994 年供职于北京多家媒体。从事新闻工作 30 余年，擅长新闻采访、报刊编辑等。2002 年退休。现为多家大学兼职教授、北京老报人传媒策划中心主任，河北省经济传媒促进会常务副会长兼秘书长。

川藏线上的风雪七昼夜

作者：老兵新语

博客地址：http：//blog. sina. com. cn/scyeweidong
开博时间：2009 年 8 月

这些年，每当我看到自然灾害给人类带来的灾难，总是感到大自然太神秘莫测了，一切来得是那么的突然、凶猛，无情地吞噬了鲜活的生命，摧毁了美好的家园，使人类措手不及；面对突如其来的袭击，人类又是那么的顽强不屈！只要万众一心、不屈不挠、前仆后继，就没有不可逾越的障碍，就没有战胜不了的困难！

1975 年 4 月，我告别了生活战斗 7 年的连队，告别了朝夕相伴、难分难舍的战友，奉命到军事院校工作。因多种原因，当我接到通知时，已经超过报到时间 4 天了。我办完手续的当天上午就登上了提前联系好的地方运输公司的“大解放”，急匆匆地踏上了通往内地的川藏线。

这辆车的任务是拉内调人员的物资出藏，到内地拉日用品再返藏。驾驶员只有一人，姓靳，四川射洪人，1958 年入伍的老汽车兵，参加过平叛作战和中印边境自卫反击战，退伍后一直奔波在青藏高原。他不仅技术过硬，而且有着丰富的高原生活工作经验。我搭他的车，自然而然地担负起了副驾驶的责任。经过了一天的跋涉，我们夜宿扎木。晚饭后，老靳告诉我一个不祥的消息，我们明天很可能会遇到大雪。为了防备万一，我们就地进行了必要的准备。

第二天，我们清晨出发，一路还算顺利。接近然乌时，天气立刻阴暗下来，云层越来越低，随之开始飘起了雪花。原定在然乌休息一下，老靳看到天气后决定还是要马不停蹄，争取尽早通过海拔近 5 000 米的然乌雪山，赶到八宿再休息。

过了然乌就开始爬山，汽车的速度越来越慢，道路越来越窄，雪花也越来越大。当我们通过“老虎嘴”后，看到前方有一个军车的车队，行驶得很慢。因为路窄，雪大，我们无法超车，只有跟在车队后面缓行。大约下午 3 点左右，铜钱般大小的雪花，密密麻麻地从天上掉了下来，不一会就把路面覆盖了。所有的车辆都停了下来，挂上防滑链。此时大雪已经淹没了脚背。老靳边开车边对我说：“小

Y,今天我们可能要遇到大麻烦了,你要有足够的准备。”

真让他说准了,汽车行驶了没多久,大风起来了,车窗外面白茫茫的一片,能见度不到3米,路上的积雪已经淹没轮胎一半,道路基本看不清了,所有的车辆都停了下来。老靳没让发动机熄火,不时地往窗外观望。我说:“靳师傅,我下去看看?”他说:“哪儿也不能去,就在车上!你现在出去,搞不好会被大风刮跑。”我心里想:坐在车里总不是个办法呀!不一会儿,老靳高声叫了起来:“把东西带好,马上到车厢上去,这里不能呆了!”我疑惑地望着他说:“上车厢?那么大的风雪,到上面会被冻死的。再说,怎么上呀!”他吼了起来:“你懂个球!跟我来!从前面上!”

说完,他把发动机熄了火,拿起了随身物品,打开了车门,冒着风雪放干了汽车水箱里的水,熟练地解开汽车篷布的前帘,艰难地爬进了汽车大箱。我把车门关好后,也随后爬了进去。我们合力把汽车篷布拉好,捆实,然后又把皮大衣穿在了身上,从背包里拿出大头鞋穿上,俩人紧紧地挤在了一起。

老靳随手拿了一个空罐头盒子,摸出了香烟抽了起来。刚抽了两口,他慢吞吞地说:“我们要当山大王啦,时间不会短哟。少则3天,多则5天。我们的食品一定要控制、节省。你要是冷,就在车上简单地活动活动。”接下来,我们一边抽烟,一边聊天,一边不时地从篷布的缝隙观察车外的情况,不知不觉天彻底黑了下来。简单吃了一点干粮充饥后,老靳和我摸黑打开了各自的背包,铺上了毡垫、褥子,摊开了被子、毛毯,把自己裹成了一团,睡觉!

开始,怎么都睡不着,天气太冷啦,全身都在发抖;外面呼啸的狂风时紧时慢,在西藏7年多,第一次听到那么瘆人的风声。下一步怎么办?还会遇到啥情况?真他妈的倒霉,要离开西藏了,咋就遇到了这么一个“欢送会”呢?我还在胡思乱想的时候,身边响起了老靳的鼾声。不知什么时候,伴着风声、鼾声,我也睡着了。第一夜就这样过去了。

熟睡中的我,被老靳的叫声惊醒:“快起来!别睡了!”我一个翻身,立刻坐了起来:“有情况?”他笑了笑说:“天亮了,风停了。”我急忙爬到车前,把车篷布的前帘视窗掀开一看,肆虐的狂风早就不辞而别,天色已经大亮,云层高了很多,天上飘着零星的雪花。令我吃惊的是四周白茫茫的一片,前面的汽车全都被雪掩埋了一半多,只看见了前面汽车后厢板的上端,所有的汽车顶棚都压了厚厚的一层雪。再一看,我们车的引擎盖被雪埋了个严实,连接前面车辆后箱板的是皑皑白雪。路在哪里?山沟在哪里?我急忙地跑到后面,拉下了篷布后帘的一角一看,天哪!后面有几十辆车,只能看见驾驶室的窗户和半圆的车篷,路左侧的山沟都消失了,连沟底的电线杆子都不见了,大雪把整个山体连成了一片。我仿佛来到了另一个世界!

我无力地坐了下来,问老靳:“我们该咋办?”老靳说:“坚持吧!看来5天内是下不了山喽!等雪彻底停了再说。老子在西藏17年了,头一次遇到这么大的雪!”中午时分,雪彻底停了,太阳时而出来一下。老靳递给我一把铁锹说:“等一会儿,咱们先把车周围的积雪清除掉。”我们就着雪吃了一些干粮。下午时分,开始清除汽车周围的积雪。

我拉开车篷布的后帘，在车上用铁锹铲雪，干了一阵，挖出了一个雪坑。我跳了下去，开始向汽车两边挖掘。休息的时候我问老靳："这雪太深了，都快超过我的身高了，足有1米70，路上的雪都那么深？"老靳说："我看了一下，咱们运气不好，刚好停在了积雪地段，估计前面会好得多。"这时，前后车的人都开始清除汽车周围的积雪了。天黑前，我们把汽车前后各挖出了一条宽约两米的空地，车两旁开辟了一条宽约一米的通道，与前后的车辆连接了起来。在这个里面行走，真有在战场的交通壕的感觉。

夜幕降临了，我和老靳凑到汽车兵点的篝火旁，烤了一阵，聊了一通。篝火熄灭，疲劳袭来，爬到车上睡觉了。

第三天的早晨，我听见车外有人高声说话。起身往车外一看：一个矮胖胖的干部在那里吆喝："我是汽车××团的副团长！不管是哪个部队的，都听我的指挥！干部党员向我靠拢！"我立即下车走到他的跟前："报告！我是××师×××团的干部，前来报到！"接着，七八个军人干部纷纷前来报到。副团长说：我是运送新兵进藏车队的指挥，昨夜带领一个排的战士挖了一条通道来与你们会合的。那边的车队距你们大约7公里。现在的情况非常严峻，那边有近千名新兵被堵在山上，他们不适宜高原和严寒，病号已经大量的出现，再拖会出现亡人。这里距离然乌较近，必须尽快往你们的反方向打开一条下山的通道。所有的军人必须组织起来，在两个地段上同时展开，每段分成三班，轮流作业，昼夜不停……

我被安排在第一梯队，负责指挥24个兵率先投入战斗。我们素不相识，没有话语，不讲条件，在海拔4 000多米的高山上，面对着寒冷、缺氧、饥饿，为了一个目标，使尽全身力气拼命干活。还好，由于各车前期都有所动作，工程量不算太大。挖到第四天黄昏，终于打开了一条约20公里的通道，我看到道班的工人上来了，藏族老乡在地方干部的率领下上来了。他们有的开路，有的赶着牦牛，带着干柴、粮食和被褥。

第五天清晨，几辆交通车上的妇女、孩子在大家的帮助下开始下山。我背着一个5岁的男孩，步行10多公里，把他交给迎接的人后返回。这时我看见，大批的新兵过来了，他们都是徒手行进，互相搀扶，慢慢沿着通道下山。最严峻的问题解决了，无一人受伤，无一人死亡。事后听说，那位副团长集中了许多食品干粮和御寒衣被，首先保护妇女、儿童、老人和病号。那天晚上，我和老靳喝到了五天来的第一口热汤，吃到第一顿饱饭(干粮)。

第六天，公路道班的推土机上来了，在大家的协助下，开始清理路面。那天，天气放晴，但却特别的寒冷。太阳十分的刺眼，所有的人都带上了风镜或墨镜。干到第七天凌晨，道路终于打通了。

第七天上午，车辆开始单边通行。先放进藏的车辆。疲惫不堪的我，收拾好了东西，穿着皮大衣，靠在驾驶室的椅子上睡着了。汽车的晃动把我惊醒，睁眼一看,已经是下午 5 点过,我们已经越过最困难的地段,开始下山了。老靳见我醒了说:“再睡一会儿吧!咱们到八宿吃饭,然后赶路,我要用最快的速度把你送到。”我说:“靳师傅,别急嘛,别把你累着了。”老靳说:“你们干活的时候,我插不上手,早就把精神养足了。要不是部队的同志,我们在山上不知道停几天呀!如果再拖下去,就要饿死喽!”我说:“怎么会呢?你不是准备了不少干粮吗?”他说:“都给那些婆娘、娃儿啦!”我问:“为什么?”他说:“我也是兵,老兵!”

博友评论节选

涪陵水牛

暴风雪无情七昼夜,大劫余生老兵无恙,川藏线友爱 35 年,平安过后老兵有福。

果姥姥

我问“为什么?”他说“我也是兵,老兵!”看到这里果姥姥的眼睛湿润了,感动、佩服!这就是军人的风范,让人肃然起敬。如果这次果姥姥不去西藏,可能感触不会这么深。这次西藏之旅,果姥姥不仅领略了美好的风景,更让果姥姥记忆深刻的是火车和汽车翻山越岭所经过的道路,我在车上就老想,我们坐在车上什么都不干还高原反应,心慌难受,当年解放军战士修路的时候是怎样过来的,真是难以想象,很多战士就躺在了这些路上,永远的长眠,让我们为他们祈福吧,看着每天来往的车辆,他们一定很欣慰的。向他们致敬!向军人致敬!

缘分的季节

一个老兵的经历,两个老兵的智慧,一群老兵的骁勇,无数老兵的精神,边疆老兵的大爱,川藏老兵的境界,老兵对老兵的敬佩,老兵对老兵的赞颂。

老兵新语,16 岁参军,在世界屋脊整 7 年,从一个毛孩子成长为一个基层连队的指挥员。任军校战术教官 13 年。地方部队工作 20 年,后在某部的军事主官职位上光荣退休。吃过苦,受过罪,戍过边,站过岗;当过“员”,当过“长”,教过书,打过仗。不为名利,只求问心无愧。崇尚做事做官先做人,做个好人是万物之先!

我在伊拉克戴上防毒面具

作者：凉水泡茶

博客地址：http：//blog.sina.com.cn/wrshrb
开博时间：2007年8月

1989年底，我被外交部借调派驻伊拉克大使馆工作，期间经历了“海湾危机”和举世瞩目的世纪之战“海湾战争”。一晃20多年过去了，战争给人们带来的恐惧仍然记忆犹新。

1990年8月2日，伊拉克占领了科威特，联合国随即通过了一系列决议制裁伊拉克并要求伊拉克立即从科威特撤军。美国及其盟国夜以继日地调兵遣将，航空母舰和各种舰队云集海湾，大兵压境。伊拉克的上空笼罩着战争的阴云，巴格达这座世界文化遗产的宝库成了一个一触即发的火药桶，正一步步地走向战争的深渊。

在伊拉克的外国侨民和劳务人员开始撤离伊拉克，使馆人员的家属和一些无关紧要的工作人员也分批撤离回国。按照惯例，使馆每次有人回国都要会餐欢送，每次会餐时大家都说说笑笑非常热闹，可这一次会餐的气氛却十分冷清，丈夫们舍不得夫人们走，夫人们又担心丈夫们的安全。这种担心不是多余的，因为战争打起来是个什么样子，谁也说不清楚。说句心里话，要打仗了，谁心里都害怕，我们毕竟是血肉之躯啊！炮弹和枪子可不长眼睛。

那些日子，巴格达成为全世界瞩目的焦点，报纸电视的新闻连篇累牍地报道海湾危机，报道美国准备发动进攻的情况。军事专家和评论家们口若悬河地预测哪天开战，分析战争的各个进程。我老娘过去从来不看电视新闻，那些日子，她老人家每天必须坚持看完新闻才睡觉，因为她的儿子就在巴格达。国内的亲人都在为我们这些留守在巴格达人员的安全担心。为了外交工作的需要，我们必须有人坚守岗位，大使馆什么时候撤离要根据国内的指示。后来，外交部指示使馆只留下精干的10人留守小组，其余人员全部撤出。当大使让我作为10人留守小组成员留下而征求我意见时，我说：“我是军人，又是党员，我应该留下。”

大使说:“好样的!”在生死攸关的关键时刻,没给咱军人丢脸。

大使馆制订了应急方案,战备工作紧锣密鼓地进行。我们尽可能地采购一些粮食和方便食品,还有矿泉水等饮料,把发电机的油箱存满了柴油,把地下室收拾干净,放进食品饮料和被褥,把游泳池刷洗干净,换上干净的水以备停水时用。

有一天,高副武官说,他碰见了美国武官并跟他开玩笑说“告诉你们的空军,轰炸的时候可瞅准了,别把我们中国大使馆给炸了。”这话倒是提醒了我们。大使馆是中建公司建造的庭院式建筑,水榭凉亭,别具一格,在巴格达也是一景。但是,一号国旗在旗杆上从空中俯瞰还是标志不太明显。有人说应该在屋顶上画一面大的国旗,冀以免遭轰炸之虞。周主任把这个任务交给了我。

我上街买了几大桶红色和黄色的油漆,爬上楼顶。红五星的大小、位置可不能乱画,我参照一面小国旗尺寸的比例开始画国旗。小时候学习的放大样本事在这里又派上了用场。一面巨幅国旗占满了办公楼顶,估计有百十平米。随后赶来的准备采访海湾战争的新华社著名摄影记者唐师曾听说后,特意爬上楼顶进行拍照。擦去头上的汗水,望着那面巨幅五星红旗,感觉祖国与我们同在,心中发出一句深情的话语:“我爱你——五星红旗!”

说到担心,一般的常规战争我们还不是特别担心,可以钻到使馆的地下室躲躲枪弹。我们最担心的是化学武器。美国总是怀疑伊拉克有化学武器等大规模杀伤性武器,据说在离使馆不远的地方有一个奶粉厂,美国怀疑是化学武器工厂。万一工厂被炸,毒气在空气中漫延,那可是无处躲藏的。

战争正一步步逼近,我们似乎已闻到了火药味。巴格达的居民也开始恐慌起来了。富人居住的曼苏尔区排起了买食品的长队,到处都有抢购食品的居民。市区的主要街道持枪的伊拉克大兵明显增多,新兵招募站挤满了群情激昂的年轻人,他们呼喊着“用生命和鲜血保卫萨达姆”的口号。但是,战争哪天开始,谁也说不准。

一天后半夜,我睡得正香,突然被轰隆隆一阵巨响惊醒。我吓了一跳,莫不是美国的进攻开始了?坐起来仔细一听,原来是下雨了。巴格达的雨季是在冬天。但是以前下雨,从来没有打过这么响的雷。莫不是老天爷在为伊拉克人民哀鸣,为伊拉克人民哭泣吧?我在想,此时此刻,巴格达的老百姓也许都会像我一样被这声炸雷惊醒,他们正在受着战争威胁的煎熬!第二天,大家都不约而同地说起那声炸雷,都以为战争打响了。

1990 年 11 月 11 日,钱其琛外长再次访问伊拉克进行外交斡旋,这是在海湾危机以后联合国安理会五大常任理事国唯一的一位外长访问伊拉克。由于民航中断,钱外长乘坐专机来访,一般情况下,部长级领导出访是没有专机的,只是由于当时情况特殊。钱外长的专机给我们带来了北京的国光苹果,大白菜,驻埃及等邻馆也捎来了桔子和香蕉等水果。看着这一大堆来自祖国和邻馆的慰问品，我们激动万分。联合国对伊拉克实行制裁以来，我们的生活受到了较大影响，这一大堆东西够我们享用一阵子了。更值得我们高兴的是，钱外长的专机还给我们带来了防化服、防毒面具和防弹背心。这回可好了，有了防毒面具，我们最担心的问题解决了。国内真是急我们之所急，想我们之所想。大家聚集在大厅里，由武官讲解学习防化服和防毒面具的使用方法。

当兵20多年，还从来没有摸过这玩意呢！穿上防化服，戴上防毒面具，再把沉甸甸的防弹背心套在身上，体验着那异样的感觉。这时我们才真正意识到战争真的就要来临了。不过，有祖国的关心和支持，有祖国做我们这些驻外人员的强大后盾，我们什么都不怕。

1991年1月17日，海湾战争爆发了。就在这一天，我们大使馆的人员安全地撤回到了北京。

1991年1月作者在撤离伊拉克的飞机上

注意看照片上的日期，1991年1月17日。这是海湾战争爆发的当天，那些日子忙着撤离的事情，连胡子都没时间刮了。

博友评论节选

北归燕

老乡大哥在和平与战争环境下坚守国格人格，不负军人使命，对中国的外交事业功不可没！大哥那时帅气潇洒，如今更是容颜未改，精神焕发。

乐清静

你的经历如此丰富，关键时刻如此勇敢，身为战友为你骄傲！

湖中月

经过战争考验的军人，真正的军人！

快乐的人

是战争就会有牺牲，在生与死、走与留面前你选择了后者，表现了军人的英雄气概，真的是让人非常敬佩，有这种经历确实是一笔财富。

凉水泡茶，1968年2月入伍，当过报务员、架线兵。1974年毕业于中国人民解放军南京外国语学院，后在总参谋部任职，大校军衔。曾常驻中国驻伊拉克大使馆和约旦大使馆，任二等、一等秘书、办公室主任等职，经历了“海湾危机”和“海湾战争”。现已退休。

我的"长江舰"

作者：一孔之见

博客地址：http：//blog. sina. com. cn/wmw2010
开博时间：2010 年 6 月

一个人的一生，充满了许多偶然和不确定因素。只有当他老了，在回顾自己的人生时，才能感悟出人生各个阶段，哪些选择与决定是正确的，哪些机遇和运气是最难得的。我的一生中，有着在"长江舰"的一段经历，是我最值得夸耀的历史。

"长江舰"原是国民党江防炮舰，1949 年起义。1953 年 2 月，毛主席首次视察海军舰艇部队时，在长江舰上住了 4 天 3 夜，并且在舰上亲笔为海军题词："为了反对帝国主义的侵略，我们一定要建立强大的海军！"

我到"长江舰"纯属偶然。1965 年高中毕业后，考入中国人民解放军军事工程学院(哈军工)，初步实现了一个年轻人立志投身国防尖端武器的事业，用自己的才智为富国强兵贡献力量的理想。但是"十年浩劫"，湮灭了这个理想。几年的大学生活，没有正规地、系统地学习，没有学到报效祖国的真本领。即使如此，毕业时空军、海军、导弹基地等部队，纷纷来学校招收我们这一批大学生。

我选择了海军。因为海军是我十分向往的地方，还可以跟随战舰航行大海，一定非常浪漫而且富有诗情画意，于是就报了名。经过层层审查，终于如愿以偿，成了一名光荣的海军战士。被分配到东海舰队上海基地吴淞水警区 21 大队，最后落户于"长江舰"。到了部队，组织上告诉我们，按规定大学生到部队后要先下基层连队锻炼一年后再分配工作。一同来部队的大学生们一致要求到舰艇上锻炼。但并不是每个人都能如愿，不少人被分到海岛的岸炮部队或偏僻的观通站，我很荣幸地被分配到了"长江舰"。

我体胖又戴着眼镜，并不符合舰艇人员的身体条件，但是这个机遇却在我的历史中留下了辉煌的一页。记得当我到了"长江舰"后，舰长朱友旺问我的专业是什么？我很自豪地说："我学的专业是原子弹！"这可让朱舰长犯了难，他自言自语地说："我们舰上可没有使用原子弹的岗位，好在你是来锻炼的，那你就去枪炮部门吧，反正都是与武器沾边。"

就这样我到了炮二班，开始了当兵生活。从站岗放哨，到操练舰炮；从出操跑步，到清洁军舰。虽然十分枯燥无味，但是慢慢地就逐渐品尝到了当兵的乐趣，更多的是懂得了当兵的责任。因为发给我的军装是干部服，还闹出了不少笑话。外单位的人到舰上，看到我挎着冲锋枪站岗，十分惊讶。都问："'长江舰'的干部也要站岗呀？"我不做任何回答，始终保持一个哨兵的威武姿态。

不知不觉，规定的一年锻炼时间到了，也弄不清会分配到哪去。然而，当时正遇到"9.13 事件"发生，部队顾不上统一安排我们这批大学生的工作。于是就地任职，我又荣幸地当上了"长江舰"的副枪炮长。从 1970 年到 1977 年的 7 年时间里，我已经被融化到"长江舰"这个机体中。她的传统、精神、历史，已经成为我的思想支柱，每当我回忆或讲述自己成长过程时，总会将在"长江舰"的一段经历放在最重要的位置。

1978 年，"长江舰"退出海军现役，在吴淞军港专门建造了展览馆，后来被拆除。从此，"长江舰"在历史舞台上消失了。没有庄严的告别军旗仪式，没有老兵含着泪花的注目礼，没有欢送的锣鼓声，没有记载最后时刻的新闻报道与照片，没有"长江舰"船号的继承者，"长江舰"就这样悄悄地离开了……

毕竟"长江舰"是我年轻时从军报效祖国的理想所在，毕竟"长江舰"是我人生中最亮丽的聚焦点，毕竟"长江舰"是一代海军为之骄傲的象征。所以，当我得知这一消息时，我感到万分失落，心中凄凉与辛酸之后是感慨和怀念。

历史的结局已经无法更改，但历史的进程可以再现。我想如果有一本能够全面反映"长江舰"的书该多好！也许有这个心愿的人不止我一个，也许期盼这本书能够早日问世的有成百上千人。对历史负责，对后代负责，更重要的是对自己负责。欣闻一本有关"长江舰"的专著已经拉开了序幕，我期望它能够早点诞生，并愿意为此尽微薄之力。

博友评论节选

心路驿站

写得真感人！非常著名的"长江舰"就这样默默地消失了，酸楚啊！"毕竟'长江舰'是我年轻时从军报效祖国的理想所在，毕竟'长江舰'是我人生中最亮丽的聚焦点，毕竟'长江舰'是一代海军为之骄傲的象征。在感到凄凉与辛酸之后是感慨和怀念。"

沙杨

为你感到自豪，我只是个地方兵，但回忆起来也蛮自豪的！

674_7340
“长江舰”退役，应当有一个十分隆重的仪式。羡慕你曾在“长江舰”服役！

一孔之见，1965 年考入哈尔滨军事工程学院。1970 年毕业，分配到海军东海舰队吴淞水警区“长江舰”，任副枪炮长。1977 年转业到地方，先后在某研究所、地方国家机关、企业公司工作。

我给俄罗斯坦克做胃镜

作者：景观妙趣

博客地址：http：//blog. sina. com. cn/jingguanmiaoqv
开博时间：2008 年 3 月

我一生救死扶伤，为兵服务，却也遇到过几件很特别的事情，其中，有这样一个故事。

那还是十多年前的一天，像往常那样，我在医院胃镜室忙碌，中午快下班的时候，桌上的电话匆匆地响起。“你们马上准备好胃镜，有紧急任务。好了就到大门口去！”电话是院办值班室打来的。口气与平时发布命令一样，毫无感情色彩，貌似紧急。

我没来得及多想。在部队，执行紧急任务是常事，或许是需要去抢救危重病人，或许是为病人取消化道异物，这些对我们这些常年听惯了“紧急”的军医来说，实在是家常便饭。

大约 10 分钟后，我和技师即抬着电子胃镜器械赶到了医院门口。那里已经有一辆轿车等着我们。一位 50 岁左右的军人迎过来，“我是老李。”说着，他帮助我们把器械一一安置在了车上。随即，马达低吼了几声，窜了出去。

来不及坐稳，我焦急地询问：“是抢救病人吗？还需要带什么药？”

“不用！”他回答道：“不该问的就不要问。”是啊，军人自有军人的交往原则，我默默地接受了这个近似不负责任的回答。

忙碌了一上午，心脑已近疲惫，看着车窗外飞驰而过的绿色田野和左右两排整整齐齐静静挺立的白杨树，精神顿感畅快。行进了二十来分钟，原本宁静的马路上气氛却不那么轻松了——每个路口都站上了头戴钢盔、荷枪实弹、手持红色信号旗的军人。可是真有任务！我的心弦立时紧绷起来。

老李一边想着什么，一边开口了：“请你们帮个忙，给坦克看看病。”

我盯牢这位老李的嘴，觉得肯定是自己听错了。

“事情是这样的，按照早已拟定的程序，今天下午，俄罗斯军队的坦克要进行演示。但就在早上,他们觉得有颗螺丝钉掉在坦克发动机舱里面了,那位置很狭小,看不到,也不好伸手检查,没有什么好办法。下午的演示还要进行,事情挺急,所以……”

顿时,我恍然大悟:原来是想用我们的胃镜,给俄式坦克做个“内镜诊断”。

绝妙的主意!大胆的设想!不能不使我这个消化科医生肃然起敬——够酷!够帅!

转眼间,汽车直冲到坦克车库门前,下了车,我们赶紧忙着搬器材。这时候冒出几个俄罗斯军人,大概是看到我们两个女军人搬动沉重的医疗器械,立即跑过来帮忙。我客气地说:“谢谢!我们可以自己搬。”他们却不由分说地接过手,不仅让我们两人双手空空,而且还礼貌地让女士先行。我顿时对自己蔑视了半辈子的资产阶级“女士优先”的臭绅士风度有了些许好感。

进到车库,气氛就不一样了。不远处,一些中俄双方级别较高的军官严肃地交谈着,近旁,需要“就诊”的坦克周围,紧张的气氛中透着些许悲凉。一群魁梧健壮的俄罗斯士兵笑容满面地帮助我们将器械安装完毕,随即与我们攀谈起来。

其中有一个小伙子,还从俄式迷彩服的上衣兜里掏出一个破旧的小本,边看边说。我觉着好奇,顺便瞄了一眼,只见那上面写满了俄、中、英对照的单词,工工整整,密密麻麻。我饶有兴趣地想道,看来是个好学的青年。小伙子指着我们带来的电子胃镜,用生硬的中文认真地问:

“这个,用英语怎么说?”

“endogastroscope”我脱口而出。

他立刻认真地在小本上记上了这个单词。

大概是觉得我这位阿姨级别的谈话对手有些外语水平,他接着又磕磕巴巴地问:“您,会不会,说,我们国家,我们国家的语言?”

面对这位孩子辈的小伙子,我用俄语一气说出了“桌子”、“椅子”、“皮球”、“同志”、“谢谢”和“再见!”,引得周围一片大笑。

“您是怎么学习的?”

“别光你问。告诉我们你叫什么名字?”技师也在一旁打趣起来。

“我的名字是,叶利钦。”

“怎么你也叫这个?”技师咕哝了一句。

或许是明白我们对这个敏感的名字产生了一些话题外的联想,叶利钦不好意思起来。为了冲淡瞬间的尴尬,我告诉叶利钦,我在上小学时,正逢中苏友好时期,所以学了两年的俄文。似乎是对那一段“中苏蜜月”不甚了了,叶利钦疑惑地望望周围的伙伴,又转过头来一脸茫然。

哦,这样的茫然,一副俄罗斯式淳厚的茫然,似曾在哪里见过?霎时,我心中涌起一段遥远的记忆。

20 世纪 50 年代末,我在中原一所部队子弟小学读书。那时,正值中苏友好时期,老师整天向我们描绘“老大哥”那里的“楼上楼下,电灯电话”,“土豆加牛肉”,“共产主义美好生活”,我们这些小同学眼睛瞪得直直的,垂涎欲滴。

有一日,老师在课堂上发布了一个令我们兴奋的消息:为了加强中苏青少年的友谊,我们每位同学都能交一个苏联小朋友。一所中国小学对应一所苏联小学,按照班级、座次的排列,你的苏联小朋友是你这个班级的,就如同你的跨国同桌,只不过是国籍、城市、学校不同罢了。

如此简单易行的交友方式使我们顿时欢呼起来。但作为一个小女孩儿,我却还有些许担忧,这种“拉郎配”的方法该不会让我倒霉碰到一个苏联男孩子吧?命运常常捉弄我,越怕什么越来什么。

我的“苏联同桌”恰恰就是一个男孩子。

第一封信件是我主动寄出去的。信中除了按照老师的要求做了一篇“遵命文学”之外,我还自豪地画了一幅自画像。画中的我梳着长长的辫子,胖乎乎的十分厚道,手里拿着爸爸送给我的生日礼物,生日礼物是父亲曾经佩戴过的红领章。

没过多久,就收到了“苏联同桌”的来信。等到我手里时,信已经被老师托人译成中文了。

信中说:尊敬的中国同桌,我叫阿廖沙,和你同岁,也是军队家属院里长大的。我爸爸也送给过我生日礼物,是一辆坦克模型,我爸爸曾经驾驶过这种坦克。现在我拍了照片,把我和坦克一起寄给你,希望你留作纪念,就如同我把你的自画像留作永远的纪念一样。

照片上的阿廖沙站立着,一个俄罗斯的小男孩,也是胖乎乎的,手中还真的捧着一辆小小的坦克,看上去更为单纯,样子木讷,一脸茫然地盯着我。

从此,我便和这位阿廖沙开始了书信交往,大家相互鼓励好好学习,学好本领,将来好建设自己伟大的祖国,也绝不让法西斯再侵略我们美丽的社会主义!一旦出现入侵者,我们俩一定像父辈们那样,时刻准备并肩作战!

后来,或许是年纪小,或许是其他什么的原因吧,总之,我和阿廖沙之间的通信内容越来越套话连篇了。再往后,或许是两个人都各自受到了父辈的影响,信越来越稀少,直至“九评”发表之前,我与我的异国“同桌” 阿廖沙终断了联系。

即便是这样的结局,但阿廖沙手中那辆精美的小坦克,却时常活现在我的梦中。梦醒自问:“阿廖沙,还有他的小坦克,怎么样了?”

虽然已不可能再有任何答案,但我却始终确信,我的苏联同桌一定是他们那群小伙子中最优秀的,他一定会继承父辈的事业,当上一名优秀的坦克兵!

20 世纪 60 年代末期,“迎着珍宝岛上的炮火硝烟”,我佩戴上了父辈那样的红领章,加入了誓死保卫祖国的钢铁阵营。我脑海里偶尔也会飘闪出“阿廖沙”这个名字。

大约过了半小时，远处的两位军官向我们走过来。翻译介绍说，这是俄方的负责人。我们友好地握手，我忽然无端地端详了一下他的容貌，结果当然是失望的，其中一个，他不像是我的苏联同桌，不像照片上那个手捧小坦克的茫然男孩。

他请我先介绍一下带来的医疗器械，说话像外交官。我同样以外交辞令告诉他，这种电子内镜是最先进的医疗器械，镜体内装有CCD摄像头，它可以清晰地看到肉眼看不到的任何地方，还可以通过屏幕显示出来。听完介绍，他赞同地点点头，并请求让他亲自操作电子胃镜，去寻找他们认为掉下去的螺丝钉。我笑了，我很认真地向他解释一番后说，“还是让医生亲自来操作吧！你们在电视屏幕上也能看到的。”双方人员商量后都表示了赞同。

打开坦克发动机舱盖，各种机械部件密布管道纵横，我将胃镜镜身顺着管道小心地缓缓送入，直达管腔底部，随即将胃镜的旋钮左右上下依次转动，只见黑洞洞的管腔里面顿时被CCD摄像头照得明亮起来。我心里暗自琢磨，给坦克诊断，比给病人诊断容易多了，病人没有恶心呕吐的症状，没有手脚并用的抗拒，当然也没有鼻涕一把泪一把的呻吟。坦克就那么可怜巴巴地待着，在我手下一扫往日的雄风。此时，通过胃镜我看到，他们认为那个可能掉进螺丝钉的管道里清晰得连灰尘都能分辨出来，哪儿有什么螺丝钉！

“哪有螺丝钉呀？坦克根本没得什么病！可以正常活动。”这是我的诊断定论。

周围的人群从静静地、认真地看着屏幕的过程之中缓过神来，与我共同分享给坦克诊断的医学术语。

“没有。”

“可以正常活动！”

……

俄军的那位军官仍不放心，固执地要求自己再操作一遍。我将胃镜交给他，告诉他操作的方法。他按着我的指点，又将胃镜缓缓下入管道内重新看一遍。当他把探头拔出来时，一脸轻松地面对大家，重复着嘟噜：

“No！No！Nothing！”

在场的人终于都松了一口气。

任务完成了。老李高兴地请我们去吃饭，一路上兴致勃勃，“知道你们的功劳吗？不是你们帮助，下午的演示就要吹了，你们帮助我们解决了大问题！”为了表示感谢，他还送给我们一人一个金色的钥匙链。

下午，一切都回到了正常的轨道上。我们也大功臣似地在老李的安排下，应邀观摩了俄军坦克演示。烟尘滚滚中，坦克狂奔起来，做着各种各样的战术动作，爬坡，旋转，射击，轻盈而威武地展示着自己强大的战斗功能。陪坐在我们四周的俄罗斯官兵一个个率先发出欢呼声。那语言我不熟悉，但肯定不是“乌拉”。

伴随着坦克的阵阵轰鸣，冥冥之中，我又鬼使神差地想起了那个阿廖沙……

如果他与我同年入伍，到现在，也该是某个装甲部队的团级主官了吧？他还像照片中那样可爱吗？他如果出现在这样的阵势面前，目光还是那么木讷茫然吗？他还会像当年那样，对跨国同桌的我表示由衷的鼓励吗？……

好了，好了，挥之不去的阿廖沙，自幼和我一样在军营长大的阿廖沙，几十年过去后的阿廖沙，无论此刻你在哪儿？作为同桌的我，刚才的经历让我感觉我还是你的同桌，你还是睁着那双可爱茫然眼睛的你吗？

我给你们的坦克做了胃镜了！你看到了吗？你听见了吗？

演示结束了。老李把我们送到轿车前，拉开车门微笑着解释："谢谢啊！不送你们回去了，一路走好。我，晚上还有紧急任务。"

"鬼的紧急任务，是不是和他们吃庆祝大餐吧！?"技师一点也不饶人。

老李未置可否地笑笑，一使劲，关上了车门。就是这个时候，技师突然大叫："叶利钦！"

我忙回头从车窗向后望去，只见那位好学的俄罗斯小伙子浑身油污汗水地朝我们的车跑了过来。我们的车像刚才的坦克一样，油门真猛，车窜了出去。

叶利钦眼见没有追赶的希望了，遂一脚站定，举起右手，行了一个潇洒的俄罗斯军礼。

博友评论节选

七三四班

中国军人用美国设备给俄罗斯坦克"看病"，有趣的经历！搞过机械装配的都知道，设备安装完毕，"地上不能留东西"。俄军怀疑有螺钉掉发动机舱里了，是该上螺钉的地方少颗螺钉？还是清点备件时不见了一颗螺钉？还是有意给中方出一道战场临时抢修战术课题？

老兵团长

我憋着一口气看完这篇难得一见的好文章！引人入胜。用胃镜，给坦克做个"内镜诊断"，真是天才的发明创造。

嘟嘟

景观大姐的这个故事写得非常引人入胜、可读性强，从当日景观医生用胃镜检查俄罗斯坦克的故事，又娓娓道来几十年前中苏友好时小朋友们的通信联系，再联想到这几十年来的中苏关系，阐述国与国之间的上下跌宕关系，一气呵成，令人感叹不已，也为军人回肠荡气的气概感动。有细腻的情感，也有坚定的信念，既是一段非常引人入胜的故事，又是一篇思想性非常强的文章。

景观妙趣，解放军第261医院消化呼吸科主任、主任医师，从医40余年，对消化、呼吸、血液及内分泌系统的常见病及多发病有丰富的临床诊治经验。擅长内镜诊断及精于微创治疗。曾获军队科技进步奖及医疗成果奖多项。刊登在医学杂志的医学论文数百篇。2010年出版书籍《夜话上甘岭》。

我在老挝

作者：丝雨

博客地址：http://blog.sina.com.cn/siyu9030
开博时间：2008 年 12 月

在我生命里有 15 年当兵的经历，还曾是一名国际主义战士，我感到十分光荣。30 多年时光过去了，我跟随 145 野战医院执行援助老挝修筑公路医疗保障任务的往事在脑海里历久弥新，难以忘怀。

我们的主要任务是收治在勐塞和琅勃拉邦一带担负修建新东线公路三个工程团的伤病员，要做到当地收容，当地治疗，一般情况不转院。目标是提高治愈率，降低死亡率，减少残废率。收治能力为 120 至 150 个床位。

我们的施工部队抢旱季，战雨季，逢山开路，遇水架桥，劳动强度很大，加上长年累月生活在亚热带雨林的原始大森林里，极易感染疟疾、副伤寒、钩端螺旋体、出血热、蜣虫病、痢疾、肝炎、湿疹、疥疮等疾病，生活和工作环境都非常艰苦，每一个人都有可能遇到不测，都要经受生死苦累的考验。可想而知，我们的医疗任务也是非常艰巨的。据资料记载，我们医院第一医疗所在老挝工作的 28 个月中，共诊治病人约 20 000 人次，收治住院病人约 1 000 人。接替我们第一医疗所的第二医疗所在老挝工作 20 个月，共诊治病人约 15 000 人次，收治住院病人约 800 人。

讲几个小故事吧。

今夜女兵站岗

刚进入新东线 32 公里处建营时，上级还来不及给我们配备警卫班，夜间站岗放哨由我们医疗所自己安排。夜岗从晚上 10 时至早晨 6 时，男兵一人一小时，女兵两人两小时。我记得很清楚，1973 年最后一天的头班夜岗，轮到我和另一位女兵。

我们俩平均年龄不到 20 岁，平生第一次在异国他乡的原始大森林里执行保卫上百号人安眠入睡和生命安全的责任，担子重啊，真的好沉！夜阑人静，我们俩上岗了。

适逢旱季，营房正在修建。我们砍来树木做梁，竹子劈开砸平做墙壁和门窗，屋顶上铺上油毛毡，再把割来的茅草覆盖上，房子成了。房间里砸下去四个木桩，搁一块从国内运来的门板，床也有了。连日干活，大伙儿白天都累坏了，晚上睡得特别香，鼾声此起彼伏，还有人发出梦呓。越是这样，我们越是不安，万一有啥情况，大家睡得那么熟，我们怎么对付呀！

老挝的气候昼夜温差 40 摄氏度，一天四个季节。中午气温高达 40 度，只穿一件衬衫还汗流浃背，夜晚气温降到冰点，寒气逼人，穿棉衣和裹上厚厚的大衣还冻得直打哆嗦。身上冷，心里更害怕，心收得紧紧的，像铁疙瘩。

白天景色美丽的原始森林，夜里便变成了一片神秘莫测的阴森世界。浓烈呛鼻的草木和腐殖质混合味儿从被砍伐的树木杂草中溢出，从未听到过的各种野生动物的鸣叫声让人汗毛直立。朦胧的月光下，将天空挤得很狭小的茂密树木直插云霄，树梢上和四周丛林里时不时传来扑簌簌响声，更让人毛骨悚然。我们用手电筒的光照向一人多高的草甸子暗处，昼伏夜出的野兽眼睛放着贼绿色的光，如鬼火一般，与我们对峙着。

事先上级通告，在方圆 15 公里之内比较安全，没有成股的敌对势力活动，但需要防范险情和注意社情。不知咋的，我脑子里突然浮现出刚听来的故事。两年前，某野战医院有两位中国女护士值夜班时被敌人装进麻袋，绑架失踪……天哪！我们站岗手里却没有枪，其实我们自己也需要人保护呀，而现在我们却要去保护别人。我和同伴紧紧拉着手，手心里捏着一把冷汗，两只脑袋不停地东张西望。夜色中那些黑黢黢的物象，怎么看怎么像魑魅魍魉，草木皆兵啦！我们瑟缩着，不停地跺脚御寒，不断地看手里提着的小闹钟，眼巴巴地看着那上面的秒针不紧不慢地“嘀嗒、嘀嗒”走，时间过得真慢，能不能快点儿啊……

谢天谢地，终于熬到 12 点了！我们赶忙唤醒下一班岗的另外两名女兵。待她们睡眼惺忪打着呵欠走出帐篷，我们如此这般地交代了一番，当听到我们说要注意那些“敌情”时，她们被吓得目瞪口呆。

其中一位颤着声音恳求：“你们权当做件好事，再陪我们站两小时吧。”四人八目相对，不禁哑然失笑。

那时我们都在争取入党，平时都在千方百计觅好事做，再说了，我们俩毕竟有了两个小时的站岗经验，于是，我跟我的伙伴很侠义地用力点了点头。就这样，我和我的战友们，用一种很别样的情怀，送走了 1973 年，迎来了 1974 年。

生命与死亡

老挝的雨季，8 月里一个平常的日子。一辆疾驶而来的解放牌大卡车载来一位全身沾满血水和泥水的伤员，他在筑路施工时被车辆意外撞击挤压，造成严重的挤压综合症,已经休克,生命垂危,万分紧急。外科组汇集了最好的医生立即展开全力抢救,几乎全医疗所的工作人员闻讯后都焦急地围拢在手术室外,不停地询问伤情,还有不少是O型血的医护人员像往常一样撸开袖准备献血。

那位伤员伤势过重,经全力抢救无效死亡。我只知道他和我是同年入伍的兵,一位年轻的战友,在这个极平常的日子里为援老筑路献出了宝贵的生命。

对战士的牺牲大伙儿除了深深的哀痛和惋惜外,并没引起恐慌。因为耳闻目睹的太多了,这只是其中之一。支撑着所有指战员的,是一不怕苦二不怕死的大无畏革命精神;是为伟大的领袖、伟大的党、伟大的祖国、伟大的人民、伟大的军队争光的坚强信念;还有当时人人都会背诵的那个豪迈悲壮的诗句:"青山处处埋忠骨,何须马革裹尸还。"这些,在接受出国教育时,就已经深深地植入我们的脑子,也伴随着那些长眠于异国他乡,再也不能回家的烈士,永远地留在了老挝,永远留在了记忆深处。

为执行国际主义任务而捐躯是"生的伟大,死的光荣",而另一种"牺牲"就是无谓的了。我们所有位叫李富民的,死得令人扼腕。这个1971年入伍的四川籍战士个子敦实,喜欢说俏皮话,平时做事大大咧咧。

有段时间一些老兵偷偷地用废弃炮弹壳做花瓶,这是一种很冒险的事情。他们在密林深处拣来法国人侵略老挝时遗留的炮弹,然后将弹壳和弹体分离,用铜质的弹壳在车床上加工成一个闪闪发亮的花瓶。花瓶漂亮极了,但玩法也危险极了。

那天午休,四川兵李富民在空旷的大操场上用铁锤轻轻敲打炮弹,试图去掉弹体获取铜弹壳,几位曾试着分离炮弹不成功的战友见状极力劝阻,说太危险。他不听,竟说:"死了算逑!"因为他不相信别人都没出事,偏偏自己会出事。就是这一念之差,他手里的炮弹在敲击之下突然爆炸,他脑浆涂地。在远处观看的一位绰号叫"王保"的725大队的伤病员,裤脚上被一块小弹片洞穿,幸免于难。幸好其他几位战友躲得远,没有殃及。大伙儿七手八脚地将李富民抬进手术室抢救,但是医生们已回天乏术。

这次严重的人员伤亡事故被援老筑路指挥部通报批评,而那几个捣鼓过这种炮弹的兵被领导叫去训话。

时过30多年,曾经拿锤子敲过那发炮弹的战友钟水生,谈及此事还不寒而栗。

"他们有神仙"

我们所在的上寮是山区,虽然生产方式还沿袭着刀耕火种的习惯,却得天独厚,收成好时种一季能吃上好几年。老挝人笃信佛教,勤劳善良,民风淳厚,没有小偷,没有结婚不可同居。我们有纪律,不拿老挝人民的一草一木,不许以物易物,不许走村串寨等等。所以,我们很少主动与当地人接触,一般都是他们来我们的营区。由于语言不通，沟通主要通过表情和手势，我们也简单学几句表达尊重和友善的老语。老挝人缺医少药，我们热心免费为他们看病。老挝人不会种蔬菜，我们将自己种的各种蔬菜赠与他们，并帮助他们学会种菜。老挝人缺少文化娱乐活动，我们邀请他们看电影看演出。每当听说要放电影，老乡们总会兴高采烈地在寨子里奔走相告“西里马！西里马(看电影)”！

援老筑路部队的粮菜给养依靠国内供应，因运输不便，吃菜只有罐头和干菜，诸如猪肉罐头、鸡蛋粉、花生米、海带、粉条、咸菜等等。平常天天吃这些都吃腻了，而在老挝人眼里，都是他们从没见过、从未尝过的世上美味，他们非常羡慕我们的“富有”。“梗考鸟(吃饭了吗)?”老乡们对我们炊事班似乎很感兴趣，常常有几位中青年女性站在食堂门口笑容可掬地主动与我们打招呼。我们也礼貌回答：“梗考鸟(吃过了)。”打过招呼后她们却不走，兴致勃勃地看我们拣菜、洗菜、做饭、炒菜，还交头接耳。开始我以为她们想问我们要什么吃的，但当你递给她们东西时，即刻作鸟兽散。她们究竟要做什么？这个谜在后来终于解开。

党中央国务院中央军委对援老筑路部队十分关心，每年春节前后都要派中央慰问团赴老挝慰问部队，不仅送来慰问品，还带来好看的电影和精彩的文艺节目。1975 年 3 月的一天，夜幕降临时，我们终于看到盼望已久的中央慰问团精彩文艺表演了，部队官兵和老挝“萨害”(同志或老乡)们将 726 工程大队的操场挤得满满当当。舞台上第一个节目是古彩戏法，只见演员穿上宽大的衣袍，两助手用彩色毯子挡在演员胸前，一挡一收之间，演员不停地从衣服里端出鱼缸呀、花瓶呀、一盘菜呀、小动物呀什么的，最后竟然变出了一盆熊熊燃烧的烈火来。魔术演员在雷鸣般的掌声中谢了幕。此时我听见旁边有几位老乡发出惊呼声，恰巧所里的翻译在邻座，我好奇地问他老乡们在说啥，翻译笑着说：“她们在议论，怪不得这些中国人不种地不劳动，却吃得好穿得好，是因为他们有神仙替他们变出东西来。”我茅塞顿开，老乡们经常在炊事班门口观察我们，叫人百思不得其解，原来是在对我们进行考察调研呢。

养猪姑娘

20 世纪 80 年代我国舞台上经常上演一出独舞《养猪姑娘》，女演员优美的舞姿将生活诠释得惟妙惟肖，过目难忘。然而在 70 年代的老挝国土上养猪，可没这么浪漫。为了给出国人员增加营养，各个部队都在养猪，我们医疗所更不例外，因为伤病员更加需要营养，逢年过节要靠新鲜猪肉改善伙食。那时没有专门的饲养员，饲养员由炊事班里的人轮流担当。

炊事员是从卫生员、护士、医士里抽调的，每半年轮换一次。我那时特别要求进步，当炊事员半年后，又恳请组织延长时间，没想到一下子就做了两年多的“火头军”。

当炊事员很苦，当饲养员就更苦了。每个炊事员一个月喂猪一星期。猪圈修在离食堂较远的地方，相隔几百米。圈里大约一二十头猪，多的时候 30 来头。猪们每天要喂两顿，每顿需要四五担猪食。晴天挑担子还好，遇到雨天脚下打滑，摔上一跤，成了泥人不说，猪食桶和扁担摔出老远，猪食撒泼一地，十分狼狈，若恰巧碰上人，准被笑得人仰马翻。我挑猪食的时候，干脆把鞋袜一脱，10 个脚趾头紧紧抓住泥泞地，挑着猪食一步一个脚印朝前走。嘿！这办法真管用，再没摔过跤。

出国去老挝的猪们挺可怜，它们吃不上菜叶(人都难得吃上蔬菜呢)，只能吃我们去密林里砍来的芭蕉树芯。我们将芭蕉芯剁碎与剩饭剩菜混合煮熟，便是它们的一日两餐。

砍芭蕉树是姑娘们的畏途，虽然有小伙子们相助，但热带雨林里硕大的旱蚂蟥才不管你是男是女，一见人气，任你包裹得再严——全副武装，它也会无孔不入地附着在你身上，将它含有麻醉成分的吸盘牢牢吸住皮肤，在神不知鬼不觉情况下，饱吸一顿鲜血才肯胀鼓鼓地掉落地上。当你发现时，被旱蚂蟥吸过血的伤口正在汩汩冒着鲜血。旱蚂蟥还能从这个人身上飞弹出好几米远黏到另一个人的身上去吸血，所以又叫它飞蚂蟥。再坚强的姑娘，一旦被咬，也会花容失色，甚至尖叫哭泣。一次上班时我被旱蚂蟥叮咬在私密处，吓得失魂落魄。虽没好意思尖叫，但绝对是面如土色。可是，不能被困难吓倒，还得继续干好工作。

猪通人性，也怕生人。记得我第一次喂猪是接一位男兵的班，高高兴兴的我不曾想却遭遇了一场人猪大战。猪们看到一个从未见过的女人面孔，以为来了一个怪物，个个惊恐得四腿站立，两耳竖直，两眼瞪圆放光，嘴里发出哼哼声，一副高度警惕的模样。我没理会，将两桶猪食倒进猪槽，这个很平常的动作竟然将一头最胆小的猪吓得窜出猪栏，试图夺门而逃。说迟时那时快，我赶紧转身将门牢牢关住，并努力将这个胆小鬼往圈里赶，胆小鬼死也不从，就在狭小的过道里我们追逐起来。慌乱中它狠狠踩了我一脚。妈呀！这猪蹄又小又尖，猪有百多斤，压强太大了，真痛啊！我不禁蹲下身，揉起脚来。好几天，我受伤的脚背又青又肿。真是啼笑皆非，终生难忘。

在老挝战斗两年零四个月，我度过了新兵阶段，特殊的经历奠定了我坚实的人生基础。1976 年我在老挝入党、荣立三等功，回国后提了干，翌年又当选为贵州省第五届人大代表。我怎能忘怀那段峥嵘岁月，一辈子都在魂牵梦萦老挝啊。

博友评论节选

楚天

你的真实故事，难忘的经历，很感人。战友姐妹们的每张笑脸上都洋溢着青春的光芒，似水的年华，我们一样走过，回想起来，太多故事，太多思念，虽然艰苦，你们在异国，更苦，但是，年轻时走过的路，是我们一生都值得回忆的事。正如歌里唱到：当兵才知道自己的骨头硬不硬。感谢命运，让我们的人生跌宕起伏，活力四射。我们要真诚地告诉自己，我们的青春没有白过。

冷眼向洋

生命里有了当兵的历史，一辈子也不会感到后悔！认真的经历丰富了阅历，也丰满了生命，成就了你的辉煌！

五班长富

战友是医院护士，特亲切。1972 年 4 月在老挝时我这条小命就是 80 医院的医生护士们从鬼门关拖回来的，现在回想起来特对不住那几位精心看护我的姐妹，只知道她们姓什么，不知道她们名字，找起来很难。不知战友出国后和 80 医院有无来往？如知情请提供信息，谢了！

寒梅姐姐

当我走进你的博客，本想获得一滴水，你却给了我整个海洋；本想采摘一片树叶，你却给了我整个森林；本想获得一缕春风，你却给了我整整一个春天。问候 145 野战医院的战友们！

丝雨，1972 年参军，历任 145 野战医院战士、护士、政治处干事，某兵站政治处和总后第四后方基地政治部干事等。1987 年转业到上海，历任上海市房屋土地资源管理局党办副主任科员、主任科员，《房地产报》社总编助理、副总编，上海市房屋土地资源管理局档案馆副馆长。曾撰稿 30 余万字，发表 20 余万字。1977 年至 1982 年间为贵州省第五届人大代表。多次荣获优秀共产党员、优秀工作者等荣誉称号。

唐古拉山口的故事

作者：柳絮

博客地址：http：//blog. sina. com. cn/hnxxshj

开博时间：2008 年 12 月

位于青海、西藏交接处的唐古拉山口，海拔 5 231 米，那里常年风雪交加，严寒冰冻，空气稀薄，严重缺氧，属于生命的禁区。1976 年当兵后，我曾经去唐古拉山口执行过重要任务，在那段时间发生的故事，让我终生难忘。

顽强抗争

1978 年 4 月，有西南边防和西藏的主动脉之称的“格拉”输油管线发生了严重堵塞，以致西藏及友好邻国用油紧张而告急。上级通电青藏兵站部，命令组织过硬的力量，尽快排除故障，解决西南边防的供油之急。24 日，我们连接到命令：组成抢修队，去唐古拉山口抢修输油管道。我还是第一次去海拔这么高的地方执行任务。

25 日一大早，50 多名战士爬上了“老解放”的大厢。我们从格尔木出发，向着青藏公路的最高点——唐古拉山口进军。青藏线流传着一句顺口溜：“到了‘不冻泉’，最多活三年；到了‘五道梁’，哭爹又喊娘；一过唐古拉，就别想再回家！”但在我们的顽强抗争面前，这顺口溜还会灵吗？

一路上，越来越重的高原反应不断向战友们袭来：缺氧、头晕、头痛、气促——大家在车上相互鼓励着，极力忍受着，穿过了“不冻泉”，挺过了“五道梁”，来到了准备住宿的沱沱河兵站。旁边就是长江上游的沱沱河，我和战友们一下子兴奋了起来，在小桥上看那霞光四射的夕阳，跳到裸露的河床里，弯腰抚摸欢快奔腾的江水。夕阳映红了脸颊，江水清醒了大脑，高原缺氧的痛苦，也暂时无了踪影。

第二天天黑前，我们赶到了唐古拉山口，驻扎在海拔最高的兵站唐古拉兵站。

"到站了！大家下车时慢一点！"连长从驾驶室里下来，声音没有了平时的洪亮。整整两天的颠簸、缺氧，战友们被折磨得就像霜打的茄子，连答应的劲儿都没有了。一个个喘着粗气，无力地拖着背包，艰难地向营房移动。高原兵的背包本来就大，这时越发的沉重了。

头疼、胸堵、恶心、呼吸加快等严重的高原反应，出现在每个战友的身上。我的身体和适应能力本还算可以，到"不冻泉"时感觉不要紧，过"五道梁"时头有点疼，到了唐古拉山口已是头重脚轻，浑身无力。我悠着劲儿，把背包翻到车下，手扒住大厢板慢慢往下出溜。脚一挨地，感觉像踩在棉花上，软面条似地就地靠在背包上。十几分钟后，缓过一点劲儿来，我才起来拉着背包朝营房一步步晃去。

进了营房，战友们没有力气整理被褥，拉开背包便和衣躺下。有人头疼得厉害，不时地左右翻滚，有人恍惚入睡，几分钟后就开始了反应。那一夜，战友们痛苦的呻吟声、叹息声、梦中撕心裂肺的叫喊声此起彼伏，至今难忘。

唐古拉山口的夜很黑，黑得晕眼，黑得让你闭着眼睛摸索着起夜。唐古拉山口的夜很静，静得诡秘，静得让你竖起耳朵默数心跳声。

凌晨5点多，战友们好像对缺氧适应了一些，屋里平静了许多。我爬起来，到外边弄了一桶雪，把喷灯打足了气，点着火，对着桶给大家烧洗脸水。

突然，藏族战士顿珠从通铺上跳起来，大喊大叫："哎呀！我的脑袋要爆炸了！"只见他头上已经缠满了背包带，眼睛鼓胀着，红得吓人，他用两只手拽着背包带使劲地勒，蹦着跳着要往墙上撞。这显然是严重的高山反应，卫生员说有生命危险，我们赶忙联系了救护车送他回本部救治。

抢修任务

我们的任务点儿在唐古拉山口，公路109道班往西藏方向的不远处。要在常年的冻土上，靠钢钎和铁锤作业，把埋在地下的管道挖出来，解决里边的冰冻问题。

经过两天的适应，战友们的身体和心情好了很多，于是连长集合部队，布置任务。连长是河南人，叫刘大力，黑黑的，低个儿，小眼睛。"同志们！我的眼睛看不着了，就瞎说几句吧！"大家随声看去，发现连长的脸油光铮亮，像个面包，把眼睛挤得都没有了。原来，昨天他领我们去探查任务点时，没戴墨镜，被雪域高原强烈的阳光辐射灼伤了脸和眼睛。大家相互一看，每个人的脸也都成了和连长如出一炉的"烤面包"。

在雪域高原，积雪可将90%的紫外线反射回地表面。在户外时，须戴上墨镜、封好衣领，眼睛须避开雪面上的太阳反光。就这样，头两天，人人红光满面，看上去是精神焕发。但过两天，脸上皱皱巴巴的，一按一个坑；再过两天，就变成了满脸黑痂；一个星期后，一揭一层皮，就像撕面膜一样。掉几层皮过后也就适应了。

在这个海拔高度，快走两步就喘气，甭说抡锤打钢钎了。挖管道的时候，大锤轮不起来，8 磅小锤也轮不了几下，一锤下去一个白印。战友们轮流不停地打，手冻得握不住锤把，钢钎震得手发麻，但是没有人叫苦叫累。

那时高原战友们的生活很苦，吃的都是脱水的干菜，肉罐头很紧张。有一次，不知谁在哪弄到点长了绿毛的牛肉，为了改善生活，大家也顾不得了，用高压锅压出来照吃，结果吃得直拉肚子。就这样大家照样出工，苦惯了，就不觉得什么了。

抢修工作进行半个月后，任务遇到了麻烦。我们在管线所经过的每个山沟的低洼处，都挖了几个长宽约 4 米的坑，找到了管道。可是无论用火烧，用锤震，用氧气烤，什么办法都用了，根本解决不了冰冻问题。我们面对跨度很大的冰冻堵塞，束手无策。兵站部专门请了大庆油田的工程师，可那位工程师从东北辗转到拉萨，一下飞机，就因严重高山反应直接住院了。

我们只好按照工程师在医院病床上为我们提出的方案，一步一步地施工。在所有的可能有冰冻的地方，把柴油倒入挖好的坑里，点着火对管道进行烧烤。我们绞尽脑汁，什么办法都试着用，10 多天后，终于解决了冰冻问题。

在这次抢修任务中，尤其是轮锤打钢钎时，我的体力比战友们好一点，一次能连打上百锤，休息时还不停地扶钢钎，接着又插队上去打，战友们很感动，连长还专门为我请了功。其实功不功的我不在乎，重要的是，在唐古拉山口进行长时间超强体力的劳动，考验了我的身体，磨炼了我的意志，充实了我的理想，净化了我的心灵。这一点对我一生来说都非常有意义。

趣事感受

在唐古拉山口的生活虽然非常艰苦，可也有很多乐趣。

在恶劣的生活环境中，我始终保持着乐观情绪，早晨坚持练习太极拳，感觉还挺好，积累了在高海拔环境中如何保存体能和保持精力的经验。现在想想，在海拔5 300多米练拳，是否可以申报世界吉尼斯纪录了？

一天中午时分，来自北京某地质队去西藏的三辆吉普车停在路边补轮胎。我看到他们打气很吃力的样子，便主动上前帮忙，硬是用气筒把三只轮胎都打满了气。感动得司机掏出“大前门”烟让我抽，带队的老同志见状说：“不行！不行！那烟不行！”他一面翻出“上海”牌的带过滤嘴儿的烟(那时候带嘴的烟很金贵，我还是第一次见到)让司机给我，一面告诉那位司机：“你知道这里是什么地方吗？唐古拉山口！这仨轮胎，要让我们打，天黑也打不起来！”他们说了不少感谢解放军同志的话，才赶路走了。

闲暇时间，我们用大笊篱去山溪里捞鱼，拆下发电机皮带轮的网罩，用小时候玩的方法扣逮山雀。几个“老广”兵把鱼和山雀洗洗弄弄，放到桶里，加上盐和固体酱油，用喷灯烧开煮熟。那味道，比特级厨师做的大菜都香，真是美极了！

这里的严寒并不可怕，可怕的是严重缺氧。人最怕感冒，搞不好第二天就起不来了！还有，你点着的香烟，只要离开嘴，马上就灭。唱歌时用足了劲儿，也拖不长音。水的沸点不到80度，“老解放”汽车稍微爬点坡，水箱就“开锅”。烧开的滚水，沏不透茶叶，只能喝名符其实的“泡茶”。馒头吃起来很黏，蒸笼很难把气顶足，所以蒸不好。战友们就在这样恶劣的环境下，完成了艰巨的抢修任务。

在空闲时，我理了一下在唐古拉山口的感受，编了一段顺口溜：

高山缺氧，走路气喘；可口饭菜，欲吃难咽；
高级香烟，欲抽不燃；动听歌声，欲唱又断；
高原战士，心红志坚；风雪严寒，不以为然；
挥动铁锤，战胜困难；顶天立地，高山雪莲。

任务完成后的一天晚上，我们接到了兵站部的慰问信和撤回格尔木本部的命令。纵使唐古拉山口再艰苦，气候再恶劣，我们那次也只呆了50多天。而从格尔木，经唐古拉山口，到拉萨1 000多公里，平均海拔都在4 000米以上，常年在那里工作和生活的艰辛可想而知。而青藏线上的军人在那里默默地驻守着，一呆就是几年、十几年。有个国产老电影叫《昆仑山上一棵草》，对不愿意在高原工作的人这样调侃：“看你，还不如昆仑山上一棵草！”我看过这个电影，深深懂得其中的含意。

一晃30多年过去了，我也早已退伍回到内地工作。青藏高原，唐古拉山口，已成了我永久的美好回忆。我很敬佩修筑青藏公路的战友们，敬佩在青藏公路沿途的兵站、泵站坚守的战友们，还有餐风茹雪的通讯兵，维护公路的道班工人。他们是这世界屋脊上不知名的昆仑小草！是那令人钦佩的高原雪莲！

博友评论节选

兴林

有缘见识你们曾经战斗过的地方：唐古拉山口。然而，我只是坐着列车经过。赏读博文，体会不畏艰险的战士情怀。祝福你们，曾为高原建设战天斗地的英雄们！

槐香如梦

记得1990年某月的一天，我们准备从格尔木经拉萨去日喀则，当时兵站部的军医给我们介绍情况说：“几十年了，从青藏公路上路过的人，死亡率是百分之二左右！”我们100多人，要准备牺牲3到4人！哈哈，说实在的，每个人心里都没有底呀！当一名合格军人，就应该随时准备牺牲自己啊！

圆周率

我有战友是西安203文艺宣传队的，他们的节目里常有“风雪高原唐古拉”，你们很艰苦、很坚强。向在高原战斗过的战友致敬！

春满人间

奋战在那样艰苦的地方，你们太可敬了！

从这篇博文里，我看到了一个坚强、乐观、智慧、有着浪漫情怀、丰满的军人的形象。向老兵致敬！我迟迟不肯离开，又看了一遍。听您讲着那过去的故事，虽然那些事离我很遥远，但却是那么亲切。我看到了一种精神，震撼我心。我感动。还有敬佩。还有向往。再一次把深深的敬意送给您！

需要

亲爱的战斗在青藏高原的战友，你们的铁血军魂永远激励着后人！

柳絮，1971年参加工作，当了5年钢铁工人。1976年冬季，接近22岁时应征入伍，当上了青藏高原后勤兵。当过警卫排的教练，参加青藏兵站部驻格尔木部队三项军事比赛，并取得优异成绩。1980年底退伍，在地方事业单位工作了几年，后调入地方机关工作至今。爱好文体活动，喜欢登山、旅游、太极拳。

我在唐山抗震救灾

作者：辣笔老新

博客地址：http：//blog. sina. com. cn/labilaoxin364

开博时间：2010 年 4 月

1976 年，我在 24 军炮团 152 加榴炮营指挥连侦察排任排长，部队驻扎在河北省承德县双峰寺。

7 月 28 日凌晨，强烈的颤动把我从梦中晃醒，是地震！凭感觉，这震级肯定小不了，但震中在哪，是哪个方向，我们并不知道。

那个白天，我们仍按照计划照常训练。

上午，团司令部组织全团射击指挥干部在驻地附近的山上进行野外作业，就是这个时候，我们接到军里的紧急命令，令我团除少数留守人员外，其余人员火速奔赴唐山地震灾区参加救援。

接到命令后我们立即下山返回驻地，做好出发前的各项准备工作。下午 4 点半出发，我们当时只有一个信念：尽快进入唐山灾区，救助受灾群众！

我们军和唐山有着很深的渊源。部队移防承德之前就一直驻守唐山市，当时那里还有军里的留守处，24 军对唐山太熟悉了！唐山市是华北重要的工业城市，钢铁、煤炭、机车、陶瓷、水泥等产业占很大比重，地震造成的灾害和救灾的难度可想而知。

我们的车队在行进途中突降大雨，但这丝毫没有影响部队的开进速度。夜深了，除了汽车的轰鸣声和哗哗的雨声外，战士们在车厢内没有丝毫睡意，大家明白，等待着我们的将是一场血与火的考验，是一场没有枪炮声但又不啻于战场的生死考验。

入伍还不满一年的河北籍战士孙贞国，在摇晃的车厢里，摘下自己的军帽，摸黑用笔在帽子白色的衬里上写下了豪迈的誓言，并以此作为自己的第一份入党申请书，交到了党小组长、一班班长蔡英的手里。

车队沿着盘山公路向前疾行，我们嫌车速太慢，心早就飞进了唐山市，飞到了遇困灾民的身边。

第二天凌晨我们进入了唐山市区，满目疮痍，尸横遍野，一个字：惨！

部队迅速进入指挥部划分的救灾区域，立即投入了抢险救灾工作中。

当时唐山市已经没有一座完整的建筑物了，我们在一座座废墟上一边呼喊着一边查找被困的灾民。也有不少老百姓自愿引领我们进行艰苦的搜救工作。为了和死神抢时间，我们是不能睡觉的，进入唐山的前三天，我们始终没合过眼，没睡过觉，因为72小时之内是抢救遇困人员的黄金时限，大量的群众还在废墟下等待救援！连续作战三天后，救灾部队才得以分批睡上一会儿觉了。大家都已经极度疲劳了，不管在哪儿，躺下就睡着。

当年救灾全是凭着双手扒，人被掩埋在废墟下，铁锹和镐头都用不上了，我们的手全被磨破了，战士们的指甲都磨秃了，满手鲜血，大家顾不上这些，只是没命地救人。碰上被埋得很深的灾民时，我们就扒开一条通道，余震频发，通道摇摇欲坠，可战士们根本顾不上自己的安危，早把生死置之度外。

地震后，水、电系统全部损坏，全市的水源只有机场旁边空军的一眼浇菜地的机井有水，可远远满足不了全市灾民和救灾部队的饮水需要。渴急了，我们就喝洗澡堂池子里的脏水，或跑到凤凰山公园喝湖里的水。湖面上有一层厚厚的绿苔，我们用手拂去绿苔后，能看见下面的水里尽是蚊子的孑孓。顾不了那么多了，闭着眼就喝下去了，喝完了还要灌满水壶。炊事班也是用这种水做饭，炊事班长歉意地跟战士们说：委屈大家了，实在是没有办法呀！结果战士们个个开始拉肚子。天气炎热，没水喝成了大问题。

我排有个新战士叫李云波，在废墟上拣了半截黄瓜，多珍贵呀，像是拣了个大西瓜！可他抿了抿干裂的嘴唇，没有舍得吃，爬进黑暗的通道递给了压在废墟里尚未救出的一个15岁的男孩子吃了。

每当我们从废墟下救出一个人，伤者和家属就会紧紧拥抱着我们，一边哭一边喊"毛主席万岁！共产党万岁！解放军万岁！"每当此时，战士们感到特别满足，什么疲劳、饥渴、病痛，一扫而光。大家安顿好被救出的群众，就又奔向其他地方继续救人了。抗震救灾期间，我侦察排共救出遇难群众22人。

一个星期过去了，由于被困群众生存的希望越来越渺茫，我们的任务又转为扒运遗体，我担任了全团的运尸队长。

前期，都是将死难者就地掩埋了，许多被家人扒出来的死者也就地掩埋在废墟旁，到了后来，要把所有的遗体拉到市区外统一挖坑掩埋。天气很热，整个唐山市的上空弥漫着浓烈的腐尸味儿，熏得我们头疼，晚上睡觉也常常被熏醒。尽管这样，战士们仍然是凭着嗅觉寻找尸体。各营扒出的遗体放在固定的堆尸点上，我带一辆解放大卡车和6名战士，连续在几个堆尸点之间来回跑，把各营挖出的遗体运到郊外，再找坑掩埋。也有群众请求我们把他们亲人的遗体运出去单独掩埋的，所以我一天到晚没有闲着的时候，装满一车遗体，放进坑里，撒上一层石灰，再急着赶回拉下一车，就这样，一层遗体一层石灰，到底拉了多少遗体，掩埋了多少遇难同胞，早已无法统计了。

再后来，我们的任务是帮助唐山人民重建家园，恢复正常生活，建立正常的社会秩序了。我们帮灾民盖了不计其数的抗震棚，修建了许多的商店和菜市场。为了让孩子们早日复课，我们排还接受了一个特殊任务，就是为一所中学修建教室。所谓教室，其实就是一米多高的砖墙，砖墙上面用木料搭好骨架，四周用大片的荆笆做墙，房顶是三角梁、木板和油毡搭建而成。记得那天我带着一班的战士们正在房顶钉房板，突然变天了，大片的乌云很快就遮满了天空，先是狂风大作，紧接着豆大的雨点就落了下来，人们纷纷躲进帐篷里避雨。我看着这就快要完工的学校，想到孩子们都盼着早日复课，于是，我站在房顶大声喊道："继续干活，这点雨挡不住我们，为了让孩子们早一天坐进教室，咱们跟老天爷拼了！"于是，战士们冒着大雨继续干了起来。此时，许多唐山市民站在简易棚门口和帐篷里看着我们，向我们投来了敬佩和赞许的目光。

盛夏的唐山，正是雨季，可每到下雨时，就是我们往外跑的时候。全连三至五人为一个小组，大家扛着油毡、塑料布，挨家挨户地巡视，敲开每一家住户，查看有无漏雨的棚子，一旦漏雨，我们就冒雨爬上房顶堵漏；如果地面出现积水，我们就立即挖排水沟排水。

一直坚持战斗到 11 月份，当我们终于圆满完成抗震救灾任务，即将撤离唐山的前夜，我们仍然不忘人民军队的光荣传统，每家每户都要做到"缸满院净"，我们要为抗震救灾任务画一个圆满的句号，在没有照明灯的情况下，我们开着汽车大灯，把街区打扫得干干净净……

1976 年 8 月唐山抗震救灾现场，前左二为作者。

告别的时候到了，我永远难忘离开唐山市时的一幕，几乎所有市民都出来了，夹道为我们送行。当我们的车队缓缓前移时，我站在车头，庄严地向唐山市民敬军礼，手放在帽檐边，久久放不下来，眼中的泪止水止不住地流……

有的市民扑到车头，舍不得我们走，我们的车不得不停了下来；还有的市民跪在道旁，双手拍打着地面，哭声恸天！

此时此刻，我们的战士们没

有一个不掉泪的。

说到唐山抗震救灾，我总能想起一位战友，郝建国，时任二连连长。1969年初我和他同乘一个车皮入伍，我俩还曾结为"一对红"。抗震救灾后不久他就因患胰腺癌去世了。在奔赴唐山救灾的路上，他乘坐的卡车出了车祸，他从车厢里被甩了出去，重重地撞在山壁上，然后滚落到路边的排水沟里，多处受伤。当时被送到了附近的公社卫生院救治。仅仅两天，他就奇迹般地出现在了抗震救灾的现场。其实，当时他就已经患胰腺癌了，我亲眼看到他病痛发作时的样子，整个人抱着肚子蜷缩成一团，在地上打滚，他疼啊！但他自始至终没离开救灾现场，病痛折磨得他好几天滴水不进，粒米不吃，人瘦得不成样子。后来，随队军医诊断他的病情不妙，派人强行将他从抗震救灾的现场送回了承德266医院。

每每想到唐山抗震救灾的经历，我就会想起他，郝建国，我的好战友！你那双手叉腰站在废墟上指挥救灾的伟岸身影，和你忍着病痛满地翻滚的样子总是历历在目。我常想，如果不为抗震救灾，你一定会得到及时的治疗，可你却为了人民的利益奉献了生命！我想你了，亲爱的建国战友……

唐山抗震救灾，我侦察排荣立了集体一等功，我连被北京军区授予"抗震救灾爱民模范连"的光荣称号。

博友评论节选

贾连城

战友的回顾，又把我带到地震的那个悲惨的日子里，那些惨烈的场面又浮现在脑海中，战友们抗震救灾的感人事迹还记忆犹新。我是197师589团的，住赵各庄营房，原72师师部，唐山新市区商场的恢复是我们连的杰作。

粗狼

这些老照片十分的珍贵，我看了热泪盈眶，非常感人！1976年留给我们每个中国人刻骨铭心的记忆，我的姥姥家是丰南胥各庄的，当时正是震中，我的姥姥、姥爷，还有家里的一些亲人，全在地震中身亡了。那段经历俺印象深刻，和您文章里写的一样，说不定我家的一些亲人，是你们救的，我代表唐山人感谢您！感谢亲人解放军！向当年的抗震救灾英雄致敬。

吊兰青青

你们是最可爱的人！我家当时住长途汽车站附近，离凤凰山不远。我看过解放军将遗体一个一个往车上装，然后运走……也就是解放军啊！谁都干不了。谢谢你们！读你博文倍感亲切。祝你健康快乐！

老马

在这里，我看到了和平年代的壮烈：战士用双手扒土，直至鲜血淋漓；口渴了只能喝脏水，全体官兵跑肚；连长身患绝症，痛得打滚，还要挺身指挥抢险救灾……只要闭目想象当时的情景，只要悉心悟一悟，就能体会到军人特有的、舍生忘死的勇士精神！

辣笔老新，20世纪50年代出生，60年代当兵，70年代提干，80年代转业，90年代干银行，21世纪身居二线瞎忙。爱好写作，喜欢摄影，目的明确，玩玩乐乐！

今晚我站岗

作者：雪域军魂

博客地址：http：//blog. sina. com. cn/lei1816

开博时间：2009 年 7 月

20 世纪 70 年代，我在西藏当兵。由于地处边防，所以隔三差五就传达敌情、特情、匪情。记得刚一下老连队，指导员就给我们上了一堂敌我形势教育课，让我们提高警惕，准备打仗。所以，那时指战员的战备之弦都绷得紧紧的。白天时还没啥，整个军营里吼声震天，车来人往的，站岗也就成了最轻松的任务了。然而，到了夜晚问题就来了。

由于气候严寒，我们高原部队夜间站岗是一小时一换。时间从晚上 10 点开始，至第二天早上的 8 时为止，基本上一个班站一晚上。如果遇到有敌情通报，就得新老兵搭配起来站双岗。兵谚云："当官不当司务长，站岗不站第二岗。"这是因为熄灯号吹过之后，躺在床上老惦记着一个小时后就要上岗，一般怎么也睡不着；或者是刚刚进入梦乡，就让上一岗给叫起来换岗，别提有多难受了。特别是冬天那叫一个冷，实在不愿意离开那个热被窝啊！而倒数第二班岗是在后半夜黎明前，睡得最香的时候起来站岗。等你下岗回来好不容易睡着了、身体刚暖和过来，起床号却又响了，简直就是在折磨人。

因战备需要，我们平时就真枪实弹地发到个人，但严令禁止把子弹压进弹仓。然而，一旦敌情严重，许多战士在站岗时，还是偷偷地把子弹装进枪里。为的就是万一出现了情况，只需一拉枪栓就可以把子弹顶上膛，随时准备射击。手中有枪，心里倒是不慌了。但是，随之而来的是频频发生的擦枪走火事故。有一次，在操场外的空地上临时堆放了一些空汽油桶。由于热胀冷缩的原理，油桶白天晒热了鼓起来，到了夜里一凉又缩了回去，故不时发出"当当"的声响。一个甘肃兵不明就里，以为有人藏在油桶后面。他连问了几声口令后，见无人应答，便端起枪就打，惊得全连紧急出动。等我们赶到事发地点，发现那小子已经打完了一排子弹，正起劲地还在往枪里压弹呢！事实上，在我当兵的头两年，部队曾多次发生匪特前来摸哨的紧急情况。曾经有个哨兵半夜时分坐在岗亭里打盹，冥冥之中感到有人来了。他睁眼一看，顿时浑身的寒毛倒竖起来：蒙蒙夜色中，一只黑手伸了进来，一把攥住了他的枪！那哥们一激灵，立马拼尽全力握着步枪不放！情急之中，他对准对方的胯间飞起一脚。那平时笨重无比的大头鞋在关键时刻发挥了巨大的作用。只听对方一声惨叫，人也随即飞了出去……

类似的事例听多了，既真正地提高了敌情观念，同时也不可避免地增加了内心的紧张感——这可不是小时候为了练胆而钻进小树林里呆半宿就自以为了不起了，这可是玩真的！印象最深的一次是当兵半年多后，刚满 17 岁的我已开始单独执勤。那时已经入冬，半夜里的气温在零下 20 多度，刺骨的寒风呼啸着迎面扑来。在这种天气里站岗，必须穿上皮大衣和大头鞋，戴着皮帽子和皮手套。但凡少了一件，就会有被冻伤的可能。上班岗的哨兵在交接的时候交代：刚才在左前方 10 点钟方向的山沟里升起一颗信号弹，需格外注意。那天的夜里漆黑一团，浓墨一样的天上连一弯月牙、一丝星光都不曾出现。偶尔，有一颗流星带着凉意从黑沉沉的夜幕中划过。四下里静悄悄的，连平时传来的阵阵松涛声都消失了。我仿佛身处一个荒蛮世界，独自与邪恶和魔鬼为伴。

我感到越来越紧张，便顾不得什么规定，掏出一排子弹就压进了弹仓，只不过没有上膛而已。我时而站在大树下四下张望，时而挪动着几乎冻僵的双脚变换位置，丝毫没有在电影里、画报上的哨兵那样，或昂首挺胸，或迈着正步的英姿。随着内心恐惧感的不断加深，刚才战友交代的突发情况和不久前听到的敌情通报在心头交替重复，平时电影里看到的摸哨情节也在脑海里不断闪现……当我小心翼翼地巡逻到操场边的一棵大树下时，忽然灵机一动：上树！在树上既便于观察，又休想摸我的哨！于是，我笨手笨脚地爬上大树，蹲在一根树杈上，心里暗自得意：别人站岗我蹲岗，哨位隐蔽看得清，真是太有才了！

大约过了半个小时，正当我想活动一下已经蹲麻木了的双腿时，突然隐约看见一个黑影无声无息地从后院的小门里闪了进来。我的心里一阵阵发紧，汗水的沁出量瞬间就达到峰值，只觉得衬衣湿乎乎地粘在背上。我哪里还顾得上别的，慌忙打开保险，轻轻地拉动枪栓把子弹推上了膛。怕不牢靠，我又拉了一下枪栓。这一拉，就把新兵蛋子的马脚给拉了出来：先前已经推进膛的那颗子弹自动跳了出去，从树上飞落到地上。与此同时，那黑影似乎也听到了我拉枪栓的响动，一下子趴在地上，低声喝道："卫兵，不许开枪！"我壮着胆子大叫："口令！你知道口令吗？"黑影愣了一下，这才抬头向树上张望，嘴里飞出一串带着浓重河南口音的骂声："口令个屁！你个小兔崽子不好好站岗，爬到树上弄啥！"连长！是连长来查哨了！那一刻，这个平日里凶巴巴的大个子连长，这会儿简直比亲哥还要亲！我飞快地从树上滑下来，几乎想扑到他的身上去……

如今，每当我走过部队大院的门口，看到营门两旁持枪站立的卫兵时，总忍不住多瞅两眼。从那些站姿挺直的年轻士兵身上，我仿佛看见了自己当年的身影……

博友评论节选

吾静思(老顽童)

军营岗哨军人胆,提高警惕才保险,眼观六路黑夜里,耳听八方身周边。
最是伙计办法好,树上蹲岗防敌顽。戍边神圣莫懈怠,保卫祖国永安全!

侦察排长

高原上的夜晚风声鹤唳　遇见大风肯定飞沙走石
军神登高望远警惕性强　爬到树上静观世界战事

骆驼

雪域军魂说哨兵,站岗最烦排二名。一双猎眼数星海,使命在身守军营。
警惕谨防敌踪现,树上蹲岗看分明。军营练出英雄胆,神圣哨位护边城。

草原狼

小兵十七站夜岗,敌情特情满脑装。提心吊胆防摸哨,灵机一动树上藏。
忽见操场黑影晃,急忙子弹推进膛。树下一声兔崽子,见了连长想叫娘。
雪域军魂守边防,换取国泰民安康。风餐露宿不嫌苦,感动痴情草原狼。

铁翁

雪域从军胆气壮,就怕深夜去站岗。灵机一动妙计生,哨位就在树杈上。
三脚两步爬上去,双腿紧紧夹裤裆。丝毫不敢打瞌睡,否则摔人又摔枪。
忽见有人进了院,哗啦一声弹退膛。装模作样问口令,吓得黑影趴地上:
小兔崽子快下来!哎哟娘哎是连长!慌忙下树喊报告:俺认口令不认长!
多亏新兵不懂枪,差点毙了老连长!连长一点不生气,笑嘻嘻的拍肩膀:
你是一个机灵鬼,将来肯定是好钢!伯乐相马有眼力,雪域军魂快成长。
演兵场上是尖子,写得一手好文章。国防建设用人才,扎根高原做栋梁。

雪域军魂是好钢,学校出来就下乡。
青年时代抱负远,71 年当兵进西藏。
雪域高原去戍边,战士、文书、后排长。
干事、政指带好兵,改革年代回地方。
编过报,留过洋,读过研,经过商。
网上耕耘不老松,四海结友心欢畅。

千里野营练精兵

作者：聪慧树

博客地址：http：//blog. sina. com. cn/51518118a
开博时间：2010 年 12 月

在 20 世纪的六七十年代，我军的编制装备还属于“骡马化”。当时一个步兵团仅有两辆汽车：一台嘎斯 69 吉普车及一台嘎斯 51 运输车。营长、教导员各编制有一匹乘骑军马，重机枪、高射机枪、无后座力炮、迫击炮等重型武器，均是用马驮或马拉，其余官兵行军全部依靠不烧油料的“11 号汽车”——两条腿。所以能走路、会走路是我军官兵必须掌握的一项基本功。“练好铁脚板，气死帝修反”，在当时是我军最流行的口号之一。

野营拉练，是我军练好铁脚板最常用、也是最基本的方法。那时部队的野营拉练分为小拉练和大拉练，小拉练每周组织一次，距离 10 至 15 公里；大拉练每年年底前组织一次，距离少则几百里，多则超千里，是步兵团每年的必训课目之一，总里程达到千里的就称千里拉练。大拉练由于行军距离远，一次性连续行军时间短的在 3 天、5 天，长的达 10 天、半个月。在我当兵的第一年(即 1971 年)年底，我有幸参加了全团组织的从南京东郊营房到安徽定远磨盘山的长途野营拉练。这次野营拉练，往返行军及驻训总里程已近千里，它是我 30 多年军旅生涯中所经历的最长距离的徒步野营拉练。40 年过去了，那次千里野营拉练的情景至今仍在我的脑海里挥之不去。

那次野营拉练，我们均是全副武装，荷枪实弹，每个战士负重都在 25 公斤左右。我当年是侦察兵，个头大、体力好，还多背了一把小洋镐，负重肯定在 30 公斤以上了。

那次野营拉练，我们每天行军都在 40 至 45 公里。晚饭后开始行军，天亮前开始宿营，部队称“夜行晓宿”。行军时速，正常情况下每小时 5 公里左右，强行军或急行军时为 6 至 8 公里。行军时一般每一小时小休息一次，每次 10 分钟；每日行程一半左右大休息一次，补充一点食物，一般都是喝稀饭，时间 1 个小时。

到了宿营地，铺好地铺、烫完脚、开完饭，天基本就蒙蒙亮了，此时才开始睡觉。入睡快的同志能睡4至5个小时，中午时分起来吃饭，午饭后大家再休息1至2小时，然后起来打好背包，清理好卫生，帮助房东老乡做一些好事，完成前一天的行军小结，并做好继续行军的准备。晚饭后继续行军。

大拉练的第一天，我们的情绪都很高，可能是在营区里呆得时间长了，出了营房的感觉真好，身体特别放松，大家走路的速度也特别快，此时都是连队干部压着速度走。小休息时，连长对我们这些新兵说："不要看你们现在一个比一个能，到了明天就一个比一个孬了！你们都是第一次参加大拉练，脚底基本都要打泡，你们可要有这个思想准备哟！"当时我听到这句话还不以为然呢，心想不就走个路嘛？

到了第二天，正如连长所说，我们身体各部的反应真的全都出来了，颈、肩、腰、腿、脚开始全面疼痛，小休息过后都不想起来了，起来走路了，前几百米也都像瘸子一样一拐一拐的。到达宿营地后，我们是饭也不想吃，脚也不想烫，就想马上睡觉。我们这些新兵脚上果然都打了泡，我还打了双泡，左右前脚掌各一个。老兵调侃我们说："你们这些新兵蛋子呀，侦察兵不想当了，都想当'泡兵'啦！"

行军的第三天，身体的状况虽有所好转，但感觉是心有余而力不足，步子就是迈不开，行军速度自然比较慢，这时可不是连长压着我们走了，而是连长催着我们加快速度。可我们这些"泡兵"，行军时就像在跳"摇摆舞"，根本快不起来。加之连续行军，解放鞋无法洗晒，又湿又臭，有的同志脚打泡处也化脓发炎了，行军时钻心地疼痛。但我们都在咬着牙坚持，谁也不肯拉下。班长对我们说，大拉练前三天是疲劳关，过了这个关，走得再远也无所谓了。

班长就是班长，说得还真没错，到了第四天，我们的感觉真的好多了，好像我们的身体已经适应了每天行军的节奏与"夜行晓宿"的规律，脚上的泡也开始痊愈，大家开心地说："前三天我们是'举步维艰'，走一步怕一步，现在我们是'闲庭信步'，走多远爽多远呀！"

在大拉练开始前，我们新兵还真的没有预料到这次大拉练的艰苦性，都简单地把大拉练看作是在小拉练的基础上走的距离远一点、走的时间长一点罢了，故对连队干部、班长及老兵们预先提醒我们的那些大拉练注意事项，并未真正入耳入心。但实践证明了我们这些新兵当初的幼稚，它让我们切身体会到了大拉练是时时有学问，处处有技巧，更让我们深深领教了什么叫"不听老兵言，吃苦在眼前"。

比如拉练前，老兵对我们说："大拉练时解放鞋一定要坚持'四不穿'。"什么是"四不穿"？即"不穿过大的，不穿过小的，不穿过新的，不穿过旧的。"鞋过大，脚底容易在鞋内滑动，脚前掌容易打泡；鞋过小，容易束缚脚趾，趾侧容易打泡；鞋过新，鞋帮比较坚硬，脚趾及脚后跟容易磨破；鞋过旧，鞋底太薄，没有弹性,脚踝很累,脚底也容易被石子等硬物磕痛。所以在拉练前一个月,班长就提醒我们拿出一双新解放鞋来先穿,穿个把星期之后就洗净收起来,专门准备拉练时穿。我们行军前都这样做了,但我们还是打泡了,问班长原因,班长对我们说:那是因为你们的脚底太嫩,还不够"铁"。情况还确实是这样,凡是参加过大拉练的老兵,基本没有人打泡,而且我们班新兵打泡也均非解放鞋不合适所致,打泡位置基本都在脚底,只能怨我们自己的脚底"修炼"得还不够火候。

再比如拉练前,老兵又对我们说:"大拉练时一定不能穿裤衩。"那个年代,部队严格要求战士:发什么、穿什么,如果自己另行购买衣物,就可能被批评有"小资产阶级思想"。当时部队发的全都是长裤腿的平脚裤衩,行军时间长了就会往上卷缩,最后在裆部中间形成一股,大家戏称它叫"股长"。卷缩的裤衩是既磨裆部,又磨大腿,造成破皮又起泡。老兵提醒我们,行军时要么直接光着腚穿军裤,要么内穿长衬裤。由于我不习惯光腚穿军裤,内穿长衬裤又怕热,第一天我没有听从老兵的教诲,还是跟平常一样军裤里面只穿了裤衩。可行军几个小时之后,裤衩就开始卷缩到裆部,磨得我大腿根部十分疼痛,行军中我不得不经常用手从军裤前面的开口处伸进去扯拉裤头的裤管。好在是夜间行军,如果是白天,此动作实在不雅。到了宿营地一看,大腿根部的皮都磨破了,还出了血。第二天,我也采取光腚穿军裤的"妙招"了。你还不要说,不穿裤衩的感觉还真好,既爽快又透气还方便。但就是"大前门"一定要注意关好了,千万不能忘记扣上裤扣,否则洋相就出大了。大拉练时,我们会经常听到队伍里这样的提醒声:"×××,你的'大门口'哨兵脱岗了! 呵呵!"

又如拉练前,老兵对我们说:"大拉练时要尽量选择在土路上行走。"沥青路和水泥路,路面虽平整,但路面太硬,不但脚踝容易疼痛,脚掌也容易打泡。土路软硬适中,且有一定弹性,最适宜长途行军。如行军路线是沥青路和水泥路,一定要尽量走在路面的边缘,因为边缘通常都是土质路基,最多有一点细石子。才开始我们还将信将疑,可两天行军之后,我们已深信不疑,让我们走铺装路面我们也不走了。但我们最害怕的还是经过南京长江大桥,原因有二:一个是一次性行军距离太远。由于我们部队有许多骡马,无法在大桥上休息,一旦有车辆通过,骡马容易受惊,必须让它们尽快过桥,可大桥公路桥就长达 4.6 公里,你既不能靠近大桥休息,也不能一下大桥就休息,加上一个团有近 3 公里长的行军长径(从第一人到最后一个人的总长度),所以一次性行军距离至少要达 10 公里以上。另一个原因是桥面太硬太滑,大桥人行道上全部是釉面瓷砖铺装,瓷砖上往往有少量灰尘,摩擦力小,行军时解放鞋踩在上面直打滑,脚底根本不着力,过一个大桥,就是脚不打泡,脚踝及脚底也因紧张和长时间接触硬面而疼痛得够呛,我们新兵中的许多"泡兵"称号就是在过大桥时被"授予"的。

还如拉练前,老兵对我们说:"大拉练中一定要学会休息。"行军休息无论时间长短,一定要把脚部垫高,脚部垫高的目的是让血液回流,防止腿、脚肿胀。休息时我们通常都是背靠行道树或两人背靠背席地而坐，双腿搁在被包上。行军休息处如正好有土包或坟包，大家都会争先恐后地跑过去，背靠土包或坟包半躺半坐，双脚翘在背包上，那是最舒服不过的了。会休息的最大窍门，应当是学会在夜行军中睡觉，乍一听似乎是天方夜谭，但在实践中我们却深受其益。大家都知道，人在下半夜2、3点钟是最困乏的时段，不知不觉就能打瞌睡。此时我们一般都是两人一组，肩顶着肩行军，其中一人负责掌握方向，另一人可以“走着睡觉”。如前方有障碍物，掌握方向的人一定要带着睡觉的人从障碍物旁边斜插过去。行军中睡觉的人虽然腿在行走，但对外界的一切已经没有多少感知，确实进入了一种浅睡状态。记得有一夜行军时，我与一位胥姓战友一组行军，轮到他把握方向、我睡觉的时候，走到一个交叉路口该拐弯了，可能是我们肩相互顶得太松了的缘故，我竟然脱离了这个战友的控制，闭着眼睛仍然照直向前走，活脱脱成了“夜游神”。胥姓战友发现，马上把我拉了回来，真是搞笑极了。行军中轮流睡觉堪称绝技，它既可以解决午夜的困乏，又可以有效地保存体力。

再就是拉练前，老兵反复对我们说：“大拉练中一定要注意养脚。”行军主要靠脚，时刻要注意保养。到了宿舍地，无论有多困乏，一定要用热水泡脚，泡脚时间不能少于15分钟。这样可让全身血液充分流通，既可以减少脚部的疼痛，还可以消除疲劳。如果脚打了泡，一定要一针两洞对穿把它挑破，慢慢挤出积水，并在挑破的洞中穿上消毒后的马尾，这样第二天行军时，原来打的泡就会逐渐干瘪，即便产生新的液体，它也会从洞中流出，泡不再会扩大，虽有点痛，但基本不影响正常行军。行军的前两天，有的新兵由于太累，巴不得早点睡觉，对泡脚是敷衍了事；有的怕痛，打了脚泡想让它自己吸收，没有挑破，结果吃了大亏。第二天行军下来，小口径“泡兵”变成了大口径“泡兵”，多吃了不少苦头。看来，老兵的经验你还不得不信。

千里拉练虽然艰苦，但对人的意志、体能、技能、作风等方面都是极好的锤炼，确实使我们终身受益。时至今日，虽然那种徒步形式的千里野营拉练已经没有部队再进行了，但我认为，千里野营拉练的精神不会过时，永远值得我军继承与发扬。

博友评论节选

金天

这真是人生难得的经历，也许当过兵的不少，但有此经历的不是很多，战友总结的经验体会非常好、也很管用。只可惜现在部队搞这么远的拉练几乎是没有了，现在的战士与过去相比吃苦少多了，有的部队连站岗的岗楼都安上了空调。平时不流汗，战时就可能要多流血啊！很精彩的博文！

峻旭

感同身受，步行拉练我参加两次，一次是新兵连，是短途拉练，一次是在军校，是长途拉练，但都是白天行走。夜间行走一定很辛苦吧，您这些拉练总结很精彩，经验宝贵。

神鹰9

拜读佳作！千里拉练的经典总结！一生难忘！

刘本新

行军的技巧一览无余。

紫菀

现在可能再也没有这么艰苦的拉练行动了。真有战争就会吃亏的……

拜读您的文章，更加体会和理解当年的军人，更加敬佩你们身上的那种永远的军魂！

聪慧树，1970年12月入伍，历任战士，文书，班长，团司令部作训股绘图员、参谋，连长，军司令部作训处参谋，师司令部作训科长，石家庄高级陆军学校学员，团参谋长，军区特警团长，军区后勤干部训练大队大队长，联勤分部参谋长、副部长等职，大校军衔。三等功六次，多次受嘉奖和被评为军、师、团级优秀共产党员及军事训练先进个人，2006年退休。

生死战友情

作者：军中小白杨

博客地址：http：//blog. sina. com. cn/jzxbg

开博时间：2009 年 6 月

当过兵的人都有过投弹的经历，我的第一次投弹，真是惊心动魄。那次经历，让我终生难忘的是我们的白排长，他让我亲眼目睹了什么叫“舍生忘死”。白排长是个平时不爱说笑的人，很严肃，人长得挺黑，个头不高，给人一种望而生畏的感觉，所以我们这些小女兵平时和他话不多，有时甚至躲着他。可就是他，在我们实弹考核时，却做出了一件让人震惊的事，让我们对他肃然起敬，一生难忘。这也是我入伍后，第一次深深感受到“战友”二字的真正含义和分量。

那年战备很紧张，因为我们师是军里的战略预备队，所以军事训练科目一个接一个紧张地进行，投手榴弹，是军事训练中必不可少的项目，要求女兵要达到25 米才能投实弹，这个距离，对男兵来讲很容易，但对我们女兵来讲可太费劲了。刚开始，由于掌握不好要领，我们怎么练也投不远。特别是我，每投一次，胳膊肘就像脱臼一样的疼，一直不能达标。眼看着离投实弹的日子越来越近，我每天急得像是热锅上的蚂蚁，连做梦都在练投弹，有一次抡着胳膊使劲喊，差点从上铺摔下来。正巧爸爸来我们部队公干，如此这般地指教了一番，我才知道是自己投弹的要领不对。还好，最后总算在投实弹前达标了，我很感谢爸爸，心想，老爸不愧是老军人啊。

实弹考核是在营房外的一片小树林里，我们列队到那里时空地上已挖好了用作掩体的土坑，值星官白排长在那里紧张地忙前忙后，看看这，弄弄那，然后用铁锹休整着掩体。为了安全起见，我们全部撤到不远处的小树林里，队长反复给我们讲投掷实弹要注意的安全事项，嘱咐大家不要紧张，点到谁的名谁就出去投，其他人就地待命。

第一次参加投实弹，说不紧张是假的，听着男兵那边传来“轰、轰”的爆炸声，我们的心里紧张极了，心想千万别出意外。特别是当把手榴弹的后盖打开，把那个小环套在小拇指上时心里就像是揣了个小兔子“蹦蹦”直跳,唯恐拉环脱手,手榴弹在眼前爆炸。还有的女兵光想把它抓紧些,扔几次都扔不出去,手榴弹死死地抓在手里。

轮到我时,我按照要领先把拉环小心地套在小手指上,闭上眼静了静心,然后用尽全身的力气猛地把它扔了出去,接着迅速跳进了掩体,这时只听见“轰”的一声巨响,身上落满了泥土。过了一会,我战战兢兢地从掩体里爬了出来,也顾不上抖抖头上的土,伸长脖子在等着听报数。这时听见那边喊:25.6米,“噢,我达标了!”我高兴得大喊起来,激动地跑回到小树林里,战友们高兴地和我拥抱着蹦跳,那种心情真的是兴奋极了!

我的后面轮到小苏了,她是个胆子很小的女兵,平时说话声音细细的,班长怕她紧张,很不放心,又叫住她嘱咐了一遍。但当她小心翼翼把手榴弹的拉环套在手上,举起胳膊向后撤时,意外还是发生了。就在她向后撤的刹那间,手榴弹不知怎么从她的手里滑落下来,掉在了她的身后,她的手上只剩下了小环和导火线,她紧张地低头到处寻找那颗手榴弹,就在这千钧一发的时刻,只见白排长一个箭步冲过来,猛地一把就把小苏推到旁边的坑里,然后用自己的身体挡在了她的身上,随着“轰”的一声巨响,手榴弹爆炸了,大家不顾队长的命令一起跑了过去,急切地喊着:“白排长,小苏——”,这时,只见小苏毫发无损地从坑里爬了起来,白排长却倒在一边,腿上流着血。军医赶快跑过来救护,给他包扎,师部医院的现场救护车也开了过来,大家七手八脚把白排长抬上救护车,紧急送往医院。

我们站在原地,呆呆地望着呼啸而去的救护车好久没有动,队长看着大家沮丧低落的情绪,宣布当天的手榴弹考核暂停,部队带回。女兵们这时才回过神来,安慰着被刚才一幕吓呆了的小苏,她说话都哆嗦了,一个劲地说自己不好,自己太笨,哭着要去师医院看望白排长。我们好歹劝说着她回到了营地,她坐在床边水不喝,饭不吃,一直在责备自己。

据男兵后来告诉我们说,那天晚上我们队长一口气就抽掉了两盒烟。

白排长受伤后,我们女兵的心里都很难过,因为他是为了救我们女兵而受的伤啊,除了轮流常去医院看望他外,大家就是刻苦训练,争取把手榴弹投得远一点,别让这样的事情再发生。

时隔不久,部队又进行了第二次投实弹考核,这一次队里为了让安全系数大些,竟然想出来让我们女兵从营房外对面的小山上往下投,这样就是滚也能滚下去好几十米。一开始我们不同意,向队长提出抗议:“这叫什么投实弹啊,瞧不起我们女兵,弄虚作假啊。”可队长却生气地说:“就是撤我的职,我也不想再出事故,再让我的兵受伤了。”无奈之下,我们只好乖乖地爬上小山,进行第二次实弹考核,成绩可想而知了,考核结果没一个人不及格的。

事后我们大家对白排长救人这件事进行了激烈的讨论。白排长,一位普通的军人,在危险时刻挺身而出,做出这样的英雄壮举,是什么力量让他毫不犹豫地冲上去用自己的身体保护战友？难道他不知道实弹会炸死人吗？难道他不知道人的生命只有一次吗？这是军人高尚的情操，这就是战友情，在危急时刻，生死关头，不惜牺牲自己的生命来保护战友的生命。把生的希望留给他人，把死的危险留给自己。这，就是战友，这，就是生死兄弟。这是一种发自内心深处的情感，一种纯洁无瑕的情感，战友之情，是令许多军人永远留恋的、至真至纯的感情，也是军队这个特殊的群体里特有的、弥足珍贵的感情，这一点，我想上过战场的人比我们更有体会吧！

好在白排长伤势不太重。可惜的是，他伤好出院后，当年就转业走了，至今我们也不知道他去了哪里。听我们女兵排长说，他在地方干得也很出色。

我们再没有见过白排长，但女兵排的战友们从来也没忘记过他。深深的战友情，永远的铭刻在我们心里。

博友评论节选

随缘

什么叫战友，战友就是能为你挡子弹的同志！感觉又回到了新兵连——实弹射击完毕，饭后班务会，对今天的实弹射击做一个回顾，大家争先恐后对白排长的英雄行为表示敬佩，向英雄学习，以英雄为榜样。

人酒诗梦

那是个理想至上的年代！那是个英雄辈出的年代！这样的情况，在战斗连队，男兵、新兵也会出现的。甩在身后、或左边或右边都有可能。这种意外情况一旦出现，军人，革命英雄主义精神立马彰显！在那几秒钟的时间里，他所考虑的不是个人安危，而是保护战友的生命！这是类似王杰的革命英雄主义精神！"一不怕苦二不怕死"就是从此而来的。我来回答：这种大无畏精神是怎么来的？因为我们是革命军人！因为我们穿的是军装！

晓晨

当敌人的子弹射来，他们能挡在同伴前面，当危险来临，他们能扑在战友身上，把生的希望留给别人，把死神留给自己。这，就是战友，这，就是生死兄弟。

ART921

这是一种发自内心深处的情感，一种纯洁无瑕的情感，一种有着生命力的情感。战友之情，是令许多军人无限留恋的一种至真至纯的感情，也是军队这个特殊的群体里弥足珍贵的感情，它有着温暖、鼓舞和震撼人心的巨大力量！军旅的生活对我而言，很陌生，但从你的文字中能感受到那种紧张、激烈、艰苦，真是那大熔炉锻炼和培养了你们的顽强性格和坚毅作风，向解放军致敬！

军中小白杨，工艺美术师，1951年生，在部队大院里长大，先进入部队“红旗子弟小学”上学，后随军辗转胶东各地。1969年入伍，在Y军S师服役。1975年考入“青岛工艺美术学校”，1985年又考入山东轻工业学院美术设计专业学习，设计的作品多次在省、市获奖，退休前，任淄博市广告装潢总公司印务部经理。

静静的白桦林

作者：关东情

博客地址：http：//blog. sina. com. cn/u/1846419795
开博时间：2010 年 11 月

白桦林，对我来说，有着一个不可磨灭的情结。无论走到哪里，每当看到白桦林或者是一段白桦树干，甚至看到一块桦树皮，都会打开我的那段刻骨铭心的记忆。这是因为，我和我的战友曾经和她度过一段生死离别的岁月。

1969 年 2 月的一天，我从军校学习回来，背着行李直接来到连部。连部里只有指导员一个人。我简单地向他汇报了学习情况后，指导员告诉我，近来连队工作特别忙，连长正在团里参加紧急会议。前几天，接到上级通告，通告说：我国北方的一段边境，形势特别紧张，敌人不断地向我进行武装挑衅。部队已接到命令，要在近日奔赴边防前线。指导员还说："各地的新兵，昨天已经陆续到齐，根据上级指示，今年团里不搞新兵集训，把新兵直接分配到各个连，插到各个班。"

说到这里，指导员停了下来，他点燃一支烟，深深地吸了一口，说道："连里准备交给你一个重要的任务，想听听你的意见。"

从指导员的动作和口气上，我明显地感到，这个任务不同往常。我回答道："指导员，你说吧！什么任务？"

指导员说："这次，我连分配来的新兵中，有一个叫姚九龄的战士，是独生子。参军前，他是苏州市一个文艺团体的评弹演员。按国家政策规定，独生子一般不征招。可是征兵时，他说什么都要当兵，他父母也多次找过部队首长，希望收下孩子当兵。后经带兵领导和当地武装部的研究，同意了他们的请求。可是没想到，姚九龄一到部队，就赶上要去前线打仗。因此这几天他天天哭着说不去，思想消沉，情绪很不稳定。昨天，团首长指示，先做做他的思想工作，防止他私自离队或者出现其他意外。团首长还说，目前的情况不同往常，这次是一次秘密调防。在这段时间里，不允许任何人离队。实在不行，就得采取点强制措施。"

说到这里，指导员又停下来，他似乎在观察我的表情，笑着说："我想把他交给你,你看怎么样?”

听到这里,我想,自己从来没遇到过这样的事,任务又这么急,感到不知所措。但出于军人的天职,我马上站起来,向指导员敬了一个军礼,回答道:“放心吧!指导员,我保证完成任务!”

指导员很高兴,又对我说:“你先带他一段时间,今后我们也会和你一起去做他的思想工作,争取尽快地把他的思想转变过来。”

回到班里,大家正在午睡。一个身穿崭新军装的战士,坐在自己的床沿上,身后放着一个装琴的盒子,眼睛呆呆地望着窗外。我敢肯定,这就是姚九龄。听到有人进来,他回过头,站了起来。

我先是打量他一番,个子不很高,长得眉清目秀,高高的鼻梁,大大的眼睛。可能是这几天老是哭的原因,眼睛有些红肿。我心想:“真的不错,像个搞艺术的!”

我一边放下背着的行李,一边问他:“你叫姚九龄吧?”

“嗯。”他低声回答道。

我走过去,握住他的手说:“欢迎你到我们班来!我是这个班的班长,我叫张小强。今后,咱们就要在一起生活、学习、训练和战斗啦!”我故意加重了“战斗”二字的语气,示意他,当兵的,就是要打仗。

他看我这样说,便把头低了下去。

我问他:“你吃饭了吗?”

他说:“不想吃。”

我说:“那正好,我也没吃呢,咱们一块去吃吧!”

他还是说:“不想吃!”

我拉了他一把说:“走吧!俗话说,人是铁、饭是钢,一顿不吃饿得慌。走!晚上,我还想听听你唱的评弹呢!”我连拉带扯地和他一起向食堂走去。

从这以后,我都想方设法把他拴在自己的身边。一是防止他出现意外,二是尽量地和他多聊聊。

几天过去了,小姚的情绪似乎好了一些。

出发这天,小姚并没有给部队添什么麻烦,他和大家一起顺从地上了火车。只是在他的个人装备中,多了一把三弦琴,这是经过上级批准的。

来到边防,我们并没有立即投入战斗。边防的局势,并没有像我们想象的那样紧张,只是敌人在江对岸不时地用重机枪向我们扫射。一串串泄着红光的子弹,从我们的头上和帐篷的上方飞过。因为我们是驻扎在山的背坡,所以子弹打不到我们。我们开始进入紧张的抢修工事之中,姚九龄的情绪也一天比一天稳定下来。

这天早上,我正在帐篷里,撅着屁股用蒿草点炉子。炉子是用汽油桶改制的,炉子点不着,往外冒着一股股浓烟,呛得我鼻涕眼泪都流了出来。

这时,姚九龄捧着一大把桦树皮,兴致勃勃地走进来,大声地说:“班长!刚才在外面劈柴火时,猎户秦大伯说,桦树皮点火最好使,你试一试!”

我接过桦树皮，用火一点，果然，桦树皮就像沾了油脂一样，立刻燃烧起来，并且发出一串串“噼噼啪啪”的响声。炉子里的柴火很快被点着了，帐篷里立刻暖和起来。

吃过晚饭，连队点名，这是连队每天晚上都要进行的总结活动。全连除了值班人员以外，全部集中到一顶特制的大帐篷里。连长和指导员讲完话，我建议姚九龄给大家唱一段苏州评弹，全连立刻响起一片热烈的掌声。小姚推脱说：“好久没唱了，都想不起唱什么了。”有人大声喊道：“你就唱，你在家里唱过的那些吧！”小姚说：“那好吧！我去拿三弦。”

三弦拿来了，通信员拿来一只凳子，放在地中间，让人小姚坐下。这时，我发现，小姚的三弦琴上，贴了一片用桦树皮做的标签，上面写着“提高警惕　保卫祖国”几个字。我想起，前几天小姚和我说过，桦树皮可以像纸一样，一张一张地揭开，还可以在上面写字。

小姚调了几下琴弦，说：“我给大家唱一曲毛主席诗词《蝶恋花·答李淑一》吧！”

大家鼓掌齐声叫道：“好！”

帐篷里静了下来，只有小姚的歌声和琴声在帐篷里回荡：

我失骄杨君失柳，
杨柳轻扬直上重霄九，
问询吴刚何所有？
吴刚捧出桂花酒……

边防的形势开始紧张起来，江对岸的敌人，除了每天加长射击时间以外，还不断地向前沿阵地输送各种武器弹药。直升机肆意进入我国领空，在我们驻地的上方进行盘旋侦查。有时，还利用机动雪橇，登陆我江中的岛屿。

我们开始日夜不停地加紧修筑工事，同时密切监视敌人的动向。

小姚的思想慢慢地好转起来。部队首长为了发挥他的特长，经常特意给他一些时间，让他搞创作，把前沿部队中的好人好事写成唱段，进行宣传。小姚也在这些创作和宣传中，一天天进步。施工中，他主动抢重活和危险活干。哨所站岗时，他总是延长值班时间，减少其他同志在凛冽寒风中的时间。

这天，接到上级指示，命令我们要在 3 月 12 日上午 9 时，全副武装，正式登岛巡逻，向敌人示意，这是我国领土！

连里把这个任务交给我们班，我班分成两个小组，一组由副班长负责，带领登岛。另一组由我负责，在岸边增援。整个前沿部队进入到紧张的战斗准备状态。

登岛开始了，副班长带领四名战士，从“鱼脊背”形岛的下方，一步步向岛的制高点走去。我和其他四名战士，身着白色斗篷，埋伏在江边的雪地里。

我拿着望远镜，全神贯注地观察着前方的情况。一会儿把镜头移到江对岸架着的机枪，一会儿把镜头移到正在登岛的五名战士。我看到，再走几步，他们就要走到岛的制高点了，全员就要暴露在敌人的枪口之下了。我感到，周围的空气已经凝固，紧张的心直跳，手中的望远镜也在微微地上下抖动。时间在一秒一秒中度过……。

突然，江对岸的机枪口吐出了一串串淡蓝色的烟圈！敌人开枪了！紧接着"嘟嘟嘟嘟……"传来了一阵机枪扫射的声音。

我立刻把镜头对准正在登岛的五名战士，糟糕！我看见姚九龄已经倒在雪地上，其余几个人，正在把他从岛的制高点上拖下来，雪地上留下一条长长的血迹。剥开他的棉衣，里面的白衬衫，几乎全被鲜血染红了。

我无比愤怒，拿起步话机向首长报告："报告首长！敌人已向我开枪，打伤我一名战士，我们要补充上去吗？请指示！"步话机是联机的，我的报告，整个前沿部队的几个首长，都可以听到。这时，连长回答道："不要动！原地待命！"

步话机里又传来副班长的声音："报告首长！姚九龄已经停止呼吸，我们怎么办？请指示！"此时，我的脑子里"嗡"的一声，心像被重重地一击！

接着步话机里传来一阵电波的杂音，这段杂音时间不过10秒，可是好像过了很长很长一段时间。不一会儿，步话机里传来连长的声音："01号、02号请注意！马上撤出阵地！"

我们只能执行命令，撤出阵地。

姚九龄同志牺牲了，我们把他的遗体抬回驻地。

几天后，姚九龄的父母来到部队。我们为小姚同志开了隆重的追悼会。遵照小姚父母的意愿，把小姚的遗体埋葬在我们时常路过的那片白桦林里。

当地的老百姓为小姚制作了一块墓碑，墓碑上，由前沿部队总指挥亲笔题写了"革命烈士姚九龄之墓"。我把小姚的三弦琴恭恭敬敬地放在他的墓碑前。琴上，小姚用桦树皮做的那个写着"提高警惕　保卫祖国"的标签，显得格外醒目。经过我们和当地老百姓的一番整理，这里便成了一个虽规模不大但却很肃穆的"革命烈士陵园"。

从那以后，无论工作有多忙，我总是要抽时间到白桦林去看望小姚。

站在小姚的墓前，耳边仿佛又响起了他那优美动听的苏州评弹演唱声：

我失骄杨君失柳，
杨柳轻扬直上重霄九，
问询吴刚何所有？
吴刚捧出桂花酒……

而今，这歌声、琴声永远地消失了。

我久久地凝视着这块小小的墓碑。小姚：我亲密的战友、心爱的好弟兄。

你把宝贵的生命，献给了这片肥沃的土地；你用年轻的身躯，紧紧地、紧紧地拥抱着这绵延的山川、静静的白桦林！

博友评论节选

幸福的妈咪

饱含深情的回忆，唤起了我们对英雄的怀念！不过年轻的新战士，战斗还没有打响就牺牲了，真的太可惜！

chaoye 潮爷

我一口气读完你的佳作，故事情节十分感人，读后让人久久回味。该文语言朴实无华，感情真挚细腻，故事既出人意料之外，又在情理之中。

xiang

读了您的《静静的白桦林》很是感动。真实的故事，真情的叙述，战争是残酷的，一个年轻的生命转眼就没了，作为战友亲眼所见，定是终生难忘的。

柴英

今天静静地重读，又是一番激动。因为我与白桦林也有一段感情。没有轰轰烈烈的场面，一个年轻的生命，鲜活的青春，就默默地留在了界碑旁，这是最真实的军人，无数个军人都是这么真实，有了这些真实的军人，才有了我们安宁的生活，不能忘记默默奉献和牺牲的军人。

关东情，1968 年入伍，曾任班长、排长、指导员。1981 年到兵工厂，曾任生产秘书、外协员、项目经理等职务。曾在《解放军报》、《江城日报》、《江城文艺》等刊物上发表文章。

化作山脉的人们

作者：温莎枫叶

博客地址：http：//blog. sina. com. cn/zlq308
开博时间：2009 年 5 月

多少年，我不愿触及往事；因为往事里有太多的悲伤。多少次，我试图眺望，眺望遥远的吉尔吉特，中国烈士陵园里那些年轻战友的身影。我猜想，那些安息在喀喇昆仑山脉里的魂灵和曾经一张张洋溢着青春笑容、眉宇坚毅的面庞，该是朝着怎样的方向？哦，他们一定是在回望祖国，回望遥远的故乡，回望翘首以盼的母亲和那心爱的姑娘……

——题记

洋河回来了，带着欣喜带着疲惫。洋河是陪烈士朱发安的未婚妻肖际玉赴巴基斯坦扫墓的。

洋河与朱发安同是援巴战友，但以前并不相识。自"中国军队援助巴基斯坦修筑喀喇昆仑公路"作为国家最高机密解密后，洋河才知道朱发安烈士是唯一一名湖南籍援巴战友。

洋河驱车前往朱发安家乡探访时，见到小朱的未婚妻肖际玉，洋河被他们凄美的爱情故事深深地打动。当肖际玉泣诉："他的遗物我每年都拿出来晒，没有一样长虫发霉……我只想去巴基斯坦给发安扫墓，可我没有钱呐……"洋河这个硬汉竟当着众多乡亲哭出了声。

后来，洋河以"援巴老兵"的名义，联络媒体，多方奔走，筹集款项，历经周折，终于组成了"天路寻爱小组"，为重返援巴之路打开了一扇门，他要捧去家乡一把热土，覆盖在长眠于喀喇昆仑异国他乡的亲人们身上。

此举惊动了巴基斯坦政府，巴方派专人一路陪同，扫墓活动圆满完成。至此，湘女肖际玉终于实现了她 30 多年的夙愿。

洋河回来后急切地找到我说:“大姐,您还记得那次大塌方么? 那十几个被压在山里的湖北籍战士,这次我看到他们了。

“挨着朱发安的是您护理过的小战士钱良应;

“还有桥梁支队患狂犬病牺牲的巩宏康;

“还有你们筑路指挥部医院外科的董所长;

“还有,

“还有……

您都记得吗?”

洋河一连串地探问,让我惊骇,继而哽咽。

我怎么能忘记? 我怎么可以忘记?! 当年那些战友,个个都是鲜活的生命啊……

于是,记忆闸门就这样被洋河撞开了……

1974 年 6 月,在开往中巴边境的卡车上,我们在密闭空间里如老农筛的豆儿,摇晃、蹦跳,五脏六腑颠翻了个,脸色由红变青,继而苍白如纸。高原空气稀薄,一些男兵开始因缺氧而流鼻血,女兵建美也突感胸口窘迫,头痛欲裂,她张大嘴上气不接下气,眼睛直勾勾地、可怜兮兮地看着我,露着惊恐和不安,泪水顺着脸颊滚落。我把她头放在自己腿上,给她吸氧、按摩胸口说着宽慰的话:“坚持住啊,建美,咱马上就要下山了!”

建美终于挺过来了。而不少战友因严重高原反应继发呼吸衰竭,再也没能醒来。

我们在喀喇昆仑千山万壑中颠簸了几天几夜,终于来到了海拔 4 800 米素有“死亡山谷”之称的红其拉甫,满目冰峰雪岭。在海拔最高的陆路口岸中国红其拉甫边防检查站,我们看到了鲜红的五星红旗!

带着氧气的战友执意要下车,他们相依着、搀扶着。向国旗致意,向祖国告别。立正、敬礼。泪水模糊了年轻战士的眼睛。

某年夏天,小战士患痢疾,上吐下泻,他边输液边在床边拉得提不起裤子。我看到他满屁股的污渍,要上前帮他,他臊得直摇“拨浪鼓”。我厉声道:“同志,你给我听好了,现在你是我的病人,我是你阿姨,你必须听我的!”不由分说,我命令他趴下! 他愣愣地看着我那么“严肃”那么“不可商量”,全无抵挡之力,羞红着脸由我摆布。我拿草纸一遍遍清除污秽,用温水反复清洗,再抹上凡士林,最后帮他换衣服、换床单、垫片子。我边干边哄,小战士就像个乖孩子。那一刻的我,心中油然升起神圣的母爱。这个小战士就是钱良应。

洋河告诉我,小钱痢疾痊愈归队后一直还惦记我,曾多次想请假到医院看望“阿姨”,可他的愿望尚未实现,就在一次水毁修复工程中牺牲了。至今,他那张带着童稚、羞涩的面孔还常在我眼前晃动,可他的躯体却永远躺在吉尔吉特中国烈士墓地再也没能醒来。

小巩是被担架抬来的。几个月前他被疯狼咬过，医生诊断是“狂犬病”，指挥部决定紧急从国内调运“狂犬疫苗”，我被安排给他上特护。开始时他出现发烧嗜睡，被咬部位忽疼忽痒；幻觉、怕光、怕水、怕风、怕声，因此病房不再开灯，所有窗户紧闭，进来的人都蹑手蹑脚不发出半点声音。在间断性发作初期，他还能断断续续地跟我说话，说他叫巩洪康，家在江苏农村，是独生子，爸爸死了，妈妈舍不得他当兵，他是偷跑出来的。

小巩还告诉我，被疯狼相继咬伤的有5名战友，有几位已经死了。其中一位临死前哭着向排长请求：“做个笼子把我关起来吧，不然我会咬伤战友的。求你了，排长！”说着小巩哭了：“姐，你说我会不会死？我不想死，我想回家，我想妈妈。”

这是我们筑路指挥部医院，是当年援巴部队最好的房子。（洋河摄）

我含泪安慰他：“你很棒，你怎么会死？你听，送药的直升机就要来了。疫苗一到，治好病，姐就送你回家。”他的脸上浮现出了淡淡的笑，眼球盯着我不再飘移、转动。信任、期盼的眼神如同胶片定格在我的心灵深处。

病房里，除了器械碰撞声，周边死一般寂静。看着小巩生命如抽丝般渐渐离去，我万般无奈、心如刀绞。疫苗终于来了！小巩却死了。

尽管我知道这种病很难治，尽管我有足够思想准备，但一想起他那期待的眼神和信任的笑靥，好像只要我点点头，他就可以回家！我心痛得难以自制。趴在宿舍的被子上哇哇大哭……

我曾经问前来看病的战士，一天中想得最多的是什么？回答：“活着”。

“活着”！多么简单又多么悲壮的答案啊。

据说，喀什有个专门为援巴人员批量定做棺材的地方。一位战友这样描述：“三岔口是死人都不想留下魂魄的鬼地方。司机像逃荒一样拉着我们逃离并跑到喀什援巴办事处，哪晓得刚下车就像被鬼摸了头似的，东张西望在院子里到处乱转。突然，在院子一个角落里我看见摆了一堆棺材，好稀奇，好恐怖。我问职工模样的人，怎么这里有这么多棺材？他说：这棺材是为你们准备的。我一听，腿都软了，赶紧假装蹲下做呕吐状。因为我也是男子汉，不能让他看出我是软骨头。”

我相信这绝不是杜撰，那些棺材原本就是留给我们的。

生与死，对于每天惊险不断的援巴战士已经不算什么了。作为军人，我们来了，就是时刻准备献身的。出发前，许多官兵把自己节省下的军装和物品上交组织，以备自己“光荣”后，遗物能送回家中。

我见过洋河那份未生效的"遗书"：

亲爱的奶奶、爸妈以及哥、弟妹们：

你们好！当收到这封信时我已经为祖国光荣地献身在异国他乡了。我是为中巴友谊而献身的，请你们不要难过……为中巴友谊而尽一名热血青年、一名中国人民解放军战士应尽的责任，也算得上重如泰山，无比光荣吧。

虽然躺在异国他乡土地上，但作为孙子、儿子，我的灵魂将永远心系中巴两国友谊，也会每天仰望遥远的家乡，为你们真诚地祈祷和祝福。

……

洋河算是幸运的。他作为一名放映队员，成天穿梭在数百公里险象环生的陡峭河川之中，每到一处施工部队驻地，都是一次生与死的考验，无疑是在刀尖上跳舞啊。可就这样，他在这条路上来回跑了300多趟。

在援巴的日子里，生死一瞬间的事情太多了。

战友新萍在外科工作，她说常有用直升机送来，因摔伤、炸伤而血肉模糊的战士。我们只要听到直升机轰鸣声，心都会提到嗓子眼，都会拼命地往停机坪跑。为救伤员我们每个人都献过数次血。

新萍说，一天外科授命到一线抢救伤员，那一整车人都翻到路边几十米深的印度河里了。战友的残肢挂在树上，有的头颅则夹在石头缝里……男兵系着绳子到山脚下，一点一点地把尸体碎块捡回来。回到医院，那些平素看似柔弱的女兵，一边流着泪，一边用水小心翼翼地将英雄的遗体清洗干净、拼装、充填、缝合……

有一年我奉命带10多个战士回国。一路上都是施工部队的战士们用自己身体当人梯，用铁锹在塌方处铲出约40公分的小道，帮助我们面壁悬崖、背悬印度河，一步一步地挪过去。

后来，终于有了路，接运我们的是司机老赵。老赵40多岁，河南兵，车开得很猛很稳，算是一把好手。在狭小的驾驶室里战友建美靠着车窗打盹，我却把眼睛瞪得大大的陪老赵说话。记得那是一个山坳的急转弯，迷迷瞪瞪的我突然听到赵"嘘"地吹了声长哨，车先向右一歪紧接着方向盘向左猛打，我放眼望去，右边车窗外传来"哗啦啦"飞沙走石声，吓得我毛骨悚然！车刹住了，车头右下方是印度河，左边是悬崖峭壁。

老赵嘱咐谁也别动，自己快步跳下车去。回来时他一言不发，继续开车。少顷，他要我帮他点支烟，定了定神说："好险哪！刚才右前胎踩在道路的豁口上了，幸亏方向盘打得急，否则后果不堪设想。"老赵脸色苍白，豆大的汗珠滚了下来。

到了兵站，我们正在吃午饭，又来了几辆车。有个司机跳下车就大喊："出事啦！在××路段一豁口处，×大队的车翻下去了，死了两个人。"我听到后，脑袋"嗡"的一声，炸了！立刻找到猫在墙脚下抽烟的老赵厉声质问："赵师傅您知道么？翻车了！就是刚才那个地方。”我看他不应，又大声说“你刚才停车的时候为什么不放块石头做个记号?!”

他缓缓站起身来，无神地看着我，眼里噙满泪水哽噎得一句都说不出来。我却依旧大喊“就赖你！就赖你，为什么不放记号，为什么不放！”“我恨你！”说完，我哭着跑了。

事后我想，差点出事那会儿，老赵也一定吓傻了！许是余悸未消忘了做记号。说实话，老赵能把我们十几号人一个不少拉回来已经不易了。试想，如果不是他当机立断的那一脚，我现在说不定也成为“远山的呼唤”了。

洋河最后动情地说“姐，真的好奇怪。在从巴基斯坦返回的路上，我放眼望去，周边山峦仿佛叠映出好多战友的头像咧。有睁着大大的眼睛的朱发安；有笑眯眯文弱羞涩的钱良应；有坚毅刚劲的巩宏康；有慈眉善目的董所长……还有一组山峦真有意思啊，风一刮就好像能听见：洪湖水哟，浪打浪哦，浪打浪哦……”

我只是听着、听着，任凭泪水肆意地从脸颊滚落……

资料链接：

喀喇昆仑公路，北起中国新疆城市喀什，穿越喀喇昆仑山脉、兴都库什山脉、帕米尔高原、喜马拉雅山脉西端，经过中巴边境口岸红其拉甫山口，南到巴基斯坦北部城市塔科特，全长 1 224 公里。其中中国境内 415 公里，巴基斯坦境内 809 公里。在巴境内 809 公里中中方援建路段 613 公里。

喀喇昆仑公路路段地质情况极为复杂，雪崩、山体滑坡、落石、塌方、积雪、积冰、地震等地质灾害经常发生，因其修建难度之大被称为世界第八大奇迹。

喀喇昆仑公路是自人类建造金字塔以来的最大工程。喀喇昆仑公路还属于世界近现代 17 项代价最昂贵的建设工程之一。

喀喇昆仑公路是巴基斯坦北部地区的交通纽带，是通往首都伊斯兰堡及南部沿海地区的交通要道，对北部地区的经济发展具有重要意义。喀喇昆仑公路也是巴基斯坦国家公路网的组成部分，对于巴基斯坦的国家安全具有重要的战略和军事意义。同时这条公路也是亚洲公路网的组成部分，是中国通往巴基斯坦地区及南亚次大陆的交通要道。

修建喀喇昆仑公路时，中巴双方共有约 700 人献出了生命。在巴基斯坦吉尔吉特建有中国烈士陵园，埋葬着 88 名在援助巴方建设喀喇昆仑公路过程中遇难的中国工程人员的遗体。

博友评论节选

何以为家

历史作证，星灿作证，生命作证，……只要活着的人还活着，逝去的人永远还活着……

归来的兔子

非常感动！含泪看完这篇……三十年过去啦，喀喇昆仑绝不会忘记为它牺牲的年轻生命，共和国的军人们！人的生命宝贵，谁愿意还没有来得及享受爱情、享受生活、孝敬父母就这么匆匆离去，可他们是军人，无法选择自己的坐标，无私奉献，绝对忠诚！他们永远是最可爱人的！

记录下吧，他们的勇敢无所畏惧！记住他们，共和国勇往直前的勇士！致敬！

喀秋莎

我是含着眼泪看完这篇感人而又真实的故事，我看到了当年你们的艰苦，仿佛看到了那些一个个鲜活生命的逝去，看到了那么多的无奈与离别的痛苦，看到了你们一个个流泪、流血的心，看到了那些如刀锋般锐利的山峰直插碧蓝的天空，就像直插我们可爱战士的心脏！我的心在颤抖！这篇文章真的深深地感动了我！向那些永远留在异国他乡的战友们致以最崇高的敬礼！

风物长宜视觉

枫叶战友以深厚的感情将那段援巴历史叙述了出来，给人以感动和震撼。那些人，那些事并没有被世俗淹没，也不能淹没，因为还有像您那样的战友和兄弟姐妹，应该谢谢您和您的同事们。巍巍喀喇昆仑山，蜿蜒奔腾的印度河记载了英雄儿女们的壮举，为国为人民奉献，功德千秋！

老百姓 LPC

又一次含泪读了此文(包括战友们的评论)，我的心还在颤动、在滴血、在……我不知道该用啥样的语言传递(向你、更向那些远在异国的魂灵)我的感觉——此时，我真的只想大声地呼喊：我亲爱的战友，我想你们！

温莎枫叶，1972 年入伍，总参通信指挥学院护士。1974 年至 1978 年随新疆 156 野战医院赴巴基斯坦参加援建，1979 年至 1987 年武汉军区装甲兵司令部任职。毕业于湖北大学汉语言文学专业，三等功一次并历年获嘉奖。1987 年转业，房地产公司办公室秘书、办公室副主任，中国房协开发委会员。1992 年自主经商，创办公司至今。

大山里的故事

作者：老兵李忠智

博客地址：http://blog.sina.com.cn/laobinglizhongzhi
开播时间：2009 年 1 月

"我看见一座座山一座座山川，一座座山川相连……"

一曲《青藏高原》，还有许多摄影家的精美图片，以及我们在屏幕里看到的壮丽画面，让人们对青藏高原的神秘、壮美产生了许许多多的遐想和神往。然而，很多人并不知道，在 20 世纪六七十年代，那些戍边的军人们所经历的艰苦生活，他们是在怎样的恶劣环境中生存和执行任务，很多事情都是常人难以想象的。当真要走进和驻守那些连绵起伏、万壑纵横的大山里时，可就没有那么浪漫了。

1976 年，我们连队驻守在青海海西州大柴旦附近的一个山沟里，那里有许许多多叫不上名字的山。山大沟深，其艰苦环境自不必说，但那里毕竟还有一座小煤矿，还算有些"人气"，更多的部队则驻进人迹罕至的深山里。我们各连干部常有见面的机会，他们向我讲述了一些自身经历的故事。这些发生在山里的故事，会让我们对当年战士们生活的艰苦程度有些许了解。

12 连奉命进山执行任务，向山里开进时正值严冬，山上到处是厚厚的积雪，覆盖了沟沟壑壑。官兵们深一脚浅一脚踏雪前进，一个战士一不小心掉进雪窝里，立即不见了人影。战友们连忙七手八脚扒雪把人救上来，大家再不敢掉以轻心，小心翼翼摸索前进。天黑前赶到山上，选择了宿营地点，山地冻得梆梆硬，帐篷也无法搭建。睡觉时只好把帐篷毡布铺在地上，再盖上一层毡，形成没有空间的帐篷。为了御寒，两个战士钻一个被窝，这样就成了两层被子，再加上两件皮大衣，增加了保暖厚度。

天蒙蒙亮，指导员王书章惦记着连队吃饭问题，提前起床来到炊事班查看。炊事班长报告说，从山上捡来枯树枝(山上有少量柏树)生的火，用雪化的水焖的大米饭。指导员掀开锅看了看，说："战士们今天很辛苦，一定要让战士们吃上饭，你们想得很周到，还在米饭里放上这么多枣。"炊事班长一脸茫然，说："没放枣啊。”两人用蜡烛照着仔细一看，傻眼了，哪里来的枣啊，是一个个羊粪蛋！

原来，每年夏天都有牧民进山来放牧，晚上圈羊的地方会留下厚厚的一层羊粪。冬天大雪覆地，炊事班收集雪的时候天黑看不清，做饭时黑灯瞎火的也没发现，就把收来的雪一股脑的倒进锅里了。这可怎么办？一锅大米饭扔掉太可惜了，那是战士们用肩膀背上来的米呀！指导员说，把羊粪蛋子挑出来扔掉，炒点好菜就着吃吧。当时哪里有什么菜可炒，只好用桶装鸡蛋粉炒了个菜，又打开几听猪肉罐头。疲劳透了的战士们，饱饱地吃了一顿美餐。

直到 6 月份，山上的积雪才渐融化。战士们挖土打坯，逐渐盖起营房，才搬进屋里。

在另一个山头，发生了一件可怕的事故。6 连副连长孙国文率领 2 排在那里收集枯树，为全团提供劈柴。有一天，连队卫生员来到山上，他说要去打点野味给大家打打牙祭。他特意说明，是连长同意了的，连长还特意让他带上了子弹。副连长没有阻止，考虑到一个人单独活动不安全，就派一名 1971 年入伍的老班长跟他同行。老班长是贵州人，忘了姓名，我们就叫他贵州兵吧。

傍晚收工的时候，卫生员回来了，但是不见了贵州兵，原来他们两个走散了。

天色渐渐暗了下来，副连长命令向山里放枪发信号。噼噼啪啪枪声响起，估计贵州兵即使迷路了也会循枪声找回来。9 点了，还是不见人影，怎么办？点篝火！战士们在 4 个不同的位置点起篝火。熊熊的火光向迷路的战友发出召唤。

带上山来的子弹快打光了，捡的木材也烧得差不多了，还是不见贵州兵回来。深夜 11 点多了，副连长急得团团转：“五班、六班集合，跟我进山找人去！”他带上两个班的战士向山中走去。因山上人烟稀少，几乎没有路，他们打着手电边走边喊，也不知走出多远，渐渐地东方发亮，一夜过去了。心灰意冷又疲惫不堪的孙国文带着战士们往回走，突然发现前方有个黑影晃动了一下。因情况不明，孙国文将战士分成三路向黑影包抄，走近一看，天啊，贵州兵在这里呢！

贵州兵浑身僵直，不省人事，行军壶里的水冻成冰坨子，手里的冲锋枪还紧紧地抱住。大家赶紧把他抱起，轮流背着、架着、抬着往回赶。回到营地的帐篷里，战友们弄来几盆雪给他搓手搓脚。炊事员赶紧给他端来热粥，卫生员把他的双脚放进自己的怀里焐。渐渐地贵州兵缓过气来，终于苏醒过来。

所幸贵州兵身体恢复得不错。过后他向人们讲述了那天的过程。

在山里，他发现沟谷里有一群黄羊，回头看卫生员还在老远呢，于是他单独奔黄羊追了下去。也不知转了几道坎，走了多少路，黄羊跑得无踪无影。他再想回来就难了，茫茫深山，漫无边际，举目四望，找不见营房的踪影；高声呐喊，只能听到自己的回声。他心中慌乱，沟沟坎坎、高高低低地胡乱闯荡。忽然听到一阵枪声，他知道是战友们呼唤他，便循着枪声往回走。渐渐地天黑了下来，看不清路径，突然前方出现了火光，他知道是战友们为他指路，他感动战友的情谊，加快了脚步，可是，力不从心，两腿像灌了铅，走不动了。渴了想喝口水，水壶已经结冻。又冷又饿又累又怕，他终于倒下了。天快亮的时候，他迷迷糊糊听到有动响，费力地扬了一下手又昏了过去。

山里的故事还有很多，不想再讲了，因为太沉重。我们永远都不能忘记那些爬冰卧雪，把青春、甚至生命奉献给边疆的军人们。

博友评论节选

中为

难忘军旅情缘，难忘军旅生活。

以苦为伴，以苦为荣，以苦为乐。

丝雨

当年的艰苦程度令人震撼，当兵的无私奉献令人敬仰，当今的年轻一代应该动容。

这是人民儿子过往的骄傲，这是共和国历史的荣光。

或者说或

向您问好！来走走。不管什么年代都是军人最可爱。

老兵休闲岛

最近看电视连续剧《在那遥远的地方》，就像您说的一样，您当年辛苦啦！

老马

青藏多险程，严冬裹寒风；
战士进山去，甘苦凭谁问。
勇者守天责，军人自坚韧；
生命经锤炼，终究吐芳芬。

老兵李忠智，河北沧县人，1947年生于农家，当兵前受过苦，挨过饿。在部队当过放映员，有点小才气，没多大出息，官职做到连队的“党代表”。驻守过长城内外，高原大漠，在老挝热带丛林搞过援建。转业后在县乡基层做过小官吏。退休后，由于喜爱历史文化，自寻乐趣，潜心研究一代文宗纪晓岚，稍带为社会做点有益的事。

英勇的壮举

作者：流沙

博客地址：http：//blog. sina. com. cn/xylaotongzhi
开博时间：2009 年 5 月

1978 年 12 月 19 日早晨 6 时，我所在的部队 41 师 121 团，奉命从贵州省安顺市的驻地出发，开赴南疆边防前线。经过 5 天的摩托化行军，23 日夜晚 11 时左右到达南疆某驻地。

那时连队大都集结在边境我方一侧，在制高点上修筑了工事，并设置瞭望哨昼夜值班，观察敌情。当日执勤的战士在"阵前日记"里，详细记录着敌军的一举一动，并按时向前线指挥所报告。侦察兵多次潜入敌浅近纵深，侦察敌情，抓"舌头"。部队都在进行紧张的战前训练和准备，一场自卫还击战序幕即将拉开。

1979 年 2 月的一天上午，我们汽车排奉命到师后勤仓库领取弹药，补充即将出发的一线部队。师后勤仓库(师医院也在此)临时驻扎在离马关县城不远的一块开阔地，附近都是医疗帐篷。正当车辆装满了弹药，我准备发动汽车离开时，一位女兵气喘吁吁地跑到车前，问我：

"你是一团的吧?"

"是的!"我想她可能看到了驾驶室车门上喷的车号。

"我还知道你是冯排长，对吧?"

"是，我是!"

"我给军械科弹药库的保管员讲过，如果一团的车来了，告诉我一声。刚才他给我讲一团的车来了，这不，我就跑来了。"

我问她："有事吗?"

她将一包用白纱布仔细裹着的东西递给我说："请将这包东西交给我哥哥，他就在你们团的五连当连长!"

"哦！我知道了！你说的是赵军生吧？我认识他!"我接过那个包裹。

“这是一包水果糖，请帮我告诉我哥哥，马上就要上前线了，叫他多保重！”

“放心吧，我一定亲手送到你哥哥手里！”

当天我到阵地前给五连运送弹药，见到了正整装待发的赵连长，我将东西交给了他，并转达了他妹妹的话。赵连长非常激动，“谢谢啦！大战在即，家里人这么惦记着我，这仗一定要打出我们中国军人的气势来！”

2 月 17 日凌晨，战斗打响，五连连长赵军生所在连队的任务，主要是配合东面和北面担任主攻的部队，从正面佯攻吸引敌人，给敌造成假象。他们首先干掉了敌防御前沿的据点，快速向敌纵深推进。在一个转弯处敌方的几个据点突然开火，压制了我方的进攻势头。为弄清敌火力点的确切位置，赵军生连长主动出击，在观察敌情时被敌射来的子弹击中……

据负责烈士处理组的组长杜宝玉回忆：“赵连长中了三发子弹，身上开了一尺多长的口子，那场面真的太惨了！”

时至今日我还在想，不知道那天他吃没吃他妹妹送给他的糖果？他就倒在了敌人的枪口下，以年轻的生命奉献了对祖国的忠诚。

记得当年的《解放军报》和《云南日报》的头版报道过这件事，还专门刊发了

赵军生的父母和妹妹在烈士墓前合影

两张照片。是战后赵军生连长的父亲——也就是我们师的老政委赵琴，携妻子、两个女儿专程从贵阳来到马关烈士陵园看望儿子，祭奠亲人。

天底下最悲伤的事，莫过于白发人送黑发人。

当我看到报纸上登载的照片时，联想起战前赵军生连长的妹妹，在托我给他哥哥捎东西时说的话，我的心情真是既激动又沉重。是啊！在战斗就要打响的前一天，作为在师野战医院的妹妹，深深知道哥哥要上战场作战，生死难测。要说的话肯定很多很多，但她就说了一句话，“这包水果糖请你交给我哥哥，叫他多保重！”她没有讲再多的话，就这一句，令人打心底崇敬！

老军人赵琴政委，为了共和国的解放身经百战，从山西一直打到大西南，他清楚地知道上战场意味着什么！我们的老政委也完全可以以各种理由，将他的儿子调离前线，但他没有那样做！在祖国最需要的时候，毫不犹豫地将三个孩子送往参战部队（儿子赵军生在步兵连队，大女儿赵军蓉在师野战医院，三女儿赵军莉在昆明军区通信总站长话连）。儿子赵军生冲锋陷阵，战死疆场。就在赵军生连长牺牲后不久，老政委又将最小的女儿赵军薇送往昆明部队。老政委以赤诚的忠心和无私的举动，感动了每一个人！这就是中国的军人！这就是英雄的父亲！

云南省马关县人民政府，1980 年在烈士陵园里为赵军生立了一块碑，上边刻着：赵军生烈士之墓。赵军生，山西省和顺县人，35212 部队 65 分队连长，中共党员，1969 年 4 月入伍，1979 年 2 月在中越边境自卫还击作战中光荣牺牲，终年 25 岁，荣立二等功。多年来曾有无数人前来祭奠。

我们要永远记住这些为祖国利益而牺牲，长眠在南疆的英雄们！他们与日月同辉与山河共存！永远地记住当祖国需要的时候，送子上前线像老政委这样的老前辈！他们是共和国最坚实的根基！

英雄的妹妹，当你看到这篇博文的时候，你应该还记得 30 多年前的这件事吧？你的父亲，我们的老政委近年身体还好吗？祝他健康长寿！你还好吗？问候了！清明时节，你去云南马关烈士陵园祭奠哥哥赵军生的时候，请别忘了替我为他敬上一炷香，代我向战友问好！

博友评论节选

Eveyiqi

缅怀英烈，追忆战友，一对伤残老兵夫妻在这里全神立正，并拢五指，抬高右臂，庄严敬礼！

常运锋

这样的父子军人的确值得尊敬，他们是真正的最可爱的人！

大卫

多少战友血洒南疆，又让我想起连长钱逢喜长眠于马关烈士陵园，我们这些健在的战友向他们致敬！祖国不应忘记他们！

灵芝草

让我们永远记住这些英雄，他们与日月同辉与山河共存！

流沙，1952 年 11 月出生，1969 年 12 月入伍，曾任 121 团汽车排排长，1979 年 2 月参加南疆自卫还击战，荣立三等功。同年 7 月任副指导员，9 月在石家庄高级步兵步校学习。1981 年 7 月，任 207 师高炮营四连任副指导员、指导员，1984 年 12 月转业后在河南省信阳市工作。

留下个背影给墨脱

作者：梅子 A

博客地址：http：//blog. sina. com. cn/hn05ljm
开博时间：2009 年 3 月

1993 年夏季，我任西藏林芝军分区政委时，亲率机关联合工作组深入一年有 8 个月大雪封山、被称为“雪域孤岛”的全国唯一不通公路的墨脱县，检查指导边防工作。从多雄拉进入，从金珠拉走出，经因塌方而不通车的川藏线波密段返回林芝，历时 40 天，途经林芝、米林、墨脱、波密等 4 县，创造了师职指挥员徒步走通墨脱全境、走遍全县边防执勤点的纪录。以下是我那次墨脱之行的几个片段。

蚂蟥山人虫大战

某边防连驻守在墨脱县的格当乡，离分区机关有 7 天的路程，离县城也有两天路程。从县城到格当，必须经过蚂蟥山。蚂蟥山的真名叫达木山，因蚂蟥多且凶而得名。亲历者说，在蚂蟥山顺手摘一片树叶，上面就有 20 多条蚂蟥。凡行走过蚂蟥山的人，往往谈蚂蟥而色变。

听说我要去格当，县领导和人武部的同志都用蚂蟥说事，劝阻我成行。他们说，现在是雨季，蚂蟥最猖狂的季节，有人和畜牲去那里，等于给蚂蟥输血。

我对大家说：“格当的战友生活条件最艰苦，最需要领导机关的关心。我离他们只有两天路程了，不去看他们，他们会怎么想？为了格当的战友，我们一定要翻过蚂蟥山！再说了，如果格当发生了战事，难道因为有小小蚂蟥挡道，我们就不去了？”见我态度坚决，大家不吭声了。

头一天我们在达木乡一户门巴族居民家里宿营。第二天天公不作美，一早就下雨，而且越下越大。我们按时上路，半个多小时就来到了蚂蟥山下。我们停顿下来做过山准备，精心包裹自己。第一步，在容易暴露的皮肤上抹上蚂蟥讨厌的肥皂和清凉油之类的东西；第二步，将个人着装从头到脚拴紧系牢；第三步，穿戴好轻薄塑料雨衣,用绳索扎紧开口处。这样,每个人裹得严严实实,只露出不可能遮蔽的脸部。还是朱医生细心,他给每人发了一条医用胶布,用以封闭裤口。看到一行人特殊部位开口处整齐划一地贴满了白色胶布,我觉得好笑,脱口说了一句:"朱医生发明的男用卫生巾,我们可先试用了。"惹得大家哈哈大笑。

过蚂蟥山,大家都让我当"先锋"。这是一种照顾,因为蚂蟥是闻到人畜气息后才发起攻击,人群从蚂蟥区域行进,当然是越到后面的人越倒霉。我带领大家,以急行军的速度冒雨前进。这是上坡路,路窄且滑。开始我们走得比较快,渐渐地,随着体力的下降,步子就慢下来了。当然再慢也比平时正常走路快很多。

蚂蟥山名不虚传。仔细看去,沿途到处都是蚂蟥,密密麻麻,成群结队,蠢蠢欲动。人一走过,它们就从脚下的草丛中钻出来,从旁边的小树里爬出来,从头顶上的树枝上掉下来,以人类想象不到的速度,敏捷地飞向人们的身体。我随时竖起手中的拐杖,上面都会沾满 10 多条蚂蟥。身上更不用说了,上下、左右、前后都爬满了花花绿绿、大大小小的可恶东西。

我一边拄着拐杖不停地疾走,一边用左手不停地扫除脸部周围塑料布上的蚂蟥,防止它们进入到我的皮肤和钻进我的肉体。我累得气喘吁吁,很想停下来休息,但是严峻的现实告诉我不能停。停下来的后果肯定是受到蚂蟥的围攻。这样,我被蚂蟥逼得丝毫不敢懈怠,只管"马不停蹄"地向前跑。包裹着的身体里面湿漉漉的,全是汗水,挥发不了,让人闷热难耐。

正当我筋疲力尽的时候,出现了一块空旷地,少有的没有树木和杂草的地方。我喜出望外,招呼大家在空地中间歇息。我们掏出随身携带的匕首、食盐和香烟等物,用匕首刮、食盐搓、香烟熏等方法,将吸附在身上的蚂蟥除去。大家的脚下堆满了蚂蟥的尸体,每个人的战利品都是几百条。我从脖子里抓出了两条圆滚滚的蚂蟥,它们的肚子里装满了我的血。我们一行人无一幸免地遭受了蚂蟥的侵害。

休整以后,我们继续赶路。急行军 6 个多小时后,终于冲出了蚂蟥山。我们首先做的事情是卸下包裹,进行全身清理,捉拿消灭蚂蟥。统计结果,我身上受伤 7 处,其他同志从几处到几十处不等。警卫战士小向的大腿上遭一条蚂蟥叮咬后,伤口引来 17 条蚂蟥围着叮咬吸血,蚂蟥被清理后,伤口肿得像蜂窝一样吓人。这应了一句话:军人牺牲岂止在战场!

塌方区死里逃生

冒着蒙蒙细雨,经过一个上午的跋涉,我们来到一片塌方区。眼下的景象是,右边整座高山从山顶塌了半边,形成了七八十度的塌方斜面,面积大得惊人:高约 1 000 米,宽约 1 500 米。泥石流仍在时急时缓地滚动,峭壁上的石峰、土柱摇摇欲坠,大块小块的沙土、石头不时坠落,翻滚着扑向山脚江边。左下方是连日暴雨后的江水,汹涌澎湃,涛声震天,让人看一眼便胆战心惊、头晕目眩。

我们决定从原道路位置直线硬冲过去。开路的贺泽全和史春明一马当先,深一脚浅一脚地往前冲。我们紧随其后,踩着软硬混杂的泥石,艰难地前行。才冲出约 200 米,脚下的土丘被踩后裂开一道缝,正在急速扩大,我看情况不妙,立即下令停止前进。我们刚刚退回几分钟,这个庞然大物就轰然坍塌,滑下山脚。

前面的两位同志已不能返回,只得继续往前。我们 5 人退回原处,发现通向河谷有条小路,便摸索着往下走,想从河床绕到对面去,可是折腾了一阵发现下面是悬崖,根本没法下去。无奈又爬了上来。我们又企图从这一头攀上峭壁,绕道山顶从那一头下到对面。爬了约 20 米高,发现山上全是绝壁,根本上不去,只好又返回原地。

这时,塌方区对面有人向我们不停地挥动帽子。从体形和姿势可看出是贺泽全和朱显跃。他俩稍作休息后,下到河谷,沿江边朝我们这一头移动,估计是来接应我们。这提醒我,在无路可走的绝境中,我们可以从塌方区开端处冒险下到河谷,与他俩会合。

不能再犹豫,我们 5 人再次向塌方区冲去。冲出约 100 米,我一屁股坐在泥石上,顺着下滑的山体往江边滚去。其他同志也仿照我的动作,在泥石上翻滚。我们滚到江边后,人人都灰头土脸,衣衫褴褛。我的左手掌磨破了一大块皮,鲜血淋漓,与泥沙相磨,疼痛难忍,但是为了求生,受伤已不在话下。

接下来是在滔滔洪水与滚滚泥石之间跋涉。上午还是细雨霏霏,现在又是骄阳似火,头皮被晒得发麻。胶鞋里满是泥沙,双脚在乱石和泥泞中摩擦,迈出前腿拔不出后腿。接近塌方区另一端时,前面离我几步远的李国庆科长突然一头栽倒,仰面八叉、四肢下垂地瘫在一块露出小半截的巨石上。只见他面无血色,嘴唇发乌,不省人事。我立即掏出救心丸塞进李科长嘴巴,把水壶里仅有的一点水让他喝下,猛掐他的人中。看他慢慢缓过气来,我一面呼唤其他同志过来,一面抓起他的双手往肩上一放,背起来就跑。附近的几位同志急忙跑过来搀扶。我们跌跌撞撞地挪动沉重的脚步,一个脚印一把汗水地向右上方的公路断头处爬去。刚刚走出塌方区不到一分钟,“轰隆隆”,“哗啦啦”,坍塌的巨石、土包排江倒海一般滚下我们走过的地方……

我们 7 人在公路断头处胜利会合,大家坐的坐,躺的躺,喝着山泉水,吃着野果子,享受着劫后余生的幸福。正在这时,忽听山上轰隆隆、哗啦啦一阵响。我意识到又要塌方了。还没等我做出动作,刚刚从虚脱状态恢复过来的李科长一下跳了起来,抓住我的后衣领大声说“快跑”。我一跃而起,与大家飞快地朝安全地带跑去。我们刚刚跑出几十米,几块桌面大小的石头连同无数个土块便砸在我们休息的地面上。我们瞪大眼睛相互看了看,心里说:好险啊!

“鬼门关”夜闯险桥

白天十多个小时的急行军，大家已经疲惫不堪。但是为了按时回到分区驻地，我们必须连夜赶路。

穿越原始森林途中(左二为作者)

一行7人趁着微薄的月色，沿着坑坑洼洼的道路摸黑前进。9时许，感觉路面上出现了水。左边是奔腾不息的江流，涨水后漫上了低处的路基。好在这一段地势相对比较平缓，江水不急。只要水不深，踩着路基走就是了。往前走，水越来越深。淹到膝盖了，我们还是摸索着走。淹到腰部了，我感到浑身越来越凉。江水主要是高山积雪融化而来，实际上我们是浸泡在雪水中。只不过身体激烈运动后产生的热量抵消了部分寒意，让我们感觉不到真实的温度。

再往前走，江水齐胸了。水势越来越汹涌，水声越来越恐怖，我的脸上已经被掀起的浪花打湿，身上碰到了不少水上漂浮物。只见一根原木在水中逐浪漂流，正向我们这边撞来。我分析走出这段水路还早，而且江水继续在上涨。为了确保安全，我立即下令撤退，爬上右边的山坡。同志们从冰水中出来，连头发都是湿的，被山风一吹，浑身直打哆嗦。

我们判明了山势和方向，决定从旱路绕道过去。山路崎岖，坡陡泥滑，月亮隐去，漆黑一片。我们打着手电，通过了几处小型的泥石流区域和塌方区。正走着，忽听有人喊：“蛇！蛇！”在手电光的照射下，两条蛇正在地上蠕动，一条蛇抬起头来吐着舌头，仿佛在向我们示威。同志们无意与保护动物纠缠，主动为蛇让路。

11时许，我们来到了一个叫“排龙”的地方，这里地势险要，山陡水汹，是大塌方和泥石流的多发地带，吞没的生灵不计其数。我考虑，在这险山恶水之地，前不着村后不着店，不便安身休息，于是决定继续前进。

排龙桥是一段由悬桥组成的木桥，长达四五百米，傍依悬崖峭壁而修建。上面危石悬顶，滴水如注；下面滔滔激流，水声震耳。我们7人，由胆大心细的贺泽全领路，后面的每人伸出一只手抓着前面一人的衣服，一只手拄着拐杖，小心翼翼、一步一探地行走。我知道，桥桩栽在流水中，万一根基动摇，木质腐朽，桥面一受重压，就得桥毁人亡。由于暴雨成灾，山体机构受损变松，头顶上随时会掉下重物，将下面行走的人员击倒。即使没有这些情况发生，黑暗中听到身旁震耳欲聋、鬼哭狼嚎般的水声，也会让人心惊肉跳、意志崩溃。我们是在用自己的生命跟天险打赌啊！

走这段桥路，我们听不到任何一位同伴的声音，再高的嗓门也压不住水的怪叫。我们只能在与前面战友衣服的牵扯中才感觉战斗集体的存在，也因此才能战胜恐怖，保持前进的定力。

这座桥，我觉得很长很长。过完这座桥，我感觉像从魔鬼的地狱里逃走了。

——

如今19年过去了，那次徒步走墨脱的经历还像发生在昨天一样，我耳旁也会经常响起电视剧《墨脱行》的主题曲：

一条崎岖的小路
一怀沉默的情愫
让岁月刻画青春的容颜
去回答亲人无言的祝福
路啊路　路啊路
曲曲折折反反复复……
一条无尽的征途
一行无声的脚步
留下个背影给后人的眼睛
留下个路标做人生归宿……

博友评论节选

风雨归鸿

真正是一群钢筋铁骨英雄汉！我看过很多描写西藏的书！知道去墨脱的艰险！也知道成都军区发生的两架黑鹰在多雄拉坠毁的重大事故，成都军区的好几个领导在这次事故中坠亡！去墨脱要走雅鲁藏布大峡谷，非常的艰险！但是，你们明知道危险，迎难而上的精神，体现了人民军队一不怕苦，二不怕死的光荣传统。你们把千难万险踩在了脚下。你们是新一代军人的楷模！向你们致敬！

海涛56021

再次领略一颗红心头上戴，革命红旗挂两边的军人的胆略、气势和风采。

八月桂花

拜读政委回忆稿，洒下热泪湿衣角。
鲜为人知墨脱行，戍边战友劳苦高。
大战蚂蟥铺血路，风雨侵衣忍煎熬。
秋毫无犯感天地，钢铁意志不动摇！

罗洪忠

走过墨脱路，世上不言路。我有亲身体会，能感受罗政委当时走墨脱路的感受。你是我军目前唯一走遍墨脱边防哨卡的大校军官，这需要多大的勇气和毅力！

梅子 A，1968 年 2 月当兵，长期在西南边疆艰苦地区服役，在西南边境打过仗，到西藏高原戍过边。职务至正师，军衔至大校。复旦大学新闻系和国防大学基本系指挥员班毕业，自撰和编撰的著作有《1984 高地》、《穿越最后的秘境》、《军队基层管理工作》等 6 部，在报刊发表文章数百篇。现任上海某著名出版集团高管。

一张代替“遗书”的照片

作者：缘分的季节

博客地址：http：//blog. sina. com. cn/1971yieryi
开博时间：2007 年 10 月

在我和我的战友精心保存的影集里，有一张非同寻常、含意特殊的黑白照片，照片上有 9 位身着草绿色军装，腰挂五四式手枪的年轻女兵，她们英姿飒爽，踌躇满志，满怀一腔巾帼英杰的豪迈气概。谁能猜想，拍摄这张照片的背景？谁能猜想，这是 9 位女兵义无反顾履行军人职责的“遗书”？

这张黑白照片是 9 个女兵走向战场之前的“遗书”。我便是其中的一个。

那是 20 世纪 70 年代末，一个看似平常的早春二月，我国南方边境烽烟尘起，我们师医院奉命跟随大部队集结，枕戈待旦随时准备奔赴战场。边境线上我方一侧的部队驻地处处显示出临战前的紧张与忙碌，运送作战物资的汽车川流不息，身背武器的军人步履匆匆，军事体能训练与各项战备任务都在紧张有序地进行着。

作为在和平环境中长大的军人后代，作为从未经历过战事的年轻女兵，此前虽总觉得生不逢时，不能像父辈那样驰骋疆场而留下的缺憾。如今，真的要接受战争的锤炼和考验了，真的要书写铁与血的战斗篇章了，我们每个人的内心都涌动着一种身披战火硝烟不枉此身戎装的豪情，都暗自决心在疆场上经受住真枪实弹的考验，在战火中检验平时练就的军事医学和战地救护的技能，把此次参战视为军旅生涯的无悔经历和最辉煌的一页。

战备工作千头万绪，其中有一项特殊任务，是每一位参战军人必须无条件执行的：要在奔赴战场之前指定的时间里，按照军人职责和上级统一规定的内容，给自己的亲人写封家书。说白了，这家书就是“遗书”。

“遗书”无需邮寄，写好后统一置放在个人的留守装备中。最终能看到这封家书的是谁？是我们自己？还是我们的父母、妻儿、兄弟、姐妹？……这是无法预知的。换句话说，战场上军人的生与死是无法预料的。

战友陈建美和我簇拥着第一次入院转危为安的巴基斯坦小病人萨德格里，欢送他回家（右为本人）
投稿人：温莎枫叶（女）
拍摄时间：1975年10月
拍摄地点：巴基斯坦

在1979年3月南疆自卫还击战临近结束时，抢救伤员（左一为飘影yao）
投稿人：飘影yao（女）
拍摄时间：1979年3月
拍摄地点：广西龙州

156野战医院二所出国人员在新疆昌吉出国前合影（前排左三为本人）
投稿人：温莎枫叶（女）
拍摄时间：1974年6月
拍摄地点：新疆昌吉

1979年的春天，某部赴南疆参加自卫还击战前的九姐妹，拍摄于广西那坡龙临公社，（左一为本人）
投稿人：缘分的季节（女）
拍摄时间：1979年2月
拍摄地点：广西那坡

30年后九姐妹相邀重走边关祭奠英烈，留下《不可忘却的纪念》（左一为本人）
投稿人：缘分的季节（女）
拍摄时间：2009年2月
拍摄地点：广西那坡

1974年11月在老挝某地和战友赵萍穿着寮服拍照（右为本人）
投稿人：丝雨（女）
拍摄时间：1974年11月
拍摄地点：老挝
注：寮服即老挝部队军装

战后，如果我们平安归来，“遗书”仍然会在自己手里，“遗书”也就失去了作用。真是这样的话，或许有一天在与家人团聚的餐桌上，在某个轻松愉快日子里，不经意地闲聊说了出来；或许这没有生效的“遗书”会被自己悄悄地烧掉，永远不让亲人们看到……

但是，如果“遗书”是由部队派人送抵家中，那么书写“遗书”的人就一定是为国捐躯，成为了光荣的革命烈士。

当医院领导对全院参战人员布置此项任务时，同志们个个都一脸的庄严和肃穆，会场顿时笼罩在悲壮的气氛之中。散会后，男兵们都各自寻找僻静的地方去与父母妻儿兄弟姐妹作一番刻骨铭心的“交代”了，而我们这些万绿丛中一点红的9朵军花，也看似平静地回到帐篷里铺开纸拿起笔，苦心斟酌和编撰如何给自己的父母和家人写点什么。

时间在一分一秒地过去，帐篷里鸦雀无声，9位女兵久久地静默着，一个个大眼瞪小眼，你看看我，我瞅瞅你，竟然谁也没有写出只言片语。平日口若悬河的巧嘴和提笔成章的秀才此时此刻却都没能打开情感的闸门与亲人做这般撕心裂肺的倾诉。

不经意间，不知是谁开口了：“干脆，咱们别在这儿难受自己了，免了俗套来点新潮的，请人给我们拍张合影，权当我们9个人的共同遗书吧！”

这个突发奇想的建议一下子刺激了我们郁闷的情绪，大家七嘴八舌地议论着。最后我们商定派人去师政治部请一位文化干事来帮我们完成这份特殊的“遗书”并保证人手一份。如果我们之中谁在这场战争中“光荣”了，活下来的人就要负责把这份“遗书”送到她的家中，同时还要担当代为孝敬父母的责任义务。在以后日子里的逢年过节或是忌日那天，战友们无论分散在何处何地，都要一起面对边境、朝着烈士牺牲的方向默哀敬礼，缅怀战友告慰英灵！

我们选择的拍摄地点在驻地的靖西县龙临公社卫生院后山顶上的一棵大树旁，那地方居高临下，远处可以眺望连绵起伏的山脉，近处能俯瞰山乡崎岖蜿蜒的小路，颇有些“风景这边独好”的意境。师政治部的耿干事带着相机来为我们完成了共同策划的“遗书”。

战斗打响了，我们跟着部队经历了28天艰苦卓绝的日日夜夜，与全师官兵一道圆满地完成了军委和南部战区首长赋予我师的作战任务。我们随着部队凯旋回防，9朵军花安然无恙！于是，这张战前代替“遗书”的照片便随着我们难忘的记忆共同封存在我们各自的相册里了。

如今，我们9朵军花都已年过半百，九姐妹分散在祖国各地，有的早已转业到地方，有的成为了职业军人。无论大家身在何处，我们都没有忘记这份特殊的“遗书”，我们经常看着这张老照片，回忆烽火边关的峥嵘岁月，回忆军旅生涯的难忘历程。

代替"遗书"的照片，中为作者

博友评论节选

Lk328

飒爽英姿九女兵，"五四"手枪别腰中，红星帽徽闪闪亮，胜过当年"穆桂英"，特别"遗书"永难忘，硝烟战场舒豪情，慷慨赴死英雄胆，须眉也要热泪盈。

石敢当

这张照片很有意义，她是人生的见证，也是军人准备牺牲的见证，更是战友情谊不忘的见证。

铁翁

所幸的是九姐妹都安然无恙，毫发无损地凯旋归国，祝福你们！可爱的 9 朵军花！

缘分的季节，从军和从政是我平凡的人生轨迹，而最难忘怀最难割舍和最为珍贵的，当是 20 多年的军旅生涯。从小生长在军营，大半生与军营结缘，如果没有这样的经历，便永远不懂一个军人胸怀的博大；如果没有军旅生涯，便永远不懂军人的担当和责任！虽然没能做一辈子军人，但有了从军的经历，那个美好的与绿色结缘的季节将毕生值得我骄傲和铭记！

一路风尘祭英灵

作者：北京瞧办主任

博客地址：http：//blog. sina. com. cn/chenzhu93
开博时间：2008 年 10 月

博友“老大 jim”给我留言：“去云南麻栗坡和老山看看吧……”

我并不认识他，只是在博文里知道他也曾战斗于南疆，是同辈里的英雄好汉！听他的没错，我决定走一趟。

此行自驾游的目的地就是麻栗坡烈士陵园和老山。行前，我发了一篇博文《下海了》，除告知众博友出行，话里话外也为这一次的南下之行做了铺垫。我写道：“在这深秋季节，我还可以享受海边的阳光和金色的沙滩，那些躺在烈士陵园的战友、同辈人呢，他们为什么就……”

国庆长假期间，我随广西南宁“北京都市爱车俱乐部”一行游览了德天跨国大瀑布和靖西县的通灵大峡谷，此后，我向俱乐部最高领导曹总打招呼，告诉他我要离开他们了，脱离车队，独行云南，去看看麻栗坡的战友们，去看看老山。这位事业有成的 70 后没当过兵，听我说完去云南的目的，顿生敬意，他感动地说：“我们 18 辆车都应该和你一起去看望烈士，只是这次没有做这个计划，下回一定安排！”曹总还说让我注意安全，一路小心。

其实我与曹总他们并不熟悉，只是在广西的两天时间里才认识的。分手时曹总与我握手相约，回京后一定好好坐坐、聊聊，还说要送我一部最先进的 GPS 导航仪。看得出来，因为我的行为，因为他对烈士的敬仰，曹总对我更显友好和尊重了。

离开车队之前，我向带队的广西警官询问去云南的路线，最初，这三位警官不大满意，担心我脱队后出问题，不好交代。但当他们得知我单人单车要去麻栗坡和老山，三位警官便肃然起敬。

一位年纪稍长的警官反复问我：一定要去吗？那里有亲人吗？我说一定去，那里都是我的战友和亲人。他为之动容了，说他也是从部队回来的。随即，他找了张纸，给我详细画了行车路线，并告诉我要抓紧时间在天黑前离开国道，到了富宁县后一定要走高速公路，当晚赶到文山县城住下，第二天再前往麻栗坡，这样最好。

我与车队一起行至靖西县国道收费口，该分手了。我听见带队警车电台里的呼叫："2 号车，过了收费口您向左转弯，车队向右转弯，请 2 号车大哥注意安全，代向烈士致敬！"

接着，我的车载电台传来了 18 辆车的声音：

"1 号车祝 2 号车大哥一路顺风！"

"前导指挥车，我们向 2 号车大哥致敬！"

"保障车，全车人员为 2 号车大哥行动感动！"

"15 号车……"

……

我真的动情了，谢谢这些北京自驾游的朋友们！

这些人有男有女、有岁数大的，也有 90 后，当时我在车里听到这些问候和真挚的祝愿，感动之极！我现在用文字是没有办法把当时的情感写出来的。这些人我都叫不上名字啊，我只是在广西才加入的这个老乡车队，与他们一起跑了两天。他们是把对烈士的敬重转为对我的祝福！这也是给我的动力和对我的鞭策。

按那位警官的叮嘱，我顺利到达文山县。

次日一早，我带着一颗虔诚的心上路了，驱车前往 70 公里外的麻栗坡县城。过麻栗坡县城，我花 10 元钱把车擦洗了，要去见烈士，干干净净才是恭敬啊！

很快，我驾车驶入山区，一路坑坑洼洼，尘土飞扬，我的奥迪车 9 次托底，幸无大碍。路况太差了，78 里山路居然走了 3 个多小时！赶到麻栗坡烈士陵园已是中午时分。

陵园里十分宁静，只有我一个人，来到战友身边，心中很是感慨，我一边擦墓碑，一边念叨着：战友，我来看你们了……

过了一会儿，我看见又来了一伙人，男男女女，大概八九个人，也在那里瞻仰烈士墓碑和拍照留影。偌大的陵园里，只有我和他们两拨人。

这里有 900 多位烈士的忠骨，他们都是年轻人，是我的同辈人，牺牲时，年龄最大的 35 岁，年龄小的只有 16 岁，有的战士入伍不到三个月就献出了自己年轻的生命。他们来自全国 19 个省市、19 个民族，其中干部大约 10%，正副班长以下的战士 90%；党团员在 70%以上。职务最高的是一位团副政委。

我还特意查找北京老乡。很奇怪，这里没有北京的，但我相信，北京战友肯定参战了，而且还不少，电影《高山上的花环》里的"小北京"绝不是虚构的。

我把从北京带来的老字号"稻香村"月饼捧到在纪念碑前，我低头默哀，泪水浸满眼眶，回想那场战争，回想能记住的每一位战友。

在陵园里的那种感受不知该怎样表达，我真的写不出来……

另一拨人对我很好奇，好像几次想与我打招呼，却欲言又止，或许他们觉得我太专注、太认真了，没有机会张口。

从陵园出来后，开车到不远处的“老山战役纪念馆”，停车时又碰上陵园那些人。看得出，他们在有意等我，其中一位女士主动和我打招呼：“您也是北京来的吧？一个人？”

我回答：“是的，一个人。”

这位女士30多岁，有气质，也挺漂亮，她一定是看到我的北京车牌照了。

这时，其他几个人也围过来问：“这里有您的亲人吗？”

我答：“是呀，这里都是我的战友和亲人。”

显然，他们被我的回答感动了。

原来，这些人是一家子，利用国庆长假来广西旅游，打算去贵州六盘水前绕道到这里来看看，他们说这儿的烈士里有他们的邻居。我记得陵园里贵州籍的烈士确实很多。

他们邀请我一起到县城吃午饭，我很客气地推辞了。我刚从陵园出来，实在没有吃饭的心情……

我还要继续赶路，去老山。

去老山的路更不好走了，虽然我信心满满，而且在县城里又碰上了好心的交警指点，可我还是跑到半道就折回来了。那一路上都在修，盘山道上还不时地有碎石滚落，跑了十几公里，到了坪寨就实在不敢往前走了。我决定返回麻栗坡县城先住下再说。

后来我向当地旅行社打听，他们说可以派导游陪同，费用是100元。于是，我请了一位导游。次日早上9点，我再次出发，继续我的老山之行。

导游是个当地女孩儿，很敬业，也很熟悉情况，她知道什么地方修路，哪条路段有问题，该从哪里绕一下合适。她还告诉我，国庆长假的几天里她已经三上老山了。听她这么一说，我心里放松了很多。

这路根本就不是轿车跑的，我的奥迪车不断地托底，磕磕碰碰，车里车外尘土飞扬。临近中午，我终于把车开到海拔1 400米的老山主峰。

驻守主峰阵地的连队安排了一名黑龙江鹤岗籍的战士接待我。小战士很惊讶，他说他在老山主峰服役两年了，还没有看见过北京牌照的轿车上来过，更没有看到过我这个岁数一个人开车往这儿跑的。他一个劲儿夸我不简单，我听了挺高兴！

我问小战士这里曾发生的事，他不知道，摇摇头回答不上来。我还真不能怪他，算算都快30年前的事了，那时候离他出生还有好几年呢！

老山过去由别国人占领，那时候他们不时地骚扰我瑶族边民。1984年我军收复老山主峰后，双方也反复争夺过几次，对手服输了。后来，我军在主峰上安营扎寨，驻守戍边，人民放心生产，安居乐业，时间一晃20多年过去了。这种边境局面来之不易啊,我想起老山战役牺牲的200多名战友。

如今的老山,战争硝烟早已散去。溪水清澈,小鸟歌唱,树木葱茏,鲜花绽放。经过战争洗礼的老山,风采依旧。

我站在老山主峰上,心潮涌动,背后是麻栗坡烈士陵园和静静躺在那里的900多名战友,我的脚下散发着他们鲜血的热量,这里有多少故事散落在星光里?有多少传奇埋藏在山岗上?战友们,我看你们来了!

我想起曹总激动地拉着我的手说的话……

我听见18辆车向我呼喊……

我口袋里还装着那位警官给我画的路线图……

我看见陵园里那一家人,那位漂亮的女士在问我……

……

他们,祖国人民也没有忘记你们。

我没有白来,缅怀烈士,感悟人生,我完成了自己的心愿。

就像博友"老大jim"告诉我一样,我想告诉所有的朋友们,如果问我云南有什么地方最值得一去,我会回答:老山和麻栗坡烈士陵园。那里的风光并不是最美丽的,但是,那里会让你觉得:活着,真好,而且,一定要活得有意义,因为你的生命是烈士们用生命和鲜血保卫着的!

博友评论节选

白沫子

朴实的文字,感人肺腑!读完此文落泪了!敬仰为国捐躯的烈士们!也为老兄独自一人行数千里祭奠烈士的举动感动!多读一些这类的文章会使得我们思想更纯洁,对如今的生活更感觉幸福。致敬!

红小鬼

自1987年从麻栗坡回来后,就再也没有去过!请代向烈士们敬杯酒!!至少我们没有忘记他们!

雪域军魂

我深爱着这片热土。因为,地上有我的战友,地下有我的弟兄。看前方旭日东升,红红火火的祖国,正走向富强与繁荣。那么,请大地作证吧!在每一片安宁的土地上,都会有我们血写的忠诚!

老兵新语

老战友只身赴麻栗坡看望烈士的义举,使我感动不已!您的行动会感动所

我英雄的海军396舰经历了1974年西沙保卫战，图为换新装后的官兵合影（第三排中间为本人）
投稿人：laojia396（男）
拍摄时间：1974年6月

在边境线上与外军军官在一起（左一为本人）
投稿人：梅子A（男）
拍摄时间：2000年7月
拍摄地点：西藏中锡

在奥体中心录制电视军事访谈节目（右一为本人，左为唐师增）
投稿人：老坦克兵（男）
拍摄时间：2010年10月
拍摄地点：北京

装甲兵某院校对非洲国家的装甲兵中级指挥军官进行教学和组织参观（后中为本人）

投稿人：老坦克兵（男）　拍摄时间：2005年　拍摄地点：北京

中国人民解放军歌舞代表团出访朝鲜（前排右三为本人）

投稿人：小五子（女）　拍摄时间：1978年4月　拍摄地点：朝鲜

有人，长眠的烈士都会含笑九泉的！真的不知说什么好了，请接受我庄重的：军礼！

江南雪

南疆自卫还击战俺兄弟也去了。参战时他的儿子出生，他给取名叫“南疆”。他活着回来了。2008 年汶川地震发生刚两个小时，“南疆”随部队开赴灾区救灾，时间达两个多月。“南疆”是俺家第三代解放军。

北京瞧办主任，我 17 岁那年，接兵的邹明才排长对中央某部革委会的人说，如果这个学生的父亲不是叛徒，那我们就把他接走了。1968 年 2 月我当兵到了大西北。17 年后转业回地方工作，再后来给老外打工和给自己当老板。现在，充分享受功利不如闲的退休生活。问我的名字？新中国开国将军吴忠说过，我的名字与他有关系。我父母是 18 军进藏的老军人，当年吴忠将军为解放西藏带 52 师在昌都打了一仗，捷报传来时，我出生了。父亲给我取名：原捷，高原传捷报。几十年后，吴忠将军告诉我，你父亲有文化，名字起得好啊！

妈妈，您不要悄悄地流泪

作者：日月星点

博客地址：http：//blog. sina. com. cn/u/1762743385
开博时间：2010 年 6 月

再见吧，妈妈！
再见吧，妈妈！
军号已吹响，钢枪已擦亮。
行装已背好，部队要出发。
你不要悄悄地流泪，
你不要把儿牵挂
……

每当听到这首深情的军旅之歌，我就想起 1979 年参加南疆自卫还击作战时的情景……我作为那场战争的参与者，每当看到烈士的母亲与长眠在南疆的儿子进行天地对话和默默哭泣的时候，心里无比心酸。与烈士相比，我是幸运者。当年出征时，哪个军人的母亲不为奔赴战场的儿女悄悄地流泪？

随着时间的推移，30 多年前的那场南疆战争逐渐被人们所淡忘，战场的硝烟已经离我们远去，但当年我的母亲为参战儿子而牵肠挂肚、常常落泪的故事，却让我终生难忘。

1979 年 2 月，南疆的火药味愈来愈浓。我们部队早已进入一级战备，我所在的 161 师高炮营，也在抓紧调整骨干、补充兵员、装备。部队整装待发，每晚睡觉指战员们都穿着衣服。按照战前命令，官兵们早已停止外出和休假，并不得与外界联络，也不准与家人谈论打仗之事，随时要准备出征。

我和弟弟同在一个军当兵，他在另一个师的通信营，我们兄弟俩都要上战场。当时的广播、报纸不时报道着南部边境的紧张局势，而我们家里长时间得不到兄弟俩的消息，焦急万分。最牵挂我们的是母亲，她整日睡不好觉，吃不下饭。母亲没文化,出不得门,就催促父亲去部队探听情况,希望他见上儿子一面。

父亲没有怠慢,立即动身往部队驻地赶。因为弟弟小,又晚我几年当兵,按照母亲的叮嘱,父亲先去了弟弟所在的部队。到部队一打听,弟弟刚刚随师指挥所离开驻地,前往装载车站,父亲晚到了一步。部队首长看到父亲焦急的样子,算算时间还来得及,就立即派车接上我父亲往车站赶。到车站一看,部队人员、装备已经装载完毕,随时准备发车。父亲在军列装载的站台边终于见到了弟弟。父亲是老党员,这个时候与儿子见面,免不了一番鼓励。除了鼓励,压根儿不跟儿子提母亲如何在家挂念的事。父子短短几分钟会面后,军列就徐徐开动了,弟弟也在其中。

目送着弟弟乘坐的军列远去后,父亲又立即向我们师的驻地赶,他按母亲的嘱托,也要见见大儿子。

那天,我们高炮营接到机动命令,4 小时后开始登车南下作战。说是出发前师首长要来给部队作战前动员,全营干部战士都集结在操场上,等待首长的到来。不一会,一辆 212 吉普车飞奔而来,从车上下来一位大个子军人。营长立即跑上前去报告:“师长同志,全营集合完毕,请指示!”原来是师长来了。只见师长走到队伍前面便开始讲话:“同志们! 为了便于战场指挥,我和大家见见面。我是赵国斌,是你们的师长……”师长讲了不足 5 分钟,接着又驱车赶往下一个部队动员。

师长走后,我们几个连队又开始分头忙碌,抓紧做好装载准备。这时有人告诉我:“你父亲来了。”我抬眼,父亲已经到了跟前。

父亲赶到我所在的部队驻地和我见面,没有去弟弟那里时间紧张,可我出发前的工作也很多。我刚从营部书记(代理)的位置调整下来,充实到高炮二连当司机班班长。战前时间紧,新补充来的司机还没有交接,我既要熟悉人员,又要检查刚启封的车辆。因此顾不上和父亲多说话,照样忙着我的工作。等出发前的各项工作都安排妥当了,离出发去前线还剩下不到一个小时。

我知道父亲这次的来意,也知道母亲在家的挂念,所以请父亲转告母亲:“我和弟弟都不小了,我们已经当兵多年,国家用兵,我们不去谁去?”我让父亲一定替我们兄弟俩安慰好母亲,不要为我们担心流泪。

一小时后,父亲又目送着我随部队踏上南下的征途。回想起这次特殊时刻父亲与两个儿子的会面,儿子和父亲一块吃顿饭的时间都没有,也没顾上问父亲饿不饿,我心里至今还为这个感到内疚。

战争打响后,我师向谅山以西穿插,弟弟所在的师向高平攻击。战场上,兄弟间虽然音信不通,却都在自己的战斗岗位上,忠实地履行着一个军人应尽的责任。

那些日子里,人们议论的话题都是战场上的事情,谈论更多的是死、是伤、是恐怖。战争,本来就意味着有流血,有牺牲。

一个家庭同时有两个儿子去了生死难料的战场,家里又很长时间没有我们的音讯，当时不知是猜测还是传言，有人说我们兄弟俩已经在战场上阵亡。

消息不论是真是假，对于一个善良的农村母亲来说，精神上受到的冲击和震惊可想而知。那段时间，母亲再不敢去打听消息，只有默默地等待，期盼着有一天得到儿子真实的音信。白天，她老人家躲在家里悄悄流泪，晚上就到村外没人的地方放声大哭。父母整日都沉浸在对一双爱儿的挂念之中，饭吃不香，觉睡不实。

参战时期，家里是什么情况我们根本顾不上考虑。作战中，我带领全班8台高炮牵引车往返战区800余公里，圆满完成了作战任务，我个人和我的班均荣立三等功。战后又回到营部书记的岗位上。弟弟于战前提了干，担任通信营无线连电台主任，始终跟随师指挥所行动。由于完成任务出色，弟弟也荣立了三等功。

3月中旬，根据撤军命令，我和弟弟随所在部队安全撤回，在广西休整，兄弟俩这才与家里有了通信。我从父亲的来信中知道了家里的情况，心里更加思念母亲。

一个多月后，部队把我和弟弟在战场立功的喜报同时寄到县里，县里送到公社(现称乡)，公社又敲锣打鼓送到我们家里。一时间，兄弟俩双双上战场，又双双立战功的事，在家乡政府和群众中传为佳话。

两个三等战功喜报送到家，公社、村里的干部都到家里向父母亲祝贺，亲戚们、左邻右舍也都来看望，一时间家里的小院被挤得水泄不通。此时，我的母亲又一次忍不住，哭成了泪人。

战争结束后3个月，部队特意安排我们兄弟俩同时探亲，到家后第一眼见到母亲，她又流泪了，还是为了从战场归来的两个儿子，但这回流下的是激动的泪，是幸福的泪。

今天写出这篇回忆母亲的文章，以此来告慰所有参战军人的母亲。愿普天下人民和谐相处，愿人类远离残酷的战争，让天下所有的母亲都不要再悄悄流泪！

博友评论节选

军中小白杨

伟大的母亲，坚强的战友，你们是祖国的好儿子！你们是我军的好将士！

英子

感动、感慨……兄弟俩同时上战场，父母的心，该是怎样一份浓浓的担心与牵挂！多么深明大义的双亲，可亲可敬！

兰花朵朵

儿子是母亲的心头肉，不说别的大道理，就这点足以让一颗母亲的心时时牵挂，更何况是上前线。不用回到32年前，我也能想象得出一个母亲的心是多么的思念，焦虑和担心……

温馨流芳

曾经看过魏巍写的《谁是最可爱的人》！感觉你是一位了不起的人！敬礼！

紫色风铃

感动！向我们祖国的保卫者致敬！向所有的军人家属致敬！因为有了你们的付出才换来了今日的和平岁月！

日月星点，河南西平人，1970年入伍，曾任班长、排长，参加南疆自卫还击作战，并荣立三等战功。1985年转业到西平县电信部门工作。爱好写作，发表文章百余篇。1999年被"中华全国农民报协会"评为"百佳明星作者"。

三、我的前辈

难忘一九七六年那个九月九日

作者：夜深沉

博客地址：http：//blog.sina.com.cn/jnscclmx
开博时间：2006 年 12 月

9 月 9 日本来是个平常的日子，但是，从那年起就成为我们永远难忘的一天了！1976 年的 9 月 9 日，是我们的伟大领袖毛主席逝世的日子。

还是先从那年的 9 月 8 日说起吧。

那年，我在炮兵 67 师宣传队，我们师是驻灾区部队，当时正在唐山参加抗震救灾，在完成第一阶段抢险救灾任务后，宣传队立即赶排了一台反映抗震救灾主题的文艺节目，在唐山的慰问演出刚刚结束，即奉命进京为军区炮兵领导机关和驻京部队演出。我们是 9 月 8 日到京的，紧随其后执行同一任务的，还有驻河北昌黎炮五师宣传队。

我们宣传队到京后，当晚在香山北京军区炮兵司令部的露天舞台进行了首场汇报演出。演出是在穿过大院的河道旁，依山势建成的简易露天舞台上。我因在救灾时两次受伤，右脚先后被钉子扎了三个眼，为了完成这次汇报演出任务，我忍着脚上未愈伤口的疼痛，参加了群口快板和乐队的伴奏等节目。那天恰好是中秋节，演出后吃夜宵，领导还特别发给了我们每人两块月饼。望着天空的明月，想着能在首都，在毛主席身边过中秋节，心里感到非常幸福。

这是我们那年第二次来北京演出，上一次是 5 月参加首都万人大合唱，但那还不能算独立演出，而这次我们是代表灾区军民而来，怎么能不令人激动呢。

9 月 9 日上午，我们接到通知，军区炮兵的张司令员等首长要来招待所看望大家，对我们下一步的巡回演出做指示，我们早早集合好队伍等待首长接见。当时，我们住在招待所的五楼，已经看到首长到楼下了，但是左等右等，就是不见首长的影子。过了好一会儿，军区炮兵政治部的孔副主任来到驻地，说刚才首长们已经上到三楼，张司令员突然接到军区电话，赶回军区去参加紧急会议了。接见取消，同时，上级还命令我们两支宣传队，午饭后立即返回唐山，部队进入一级战备！

我们当时就意识到,出事了,出大事了!但是谁也没往老人家那儿想,只是猜测是不是和北边的“老毛子”又干上了?我们当即收拾行装准备返回部队。刚刚抵达北京的炮五师宣传队连道具车都没来得及卸,就要打道回府,倒省事了。

午饭时,大院的高音喇叭一遍遍响起:“团以上干部马上到大礼堂开会”。人们行色匆匆,气氛非常紧张,大有“山雨欲来风满楼”的感觉。到底发生了什么事?我们心里直发慌。那时正是地震期间,我们演出都安排在露天,一般是不让进礼堂的,可见事情有多么紧急。

就在我们吃完饭,已经上车准备出发时,师里正在炮兵开会的王仙洲副政委来到我们的大轿车上,他一脸严肃地说:“告诉大家一个不幸的消息,我们的伟大领袖毛主席,今天早上去世了!”战友们一下子全呆住了。片刻,大家都哭泣起来。王副政委提高嗓门又说:“大家不要哭。毛主席逝世的消息下午 4 点才广播,现在还要保密。提前告诉你们,是让大家知道为什么取消演出,要化悲痛为力量……”

就这样,我们压抑着悲痛的心情踏上了归途。

那次,是我负责押车。卡车是不允许走长安街的,我们沿中南海北墙的马路东行,在高高的道具车上,我看到中南海院子里穿梭的身影和默默值勤的战士。沿途一些机关、部队大院正在陆续升旗,我知道这是在为一会儿的降半旗做准备。车子路过王府井,我让司机停车,专门去新华书店买了张毛主席像。看着大街上还不知道消息的人们,我真不敢想象下午 4 点以后的情景会是什么样。

我们宣传队的大轿车行驶到长安街时,还发生一件小事。

由于过度紧张,司机闯了红灯,被交通警察拦住。带车的干部跟警察解释,我们是在执行紧急任务,请他照顾放行。但是怎么解释也不行。最后无奈,只好悄悄地对那位警察说:“我们伟大领袖毛主席逝世了,我们奉命赶回驻地。”那警察顿时傻在了那里,好一会儿才回过神来,连忙把证件塞给司机说:“快走,快走,别耽误。”马上打放行的手势让我们通过。

车开到天安门前,隔窗望着天安门城楼上毛主席的画像,大家再也抑制不住悲痛的心情,泪流满面,强烈要求司机绕广场一圈,好再看看伟大领袖毛主席!为这事儿,队员们还和带队的宣传科领导吵了一架。带队领导是怕大家的哭声提前走漏消息,也想尽快把部队带回,这样做是可以理解的。

返回唐山途中,中央人民广播电台播出了噩耗。我们看到许多军用吉普车朝北京方向疾驶,知道他们一定是为了执行紧急战备部署。而我们,则驶向唐山的部队临时驻地,去完成新的任务。

那时,人们对毛主席的感情之深,真是无法用语言形容!那是发自内心的,最真诚的。那一天,全国人民都沉浸在无比的悲痛之中。

当兵期间,我曾经多次去过北京,但这是最难忘的一次了,刻骨铭心。

难忘的 1976 年,中国人民经受了太多太多的悲痛……

博友评论节选

花好月圆

当年的北京军区炮兵67师宣传队很牛啊！有这么多人才！浩浩荡荡的进京演出！让人们也大开眼界，当年的解放军又是这样的受人青睐！主要还是你们的功底过硬，让我们难忘那个时代！也能够联想很多事……

glild

难忘那年九月九！我觉得好像把一生的眼泪都流尽了。那是发自内心的真诚的悲哀：为我们的祖国、为我们的党！那时候真正觉得是天塌地陷了！然后，又过了10年，我们成熟起来，于是，在邓小平去世时，我们已经知道该如何去坦然面对了。无论世事怎样变幻无常，我们会永远保持那一份真诚！

老兵76

毛主席永远活在中国绝大多数人民的心中！因为他一生都在为中国绝大多数人民工作着，服务着，奋斗着！

夜深沉，1974年10月入伍，当兵6年多，在部队宣传队度过，留下遗憾的是，身在高射炮部队却连炮兵打靶也没见过。曾经参加过唐山地震后的抗震救灾，这是军旅生涯中难忘的经历。退伍后成为一名丝绸人，在工厂、公司里先后从事织造、印染及行业管理。“下岗”后进入博海遨游，有幸再次与那么多部队战友在网络中“重逢”，得以在这里把难忘的回忆变成文字……

我珍藏的一封家信

作者：嘟嘟

博客地址：http：//blog. sina. com. cn/dudu0512
开博时间：2009 年 3 月

我，昵称小红，1976 年 3 月应征入伍，来到我的出生地大连当兵，迈出了我人生走向社会的第一步。到部队不久，父亲就给我写了一封家信。信中家事娓娓道来，流露出父亲对女儿的思念，同时谆谆教导女儿如何做人做事，更有两处提到了希望女儿能早日加入中国共产党，更好地接受党的教育，自觉地为革命运动贡献自己的一切。以下是这封信的全文。

小红：

你的信，我们见到了，希勿念！

你(长)这(么)大从未离开我们，自你走后，我们总是想念你，总怕你跟不上形势，总怕你不认真钻研；总怕你不能完成工作任务；总怕你不注意认真锻炼身体；总而言之不大放心。这也许是我们多余的担心，实在没有必要的担心。因你在我们身边时你个人就能认真看书学习，弄通马列主义，很注意研究问题，能完成我们和学校教给你的任务，也注意锻炼身体。有了你在学校和家里锻炼的基础，我们相信我们那几个“怕”字是多余的，没有必要的。但想念你这也是自然的。

小红：你已走上社会，为人民服务，为社会主义事业服务。我们希望你作一个光荣、伟大、正确的中国共产党的党员，更好地接受党的教育，更多地受到严格组织锻炼，更自觉地在三大革命运动中贡献自己的一切。

一个人要进步，仅靠个人努力(这是主要的)还不够，还应该努力地向革命先辈和革命先烈学习，也还要向全体革命干部和群众学习。做一件好事不难，做一辈子好事就难。在学习工作时有成绩就要防止骄气，在学习工作时有缺点就要防止泄气。胜不骄，要经常严于解剖自己，保持谦虚谨慎、天天向前。

你临走时，我们也来不及送你，一方面是我们忽略了，另一方面是为照顾影响。我想你会理解的，用不着我们说明吧。

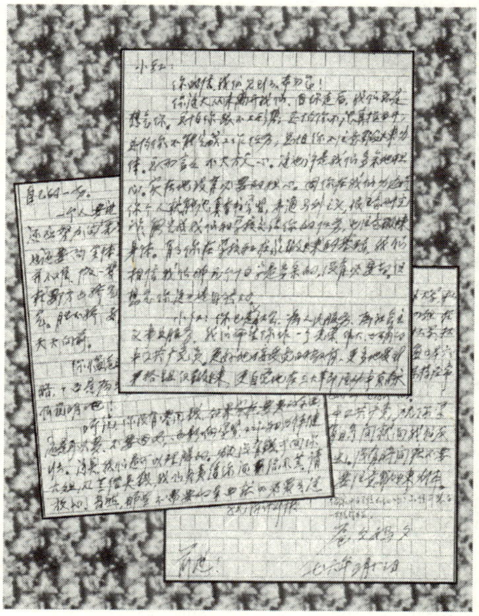

作者家信

听说你没有零用钱，如果实在要买东西还是可以买，不要因此而影响学习、工作和身体健康。这点，我们是可以理解的。身边没有零用钱可问大姐凤兰借点钱，我们负责为你还给凤兰，请放心。那些不需要的东西就不必买了，这点你是知道的，也用不着我们多述了。

小红：你走后，家中你三姐、四姐、杜军、杜伟都很好。三姐每个星期六回家看看我们。四姐在工厂工作很紧张，有时夜间还继续工作。杜军、杜伟的学习都有进步。爸爸妈妈身体都好，每天早六点半、晚六点半都要到房子周围走一走，我们保持经常散步、锻炼身体，请你不要挂念我们。

最后，祝你早日加入中国共产党，祝你学习、工作、身体好！你有时间就向我们反映你的学习、工作、身体情况，没有时间就不要经常给我们写信了，千万要注意身体锻炼。

祝你愉快

前进！

爸爸妈妈

一九七六年三月十三日

在父亲的教育鼓励下，我不负父望，认真学习、刻苦训练，成为当年新兵中最早通过技术考核的电话兵，于第二年下半年加入了中国共产党，次年转为中国共产党正式党员。在这以后，女儿一直牢记父亲教诲，严格要求自己，不断学习提高自己。先后完成电子通讯工程学士学位，工商管理硕士学位和心理学博士学位的学习，成为通信行业里一名优秀的企业管理者。

30 多年后，我重温父亲给我的家信，更加怀念我敬爱的父亲。我的一生，受慈父之宠爱，听严父之教诲，看将军以身作则，见父亲信念坚定。父亲教育我做人，影响我做事，叮咛我建立为人民、为集体、为社会、为国家服务的世界观。作为一个革命后代，我想就应该是这样，吃苦耐劳，努力学习，不骄不躁，克己奉公，积极上进，热爱国家，奉献社会。

注：

作者父亲是开国中将杜义德。杜义德将军 1929 年参加中国工农红军，1930 年 3 月加入中国共产党，先后参加过红军二万五千里长征、抗日战争、解放战争和抗美援朝战争，1955 年被授予共和国中将军衔。曾任中国人民解放军海军第二政治委员，兰州军区司令员。

博友评论节选

景观妙趣

老人家给子女的信体现了他们爱党、爱国的一颗赤诚之心，他们都是这样教育子女，要求子女自觉接受组织的教育。

老百姓 LPC

将军这封普通的家书，既是对爱女的关爱，更是对晚辈的重托。是一个把自己早已融入党的事业里的战士，对后来者的希望和教诲！老将军字同其人——坦荡、豁达、坚毅、刚强。应当仔细珍藏并传于后代！

小五子

看着这封家书，特别看到将军的亲笔信，联想到如今已是字留人去，天地相隔，小五子又泪流满面。读着，仿佛这是我的爸爸给我的信，那么相似，那么可亲。老一辈对自己的儿女都是这样严格要求，谆谆教导，殷切希望。将军在天之灵会有知，您的儿女不会辜负您，他们都在为共和国奋斗着！

盼归

你们是党的忠诚卫士，从你们两代党员身上，让我们看到的不仅是革命精神，更是光明的未来！杜义德将军的浩然正气，一定会代代相传。

秋水长天

老将军那种对女儿的关爱、期待和思念从字里行间流露出来。这不仅仅是对儿女的关爱，也是对祖国的一种忠诚。

嘟嘟，1976 年入伍，1986 年转业。现为澳大利亚某通信技术公司驻中国公司的董事总经理。

想念爸爸

作者：红光学生

博客地址：http：//blog. sina. com. cn/hongguangxuesheng
开博时间：2008 年 7 月

我和妈妈亲，有点怕爸爸。

我 4 岁时，爸爸那个师住在秦皇岛，军部在天津，爸爸把我和哥哥甩在天津幼儿园住。爸爸到天津军部公干，从来不去看我们，只是叫警卫员送点糖块儿、水果。家搬北京时，应伯伯叔叔们的要求，留一个孩子作“人质”，说是能迫使爸爸经常回老部队看看，于是，哥哥弟弟都转到北京八一学校，而我就成了留在天津的倒霉蛋。后来家搬到大连，爸爸妈妈只带妹妹一个人在身边，又把哥哥弟弟丢在了北京。一家分三处。

每年的寒暑假，我们自己回家。学校帮买火车票，并把哥哥弟弟送上 29 次北京至大连的列车。到天津站我一上车，广播里就通知我到几号车厢，和兄弟们汇合。有时坐船回大连，是妈妈来接，到了招待所，妈妈总问我想吃什么再打饭。我和妈妈有说不完的话。和爸爸在一起，总感到拘束，警卫员把饭打来，有什么吃什么，饭桌上不说一句话，他一吃完，看看手表，起身就走，丢一句话“快点”。后来我当兵在连队吃饭从不吃亏，始终保持速度纪录，是有渊源的。

爸爸分不清家庭和单位的界限，分不清父亲和领导的区别。我们家始终是个革命熔炉，爸爸是领导，妈妈是司务长。单位号召勤俭节约，家里电灯开关边上也贴了“随手关灯”的小纸条。家里容不得说落后话，不准发牢骚，哪怕是“文革”那样的环境，可以贬低造反派的张三李四，不能怀疑党的路线方针。

爸爸从来没有打过我。哥哥弟弟妹妹都挨过爸爸的打，因为他们敢顶嘴，还能把爸爸顶得理屈词穷。比如说，爸爸讲，人人都会讲错话。弟弟马上接一句，爸爸也会讲错话。啪，屁股上挨了一下。其实，不是弟弟的不敬，这是逻辑的力量。而我小时候口吃，不愿意展示弱点，爸爸以为我孺子可教，杀鸡不用牛刀。

爸爸有三个二级勋章，用他的话说，是起点高，进步慢。他对勋章不重视，却看重一块华北军区的奖章。那是在平津战役中，在张家口朝天洼、西甸子阻击战中立一大功。当时他是华北1纵3旅8团团长，阻击张家口孙兰峰兵团的突围，坚守8个小时，顶住两个师的敌人轮番攻击，一线两个营拼光了，敌人都冲到了他的指挥所阵地前，爸爸抱着卡宾枪，带着参谋、警卫员、通信员、马夫，硬是把敌人砸了下去。关于这场战斗，杨成武回忆录中有一段记载，《华北解放战争纪实》中整整记了3页。直到爸爸晚年，还经常念叨他的1营、3营，念叨那些牺牲同志的名字，这个时候，爸爸的表情，真像父亲。

1979年元旦，部队接到赴南疆参战的预先号令，我回家向父母告别。部队要求严格保密，我不知该怎么向父母说。中午开了一瓶酒，闷闷地喝着。爸爸好像知道什么，讲起了抗美援朝，讲起了五音山战斗，讲如何防空防炮。我告诉他，我们部队有任务，我也从连队调到了团机关。爸爸很惊奇，也流露失望。临走时，他说，告诉你们领导，你还有哥哥弟弟，不要考虑我们。防空防炮，记住了吗？

在前线，我团1连配属129师保障那花方向，5连配属164师保障北山方向，7连配属163师保障同登、谅山方向，团主力担任预备队待命。战斗打响的第二天，布局关外的靠松山水库被炸，穿插部队受阻，团主力投入运动保障。我拼命要求随部队前出，却被安排在后指，急得我直跳脚，扯着脖子叫。前方物资消耗出奇的大，我开着一辆嘎斯车，满载装备器材一趟一趟地往返于前沿后指之间。在前沿看到战争的场景，看到伤员、烈士，特别是自己认识的鲜活生命一瞬间消逝，产生一种全新的生命感触。

随着我团7连炸毁谅山大桥，部队班师。我得到一枚军功章。

由于爸爸对勋章的淡泊，在爸爸面前，我对自己的军功章也作出一幅无所谓的样子。我带回军功章，很随便地放在茶几上，我对妈妈说，帮我收着。爸爸伸手又缩了回去。妈妈说，跟你爸爸的牌牌儿放到一块儿。爸爸说"我来放"，便拿进了卧室。

直到中午，妈妈说，喊你爸爸吃饭。我推开卧室的门，看到爸爸默默地抚摸着我的军功章，桌子上摊着他的一大堆奖章。

他没料到我冲进来，脸色有点尴尬。

他把父亲的深情紧紧掩盖着，羞于流露，而希望他的儿子坚强，是好汉。

我眼睛有点潮，叫了一声"爸爸"。

"……嗯？"

"……吃饭。"

我曾经问过父亲，在一生中，什么时候最痛苦？是不是长征，三过草地？我以为他会夸我聪明。但他否定了。他说，那是艰苦，不是痛苦。最痛苦的两件事，一是西路军失散，二是"文化大革命"。因为脱离了组织。

过草地时，他是33军的一个团党委书记，和一方面军5军团合并后，调5军团政治部当民运干事。西路军在和马匪的战斗中，政治部主任杨克明牺牲，父亲负了伤。部队弹尽粮绝，他和许多同志被俘。敌人嫌他负伤走不动，把他丢下，押着其他红军走了，那时候他甚至想乞求敌人把自己也押走，和战友们在一起。他一个人，拖着带伤的躯体，一路向东，乞讨要饭，找到组织。

父亲对我们话不多，说什么事不谈过程，只谈结果。如谈长征，他说，过了三次草地，没粮食，吃草根树皮。我想叫他讲个类似"金色的鱼钩"那样动人的故事，他没讲。还是他去世后，在箱底发现一本1957年的《解放军生活》杂志上，有他的一篇回忆录《艰苦的岁月》，讲的是过草地的故事，很朴实，也很振奋。

爸爸说，痛苦是藏在心里的。不看时机和对象的诉苦就是笑话。

和造反派说自己的组织情结，是不是个笑话?

父亲的晚年，总是沉默。接到老战友去世的电报，爸爸就会长叹一声：都差不多了。

我总想办法叫他高兴。我知道，能叫他高兴的，莫过于歌颂他所献身和矢志不渝的事业。于是，我和他谈党史、军史，谈毛泽东思想，谈老一辈对中国革命的贡献，谈共产主义事业接班人的五个条件。我们爷俩都很高兴。

他高兴，是因为他觉得儿子是马克思主义信仰者，以为社会上的一代人都和儿子一样；而我高兴，是因为他高兴了。

走出爸爸的房门，我擦一把眼泪。

爸爸1932年参加红军，1950年才回家。只一个星期，朝鲜打仗了，一封电报召回了爸爸。从此，与故乡的山水隔绝。最近我看了金戈戈的川陕视频，那山，那水，那乡亲，那红旗，一下子想起了爸爸，眼泪脱眶而出，喃喃地叫着爸爸。

4月2日，是爸爸的忌日。16年了。爸爸，我还是16年前的样子，我所和您谈的，能让您高兴的话语，我今天仍然坚持。我的身上流着你的血，我是你的儿子，爸爸，爸爸……

博友评论节选

心路驿站

熟悉的情感，熟悉的生活，熟悉的回忆，连地名都如此的熟悉！似乎这样的家庭都有点怕爸爸！在失去爸爸的日子里，这份情感更浓厚，曾经的生活更清晰，百味的回忆更稠密，魂牵梦绕的那些地名像勾魂似的缠绕在心头！向你的爸爸致敬！

军风

真是父爱如山！感天动地！一位英雄父亲。看后潸然泪下！没有父辈的流血牺牲，哪有今天的幸福生活！珍惜今天来之不易的日子。让父辈九泉坦然。

轻吟细语

阅读您的文字，对于平凡中长大的我来说是一次心灵震撼，是一场灵魂教育。新中国的建立是无数革命前辈的付出与贡献，他们流血牺牲甚至是生命代价。

军中小白杨

好感人的文章！读着又觉得很亲切。我们有同样的童年生活，我是在部队的保育院里长大的，生下40天爸爸去了朝鲜，回来我都四岁了，直到上中学才开口叫爸爸，想起这事心里就难过。

红光学生，入伍前插队，1971年当兵在南京军区部队服役，任战士、技师、助理员、参谋、处长，立三等功5次。1992年转业到南京市物资局任办公室秘书、副主任、主任，2003年退休。

爱骂人的父亲

作者：将军

博客地址：http：//blog. sina. com. cn/tianjinjjj
开博时间：2009 年 5 月

父亲去世 5 年多了，每当我一个人独处的时候，耳边会梦呓般地响起他的暴骂声，那声音凶悍、熟悉，好像父亲就在身边。随他骂吧，骂人是老天爷赋予他的权利，剥夺了他的权利，他会活得不舒服。父亲的骂声曾让我惧怕和烦恼，但却是那样真实而亲切。

父亲脾气大、爱骂人，在职的时候是出了名的，军首长都让他三分。父亲资历老、战功多，胆子大，大概就是因为这些，他经常张口就骂。战争年代，他发脾气时曾拿枪打过比他级别高的领导，也枪毙过吃了败仗的部下。到了和平时期，了解他脾气的领导为了不让他摸枪，安排他做后勤工作，即便这样也改变不了他着急上火的秉性，更挡不住他的叫骂声。父亲较上劲来不管不顾，天王老子也敢捅它几下！或许因为骂人，1930 年参加红军的父亲的职位远远落后于比他资历晚的人，那些原来是他下级的人都进了军领导班子，而他，始终当他的军后勤部长，直到离休。

父亲是跟随毛主席从井冈山走过来的老战士，是革命事业棋盘上的一枚棋子，是中国革命的功臣，也是我仰视的一座大山。

父亲是从湖南冷水江山区一个贫苦的雇农家庭里走出来的，参加红军后在枪林弹雨中闯荡，拼着性命，为劳苦大众打天下。他参加过五次反“围剿”和二万五千里长征，历经平型关、雁门关、娘子关和百团大战、平津战役和抗美援朝战争，大仗小仗无数。父亲作战勇敢，不怕死，能打恶仗，曾九次负伤，有两次已经把他装进棺材了，发现还有气，又被抬了出来。平北开辟根据地时，他在张北、多伦、尚义、康保、赤城、延庆一带打仗，这些地方县志里都有父亲战斗事迹的记载。当年挺进军的领导宋时伦、萧克、段苏权、刘道生、詹大南都很器重他，遇到难打的恶仗就让父亲上，每次父亲都能得胜归来。

父亲1945年就是团级干部了，可一直到1965年我军重戴红领章红帽徽的时候他还是团级干部。和平年代没有战事，父亲"能打仗"的特长派不上用场了，加之他文化水平不高，脾气大，爱骂人、经常顶撞领导，也因此，父亲在团级位置上原地踏步几十年。后来，他才逐步提了职，享受了老红军的待遇。

父亲为战场而生，为打仗而来，他是战争年代的勇士，却不适应和平时期做官，没仗打的日子让他过得难受。父亲一生兢兢业业、任劳任怨地为党工作，对职务和待遇从无任何怨言。他评残是"二等乙级战伤"，家里人曾多次劝他向组织上反映一下，把残疾证上的等级调高，都被他骂着制止了。他说："妈的，那些死在战场上的人，谁给他们调级去！"

我是很怕父亲的，跟父亲生活几十年，我这个当儿子的，甚至没有感受过父亲的厚爱和温暖，总觉得自己是父亲手下的一个小兵，永远都是。在我的记忆中，父亲从来没给过我好脸色，不管是参军、入党、提干、立功，还是转业回地方后的一件件事情都是如此。他总是一本正经地给我布置任务，并且要求限时完成，如果完不成，骂是轻的，大嘴巴跟着就会抡上来，到了晚年，他还会用拐杖捅。

有一次，父亲让我把他的党费交到党小组长家，因为要上班，我晚送了一天，他冲我吼道："你小子，敢把老子的事不当事，反了你了！"要不是妈妈拦着，我肯定要挨打的。和这样的父亲生活在一起，没理可讲，我也不敢讲理，只能绝对服从。

父亲是个闲不住的人，他在家中院子里开了块菜地，时常让我给他当下手，翻地、拔草、翻开地沟盖掏出粪便施肥，每当我很费力地跟着他忙乎完地里所有的活儿回到自己房间时，常常有一种走出牢狱终获自由的快感！

父亲的家规很多。大人说话孩子不能插嘴，大人没上桌孩子不能吃饭，自己的事情自己办，不能随便求人等等。以至于我都快50岁的人了，也不敢跟他争辩。面对晚年的父亲，我很想和他敞开心扉交流，不光是因为他给我内心带来过的委屈，我还觉得，父亲一生那难改的火暴脾气和武断的作风在客观上是会伤害父子感情的。可惜，直到父亲去世，我和父亲之间都没有过像样的交流。

父亲也做过让我感到特别温暖的事情。

记得母亲去世后的那个春节，一大早我出门，看到门上贴着大红的"福"字，往年，这些事都是母亲做的，可见父亲内心在惦记着母亲和母亲做过的事，那一刻，我突然心酸，好想哭。

那年，我从父亲家搬走前的那个晚上，他把我和妻子叫到他的房间，说："你们搬走后要多来看看我。"话语凄楚，透着些许无奈。父亲一辈子没跟我说过这样的软话，我听了心里特别难过。

我有过想与父亲沟通情感的愿望，却因为一件事，不知是伤了父亲，还是伤了我，我的这种愿望再也没有出现。

那是一次道听途说。我在街边听两位老大娘拉家常，其中一个说："老话讲，宁要讨饭的妈，不要当官的爹。"这话让我想了很多，那时我母亲已经去世了，有些想法我又不敢对父亲讲，于是，趁一次到医院探视父亲时便把这句话试探着学给他听，父亲当时没接我的岔儿。转天，大哥给我打电话，责备我不该在父亲病床前乱说。至此，我彻底打消了和父亲沟通情感的念头，直到父亲去世。

我不知道，这是父亲的不幸，还是我的不幸……

又是一个大年初一，满大街都是爆竹声和孩子们的欢笑声，我独自一人跑到医院陪父亲过年。父亲意识已经不很清楚了，甚至连睁开眼睛的力气都没有了，呼吸也很微弱。连着两次大手术都被九十岁高龄的父亲闯了过来，冥冥之中我觉得父亲抛舍不下我们。我久久地握着爬满青筋和因输液扎得块块血斑的老手，那是一双叫我很早就领教什么是敬畏的大手。这双手放过牛，牵过马缰绳，和鬼子拼过刺刀，抡起双枪百发百中，也无数次因打自己人而犯过错误。这双手牵过我上学，也因我逃学掴过我的脸。我当兵十几年，这双手给我写了数不清的信件，鼓励我要咬牙吃苦锻炼自己。是父亲的教诲和威严促使我努力上进，在部队入了党，提了干，奠定了自己日后在人生旅途上打拼的基础。我久久地握着父亲的老手，生怕稍一松开就再也握不到了。我想着老人为党、为家操劳一辈子的不容易，几十年的往事像电影镜头似的一幕幕浮现在我的眼前。我一遍又一遍地在父亲耳边用心喊着："爸，过年了，儿子来给您拜年了。"喊着，喊着，泪水夺眶而出，如线，如雨。

父亲终于离开了人世，也永远地离开了我们。然而，躺在病床上的父亲依然虎背熊腰，他的神情依然威武勇猛！那天，病房外细雨霏霏，老天爷也在为父亲落泪。父亲合上了眼睛，也闭上了他那爱骂人的嘴，而枕边那台伴随他多年的微型收录机里，仍然播放着他最喜欢听的《长征组歌》……

纪念红军长征胜利 70 周年那年，应《天津日报》社约请，我为父亲赶写了《我在长征路上》的遗作，当我在文章的结尾处写道"缅怀战友度余生，与时俱进夕阳红"时，我竟放声大哭！我想父亲，我想对父亲大声呼喊，您老人家在世的时候为什么不能与我这个当儿子的在情感上也能与时俱进啊！?

一年后，我的散文集《一个红军后代的情感路》出版发行，在书中，我完成了与父亲的对话和情感交流。至此，我感到些许释然和欣慰。

博友评论节选

亦文

打江山的老一辈都是这样的，眼睛里揉不得一粒小沙子。这正是当下缺少的崇高品质，需要下一代好生传承。向戎马一生的老革命致敬！

贾连城

真情感人，真实动人，真切好人！父辈的精神，永远是我们心中的旗帜！

一条大河 54

看了战友的文章很感动！一个真实的父亲，一个真正的战士，一个真正的革命者，一个让我十分佩服的军人。虽然他资历很高，待遇却很低，但他是老百姓喜欢的当官的，那些贪官污吏看到这个老人会发抖的。

故国神游律诗天下

文章写得挺好，丰满细致生动感人，可以看出作者对自己父亲的深情。

将军，军人家庭出生，19 岁参军，入党、提干、立三等功。转业后到地方政府部门工作，现为天津市民政局调研员。喜爱写作，崇尚修身养性、服务社会，崇尚“立德、立功、立言”，追求快乐人生。天津市作家协会会员，天津市延安精神研究会理事，著有散文集《一个红军后代的情感路》。

父亲，女儿心中的丰碑

作者：喀秋莎

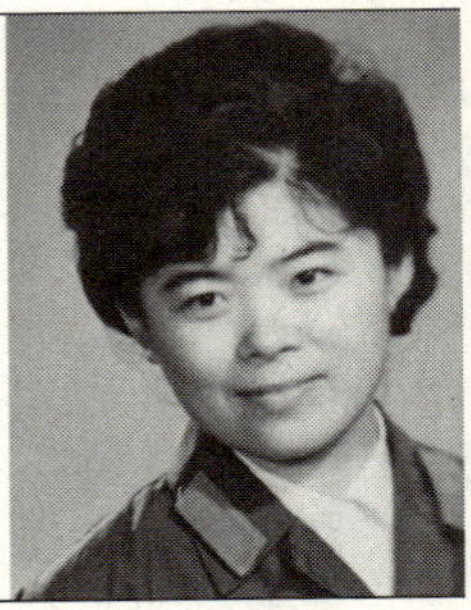

博客地址：http：//blog. sina. com. cn/youkadan
开博时间：2009 年 11 月

我爸爸出生在山东海边的一个农民家庭，那时家里很穷。为了活命，爸爸和村里许多穷孩子一样，天天出去讨饭，经常是饥一顿饱一顿的。在爸爸幼小的心灵里早就埋下了反抗社会旧制度的种子。1937 年抗日战争爆发，他离家出走后参加了八路军。

那是一个寒冷的冬天，爸爸刚满 14 岁，由于没有饭吃，饿得面黄肌瘦，在讨饭的路上，爸爸和表哥等小伙伴们商量着："活不下去了，咱们参加八路军、打鬼子去！"大伙一拍即合，也没给家里打个招呼，就投奔了八路军。

我的奶奶一生很坎坷，嫁给爷爷后，生了 8 个孩子，结果不是冻死、饿死，就是病死。只有爸爸一人养活长大，所以奶奶对我爸爸特别宝贝。爸爸参加八路军后，奶奶和爷爷开始并不知道，在家里等了好久，四处打听爸爸的消息，始终是杳无音信。奶奶整天以泪洗面，结果哭坏了眼睛，几乎失明。

那时的白色恐怖很厉害，地方反动势力只要发现谁家里有人参加革命，全家一个不留，全部抓起来杀掉。爸爸参军到了部队后，一直不敢和家里联系，生怕家里人被牵连。部队也因此要求大家改名字。许多战友都改了名字，爸爸和最要好的两个战友在一起商量，三人决定都改成"渡"姓，分别叫"渡河"、"渡江"、"渡海"。年纪最小的爸爸叫"渡海"，意思是为了解放全中国，就要走遍大江南北，渡过全国的江、河、湖、海。后来他们出生入死，在战场上英勇杀敌屡立战功，为解放全中国流血负伤，甚至献出了宝贵的生命。

叫"渡河"的那位叔叔是在抗日战争中牺牲的，另一位叫"渡江"的叔叔牺牲在解放战争时期的一次战斗中。爸爸怀着对"渡河"、"渡江"叔叔的深切思念，怀着对敌人刻骨的仇恨，继续英勇战斗、建功立业。

抗日战争初期，爸爸经过在山东纵队卫生部卫校的学习，成为一名军医。面对日寇的扫荡和险恶的战争环境，他带领手术队参加了大大小小许多的战役、战斗，多次负伤，多次立功受奖。

解放战争时期，爸爸在第三野战军八纵队卫生部等部任职，参加了莱芜战役、解放开封、淮海战役、解放上海、渡江战役等。抗美援朝时期，爸爸赴朝参战，参加了第二、第四和第五次战役。

在某军区第一届功模代表大会（1955 年）的材料中，记载着爸爸的故事："1948 年 6 月我军在攻打开封时，渡海同志冒着敌人猛烈的炮火，在临时包扎所里救治伤员。突然，炮弹击中了包扎所安放手术器械和医药材料的房子，冒起了熊熊烈火。眼看房子摇摇欲坠，渡海想如果不设法抢救，将会遭受重大损失。在当时，医药材料是非常宝贵的！包扎所损失了这些医药材料，那将有多少伤员为此而失去抢救时机，甚至失去生命。强烈的责任心让渡海冒着生命危险，冲进了屋内抢救器材。只见屋内火焰四起，瞬间他的衣服就被烧着了，很快蔓延到全身，渡海全然不顾继续抢救。这时，敌机投下的一颗炸弹，把房子炸塌了，渡海同志被埋在了土堆里。战友们一边哭喊着：'渡海！渡海！队长！队长！……'一边用手扒着倒塌的房土，把他救了出来。渡海同志被炸成了重伤，断了三根肋骨，造成了气胸、肺萎缩，已经昏迷不醒，奄奄一息。有一块弹片从他耳朵的后面嵌入到脑子里，造成了严重的脑震荡……"

这块弹片一直没有取出，伴随了他一生，因此爸爸后来经常头痛。那次他的腿也被炸伤骨折，造成了两条腿粗细、长短不一样。经过战地抢救，爸爸终于死里逃生。每逢刮风下雨，爸爸的身体都会有许多的不适，给他后来的工作、学习、生活带来了意想不到的困难。

后来，爸爸被评为"一等人民功臣"，同时也成为"二等甲级残废军人"。宣传爸爸事迹的材料和报纸，至今我还珍藏着。爸爸在战争年代荣立 3 次一等功、4 次二等功、4 次三等功……可谓戎马倥偬、战功卓著。

我小的时候，经常会用小手去轻轻抚摸爸爸耳后的那块伤疤。等长大些了，知道了爸爸的战斗经历和英雄事迹，心中充满深深的崇敬。

和平时期，爸爸一直念念不忘那些在战场上牺牲的战友们，特别是那两位和他在战争年代同姓的年轻战友"渡河"、"渡江"叔叔，时时告诫我们要记住历史，永远也不要忘记过去，不要忘记人民，不能忘本。他经常说，自己与那些牺牲在战场上的战友们相比，真是太幸运，太幸福了。

爸爸对自己的生活很知足，从来不计较个人得失，而工作起来却总是像战争年代那样拼命。1976 年唐山大地震，那年爸爸已经到了离休的年纪，一听说震区需要部队的支援，他不顾年老体弱，不顾余震的危险，立即要求带医疗队去唐山，为唐山的抗震救灾贡献力量。那也是他最后一次上"前线"了。

爸爸在战争年代渡过了大小众多的江、河、湖泊，就是没有渡过海，爸爸生前一直有个未了的心愿，就是收复台湾，和平统一祖国，这也许和他的名字"渡海"

有关吧。虽然爸爸没有看到祖国统一，但是他看到了大陆与台湾的关系不断得到改善和民间贸易往来的不断增强，并为此感到欣慰。

2001年我国申办奥运会成功，爸爸非常高兴，苍白、消瘦的脸上露出了久违的笑容。那时他已经病得很重，知道自己很快就要走到生命的尽头了。他对我们说："我已经看不到我国举办奥运会的那一天了，到时候你们替我多看看，多拍拍手。我很快就要去和'渡河'、'渡江'兄弟团聚了，我非常想念战友们！"他是那么思念在战争中牺牲的战友兄弟，眷恋着无数革命先烈流血牺牲才换来的伟大祖国的今天，眷恋着人世间美好的一切。那一年，爸爸带着太多的牵挂离开了我们。

这就是一名老共产党员、老革命军人、我爸爸的故事，这些故事一直激励着我努力工作，报效祖国，并教育我的后代好好学习，为中华民族的伟大复兴而贡献一份力量，以告慰"渡海"、"渡江"、"渡河"，告慰无数的革命前辈！

父亲，您永远是女儿心中的丰碑。

博友评论节选

路上老僧

很感动人，穷苦人为翻身求解放闹革命，创业艰难，当年共产党是提着脑袋闹革命，所以参加革命后都改了名字。我父亲也是参加革命后改名的，一直沿用到解放后，主要是怕连累家人。其实还是连累了，1947年新四军北撤后，"还乡团"杀回江苏通海根据地，还是把爷爷枪杀了，把我们家祖屋全部烧毁。这就是历史，历史是不能忘记的！

小五子

我的奶奶也是因为二伯被枪杀、爸爸当红军走了，想儿哭瞎了双眼，多么相同的老人！感人的故事记载了老一辈的革命历程！

菊菊草

咱俩人的父亲经历竟是如此的相同，我的父亲是一个冬天给地主家放牛、光脚走在雪地上。包森队伍那年在我家乡遵化时，我父亲跟着队伍走了，走时也是14岁，队伍就在遵化境内，但不敢告知家人，我奶奶也因想他而哭坏了眼睛。包森亲自为我父亲取了化名叫崔树成，一直到去世仍叫化名。我父亲1980年去世，看了您的博文想起了我的父亲。

向天一戈

革命先辈的经历竟然惊人相似，我爷爷也是在父亲参加革命后每天思念等待自己最小的儿子，一直哭瞎了双眼，却没等到解放后看儿子一眼。我们不能忘记过去，忘记老一辈革命者。

喀秋莎，1970年入伍，小小年纪当兵来到部队某医院，在革命大熔炉里锻炼成长，入党、提干，求学，本科毕业。1987年转业地方，仍奋斗在医疗战线，期间，参与组织了一些医学学术交流会和学习班；筹备成立有关专科分会；还参加筹备了继续医学教育工作；编辑出版过医学杂志。

新兵连训练结束时全班女兵合影（后排右三为本人）
投稿人：蚂蚁（女）　拍摄时间：1971年3月　拍摄地点：陕西安康

空军87201部队在进行队列训练（前排左一为本人）
投稿人：候鸟（男）　拍摄时间：1971年8月　拍摄地点：北京西山旗

与战友们在石家庄华北军区烈士陵园（后排左一为本人）
投稿人：随风（男）
拍摄时间：1967年8月
拍摄地点：河北石家庄

370医院71年入伍新兵团日活动，在烈士塔接受革命传统教育（第二排最后为本人）
投稿人：江虹（女）
拍摄时间：1971年4月
拍摄地点：湖北襄阳

部分“革命后代”博客圈友自发组织到河北西柏坡参观学习，重温入党誓词（右一为副圈主红小鬼）
投稿人：老兵团长（男）
拍摄时间：2010年7月
拍摄地点：河北平山县西柏坡

父亲逝世十周年祭

作者：蓝血军魂

博客地址：http：//blog. sina. com. cn/dag81
开博时间：2005 年 9 月

公元 2000 年 3 月 20 日（庚辰年二月十五日），父亲病逝于成都军区总医院。迄今 10 年，谨祭之。

庚辰痛别，夙夜追望。父生汉沔，贫苦岁长。阶级不平，仇满胸膛。投奔红军，追求解放。长征万里，意志如钢。三晋杀倭，喋血旌扬。抗大修省，劳武兼良。保卫延安，雄武威昂。九死太原，谈笑沙场。飞骑宁夏，铸甲四长*论兵金陵，剿匪康藏。战伤鳞鳞，功勋煌煌。

大智若愚，诚实唯上。言信行果，诺重万两。慈仁博爱，谦和恭让。骁勇执锐，克难疆场。苛严掌兵，遵纪维纲。清廉俭朴，骄奢遁亡。教吾修身，及人肝肠。诲吾为民，忠贞奋扬。励吾报国，精诚慨慷。嘱吾重义，成仁不让。秉志接力，山远海沧。祈达九泉，英灵永康。

尚飨！

四长：1950 年至 1951 年，父亲先后在四平、长春参与组建坦克第 3 师及坦克编练基地的工作。

博友评论节选

雪域军魂
此祭文写得有血有肉，饱含感情。老人家可以含笑九泉了。

小老兵
一阵沉默后，父亲突然问我，铁道兵一共多少人？我回答说，怎么也有二三十万吧。父亲又问："几十万人都能干，你怎么就不能干？几十万人都不怕，你怎么就怕？你是什么人？难道几十万人里面只有你特殊，只有你宝贵？"这就是我们这一代人的父亲，我父亲也走了十多年了。我理解你的心情，理解你的感受，为了在天堂的父亲，我们应该让他们放心！

北京瞧办主任

惟我战友，源自父辈。军之传人，刚强有为。同悼先父，泪湿衣襟。你我同心，无愧无悔。草写数语，略表我心！

清新淡雅

我看到了一颗值得敬佩的心，我们为人儿女的人都应该像您这样，把父母放在心里，而不是放在口头。

亚都炫特

铮铮血泪之字，浸润父子之情的祭文，再现了先辈的卓越功绩；犹如一座镌刻了英雄足迹的丰碑，永远屹立在后代的心头。向尊敬的老前辈献花并致崇高的军礼！

蓝血军魂，未满15岁就穿上了绿军装，曾钻山沟、住帐篷，修铁路。从鄂西北的"一线天"到首都宽阔的长安街，40年军旅之路，每一步走来，都朴实无华却又风起云涌。从战士到副师长，从基层连队到领导机关，既烧过锅炉喂过猪，也在连队当过主官和在司、政、后（还曾分管装备工作）的岗位上历经磨炼。

夜行千里的英雄

作者：铁翁

博客地址：http：//blog. sina. com. cn/tieweng1949
开博时间：2007 年 1 月

48 年前的今天，1953 年 7 月 27 日，朝中方面首席代表南日大将、美方首席代表哈利逊中将在板门店的签字仪式上签署了《朝鲜停战协定》，继而，一切敌对行动完全停止。次日，金日成和联合国军总司令克拉克也分别在协定上签字了。

说起这件事，还真有一段鲜为人知的故事呢！

那是 1953 年 7 月下旬的一天，朝鲜战场前线，夜幕已经降临，远处不断传来稀疏的枪炮声。

志愿军汽车兵吴廷秀驾驶着苏式嘎斯汽车，穿越敌人的几道封锁线，为前沿阵地送去急需的炮弹。卸了车，小吴没顾上喘口气就驶离了阵地。任务终于完成了，他也开始犯困了，真想找个地方眯上一小觉。

没走多远，两位志愿军招手拦住了小吴的车，旁边还停着一辆军用吉普。小吴细看这两个人：一位挎着手枪，看上去像个警卫员；另一位是个中年军人，像个当官的。他们对小吴说："同志，我们是志愿军总部的，有紧急任务，我们的车胎扎坏了，走不了啦，需坐你的车尽快赶回总部，必须在明天 5 点前抵达！"

吴廷秀一听，脑子轰的一声，这里离总部 500 多公里，而且道路情况复杂，不光常有敌机轰炸，还会有敌特的破坏，沿途多处公路被敌机炸坏，如果绕道就更远了，况且自己已经驾车一整天了，就是个铁人，一夜功夫赶到总部也是不大可能的呀！再说，要是中途出点啥事，也没法交代呀！于是，他为难地说道："我实在太困了，送你们怕是不安全，我……"，还没等他说完，那位当官的厉声说："同志，没时间和你解释了，现在我命令你，立即把我们送到目的地，出了事情我负责！"话音刚落，吉普车门被拉开，车里下来一位高个子军人，直接就上了小吴的车，而那位首长和警卫员，也迅速爬到后车斗里了。

此时此刻，小吴只能执行命令了，他咬紧牙关，握紧方向盘，向志愿军总部驶去。他明白，首长一定是有非常紧急的事，500 多公里的山路，还要确保安全，拼了！

坐在副驾驶位上的高个子军人，好像看出了小吴的心思，和蔼地对他说："小鬼，不要紧张，稳稳地开车，实在到不了，也没啥子大问题吆！我知道，你刚刚跑了很远的路，需要休息，可是，眼下是真的不能歇啦，到了目的地，你再好好地睡一天觉吧！"小吴听着，心里轻松了许多，他加大了油门，全速前行。

忽然，防空警报响了，小吴机警地关闭灯光，立刻钻进路旁的树林里，停下车。一会儿，警报解除了，他又继续上路。

开着开着，车子戛然停住了，糟糕！车轮陷在了弹坑里了！小吴急了，黄豆大的汗珠子直往下掉，心想这下完了……

这时，只见高个子从车上下来，他挥手招呼车上的人说："都下来，一起搬石头，垫在车轮下，推车！"他一边推车还一边吆喝着："一、二，一、二……"三人使出全身的力气一起推车，"轰"的一声，车子终于爬出了弹坑！

小吴驾车继续前行，渐渐地他开始犯困了，不停地打哈欠，速度明显的减了下来。高个子军人看了看手表，已经是凌晨 2 点了，没有路标，也没有里程碑。他自言自语地说："快啦，大概还有 190 公里，再坚持 3 个小时，怎样啊，小伙子？"小吴听了高个子的话心里不由得一激灵，心想，这位老同志咋这么熟悉路？真不简单呢！他问道："老同志，你在哪工作？对这一带地形怎么这么熟悉呢？"高个子军人哈哈一笑道："我和你一样，也是搞运输的呀！"接着，他又跟小吴讲起他年轻的时候，参加打土豪，斗地主，分田地，还有红军过草地的故事和一些逗人的小笑话。顿时，小吴的困意被赶跑了，车速也加快了。

次日一大早，差 5 分 5 点，他们终于赶到了志愿军总部！小吴停下车，深深地喘了一口气。那位高个子军人笑眯眯地表扬他说："小鬼很好啊！我去开会，你先睡个觉，回头我来看你。"

小吴被领进一间干干净净的房子里，厨房送来了一大碗热气腾腾，香喷喷的肉丝面条。小吴狼吞虎咽地吃了，美美地睡着了。

一觉睡到了下午 3 点，小吴醒了，他躺在床上寻思，昨晚拉的那位高个子军人是谁呢？一定是个大官吧？

正琢磨呢，昨天拦他车的那两个人，陪着那位高个子军人来了。他还是那么温和，笑眯眯地问小吴："怎么样啊，小鬼，睡好了吗？你的车开得很好啊！"旁边的军官笑了，问小吴："你知道他是谁吗？他就是咱们的洪副司令员呀！"小吴听了不由得一惊，心想，哎呀，昨夜我拉的是赫赫有名的洪副司令员啊！

原来，为确保板门店谈判期间我军战场的物资供应，洪学智副司令员到前沿阵地视察工作，他对前运后送的运输情况做了详细的调查了解之后，忽然接到总部命令，让他必须在次日早 5 点钟赶回总部参加紧急会议，而会议的内容，正是板门店谈判即将签字的事情。

后来,志愿军总部给吴廷秀记了功。这段"夜行千里"的故事是我转业后偶然知道的,也是故事的主人翁吴廷秀亲口讲给我听的。事情过去30多年了,老英雄的音容笑貌仍旧留在我的脑海里。

博友评论节选

贵而不富

但愿这位老英雄还健在!

邢力龄

在特殊的年代总是涌现出特别的英雄!

仁和兴

文章写得太精彩了,把一个老军人的故事写得生动,活现,既表现了一位志愿军战士的英雄气概,也表现了作者的文笔功力,值得一看!

铁翁,1969年4月入伍,铁道兵独立汽车团任战士、排长、副连长、作训参谋等职。1975年在铁道兵军政干部学校参谋队学习。1979年转业到地方,历任科员、副科长、副处长、党委书记等职。曾被评为抚顺市优秀干警、优秀思想政治工作者。

俺们的红军老班长

作者：锐哥

博客地址：http://blog.sina.com.cn/ruide88
开博时间：2007 年 4 月

1969 年夏天，俺当新兵半年后，上级选派俺到一个专业技术部队跟班训练。于是，俺被分到这个专业部队的二连，俺见到了老班长，一个正儿八经的老红军！直到现在俺还这么认为，他一定是全军资格最老、年龄最大的班长。他 60 多岁的年纪，是同毛主席一个家乡的人，操一口浓重的湖南话。

老班长自红军时期就是炊事班长。他跟着毛委员创建了井冈山革命根据地；长征中爬雪山过草地，跋涉二万五千里到陕北；东进抗日过黄河，八年抗战太行山；解放战争过长江，西南剿匪云贵川；又从大西南开到大东北，雄赳赳气昂昂跨过鸭绿江。他的伙食挑子跟着他的双脚，把祖国的大地丈量了几个来回，还撂到朝鲜转了一圈。

从朝鲜战场凯旋后部队精简，老班长被批准复员了。据说，从来没有哭过的他，竟然像孩子一样地哭了。他说他没有家，没有老伴，没有亲人，部队就是他的家。

经过一段时间坚持后，老班长被留了下来，改为部队在编职工，继续当炊事班长，直到正式退休。退休后，他哪儿也没去，其实他也没处去，就一直呆在连队里，当了一个编外班长。从俺们这样的新兵到连长、指导员，大家都很尊重他，没有人给他分配工作，可他一直把自己当成炊事员，辛勤工作，从没见他休息过一天。

老班长对俺们既严厉又亲切。平时叫俺们“娃娃”，正式场合叫俺们“战友”。每到开饭时，连长指导员也要听他安排。他说，开饭时他是指挥员，吃饭也是战斗任务，这是革命传统。

在俺们连里，没有“抢饭”一说。菜是一人一盘，先打好放在餐桌上，战士们排队进餐厅。谁饭量增了，谁饭量减了，炊事班都一清二楚。遇上减饭量的人，老班长会亲自询问,哪儿不舒服了?有什么思想问题了?他说,这也是革命传统。

开饭了,老班长经常亲自站在饭筐前,给每一个人打饭添饭。一般都是大家都吃完了他再吃。粘在米饭筐里的饭粒、粘在蒸笼上的馒头皮,他都会捡起来吃掉。他说,你们是战斗在一线的,要吃饱吃好。炊事员是后勤,吃不好没关系,这还是革命传统。

其他有的连队里战士挑食,遇上吃肉包子,一人一餐能吃十几二十个,粗粮没人喜欢吃。可在俺们连里,就没有这个情况。比如你一餐能吃半斤粮,馒头米饭肉包子,想多吃没有,一人一份;小米高粱窝窝头,你少吃也不行,一人一份——这是任务。老班长会看着你吃完,吃不完不许走人,搞得经常有人提意见。他说,这都是革命传统。

关于这最后一点,老班长有自己的一套理论,他说那是咱人民军队在几十年战火中,由鲜血和生命积累起来的经验。老班长告诉俺们,当兵首先要学会吃饭,这是最基本的任务和能力。不管什么时候吃,不管吃什么,你必须要吃饱喝足。因为你不知道什么时候行军打仗,你也不知道下一顿吃上吃不上,什么时候吃,在哪里吃,吃肉还是喝凉水。要是饿着肚子,冲锋时你立不了头功;若是掉队了,敌人抓你当俘虏!

老班长言传身教的榜样作用,一直鼓舞着俺、鞭策着俺热爱部队努力干好工作。特别是老班长行之有效的"吃饭理论",让俺战胜了在特别艰苦的特种兵部队环境里的困难。在沙漠戈壁,在海岛椰林,在那异常困难、时常吃不上饭的恶劣条件下,不论粗粮细粮,吃多吃少、吃好吃坏,俺是有啥吃啥,都顺顺当当地挺过来了,并出色地完成了上级交给的各项任务。还有,俺第一次见老丈母娘时也用上了这一招,丈母娘看俺有啥吃啥,吃嘛嘛香,就说了一句话:"这小子实实惠惠的,行!"俺的老婆问题就这么解决了!

老班长的教诲真是让俺受用终生。

博友评论节选

915373964

令人敬佩的老红军、老班长、老革命、老前辈。红军传统代代相传!

红芭蕾情结

看了您的博文,想起了俺在新兵连时,分的饭必须吃完,不能浪费!最发愁的就是大肥肉。我从小就不吃,只好把大肥肉撕成一小块,一小块地拌在饭里吃!记得有一次分给我的大肥肉多了点,急的俺一边哭一边吃。要是偶遇到你们那么好的红军班长,肯定不会分给我大肥肉的!

锐哥，1969年入伍，地空导弹兵，历任战士、排长、连长、师作战侦察参谋、团作战侦察股长等职，参加过802演习、国庆阅兵等重大军事行动，获师通令嘉奖一次、立三等功一次。1987年转业，先后任市政府某部门秘书、办公室主任、机关党委书记、副局长等职，评为优秀公务员多次。

投稿人：大漠风沙（男）

投稿人：大漠风沙（男）

投稿人：中国经典（男）

投稿人：中国经典（男）

五爷

作者：曾曦

博客地址：http：//blog. sina. com. cn/tingfeng1964
开博时间：2009 年 10 月

适逢“八一”建军节，各级各类传媒都在铺天盖地地宣传那些为中国革命奋斗一生的革命先辈，我不由自主地就想起我们家族和军队的关系，五爷的形象自然就萦回脑际。

事实上，上高中以前，五爷在我的印象里一直是模糊的。从爷爷、奶奶的絮叨中，我只是影影绰绰地知道五爷在新疆伊犁地区霍城县邮电局工作。在我幼年的印象里，爷爷一说起五爷，就叹息声不断，连呼没想到。奶奶说起五爷，也一个劲摇头，说她自进这个家门后，五爷还打着光腚，头顶上流着一撮“气死毛”，鼻流涎水地跟在她屁股后面哭着要“媳妇”，要好吃的……爷爷说，五爷在他们几个弟兄中最小，也是最懦弱的。为一点点小事，莫名其妙地就会嚎啕大哭，一哭起来，往往是头暴青筋，气上肝胆，一不小心就昏死过去。因而，我祖奶奶就按传统风俗为他头上留了一撮“气死毛”，据说这样可以防止他生气后背过气去。也常常很有效，因为大家都知道五爷有这个毛病，也就不和他斤斤计较。五爷呢，因为别人让着他，却滋生一些“飞扬跋扈”的“坏脾气”，又有祖奶奶护着，自然无人敢惹。

渐渐长大了，我才明白了爷爷连呼“没想到”的原因。就是这样一个胆小怕事的“气死猫”，竟然成了一名军人、一名大“英雄”。

奶奶说，那年月，照金是共产党关中地委的所在地，胡宗南的部队经常进村入户，烧杀抢掠，人们经常生活在颠沛流离的噩梦中。胡宗南的部队一进村，人们就一窝蜂地从山中小路林荫下仓惶躲逃。由于照金是陕西最早“闹红”的地方，胡匪便见人就抓，抓来就杀。五爷就是在这种忍无可忍的情况下，跟着胆大的四爷毅然投奔了王震的部队。

五爷走后，爷爷、奶奶总是放心不下，担心他吃不了那个苦。谁也没有想到，胆大无比的四爷，被分配在王震麾下当骑兵。在参加马栏的一次战斗时，战马冲进了一个蛇阵，当四爷的马鞭几乎摔秃的时候，人和马才幸运地脱离险境。四爷望着被毒蛇放倒的心爱的战马，内心里颤栗不止。在埋葬了那匹战马后，四爷就失魂落魄地告假离开了部队。从此后，胆大无比的四爷就一直变得小心翼翼，蛰伏在那个小村庄，再也没有出去。倒是在人们心中懦弱的五爷，在王震的麾下，所向披靡，一路打到了新疆。在王震将军的部队锤炼成了我们家族引以为豪的大英雄。五爷后来又转业到了祖国边陲的新疆伊犁霍城，一直从事邮电事业。别说爷爷、奶奶想不到，这样的结果我们小山村的所有长辈都没有想到！

耳闻那些传奇般的故事后，我不由自主地对五爷有了进一步深入了解的愿望。那年月，家乡和霍城相隔数千里，对于五爷的一切，一直是杳无音信。在爷爷的闲聊中，我隐隐约约听到过五爷在"文革"时曾经因为家乡有人写信举报而受到过查处，本来官还可以再大一点，都是因为爷爷、二爷的牵累，五爷一直都没有升迁，听说还蹲过牛棚，因此事牵连不得不从部队转业到了地方云云……也隐隐听说五爷来信说，70 年代，由于中苏关系紧张，爷爷曾去信劝慰五爷回老家居住，但都被已经深深扎根新疆的五爷拒绝了。

也听说了一个有趣的爱情佳话。我五爷这个从小就跟我奶奶嚷嚷着要媳妇的人，竟然在戎马倥偬里沦落成了"剩男"，30 大几的人，还没有成家。后来还是组织在支援边疆的女学生中"乱点鸳鸯谱"，才解决了包括五爷在内的这些勇士们的婚姻问题。我那从未谋面的五婆在稀里糊涂中就成了我五爷的新娘。但五爷、五婆天生一对的夫妻相，携手相濡以沫度过了美好的人生。五爷两子两女，一家人和和美美。

1981 年的秋天，我从学校里回到家乡，一位身材佝偻的老人出现在我的眼帘，他在疾步如飞地扛苞谷秆。我以为家里临时雇了一个帮忙的，然而，奶奶却告诉我，这个人就是五爷！我颇感愕然！

这是我第一次见五爷，看着老态龙钟略显疲惫的五爷，我内心充满了疑团，这怎么会是我心目中那位叱咤风云、驰骋疆场的大英雄五爷呢！正当我踌躇不决的时候，五爷笑盈盈地走了过来，亲切地拍了一下我的肩膀，欣慰地说：听说你考上了重点中学，各门功课学得很好，加油！这几句看似平常的话，立刻拉近了我们爷俩的距离。这时候，我才注意到五爷眉宇间所隐藏的勃勃英气，从他布满皱纹的脸上也似乎隐隐读到了刚毅的内涵，从他那矫健的脚步感受到一种扑面而来的军人作风。原来五爷已经离休，在新疆的家赋闲的日子里，不是唉声叹气，就是成天憋屈，一言不发。忽然有一天，他坚毅地做了一个决定：要回老家养鸡！五婆和几个叔叔姑姑们轮番劝慰，都没有说服五爷改变主意，大家只好为他准备好一切生活用品，把他送到了霍城的车站。

叶落归根的五爷，最初对故乡的山山水水、一草一木都充满了一种无法释怀的亲切感，颇有一些"羁鸟归旧林，池鱼思故渊"的意味。他兴致勃勃地跑遍了故乡的沟沟坎坎、村村落落，然后满腔热情地准备养鸡。不到一个月工夫，他就在老屋的后面盖起了整齐的一排鸡舍，从百里之外的小丘买回了小鸡苗。眼看着鸡苗不断长大，烦恼却随之而来。满院子的鸡粪臭气熏天，招来了爷爷的不满。养鸡全靠粮食，在那个粮食还比较短缺的年月，囤里的苞谷日渐减少，也引来了全家人的不快。更为可怕的是，鸡瘟也来了，侥幸活下来的寥寥几只鸡，又由于跑到了邻居的地里叨食，把人家的蔬菜吃了个"千疮百孔"，惹得邻家女人一阵恶骂，有几只鸡还被打成了重度"残废"。五爷生性耿直，喜欢管一些不忠不孝的家庭琐事，遇事不依不饶，动辄就教训人，而且无论是任何人。这样，原来与家乡人积聚的亲情友情顿然化为乌有，亲戚邻里顷刻间就被他得罪殆尽。鸡没有养成，债务倒是背了一大堆。慢慢地，亲戚们埋怨。那些曾经携着礼品慕名而来的地方官，也感到这个倔老头对自己没有什么用处，对五爷也指指点点。五爷用养鸡来造福桑梓安享晚年的愿望，就这样如肥皂泡一样破灭了。从此，失意灰心的五爷，经常喝得酩酊大醉，而且在半夜三更唱着维吾尔族歌曲，蹦蹦跳跳，让人不得安宁。慢慢地，就有传言说，五爷曾经得过神经病！又有小道消息说，五爷就是因为神经病和家人无法相处才被家人赶出来的。这时候，村里盖小学时五爷捐了几万元的事，又从那个当年给新疆霍城写过举报信的支书口中流出，并被从负面广泛渲染，村子乃至镇上的人们议论纷纷，一时间，满街飘飞的关于五爷的唾沫星子弥漫在了小镇的上空，我猜疑，五爷可能在家乡呆不下去了。

大约是1984年的农历三月份，我正在洛阳上大学，家里发来电报说，爷爷已经在阴历二月十一去世了。母亲嘱咐我一定要好好学习，不要分心。我在一种极度悲伤的情绪里不能自拔，伤心之余，我并没有将爷爷的死同五爷联系起来。后来了解到，爷爷仙逝那天夜里，喝醉酒的五爷近乎"疯狂"地唱唱蹦蹦以后，跳着踉跄的新疆步子，"疯疯癫癫"地来到已经躺下的爷爷炕边，声嘶力竭地对着爷爷高喊：是爷爷当过国民党保长的经历害了他！而在这一段一直保持沉默的爷爷，也许是有些忍无可忍，猛然起身和五爷高声吵了起来。当时吓坏了旁边的奶奶，弟兄两个犹如两头凶猛的狮子，你来我往，言辞激烈。等一切复归平静之后，第二天爷爷竟然一改往日的闻鸡起舞，睡到了日上三竿，永远再没有醒来。五爷也就是在这天，酒醒后依偎在爷爷的灵堂前，悔青了肠子，哭得死去活来，几次差点昏死过去。也就是在这一天，五爷给奶奶磕了无数个响头以后，就悄无声息地走了……

步入社会后，由于工作生活的重压，一直没有机会了解五爷的情况。也曾有几次去新疆的机会，却都因离霍城太远而未能成行，后来也就罢了念头。夜阑人静时，对五爷那多舛的人生充满了担忧。也曾默默地祷告五爷：您在他乡还好吗？但一切只是天各一方，只能在心中默默祝福五爷一切安康。

2004年的夏天，老家传来音讯，五爷已经溘然辞世了。

得到这个消息以后，我有一种轻松的感觉，五爷解脱了。家乡那封卑劣的告密信迫使五爷离开了他心爱的部队，由此而受到的种种痛苦和对部队生活的无法割舍，由此留在心灵上的创伤和所有的恩恩怨怨，或许此时才会真正地尘埃落定。

谨以此文纪念我们家族唯一的军人，五爷。

博友评论节选

采薇人

一位有血有肉、活生生的军人站立在我们面前。

兰亭一虹

纪念先贤，牢记历史。传承精神，立志未来。

香草

一个有血有肉的军人五爷被你写活了。欣赏你的好文笔，问候、祝好！

曾曦，1964年出生，祖籍湖北郧西，高级工程师，混迹水泥行业近30年。现在民企为稻粱谋，“被”聘总经理。忙里偷闲，码点文字，有《北有照金》等文集四本。陕西省作协会员，铜川市作协副主席。我行我素，文风率白，最忌无病呻吟。

老师长

作者：竹林子

博客地址：http：//blog.sina.com.cn/zhulinzi58
开博时间：2008 年 10 月

夜幕笼罩下的省城，早已是华灯初放了。当我迈进郑州市沙口路军供站大门时，映入眼帘的依然是那幢熟悉的红房子，依然是那个宽敞的大餐厅，尤其看到一大群满身征尘的士兵在狼吞虎咽地就餐时，当年那一幕出征的情景蓦然浮现在了眼前……

1979 年早春，南国边陲烽烟乍起，部队接到出征命令，我们这帮子乳臭未干的年轻军人，一夜间仿佛都变成了铁血男儿，以“前驱戎马跃疆场，小可今日何彷徨”的雄心壮志，纷纷写请战书和决心书，匆忙清理物品打包留守，写下家庭地址和遗书，大有“风萧萧兮易水寒，壮士一去兮不复返”的豪气。

2 月 18 日下午，南疆战争已经打响，我们司、政、后三大机关人员在司令部门前集结后，徒步向两公里外的火车站开拔。沿途，万人空巷，市民夹道欢送，敲锣打鼓，箪食壶浆，那情景就像电影里出征的场面一样壮观。傍晚，军列经过郑州军供站，我们下车到站内用餐，忽听身后有人高喊：“同志们，老师长为大家送行来啦！”我立马挺直腰杆，立正瞩目望去，但见一位中等身材的老军人身着戎装，健步朝机关人员的餐桌旁走来，声若洪钟般地喊道：“同志们好！来，请大家喝下这杯壮行酒，祝你们旗开得胜！”说话间，老师长端起桌子上的酒杯一饮而尽！接着，他再次提高嗓音说：“今天我不能随队出征了，等你们凯旋，我再为你们庆功！”老师长的声音有点发颤，眼睛里泪花滚动。

老师长尚武爱兵，在全军是出了名的。记得我们当新兵时，老师长就一个连队一个连队地跑，冒着大雪严寒亲自在训练场上作队列示范，从抬腿到左右转，我们每一个分解动作，哪怕有一丁点不到位，都逃不过他的眼睛。他最看重自身形象对士兵的濡染，无论行走于绿色军营还是大街上，在直线加方块的韵律中，总是昂首挺胸，保持着军人永恒的姿态。

老师长十几岁参加八路军，从东北打到大西南，历经辽沈、平津、渡江、衡宝、广西等战役和抗美援朝战争，可谓身经百战。尤其在锦州战役中，东野八纵围歼国民党军 49 军，时任 23 师 69 团 5 连副指导员的老师长，在杨杖子战斗中攻打 323 高地，面对全副美械装备的敌人，端起枪刺冲锋陷阵，混战中一气捅死三个敌人。那一仗厮杀得天昏地暗，全歼敌 49 军一个加强营，5 连靠刺刀拼出了威风，获东野八纵"刺刀见红"荣誉称号。老师长半生征战，像电影《铁流 1949》里边描写的情景一样，踏着《义勇军进行曲》的旋律，又走进了新中国第一批仪仗队的行列，仅那目不斜视的正步走，曾经耗去了几多汗水和心血。几十年的军旅生涯，老师长总喜欢把一句口头禅挂在嘴边："作风也出战斗力！"我们这帮稀拉惯了的技术兵，常常敞胸露怀，倘是远远瞅见老师长，大家急忙从裤兜里抽出双手，扶正帽檐，扣上风纪扣。耳濡目染，我们作风和军容自然正规，每每行走在大街上，从路人钦佩的目光中，才真正领悟到一个军人的概念。

老师长是个恋武迷，他麾下的 2 团和 3 团英雄辈出，2 团系全军为数不多的长征老班底，战功显著的红军团；3 团前身为"朱德警卫团"。尤其是拼刺刀成名的 5 连，锦州战役之杨杖子恶战后，老师长由副指导员直接当连长。建国后部队几经整编，5 连在 3 团仍保留着原建制。1971 年"9·13"事件发生后，老师长下部队传达中央文件，突然下令 3 团紧急集合，当众点名 5 连出列，让官兵捉对拼刺杀。练兵场上，目睹一战士与对手拼刺刀，将枪托在胯骨上磕碰断，老师长皱起的眉头豁然开朗，脸上流露出欣慰笑容。

老师长生性耿直，容不得弄虚作假。他当团长时到地方接兵，人武部找他说情，企图让一些不合格的"关系小子"混进部队，被他断然拒绝。临走地方领导宴请时，再次出面说情，双方话不投机。一怒之下，老师长当众掀翻宴桌，拂袖而去，宁可撕破脸皮，绝不开后门！

老师长把毕生精力奉献于绿色军营，却想不到会涌流急退。

那是临战的头几个月，老师长蹲点的红军团与兄弟部队比武，竟出现了拼凑"尖子"的事件。事情被报纸披露出来，老师长为此愤怒，骂部下不争气，羞愧无颜怨自己太自信。老师长更惶惑，莫非自己这把"宝刀"已老？愤怒也罢，惶惑也罢，军人以服从命令为天职。老师长到驻防区转了一圈，怀着对这支部队的无限眷恋悄悄走了，独自带着警卫员赴大别山地区一个新的职位走马上任。

然将去心犹在，在部队开拔南疆前线的当儿，老师长又专程在路上迎候，杯酒送将士，胜过千言万语。

我们这支英雄部队没有辜负老师长的期望，在南疆战斗中像一把钢刀插入敌后，血战 650 高地，断敌退路，保证了友军围歼战斗的胜利。师红军团更是英勇善战，打出了军威。1 营的红 2 连和红 3 连同时被中央军委授予"尖刀英雄连"、"突击英雄连"称号。仅此一战，全师出了 3 名"战斗英雄"，15 名一等功臣。

数月后，部队征战凯旋，将士们身披硝烟班师中原。只可惜，我因伤滞留在前方医院，未能随队返回驻地。我想，老师长一定会把酒兵站内，面对经过战火洗礼的部下，开怀畅饮！

岁月匆匆。我站在当年老师长举杯为官兵们壮行的地方，睹物思人，禁不住在想，老师长，您在哪儿？

博友评论节选

猫耳洞与机窝

爱兵是我军的传统，过去的老首长都爱兵。我刚入伍在师部时，每逢过年时师长会把我们机关几个当兵的请到家里吃饭。

梦溪谨焘

精神在，军魂出，军人的气质就是因为他拥有一个军魂在。军魂永驻，坚如磐石。

新楚慧儿

慧儿欣赏军人的故事，欣赏军人的风采！好一个恋武的师长哦！

深院无人

这一代军人的风采就是如此。

竹林子，1976年入伍，当过通信员、文书、司令部收发室代理主任。1979年参加南疆自卫还击战，因伤被评定为一等伤残，退役后由地方政府分散供养。疗养之余，应聘到民政部门做秘书工作15年。涉猎文学创作和法律服务，发表小说、散文、报告文学100多篇，作品曾多次获奖。出版长篇纪实文学《蒋纬国与石静宜婚恋秘闻》一部。河南省作家协会会员。

我的外祖母

作者：大漠风沙

博客地址：http：//blog. sina. com. cn/damofengsha100
开博时间：2009 年 4 月

我的外祖母如果还活着的话，今年应该 100 岁。

外祖母活到 84 岁的时候就不想活了，说 84 是个坎儿，她觉得自己该上路了。外祖母弥留之际什么病都没有，躺在床上不再进食，请来县城里最好的医生招数用尽，也没有发现老人有什么器质性的病变，说她身体还算健康。听我母亲回来讲，老人家临终前的那些天只喝我捎去的荷兰奶粉，挺了十几天之后，飘然而去。

得知外祖母病重临危，正是我工作任务排得密不透风的时候，到处赶机场，天南海北跑得晕头转向，没能回去看上她老人家一眼，心里很是难受。外祖母去世时，我正在黄海的一个岛子上执行演习任务，趁演习阶段间隙我爬上附近的山包，朝着西南方向一个人静静地坐了好长时间，望着阳光下波光粼粼的大海，眺目看不见的千里之外，想念外祖母。

1991 年我在国防大学上学期间，利用暑假回了趟老家。当时外祖母她老人家已经膝下子孙成群，家中四世同堂，而她自己却守在一间老土屋里。老土屋里边黑黢黢的，唯有显眼的就是一张床，还有靠窗户下面的那口大棺材。那棺材是她自己的，她说每天看着自己的棺材心里踏实。我知道，外祖母一生中从来没有怕过什么，她唯一害怕的是火葬，说死后怕被人烧了，所以她要每天守着自己的大棺材睡觉。

在老土屋里，陪我去的姨姨跟我小声解释，说我姥姥就愿意住在这里。其实我心里明白，外祖母一生奉行善举，节俭生活。

那间老土屋是 1959 年我第一次回老家去过的地方。那时候我年龄小，记不住什么太多的事情，只记得窗户是几根木条子，没有玻璃窗，因为与城市不同，所以这个印象特别深。还有，好像我的一个表姐，比我大几岁，在柴火灶里给我烤老玉米，我蹲在旁边等着。那年我五岁。

听母亲说，老土屋1946年被还乡团扒了，两年后部队打回来的时候又重新盖的。

外祖母当了49年的烈属，整整半个世纪。

我没有见过外祖父，他牺牲7年后我才出生。家里没有留下外祖父的画像，也没有照片。或许他一生中就没有被镜头拍摄过。

从小就知道外祖父是打仗牺牲的，但从来没有听大人讲过他牺牲的完整故事，只知道这件事很受家乡人的尊重。我曾经对外祖父的战斗事迹做过种种想像或猜测，但都不是。直到外祖母去世，我才拿到外祖父的一些资料，是母亲给我的。

事实上，外祖父的牺牲简单得不能再简单了，几乎没有什么过程可讲。

我的老家在江苏沛县，历史上说的苏北，就是指的这个地区。鲁南苏北是老区，从抗日战争到淮海战役，仗拉锯式地打。

我知道的外祖父全部故事都在那块石碑上：

烈士纪念碑

张体星烈士：一九〇九年四月六日生于穷苦农家，四五年加入中国共产党，四六年九月随军北撤，参加三地委湖西军分区九团一营一连，任党组织委员、二排五班长等职。

四七年四月该连在丰单边境单独活动时被敌包围，张体星同志自告奋勇担任侦察途中遇敌，为引开敌人传递信号甩出手榴弹，连队安全转移，自身被俘惨遭杀害光荣就义，荣立二等功，名载青史永垂不朽。缅怀英烈树碑之传以育后人。

烈属卢盛英同志生于一九一二年七月四日，殁于一九九六年元月二日，享年八十五岁。四六年随军北撤，解放后任村妇联主任，五二年参加中国共产党。

一九五一年至五三年担任沛县法院审员期间，大公无私主持公道。

盛英同志早年失夫，独挑家务，孝敬公婆，扶育子女，为邻解难，名溢乡里，有功于国，有益于民，高风亮节，堪称楷模，乡里敬仰。

沛县龙固镇桃园村村委会/党支部　敬立

张体星是我外祖父。

事情很清楚，当时他们那个连脱离主力单独执行任务，结果被敌人包围了，在突围过程中，外祖父自告奋勇走在前面，遇敌后，当机立断拉响手榴弹，显然这是报信的。可以想象，接着，后边的部队马上就退回去了。就这么简单，没有跌宕起伏的情节，没有扣人心弦的场面。外祖父惟一的壮举就是突围时冲在前面，遇敌后把危险引向自己。

外祖父参军的时候已经是 5 个孩子的父亲了，他只当了 8 个月的兵。他当过组织委员，应该很有人缘和威信。

关于外祖父，所知甚少，只是揣摩母亲的性格、外祖母的人品以及她们家族的家教，外祖父应该是个很仗义、很豪气的人。

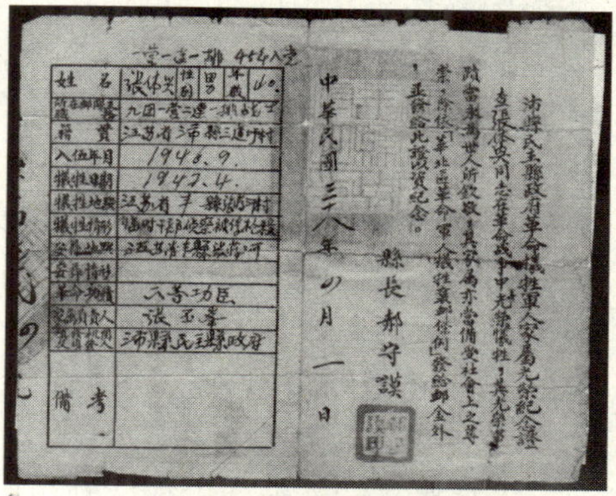

姓名	
入伍年月	1946.9.
犧牲日期	1947.4.
革命功績	三等功臣
備考	

沛縣民主縣政府革命犧牲軍人家屬光榮紀念證

縣長 郝守謨

中華民國三十八年四月一日

沛县民主县政府革命牺牲军人家属光荣纪念证

卢盛英就是我外祖母。

外祖母是个非常坚强的人，性格刚烈，外祖父牺牲后，她带领儿女们融入支前大军，送大女儿（我母亲）入伍参军。

听外祖母讲那段经历的时候，在她眼里我已经是个很大的官了，可我感觉在她面前自己还是小时候的顽童。小时候我有点怕外祖母，她很威严，不苟言笑，一副什么事都难不倒的样子，像一座山。

她说跟着部队打仗跑来跑去，数九寒天，小孩子连口热水也喝不上，要把水含在口里捂温了，再嘴对嘴地喂给孩子。后来我才知道，那小孩子是我的一个舅舅。外祖母带一家老小随军北撤期间，这个舅舅得病死了，死的时候不到两岁。

那时候种地的庄稼汉，要么扛枪杆上战场，要么推着独轮车支前，家里只剩下一堆带着老小的娘们。我们部队打仗离不开老百姓，部队走到哪儿，老百姓就跟到哪儿，就忙乎到哪儿，想必外祖母那时候一定是个人物。

外祖母最爱看电影《南征北战》，百看不厌，尤其有老百姓的那几场戏。我总觉得银幕上那个晃来晃去的角色像她，故事发生的年代、地点、背景、情节就是她所亲身经历的。

外祖父评为烈士后，外祖母一直守寡并且光荣了整整半个世纪，直到她老人家去世。不知道是因为外祖父的缘故，还是外祖母本人的品行，后来她一直受全村人的尊重和爱戴。挣工分的年代，壮劳力一天 10 分，而外祖母一天可以挣 24 分。村里人把她按壮劳力计算，并加上外祖父的 10 分，另 4 分算烈属补助。早些年村支部开会决定个什么大事小事还要听听她的意见，当然，她是老党员。

外祖母的人缘极好，临终卧床时，村头一个比她岁数还大的老太太拿手帕包着五个鸡蛋去看她。老太太拄着拐棍一步三颤五步一歇，从上午出来走到下午两三点钟才到，那段路充其量不足一公里。那个时候老家也不富裕，看望病人还兴送鸡蛋,送给外祖母的鸡蛋有好几大缸。

外祖母是和外祖父合葬的,坟墓就在自家的麦子地里。坟墓后面立了烈士纪念碑,墓碑在一个四面透空的小亭子里。其实这块烈士纪念碑是很奇怪的,而且是外祖母去世后才有的。

我问过我的姨姨。她告诉我,解放后曾多次寻找外祖父的遗骨,但都无果,最后在外祖父牺牲的地方捧了几把土用布巾包了回来。还看得出来,烈士墓碑那上面的一半荣誉是外祖母挣来的!外祖父的荣誉是一个农民的勇敢和一瞬间的生命,外祖母的荣誉是一个伟大的母亲和半个世纪的为人。

小时候我们兄弟几个都让外祖母拉扯过,但她总是住不长,不习惯城市生活,说没有人跟她拉家常,她憋得慌,在我们家呆上几个月就回老家了。外祖母在我们家总是不停地做事儿,生火做饭拆洗被褥,似乎闲下来没有事情做会让她很不自在。在我印象中,外祖母常常做鞋。她把家里的旧衣旧布收集起来剪成布条,用面粉熬一锅糨糊,在菜板子上铺一层布条刷一层糨糊,刷一层糨糊铺一层布条……最后,她看着太阳底下晾晒着的五颜六色的菜板子,眯起眼睛,脸上露出丰收的笑。

在祖辈中,外祖母对我影响最大,她一生正直、刚强,战争年代跟党走,和平建设时期支持儿女工作,关爱和呵护身边所有的人,经历战争后的自己在贫瘠的土地上生活了后半生,无论遇到多大的困苦艰难,从不给组织和任何人找一丁点儿的麻烦,绝对是一名优秀而朴实的共产党员,多会儿都是《南征北战》的思想。

博友评论节选

温莎枫叶

仔细读完每一个字,感觉大漠就像静静地悠悠地叙述一个"简单的故事",简单得没有"惊险离奇",简单得没有"跌宕起伏",但是真实可信。您的外祖父外祖母很平凡很伟大。姥爷的壮烈没有惊天动地的过程,但却用血肉、被俘和牺牲救了整个部队,情景非常感人,如果说"共产党是天",那"人民是地",这里有您的外祖父、外祖母;还有那些不忘英烈修建墓碑好心的"村里人"以及蹒跚徒步手捧鸡蛋的"老奶奶"……本篇寓意在外,不说了,尽在不言中。

三把吉他

缅怀前辈,祝他们能在天堂里,感受到后辈的这种思念!

蓝血军魂

"外祖父的荣誉是一个农民的勇敢和一瞬间的生命,外祖母的荣誉是一个伟大的母亲和半个世纪的为人。"向平凡的革命前辈——我们民族伟大的脊梁致敬！

微微妈妈

透过你的文字我仿佛看到：外祖父冲锋在前，向敌人拉响手榴弹，掩护战友们安全转移。外祖母擦干眼泪，背托着孩子，推着装物资独轮车行进在支前的人海中……我们的今天是这些老前辈用鲜血和汗水换来的呀！向老前辈敬礼！

大漠风沙，1972 年入伍，坦克兵，先后任战士，排长，参谋等职，1988 年调入总部机关，1991 年国防大学基本系学习，1994 年下部队代职，2001 年任总装某装备技术研究所副所长，获军队级科技成果奖 10 余次，三等功 3 次。2005 年自主择业。中国摄影家协会会员。

追寻着红军先辈的足迹

作者：西行

博客地址：http：//blog. sina. com. cn/111yud
开博时间：2006 年 11 月

有一种远行，长久以来，对我有深邃的吸引。它让我牵肠挂肚，魂牵梦绕。是千里万里的声声呼唤，还是与生俱来的既成约定？

从 2004 年暑假起，我背起行囊，沿着父辈 70 年前的足迹，8 年八走红军路，寻访到 200 多位老红军，拜谒所到之处的红军墓……

归来看到途中所得纪念物，记叙感受二三，姑且题作：追寻着红军先辈的足迹。

一根龙头拐杖

没有想到，我一个 50 岁上下的人，会与拐杖为伴。

我有多根拐杖，最让我牵情的是那根龙头拐杖，它是老红军贾本维赠送的。

2004 年秋天，我重走红四方面军长征路返回上海后不久，走起路来腿没劲，严重的关节病开始困扰着我。但是，这并能不妨碍我踏遍长征路的决心。于是，2006 年夏天，拄着一根可以折叠的金属拐杖，我又沿着红一方面军长征路前行。

可是，到了广西兴安，我不慎将金属拐杖丢失了，离开“第三条腿”，无法行走。正当我急得像热锅上的蚂蚁时，总算遇到一个好心人，他想办法把一根很长的根雕锯断后，递到我手中。拄着它，我一瘸一拐地又上路了。

途中取道成都，来到一个干休所，我意外地拜访到了与父亲同在一个营的贾本维，真高兴！我把根雕拐杖放在贾伯伯家的门后，听他讲起当年。战争毁坏了贾伯伯的听力，他带着助听器，我必须用很大的声音和他进行交流。

贾本维是在四川渠县参加红军的，在红四方面军四军 11 师 31 团 3 营 7 连，我父亲邓志云在 8 连。贾伯伯在嘉陵江战役后，随部队经过我父亲的家乡江油。他对江油中坝战役依然记忆犹新，滔滔不绝地讲了起来。我父亲当时年仅 12

岁，参军次日也参加了这场激战，他们是同一战壕的战友。

长征中贾伯伯三次过草地，几次过雪山。三次负伤，身中 5 颗子弹，从头到脚身上多处伤痕。我轻轻地触摸留在贾伯伯身上 70 年之久的弹片，不禁为之动容，今天的一切是多么来之不易！

解放后，贾伯伯任成都军区空军第八军副军长。他不断地拿出保存的珍贵纪念品给我看：八一勋章、独立自由勋章、解放勋章、照相本等，还送给我了照片和亲笔写的回忆录，为我签名题词。讲到兴奋时，他还唱起了战斗歌曲：

我擦好了三八枪，
嘿！子弹上了膛，
我背上了手榴弹，
勇敢地上战场！……

告别时，贾伯伯看见我腿脚不便，拄着根雕拐杖。“你要走很远的路，你的拐杖太重了。”他一边说着，一边在房间里他自己收藏的拐杖里，选中了一根送给我。

这根拐杖小巧精致、非常漂亮。杖头是一个黑色的龙头，龙嘴里含着一颗红“珍珠”，杖身木纹乌黑透亮，杖脚还包着橡胶，接头处是几道发亮的金属圈，特别是那龙头雕刻得玲珑剔透，真是一件绝好的艺术品！

“我们当年过草地时，是用树枝当拐杖。希望你保重身体，在新长征的路上，永不停步！”贾伯伯语重心长、关爱有加地说。一股暖流传遍我的全身，眼睛再次湿润了。

我拄着这根龙头拐杖，觉得有一种力量在心中升腾，它陪伴着我重走了一条又一条长征路。

一只氧气瓶

2006 年 9 月的一天，我们沿着当年红军在川西北的长征路，来到了亚克夏雪山的脚下。1935 年 7 月，中央红军和红四方面军一部曾北上翻越此山。在山顶垭口处，建有一座全国海拔最高的红军烈士墓，我们就是专程来拜谒的。

为预防高原缺氧，头天下午，我们买了 3 个氧气瓶备用。天蓝色的氧气瓶约 30 公分长，上面写了一个大大的“氧”字，很轻巧，携带方便。在我们上山时还真派了大用场。

清晨，我们一行五人二马，带着行李和干粮等出发了。藏族向导叫索仁达吉，汉姓孙，大家叫他孙大爷。据孙大爷介绍，山的南面坡度平缓，路远；北坡陡峭，路近，我们从刷经寺沿北坡拄杖上山。向导小谭称，几年前他从北坡过来时还摔死了一匹马。

崎岖小道，人烟罕至。这一路到山顶垭口，当地人需要用3个小时，而外来者得翻倍。我拄着拐杖，爬了个把小时，就感觉空气越来越稀薄，气温也越来越低。同行的伙伴见我气喘吁吁，冷得直打哆嗦，便把自己的冬衣给我穿上挡寒。“坚持，坚持住！”我不断地给自己打气，不由地想，当年红军战士在衣着单薄的情况下翻越此山，该是什么样的信念和信仰在支撑着他们？

沿着狭窄的小路上行，一侧山势陡峭，另一侧脚下则是万丈悬崖。我头天晚上一夜未眠，又患有高血压，到了海拔4 000米左右时，已是头昏胸闷腿软，呕吐不已。我“闷山”了，很快成了“一摊烂泥”。

见我高原反应如此严重，孙大爷急得直落泪，赶紧拿出氧气瓶让我吸氧；小谭更是不顾手指划破流血，找来枯枝树丫，点起篝火为我取暖。好一阵子，我又吸了一瓶氧，才缓过劲儿来。吸完，顺手把氧气瓶扔在一边。

为安全起见，同伴们叫我原地休息，不让继续上行。可是，抬头远远望见云雾缭绕的山顶了，“我爬也要爬上去祭拜父亲的战友们，不然会后悔一辈子的！”我强打精神，执意苦求。

2009年9月作者(右二)和朋友们在红军烈士墓前

“还是让她再试一试吧！”孙大爷被感动了，帮着说情。

一个多小时后，我们终于到达了垭口的红军烈士墓。墓中安葬着当年因缺氧、严寒，窒息而亡的12位红军战士的遗骨。海拔表显示：此处的海拔高度为4 392.5米。

不幸的是，我又一次进入缺氧半昏迷状。在第三次吸氧后，才稍有复苏。我硬撑着站了起来，向红军烈士们叩首跪拜："红军爸爸，我们看望你们来了。共和国成立60周年，人民没有忘记你们，我们永远怀念你们！"我们的红旗，在亚克夏山顶，迎风飘扬！

谁说苍天无情，刚才还晴朗的天空落泪了！雨，夹着雪珠落个不停。

下山时，不能从来路陡峭的山脊返回，只能沿着坡度较平缓的南坡马塘河下行走山谷。同伴们让名叫"梅隆"（藏语：花脸）的马，驮着已成"一摊烂泥"的我，并在左右两侧扶着。山谷中到处是树林和灌木丛，孙大爷边牵马，边用一根小树枝不断地为我拨开荆棘。大家浑身湿透，在泥泞不堪、没有路的"路"上走着。不知是谁，哼起了"过雪山草地"的歌曲。

就这么一路颠簸，跌跌撞撞，终于赶在天黑之前，一行人来到山脚下。我立即被送到70公里外的马尔康州医院重症监护室抢救……

时过境迁，峰回路转。谁能料到呢，对我有过救命之功的氧气瓶，在遥远的山中，静静地躺了两年多后，竟神奇地回到我的手中。

原来，2008年11月，美籍华人杨一信到四川重走长征路，也是请孙大爷带路上亚克夏雪山，拣到了两年前我随手扔下的那只蓝色氧气瓶。之后他转道上海，找到我，把这只氧气瓶交给了我。这真是个不同寻常的纪念品！

一顶红军帽

红军长征时，戴的帽子是什么样子的呢？

终于，我也有了一顶红军帽——它是老红军王志明亲手为我缝制的！

2007年2月的一天，我利用寒假来到南京，在一个老式小区住宅里，见到了王志明老人。他头发花白，脸上有深深的皱纹，然而，当说起那峥嵘岁月，眼睛似有光芒闪烁，让我感受到一位平易近人、壮心犹存的老红军的情怀。

王志明出生于1919年3月29日，陕西山阳人，8岁起就给地主放牛，"吃猪狗食，干牛马活"。16岁那年，他跑了50多公里路，参加了红25军。他告诉我说，行军路上，年长的战友帮他挑行李，休息时，替他烧洗脸洗脚水，夜晚替他盖被子，还把省下来的口粮分给他吃。

听着这些翔实的叙述，我知道了红军官兵战士之间淳朴而崇高的革命情谊。

王志明在战争年代英勇杀敌，身上留下了多处战创，为二等甲级残废军人。1935年参加直罗镇战役，使他的右手中指少了一节，"当时鲜血把军装和红军帽都染红了，我也坚持不下火线。"王志明告诉我。抗战开始打平型关战役时，他随115师687团与鬼子搏斗，右腿被鬼子刺伤，仍然带伤坚持战斗。又一次作战，他的肛门被炸坏，左大腿也被弹片炸伤。

王伯伯拿出一顶红军帽，对我说："解放后，我很怀念红军岁月，于是自己就一针一线做了这顶帽子。"我接过帽子，仔细端详着，这就是有一颗五角星的红军八角帽!

“你喜欢的话,我就给你做一顶。”王伯伯见我爱不释手,便这样说道,真让我高兴不已。

王伯伯特地穿上军装与我合影留念,还把一本红色封面、厚厚的、用钢笔书写工整的长征回忆录笔记本留给了我。后来,我和同学们把这十几万字的珍贵回忆录,打印成了电子文稿。

2008年2月4日春节期间,我又去了王伯伯家。

这一次,王伯伯身体大不如前了,病魔把他折磨得已经不能起床了。我在他的床边蹲下,一字一句地读着同学们写给他的慰问信。他认真地听着,用虚弱的声音连声说:“谢谢!谢谢!”

我告诉他,暑假就要去重走他70年前走过的红25军长征路。

“好,好,代我向沿途的老百姓问好!当年我们长征能够走到陕北,与老百姓的支持是分不开的呀!”王伯伯感慨地嘱托着。他用颤抖的双手,拿起红军帽,为我戴上。那情那景,今生怎能忘记?

为了做这帽子,王伯伯跑了多家商店,才买到深蓝色的呢子布和红布条。然后,他和老伴戴着老花镜,一针一线地缝制,用了很多时间。没有五角星帽徽怎么办呢?他找来一枚有红五星图案的毛主席像章代替。

我把红军帽带回上海,带到了学校,同学们争相抚摸它。读着老人鼓励同学们好好学习,将来报效祖国的回信,大家很受鼓舞。

我格外珍惜这顶红军帽,细心珍藏着。一顶红军帽,凝结着红军前辈多少深情和殷切希望?暑假到了,我戴上它,踏上了红25军长征路,这顶帽子给我信心,给我力量。我在《走进长征》历史选修课上,在60多场长征讲座上,把红军帽的故事讲给人们听。令人欣慰的是,一位学生在杂志上发表了《我为红军爷爷打印回忆录》的文章,学生自编自演的《一顶红军帽》,在上海市第七届纪念建党90周年“红色经典小故事”演讲比赛中获奖。那是对红军爷爷王志明、对无数革命前辈的深情告慰!

博友评论节选

景观妙趣

西行重走长征路,传播红军精神,播撒红色信念,对后人是教育,对先人是最实际,而且是发自内心的祭奠。不忘他们,才能对得起中华民族!

绿色一瞥

红军的足迹是你永恒的记忆,烈士的遗志是你血脉的延续,显赫的战功是你信念的承继,英雄的丰碑是你力量的集聚。

冯彪

读这篇文章，我被矢志不渝追寻老一辈足迹的巾帼女杰所震撼，一种崇高的情感腾涌起血流，泪眼婆娑。惭愧自己无此壮行！西行代表了红色后代一以贯之的情怀——再现革命老前辈的辉煌！宋·陆游诗云："古人学问无遗力，少壮工夫老始成。纸上得来终觉浅，绝知此事要躬行。"西行这种不满足于字面上的明白，而要躬行实践，在实践中加深理解红军精神的大气令我佩服。这实际是红军儿女们的奥运会，必将载入史册！

茶茶

真佩服西行，有机会我也想重走长征路！

西行，红军战士邓志云之女，1975 年参加工作，1982 年毕业于西南大学历史系，教育学硕士。曾任江苏大学历史教研室主任、上海振华外经职业技术学校教师。2004 年起以百折不挠的精神，利用假期八次重走红军长征路，拜访了 200 多位老红军。为上海等地的学校和单位作长征系列讲座 60 余场，被誉为"新长征精神代言人"。

听老红军罗有荣讲革命传统（右三为本人）
投稿人：菊影秋魅（女）
拍摄时间：1973年1月
拍摄地点：湖北襄阳

与人结伴自费重走红军长征路时参观红25军战场旧址（左二为本人，右二为圈友西行）
投稿人：八月桂花（女）
拍摄时间：2008年8月
拍摄地点：甘肃泾川县

聆听开国将军、老红军詹大南的亲切教诲（左为本人）。
投稿人：八月桂花（女）
拍摄时间：2008年5月
拍摄地点：南京

北京老兵自发组织到越南某地祭奠当年在援越抗美战争中牺牲的我军英烈
投稿人：灵芝草（女）
拍摄时间：2011年3月
拍摄地点：越南

在越南某地祭奠当年在援越抗美战争中牺牲的我军英烈
投稿人：灵芝草（女）
拍摄时间：2011年3月
拍摄地点：越南

与母亲、姐姐同行为红西路军烈士墓送花圈（右为本人）
投稿人：江南雪（女）
拍摄时间：2011年8月
拍摄地点：甘肃河西走廊

梦中军营的星光

退思斋主

博客地址：http：//blog. sina. com. cn/tszz
开博时间：2006 年 10 月

烧灼了青春岁月的河西星光，
再消沉的梦里也不见有忧伤。
我和战友们闯戈壁风餐露宿，
又在暮色中跋涉回遥远营房。

那时甚至喜爱这一份荒漠之夜的清凉，
浑然不觉飘渺都市里废墟般的时尚。
只要能时时欢唱着军歌也就足够了呵，
激荡怀恨不能倾毕生热血驻守边防。
一忽儿已是三十余载飘然逝去，
躯体就像一簇百年报警的狼烟，
无管绵密家书的丝线挂肚牵肠，
一任时代飓风翻卷着尽情高扬。

脚下的路，越走离家越远了，
南方之雨北方之风任由徜徉。
豪爽的感觉中仿佛清晨滴露，
不觉间已淋透我脸颊与戎装。

也曾无数回透过天窗向着银河仰望，
生怕迷失了两岸歌唱的织女与牛郎。
看到他们就仿佛看到希望之星闪烁，

一时间枯涩的眼角曾掀起细细波浪。

此后，朦胧之夜我总能安然沉睡，
青春的目光扫描夜空已不再怅惘。
就让漫天星光在手指的缝隙灿烂，
无意中或也透露一点淡淡的金黄。

于今，我之睡态一如年轻时的模样，
昏花的视力含微笑穿透于指间微凉。
许久，终落下饱含苦涩追忆的泪珠，
滴落处仍自闪烁一片淡黄色的星光。

烧灼了青春岁月的河西星光，
再消沉的梦里也不见有忧伤。
我和战友们闯戈壁风餐露宿，
又在暮色中跋涉回遥远营房。

退思斋主(李韧)，1968 年入伍。生前为中国人民解放军军事博物馆编辑研究处副处长、古近代战争馆主任，长期从事文学创作。主要作品：《夜话上甘岭》、《总司令之歌》、《给太阳》、《任弼时与陈琮英》、《山村红都西柏坡》、《中国共产党武装力量大阅兵图集》及《野营组曲》等诗歌、曲艺、传记等作品百余部，并为六集电视文献纪录片《宋任穷》、五集电视文献纪录片《大将徐海东》主题歌作词。

月下军歌的雄壮(和吟退思斋主)

作者：路上老僧

博客地址：http：//blog. sina. com. cn/luxingsheng
开博时间：2008 年 6 月

远去了白昼红尘的满目飞扬，
耳畔萦迴着军歌的慷慨激昂。
满天的月色和繁星默默无语，
唯有不朽的旋律在天地跌宕。

人们习惯了人声鼎沸里那份都市喧嚣，
仿佛权力和金钱赋就的变调四处訇响。
沉醉于纸醉金迷人欲横流的歧路彷徨，
惟有磅礴云空的黄钟大吕在山河荡漾。

八十三载征程烽烟滚滚惊雷逝，
战旗染碧血曙光红霞催生朝阳，
南昌火炬井冈摇篮延河水激浪，
长征播种太行抗日箭帆过大江。

创业艰难，金瓯补阙多悲壮，
长城内外纵横南北军歌绕梁。
北国南疆大漠边关化剑为犁，
屯垦戍边瓜果稻麦四季飘香。

抗震救灾流血流汗无畏艰险赴国殇，
保家卫国军号声中告别父母奔疆场。

抗美援朝自卫反击前仆后继军威扬，
挥戈出征马革裹尸祖国卫士好儿郎。

今晚，月色如水思潮汹涌难安眠，
辗转反侧军歌缕缕如潮拍击胸膛。
往事如烟硝烟弥漫红旗猎猎入眼，
五星璀璨灿然临空银辉漫漫洒江。

眼底，热泪盈盈看红花盛开怀先烈，
血染土地新松千尺凛凛矗立成栋梁。
头顶，夜空朗朗观银河如雪成白练，
浪遏飞舟河水倒泄一片英魂从天降。

冲却人间罪恶洗尽铅华脂粉，
澄空一片江山如画日月明朗。
军歌声声如诗随风潜入夜色，
窗明几净唯存军魂再壮心房。

路上老僧，1970年12月入伍，任电影放映员。其美术作品多次参加全军、南京军区美术作品展览，1976年退伍。曾任江苏省新闻出版（版权）局团委书记、办公室副主任、省版权管理处处长、产业发展处处长。出版多部长篇小说、纪实文学、诗集等。现为中国作家协会会员，江苏省作协报告文学创作委员会副主任，国家一级作家，南京理工大学知识产权学院特聘教授，上海知识产权研究所高级研究员。

眸里戎装的闪亮（和吟退思斋主）

作者：心路驿站

博客地址：http：//blog. sina. com. cn/kongguyouyou
开博时间：2006 年 10 月

见多了红男绿女的奇彩模样，
眼眸依然凝视橄榄绿的戎装。
那份爱恋虽难掩有些许苍凉，
心弦却总把动人的歌谣弹唱。

雪山草地褴褛的戎装透视着无比坚强，
太行梅岭粗布戎装跃动着不屈的力量。
百万雄师披戎装把旧世界的丧钟敲响，
新时代威武的戎装引发我自豪的泪光。

几代人前仆后继太阳总在前方，
戎装托起多少志士腾飞的翅膀。
穿过喧嚣尘埃把峥嵘岁月回望，
聆听心灵震撼驱赶犹豫和彷徨。

世态炎凉，还记否历历戎装，
心香一瓣任由世间议论短长。
如今有梦也坚守应有的思想，
星点聚拢也会放射璀璨光芒。

也曾在川藏逶迤天路放歌白雪茫茫，
也曾和战友们抢险火蛇吞噬我戎装。

那年那月满腔热血总想为祖国流淌，
这些印记早已镌刻在我的脑海中央。

而今，抑或不再遥望背影的沧桑，
战友们激扬文字常使我胸腔滚烫。
激情燃烧的岁月想忘也终不能忘，
我相信朝霞和夕阳同属一轮日光。

梦中，总浮现军营忽闪迷人的星光，
月下那雄壮的军歌绝非是自我欣赏。
我愿，疏通阻塞的心衢把忧虑隐藏，
兵心依旧激情依然战士仍一如既往。

见多了红男绿女的奇彩模样，
眼眸依然凝视橄榄绿的戎装。
那份爱恋虽难掩有些许苍凉，
心弦却总把动人的歌谣弹唱。

博友评论节选

一孔之见

这是一首来自军人心中的肺腑之声！这是一首来自军人心灵的豪迈之歌！当我们放声高唱解放军进行曲的时候，热血永远撞击心头！

李中会

脱下军装战歌还是那么嘹亮，走出军营军心还是那么灼热滚烫，你们的每一次小合唱，都拉起了战友们的一次大合唱，把我们引发得情激亢奋。

飞的凤凰

真好！更喜欢《眸里闪亮的戎装》——因为女兵心中特殊的情结。“我相信朝霞和夕阳同属一轮日光，兵心依旧激情依然。”军营里军歌嘹亮的生活经历，橄榄绿戎装的靓影，将永存战友们的心底。谢谢心路！

胡堡冬

这才有时间坐下来读三位战友的诗歌，虽然已是迟到者，可心依然被感动，情依然在贲张，那段岁月，那片军营，那支嘹亮的军号，那些年轻的身影，在三位战友的诗中交织着，突显着，凝结着，历史与今天，血与火，战争与和平，读之让人心绪难平！

汉风123

是什么让这三位老兵情深意笃雪域边关？是什么让这三位老兵情牵梦回绿色的军营？是什么让他们终生不忘大漠苍山的落日？是什么让当过兵的人读过潸然泪下，而又激情满怀……要找出这些答案，就请您静下心来读一读退思斋主、路上老僧、心路驿站他们的唱合诗吧！那是战士的回忆，是战士的心声，是战士对祖国的无限深情，是用青春铺垫的，艰苦酝酿的动人诗行！

心路驿站，1971年元月入伍，先后在成都军区川藏兵站部、37陆军医院服役，1989年转业，任天津市物理技术研究所党委书记兼副所长，2010年已退休。

遥远的星空

（后记）

审完最后一篇文稿，我推开阳台门将自己拥入京城的夜空。

室外夜阑人静、峭寒清风，我美美地吸了一口凉丝丝的冷气，沁入心脾，心旷神怡！天空中繁星闪烁，像是几个月来稿子里的字，那些排列的文字还在眼前跳跃，那些往事的叙述还在耳边萦绕。

会发光的星星叫恒星，它们虽然遥远，但因为燃烧着巨量的炽热，所以被人们仰视和遥望。由此我想到，好在事情离现在并不遥远，好在我们没有那么大的热能却有网络的神奇，我们可以把想说出来的话直播整个地球村！

于是，便有了讲故事的人。

其实，这几十篇文章，这几十个故事无论怎么讲怎么说，都很简单，也都容易让人理解，因为这里面的内容只有四个字——“军人情结”或“兵心依旧”。

都说网络是虚拟的，可我感觉它是真实的，如身上的脉搏，涌动着，跳动着。这些网络故事也许并不完美，但让人觉得那就是曾经发生在自己身边的事情，没有刻意修饰的描述可能并不精彩，却因为深深地触动了心底而感动了阅读之后的每一个人。最让人不忘的是，那字里行间还带着一身戎装的眷恋和号角连营的思念，那蘸满激情的笔尖还深深地陷在军歌嘹亮的回荡之中。

处于职业习惯，我对全部作者的入伍时间进行了统计。横坐标是入伍时间，从1950年开始到1995年，纵坐标是作者的数量，从零到十几个人不等。于是，我在图表的中间看现了一座陡然隆起的山峰！我感觉自己禁不住地倒退了几步。我一直有过的一种直觉被证实了。这座山峰存在着，如雕塑，有一股铁水凝结般的力量，让人仰视，让人肃然起敬。我仿佛又回到了热血沸腾的年代，回到了大山里没有围墙的老营房，身边站满了当年的战友们。

我知道，有更多的战友、更多的故事还封尘在那些久远的页角已经泛黄的日记本里。在网络中，革命后代圈只是众多兵友圈子之一，这些作者也只是1 000多名圈友的一小部分，如果与这段时期军人数量相比，他们更是沧海一粟。我不知道这些作者能不能代表那个时代的当兵人？他们站直了的身影是不是当年的风采？但我知道，这些故事是真实的。伴随着作者们手指在键盘上的敲击声，我仿佛看到了一面镜子，那里面是年轻时候的自己。我想，每一个读者也都有可能找到属于自己的那面镜子。

从一开始参与策划这部书我就不断地自问，为什么他们有难以忘怀的军人情结？为什么他们早已脱去军装却兵心依旧？探究这些，是因为我对部队情有独钟，这种非同一般的情愫驱使着我去寻找它的答案。

我追随作者们的思绪回到了激情燃烧的岁月。唐古拉山口抡着镐头嘴皮发紫的战士们，南疆指战员的战书誓言和血染的风采，帕米尔高原筑路工地旁边孤零零的坟茔，老挝热带丛林里的女兵交接夜岗时窸窸窣窣的响声，乌苏里江畔白桦林里人去琴空的余袅，西沙海战军舰甲板上炮弹的炸裂！……当我离开屏幕的时候，这些镜头还在我头脑里不停地播放，挥之不去！在漫长的边界线上，在无数个“提高警惕，保卫祖国”的大门里，正是他们，用人生最宝贵的时间谱写了生命中最精彩的章节，用自己的骨肉之躯捍卫着共和国的尊严，用鲜血和生命证明自己是军人的诺言！

面对这些跨越半个世纪的作者和他们讲述的故事，或许有人会说这是怀旧，其实不尽其然。我们并不是喜欢怀旧，也不是不愿意适应高速公路、快餐、短信的现代生活，或许恰恰相反，我们周末自驾郊游、过洋节吃火鸡腿碰高脚杯，也会戏称自己是路人甲，拉起摔了一跤的半大孩子问他是从哪儿穿越而来？指着玩不转 iPhone4 的朋友说 OUT！然而，生命的历史宛如一部内容丰富的书，可以翻页，却无法替代。现在的，让我们享受和快乐，过去的，让我们自豪和无愧！

1974年底，我们连最后一批69年兵复员了。离开连队的那天，他们在连部门前整整齐齐地列队，就像每天早晨出操一样。他们站在亲手盖起来的房屋前面，微微红肿的眼睛里充盈着泪水，面对即将离开如家一样的连队，面对情同手足的战友们，那场面让人揪心。我不敢抬头看他们，不敢把视线停留在前一天还缀着领章和别着帽徽的地方，哪怕是片刻。他们的领口上没有领章，帽子上没有帽徽！我感到心里空落落的，被一种从未有过的陌生感压抑着。这时我听到了他们的口令声：向右转！齐步走！我忽然释然了，全身放松了！我看到了没有领章帽徽的背影，大步迈向前方的背影！那队列动作，那直直的身板，还是响当当的兵！

倥偬人生，光阴荏苒，无论在哪里，每当面临艰巨任务和重要使命，我总想起军旅作家李存葆《山中，那十九座坟茔》中的最后那句话：“要是那支队伍还在的话，干这活儿，一个顶十个！……”

一晃几十年过去了，没有领章帽徽的背影一直留在我的脑海里。让我惊叹的是，在这里我看到了他们！不是一队人，是一群人，是一大群人！坚定不移大跨步地向前走着，他们离去的背影越来越小，却越来越亮，渐渐地变成了天上的繁星。

我把这些亮晶晶的星星用连线勾画出来，并期待着动人的一幕，在浩瀚的夜空上出现一个美丽的星座。

《那时的军营那时的我》主编　大漠风沙

2012年2月于北京

我是一个兵

陆 原、岳 仑词
岳 仑曲

1＝B♭ $\frac{2}{4}$

干脆有力

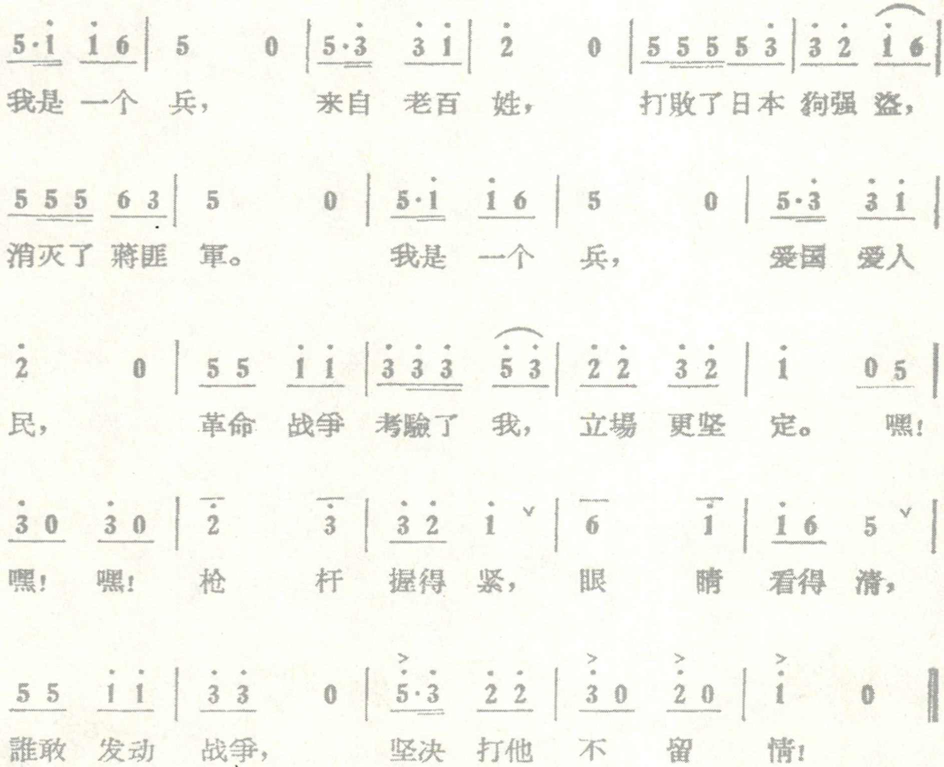

流沙

冷眼问佛

老兵李忠智

缘分的季节

铁翁

胡子良

辣笔老刀

老兵新语

宣化老兵0068

犀牛望月

董金石

钱哥

江南雪

老兵76

黄鹏

冬

老百姓

LPC

大漠风沙

浪剑

灵芝草

孙紫

啸之

快乐老小伙

槐香如梦

路上老僧

日月星辰

红小鬼

缘色

绿色原野

大漠胡杨

美丽

一

敬国

醒

游侠郎

北纬408

荒原小草

锋

老兵团长

紫英

草原骑兵

大头兵

黄鹏

宣曦

真水无香

梢子A

贺兰鹰

侦察排长

我爱着蓝色的海洋

浴秋叶

赵舒

肖苑

阿明

中洋

老顽童工4983

7749

晨星

江

一无之见

北京遛鸟文化

海军战士

鹤峰

渡东桥一号

保球不赢

紫影

图书在版编目(CIP)数据

那时的军营那时的我/新浪网"革命后代"博客圈编. 一上海：上海人民出版社，2012
ISBN 978-7-208-10728-1

Ⅰ. ①那… Ⅱ. ①新… Ⅲ. ①回忆录-作品集-中国-当代 Ⅳ. ①I251

中国版本图书馆CIP数据核字(2012)第092499号

责任编辑 江 天
封面设计 大漠风沙
版式设计 张 军
篆 刻 厚石堂主人梁建国

那时的军营那时的我

新浪网"革命后代"博客圈 编
世纪出版集团
上海人民出版社出版
(200001 上海福建中路193号 www.ewen.cc)
世纪出版集团发行中心发行 常熟市新骅印刷有限公司印刷
开本720×1000 1/16 印张22 插页2 字数418,000
2012年7月第1版 2012年8月第2次印刷
印数7,001-9,250
ISBN 978-7-208-10728-1/K·1881
定价 35.00元